Tout risquer pour elle

*

Réunis par le danger

LENA DIAZ

Tout risquer pour elle

Traduction française de
CATHERINE VALLEROY

BLACK ROSE

HARLEQUIN

Collection : BLACK ROSE

Titre original :
SMOKY MOUNTAINS GRAVEYARD

HARPERCOLLINS FRANCE
83-85, boulevard Vincent-Auriol, 75646 PARIS CEDEX 13
Service Clients — www.harlequin.fr
ISBN 978-2-2805-1423-1 — ISSN 1950-2753

Édité par HarperCollins France.
Composition et mise en pages Nord Compo.
Imprimé en février 2025 par CPI Black Print (Barcelone)
en utilisant 100% d'électricité renouvelable.
Dépôt légal : mars 2025.

FSC www.fsc.org MIXTE Papier issu de sources responsables FSC® C159065

Pour limiter l'empreinte environnementale de ses livres, HarperCollins France s'engage à n'utiliser que du papier fabriqué à partir de bois provenant de forêts gérées durablement et de manière responsable.

1

Ce n'était pas pour la beauté du paysage, les célèbres chutes de Crescent ou les ours bruns que Faith se trouvait au-dessus de Gatlinburg, dans les Smoky Mountains. Non, en ce mardi matin, elle était là pour tout autre chose.

La tombe d'une femme assassinée.

Si elle ne se trompait pas, Asher Whitfield et elle étaient sur le point de localiser les restes de Jasmine Parks, serveuse au Watering Hole et mère de deux jeunes enfants.

Cinq ans auparavant, la belle Jasmine avait disparu après son service dans ce bar-grill renommé pour sa vue et sa cascade artificielle. Au lieu de rentrer chez elle, elle était devenue une triste statistique. Mais des mois de recherches avaient conduit Faith et Asher sur ce flanc de montagne isolé, à vingt minutes en voiture de la maison de Jasmine et ses parents.

Faith s'abrita les yeux du soleil, essayant de distinguer qui venait de se joindre à la foule des policiers. Lorsqu'elle comprit de qui il s'agissait, elle grogna.

— Les vautours sont venus assister au spectacle, dit-elle.

À côté d'elle, Asher jeta un coup d'œil par-dessus ses lunettes de soleil, puis repoussa celles-ci sur son nez.

— Vingt dollars que la petite blonde au micro se faufile sous la rubalise avant même qu'on sache s'il y a bien un corps.

— Tu sais très bien que cette « petite blonde » est Miranda

Cummings, la présentatrice de la chaîne locale. Mets vingt dollars de plus, et je prends le pari. Mais je lui donne moins de deux minutes.

— Moins de deux minutes ?

Il arqua un sourcil.

— Tenu. Personne n'est aussi téméraire avec autant de flics.

Il avait à peine fini de parler que la journaliste se faufila sous le ruban jaune. Foulant l'herbe humide de rosée, elle se dirigea vers un groupe d'hommes en casques de chantier, rassemblés près d'une tractopelle.

Faith poussa un juron.

— C'est le genre de blonde qui nous vaut cette fichue réputation. Quelle idiote porte des talons aiguilles pour grimper une pente recouverte d'herbe détrempée ?

— Une idiote qui veut être à son avantage quand elle flaire une exclusivité.

— Eh bien, ça n'arrivera pas. Elle va se faire arrêter.

Elle désigna du menton les deux policiers en uniforme qui se hâtaient vers elle et son caméraman.

— Quitte ou double ? demanda Asher.

— Qu'ils ne vont pas l'arrêter ?

— Oui.

Il lui jeta un coup d'œil amusé.

— Et maintenant qui fait l'idiote ?

Faith secoua la tête.

— Tenu.

Les policiers avaient rattrapé la journaliste et bloqué son avancée. Elle fourra son micro sous le nez de l'un d'eux, tandis que son partenaire faisait pivoter sa caméra dans leur direction.

— Non, mais tu y crois ?

Faith secoua la tête de dégoût.

— Les hommes sont-ils aveugles ? Ils la dévorent des yeux comme des petits chiens au lieu de faire leur boulot.

Asher se mit à rire.

— Parce que c'est une blonde sexy en talons aiguilles. Tu veux encore faire quitte ou double ? Je vois déjà le délicieux steak que je vais manger à tes frais ce soir.

— J'abandonne. Et elle n'est pas *si* sexy que ça.

Le sourire d'Asher s'élargit.

— Tu ne dirais pas ça si tu étais un homme.

Plantant les mains sur ses hanches, elle tendit le cou pour croiser son regard, non qu'elle puisse voir ses yeux derrière ses lunettes noires.

— Sérieusement, tu trouves ça séduisant, ce maquillage à la truelle et cette tonne de laque à cheveux ?

— Ce ne sont pas ses cheveux ou son visage qu'on regarde.

Il dessina une forme de sablier en l'air. Levant les yeux au ciel, elle contempla ceux qui se tenaient comme eux derrière le ruban jaune.

— Où est le chef de la police ? Quelqu'un doit mettre fin à cette mascarade.

— Russo est parti il y a quelques minutes. Une urgence à la cascade. Apparemment, un touriste a pris un bain forcé.

Faith tressaillit.

— J'espère qu'il ne s'est pas blessé ou noyé.

— Tu ne sais toujours pas nager, hein ?

— Comme je ne vis pas au bord de la mer, que je ne possède pas de piscine et que je ne suis pas assez bête pour m'approcher des chutes, ça n'a pas d'importance.

Elle désigna l'étroite route en lacets, à une trentaine de mètres.

— Notre patron vient d'arriver, à supposer qu'il soit le seul ici à posséder une Audi R8. Il obtiendra peut-être de la police qu'elle raccompagne la presse. Dieu sait que, depuis qu'il les aide, les hommes de Russo le respectent autant que leur propre chef, sinon plus.

Asher acquiesça d'un hochement de tête.

— Je suis surpris que Grayson soit venu. Je pensais qu'il rendait visite à sa fille dans le Missouri. Maintenant qu'elle sait qu'il est son père biologique, il va souvent la voir.

— Je suppose que sa femme l'a mis au courant des recherches. Il a probablement estimé que c'était important.

— Tu as déjà informé Willow ? demanda-t-il.

— Hier soir. Elle est avec la famille Parks en ce moment, en tant que représentante des victimes. Cela aurait été terrible pour eux d'apprendre ça aux nouvelles.

— Bravo, Faith. Je n'avais même pas pensé à l'appeler. Mais je ne m'attendais pas à ce que la rumeur se répande aussi vite. C'est une honte qu'on ne respecte pas plus la famille.

Faith contempla à nouveau la foule de policiers, se demandant qui avait renseigné les médias. Aucun de ses collègues n'aurait bavardé, elle en était certaine.

— Au moins, Willow peut dire à la famille qu'il y a à nouveau de l'espoir.

— Que nous trouvions Jasmine, bien sûr. Mais tout ce que ça prouvera, c'est qu'elle n'a pas fini dans un lac ou un ravin. Je doute que cela les réconforte d'entendre confirmer leur crainte qu'elle ait été assassinée. Et nous ne sommes pas plus près de savoir qui l'a tuée, ni comment.

— Le comment viendra avec l'autopsie.

— Peut-être. Ou peut-être pas.

Elle fit la grimace.

— Tu as raison. À moins qu'il n'y ait des os fracturés, nous n'en saurons pas davantage sur la cause de la mort. Mais, si elle est enterrée ici, il n'y a aucun doute sur le genre de mort : homicide.

Elle répondit au signe de main de leur patron. Asher se retourna pour le regarder approcher.

— Quant à savoir qui a fait ça, nous ne partons pas de zéro. Nous avons déjà éliminé beaucoup de suspects potentiels.

— Tu plaisantes ? Tout ce que nous savons, c'est qu'il est improbable que ce soit l'un de ceux que nous avons interrogés. Nous devons encore trouver lequel des trois cent trente-trois millions d'Américains l'a tuée. Ou des huit milliards d'habitants sur terre, si l'on considère que cela peut être un touriste étranger.

Il croisa les bras.

— Je m'en tiens à ma théorie selon laquelle c'est quelqu'un

du coin. Les étrangers ont tendance à rester sur les chemins de randonnée ou à se balader en voiture pour photographier la faune sauvage. Il n'y a rien ici pour attirer les gens, en dehors des habitants qui fuient les touristes.

— Je pense toujours que ça pourrait être un étranger familier de la région. Nous ne devrions pas limiter nos recherches à Gatlinburg, ni même au comté de Sevier.

— Le Tennessee est un très grand État. Combien de gens devons-nous éliminer alors, madame le génie des maths ?

— La seule raison pour laquelle tu me considères comme un génie mathématique, c'est que tu en es resté aux fractions.

— Je dirais bien « Ouille », mais je ne considère pas comme une insulte le fait de ne pas être un matheux.

— Nan, t'es juste fort en thème.

Il se mit à rire, pas vexé le moins du monde. Elle sourit à son tour, réjouie par leur badinage. Beau comme l'était Asher, elle était décontenancée qu'il soit encore célibataire. Il fallait vraiment qu'elle essaie de lui trouver quelqu'un. Il méritait d'avoir une femme qui l'aime et apprécie son humour et sa gentillesse. Mais elle était incapable de penser à quelqu'un qui lui conviendrait.

— Du calme, les enfants.

Grayson s'arrêta près d'eux, impeccable comme toujours, dans un costume anthracite qui avait probablement dû coûter davantage que toute la garde-robe de Faith.

— Qu'est-ce que j'ai manqué ?

Asher désigna Faith.

— Notre génie des maths allait nous dire combien de suspects nous aurons si nous étendons nos recherches à tous les hommes du Tennessee.

— Non, j'allais te dire que, si nous prenons tout le Tennessee, la population totale est d'environ sept millions. Je n'ai pas la moindre idée du nombre d'hommes que ça fait.

Grayson glissa les mains dans les poches de son pantalon.

— Les femmes constituent cinquante et un pour cent de la

population. À l'échelle de l'État, cela signifie qu'il y a environ trois millions et demi d'hommes. Dans le comté de Sevier, le nombre d'hommes se monte à environ cinquante mille.

Il arqua un sourcil noir.

— Dites-moi que je ne dépense pas des milliers de dollars tous les mois pour réduire le nombre de suspects à cinquante mille.

Faith et Asher se mirent à parler en même temps. Il leva les mains.

— Je vous taquinais. Si je ne vous faisais pas confiance, vous ne seriez pas sur cette affaire. Willow m'a dit que vous avez peut-être retrouvé notre disparue. C'est bien plus que ce que nous avions au début. Si l'affaire était facile à résoudre, quelqu'un l'aurait fait ces cinq dernières années, et le comté de Sevier ne nous aurait pas demandé de la reprendre. Je suppose que ce berger allemand fait partie de l'équipe canine de détection. Et ce truc qui ressemble à une tondeuse à gazon, c'est un radar géologique ?

Faith acquiesça.

— Le berger allemand, c'est Libby. C'est effectivement un chien de détection des cadavres. Mais Lisa, sa maîtresse, préfère la qualifier d'animal cynotechnique.

Elle désigna plusieurs petites zones défrichées.

— Lisa a enfoncé des conduits d'aération dans ces zones pour permettre aux odeurs potentielles de s'échapper du sol.

— Ça fait cinq ans, dit Grayson. Ça m'étonnerait qu'il reste une odeur quelconque.

— Honnêtement, Asher et moi ne nous y attendions pas non plus. Mais quand nous avons contacté Lisa elle nous a dit qu'il y aurait forcément une odeur. Les études montrent que les chiens de cadavres peuvent détecter un squelette enterré depuis trente ans. Et Lisa jure qu'ils peuvent flairer leur odeur à cinq mètres de profondeur.

— Impressionnant, et inattendu. Je suppose que ces fanions jaunes éparpillés marquent les endroits où le chien a indiqué une trouvaille possible. Il y en a beaucoup.

— Ils sont nombreux, oui, mais Lisa dit que ça se résume à

six regroupements majeurs. Aussi bons que soient ces chiens, ils peuvent avoir des faux positifs. D'autres animaux en décomposition peuvent interférer avec l'odeur. Et celle-ci remonte par le système racinaire, ce qui fait qu'il est difficile d'identifier sa véritable origine. Il pourrait y avoir une touche, disons, dans trois lieux différents, alors que la décomposition ne vient en fait que d'un seul endroit. D'où le besoin d'un radar géologique. Lisa l'a recommandé pour limiter le nombre de sites à creuser. Asher a passé des appels un peu partout et a trouvé une société qui était déjà sur place.

Elle fit signe à Asher.

— Où disais-tu qu'ils travaillaient ?

— Dans un cimetière près de Pigeon Forge. Quand on érige un nouveau mausolée, il faut s'assurer qu'il n'y a pas de vieille tombe au-dessous, et c'est ce qu'ils font. À l'origine, j'allais demander à une société de travaux publics d'apporter son équipement. Mais j'ai découvert sur Internet que c'est plus efficace si l'opérateur a une expérience de la localisation de restes humains. C'est un peu comme de lire une radiographie ou une échographie. Ces types savent reconnaître des restes humains parce qu'ils ont d'abord testé leurs machines sur des tombes connues.

Asher désignait les hommes portant des casques.

— Dès que l'équipe du radar nous dira quels sites sont les plus prometteurs, la tractopelle se mettra en action.

— Et quand cela sera-t-il ?

— Tout le monde recule, cria l'un des ouvriers, tandis que l'autre grimpait dans la cabine de l'engin.

— J'imagine que c'est notre réponse, dit Faith.

Lisa et son chien les rejoignirent au petit trot, passant sous le ruban jaune pour se placer à côté de Faith. Asher tint le ruban pour les ouvriers qui poussaient leur équipement hors du chemin. La journaliste et le caméraman furent également raccompagnés derrière la rubalise.

Heureusement, ils étaient à bonne distance. La blonde ne cessait de pointer le doigt dans leur direction, exigeant apparemment d'être placée à côté d'eux. Sans doute voulait-elle interviewer l'opérateur du radar et le maître-chien. Mais Lisa avait demandé à la police d'éloigner les gens de son chien. Par défaut, Faith et le petit groupe avec lequel elle était étaient protégés des questions de la reporter.

Du moins pour l'instant.

Grayson se présenta aux autres et les remercia pour le travail qu'ils effectuaient. Il les remercia également au nom des proches de la femme disparue.

— Pensez-vous que nous allons trouver des restes humains dans l'une des zones indiquées ? demanda-t-il à l'opérateur du radar.

— C'est difficile à dire. Nous n'avons pas vérifié tous les sites, étant donné que les couches de sédiments des deux premières zones ont l'air prometteuses. Elles paraissent avoir été perturbées à un moment donné.

— Comme si on avait creusé ?

Il acquiesça.

— Il y a quelque chose là-dessous qui montre distinctement des ombres. Mais les faux positifs arrivent. Ce n'est pas une science exacte.

— Je comprends.

La tractopelle commença lentement, et avec un soin étonnant pour une si grosse machine, à racler la terre sur le premier des deux sites. Dix minutes plus tard, les hommes debout autour du trou firent signe au conducteur, lui indiquant de s'arrêter. Ils parlementèrent un moment, puis un bip-bip s'éleva quand la machine recula et rejoignit l'autre site pour commencer à creuser.

Faith poussa un soupir de déception.

— J'imagine que le trou numéro un est un échec.

— Pas si vite, répliqua Asher. Ils font signe à l'équipe médico-légale.

Quelques minutes plus tard, l'un des techniciens rejoignit Faith et Asher et hocha respectueusement la tête à l'intention de Grayson.

— Nous avons trouvé un crâne humain. C'est pour ça qu'il s'est arrêté de creuser. Nous allons passer à la pelle et au tamis pour préserver les indices potentiels et nous assurer que nous récupérons autant de petits os que possible.

Faith plaqua une main sur sa poitrine, partagée entre la peine et l'excitation. Elle avait été optimiste quant aux résultats de leurs recherches. Mais c'était triste que Jasmine ait effectivement été assassinée. Elle n'avait que vingt-deux ans. C'était une tragédie qu'elle ait perdu la vie si jeune, d'une manière sans nul doute terrifiante.

— Vous ne voyez pas de chevelure ou de vêtements qui indiquent que ces restes sont ceux d'une femme ?

— Pas encore, madame. Une excavation comme celle-là prendra des jours, parce qu'il faut y aller prudemment. Dès que le médecin légiste aura déterminé le genre, le chef vous tiendra au courant. Comme le radar a détecté deux sites, nous allons vérifier aussi le second. Les mouvements souterrains peuvent en avoir déplacé une partie. Nous devons aussi prendre en considération le fait que le corps a pu être démembré et enterré dans plus d'un site.

Elle tressaillit.

— D'accord, merci. Merci pour tout.

Il hocha la tête.

— Merci à vous, mademoiselle Lancaster. Et à M. Whitfield. À tous les membres d'UB, en fait. Qu'il s'agisse ou non de Jasmine Parks, c'est quelqu'un qui doit être exhumé et rendu à ses parents. Si vous n'aviez pas déterminé où creuser, cette personne aurait pu ne jamais être retrouvée.

Il retourna au groupe de techniciens qui se tenaient autour de la tombe. Des pelles circulaient à la ronde et quelques-uns des policiers transportaient des tamis le long de la pente.

— On dirait que notre tâche est terminée ici, dit l'un des hommes au radar. Nous allons remballer le matériel et retourner à Pigeon Forge.

— Attendez.

Asher désigna le conducteur de la tractopelle, qui agitait la main avec excitation en direction des techniciens.

— Vous devriez aussi aller voir là.

Faith considéra avec stupéfaction ce que l'un des techniciens retirait du trou.

Un autre crâne humain.

2

Le soleil était depuis longtemps couché quand Asher, Faith, Grayson et le chef de la police Russo se retrouvèrent dans la salle de conférences d'UB, pour discuter des pénibles événements de la journée. D'un coup d'œil, Asher mesura le bras de fer entre Russo et Grayson. Face à lui, Faith lui adressa un regard « Dieu sait ce qui se passe ». Aussi perplexe qu'elle, il ne put que hausser les épaules.

Russo tapa de l'index sur la table, ses sourcils froncés formant une barre coléreuse.

— Six corps, Grayson. Tes enquêteurs ont conduit mon équipe aux tombes de six personnes. Je veux savoir comment c'est arrivé et qui est leur suspect, immédiatement. Il n'est pas question d'attendre qu'ils mettent les barres aux *t* dans leur rapport. Les médias sont déjà partout et je dois leur dire quelque chose. Demande à tes enquêteurs de transmettre leurs dossiers à mon équipe, pour que nous puissions prendre le relais.

Grayson se pencha en avant, la mâchoire crispée.

— C'est pour ça que j'ai refusé qu'Asher et Faith aillent au commissariat. Tu les aurais cuisinés comme s'ils étaient des criminels. Traite-les avec respect, ou bien les prochaines personnes à qui tu parleras seront nos avocats. Et tu n'auras plus un mot sur ce qu'UB a trouvé ou non.

Faith s'éclaircit la voix, interrompant Russo.

— Pourriez-vous baisser un peu le ton, s'il vous plaît ? Nous voulons tous la même chose, comprendre pourquoi notre enquête sur Jasmine Parks a débouché sur la découverte du cimetière d'un tueur en série. Parce que c'est ce que nous avons, un tueur en série. Il n'y a aucun doute. Et maintenant que son cimetière personnel fait la une des journaux nous devons nous attendre à ce qu'il passe à la vitesse supérieure. Il pourrait changer de région, passer à l'étranger ou dans un autre État et recommencer à tuer, à moins que nous ne collaborions pour l'arrêter.

— Nous ferons tout ce que nous pouvons pour le livrer à la justice, dit Grayson en fixant toujours Russo. Mais si la police de Gatlinburg n'arrive pas à se montrer courtoise nous continuerons cette enquête seuls.

L'affrontement des regards entre Russo et Grayson se poursuivit une bonne minute. Russo cilla le premier et s'effondra sur son siège, comme vaincu. Il marmonna quelque chose et se gratta le visage, qui arborait une barbe considérable.

Grayson, pour sa part, avait l'air aussi frais que lorsqu'il était sorti de son Audi.

Asher ignorait comment son patron avait toujours l'air aussi net, quoi qu'il se passe. Un peu comme Faith. Elle aussi semblait aussi fraîche et belle que d'ordinaire, tandis que le costume d'Asher était fripé et ses courts cheveux noirs se dressaient en épis sur sa tête. Russo avait aussi mauvaise mine, voire pire. Il semblait prêt à succomber au stress de cette découverte inattendue.

Le chef de la police leva les mains comme pour capituler.

— D'accord, d'accord. J'ai peut-être été un peu dur.

— Peut-être ?

Grayson secoua la tête.

— Tu as pratiquement accusé Asher et Faith d'être les tueurs.

Russo tressaillit et leur adressa un regard d'excuse.

— Je n'avais pas l'intention d'insinuer une chose pareille.

— Russo, l'avertit Grayson.

— OK, d'accord. L'insinuation était consciente. Il me paraissait impossible que vous soyez tombés là-dessus sans une information de première main. Mais je sais que vous n'auriez jamais fait une chose pareille. C'était une réaction irréfléchie. Mes excuses.

Il lança un regard noir à Grayson.

— Mais en parlant de réagir inconsidérément… tu es bien susceptible ce soir.

— Avec de bonnes raisons. J'ai dû écourter ma visite chez ma fille. Et le chef de la police se conduit comme un crétin au lieu d'être reconnaissant à Asher et Faith pour leur travail, qui permettra à six familles de faire le deuil de leurs proches.

L'expression de Russo s'adoucit.

— Je suis heureux que tu aies pu finalement reprendre une relation avec ta fille, après avoir pensé toutes ces années qu'elle était morte. Quel âge a-t-elle maintenant ?

Grayson semblait toujours agacé par son ami, mais sa voix prit une note plus douce en parlant de Lizzie.

— Elle va avoir neuf ans. Elle est précoce comme tout. Et elle est ravie d'avoir deux couples de parents pour son anniversaire. Deux fois plus de cadeaux.

Le chef se mit à rire.

— J'imagine que ce sera plus que le double te connaissant.

— En fait, non. Willow et moi nous sommes mis d'accord avec ses parents adoptifs. Ils ignoraient qu'elle avait été enlevée quand ils l'ont recueillie et ils lui ont donné un foyer affectueux. Je ne veux pas leur voler la vedette. Willow et moi prenons garde à ne pas les éclipser dans le domaine des cadeaux afin de ne pas influencer Lizzie avec des choses matérielles. Nous voulons qu'elle ait les pieds sur terre, qu'elle continue d'aimer les Danvers et qu'elle apprenne à nous aimer aussi. Mais pas en achetant son affection.

— Tu es meilleur que moi. À ta place, j'userais de tous les moyens pour regagner ma petite fille, même s'il fallait poursuivre ses parents en justice. Mais j'admire que tu fasses passer son intérêt avant le tien.

Un rare sourire vint tirailler la bouche de Grayson.

— Si tu essaies de m'amollir avec de la flatterie, tu joues bien ton jeu. Je ne peux pas t'en vouloir très longtemps. Il est passé trop d'eau sous ces ponts.

Il fait signe à Asher et Faith, à l'autre bout de la table.

— Il se fait tard, et demain nous serons assiégés par les reporters et les familles qui se demandent si leur proche est parmi les mortes. Asher, Faith, répondez seulement aux principales questions du chef, nous nous réunirons à nouveau demain matin, pour informer son équipe du reste de l'enquête. 8 heures, ça te va, Russo ?

Celui-ci acquiesça.

— Je limiterai mon entourage à deux de mes inspecteurs et un technicien pour que nous puissions tenir dans ta salle de conférences. J'apprécie ta coopération.

Grayson hocha la tête comme si tous deux n'avaient pas failli en venir aux mains quelques minutes auparavant.

Asher jeta un coup d'œil à Faith, lui demandant silencieusement son aide. À ce stade, il ne se rappelait pas les questions du chef. Le prenant en pitié, elle combla le vide.

— Le chef veut savoir comment nous avons su où creuser.

— Bien sûr. Merci. J'étais perdu durant une minute.

— C'est pour ça que je travaille avec toi. Pour te remettre dans le droit chemin, dit-elle d'un ton impassible.

— Et je t'en suis reconnaissant.

Il lui fit un clin d'œil, ce qui lui valut des yeux au ciel et un rapide geste de la main, lui indiquant de se dépêcher.

— La meilleure réponse, chef, est qu'il s'agissait de profilage géographique. Mais pas un profilage traditionnel. Nous n'avions qu'une victime sur laquelle travailler. Nous ne pouvions pas extrapoler et émettre des hypothèses sur le lieu où vivait le tueur, ce qui est normalement le but du profilage géographique. Au lieu de nous concentrer sur ce que nous savions ou ne savions pas du tueur, nous avons créé un profil géographique de la victime. Nous avons découvert tout ce que nous pouvions sur elle et nous avons bâti une chronologie complexe comprenant ce qu'elle avait fait chaque jour des trois mois précédant sa disparition. C'était un processus laborieux et il a fallu mener des dizaines d'entretiens avec tous ceux qui l'avaient connue.

Russo et Grayson étaient tous deux penchés en avant, comme prêts à faire pleuvoir les questions. Espérant éviter cette inquisition, Asher accéléra ses explications.

— Notre but, à l'origine, était de déterminer la routine de Jasmine, de marquer sur une carte les lieux qu'elle fréquentait, sa maison, son travail, où elle faisait les courses, son médecin, son dentiste, les maisons de ses amis, les cinémas où elle allait...

— Tu parles de victimologie, l'interrompit Grayson.

Asher était toujours impressionné par la somme de connaissances que son millionnaire de patron avait accumulée depuis qu'il avait fondé son agence. À l'époque, il n'avait qu'un seul but – découvrir qui avait assassiné sa première femme et ce qui était arrivé à leur bébé disparu ce jour-là. Et Willow – ancienne inspectrice de Gatlinburg – et lui avaient fait exactement cela. En vérité, sa connaissance des procédures policières rivalisait avec celle d'Asher en tant qu'ancien inspecteur de Memphis, et même celle de Faith, qui avait reçu de nombreuses récompenses en tant qu'inspectrice à Nashville.

— De victimologie, exactement. Nous avions espéré réduire le nombre de lieux qui se prêtaient à un enlèvement en toute discrétion. Nous en avons déterminé trois principaux susceptibles de convenir. À partir de là, nous avons avancé comme si nous étions le tueur, examinant chacun d'eux pour voir comment nous aurions pu enlever quelqu'un dans cette zone et où nous l'aurions emmené.

Grayson fronça les sourcils.

— C'est peut-être mon manque d'expérience en matière policière, mais ça ne me paraît pas très logique.

Faith échangea un regard nerveux avec Asher avant d'intervenir.

— Ce qu'Asher veut dire, à sa manière adorablement compliquée, c'est que nous avons déterminé une principale scène de crime potentielle comme hypothèse de travail.

Asher sourit, se demandant si elle avait pris conscience d'avoir dit *adorablement*. Un lapsus, sans doute. Malheureusement.

— Au lieu d'une théorie sur le suspect, dit-elle, elle nous a conduits à nous questionner sur ce qui serait arrivé au corps après qu'il l'a eu tuée. Il n'y avait vraiment qu'un seul site dans cette zone qui était logique, un endroit non fréquenté par les touristes, avec très peu de circulation, assez proche du lieu de l'enlèvement pour que le risque d'être surpris en train de transporter la victime soit faible. Il était logique qu'il l'ait emmenée dans une zone boisée, qu'il lui ait fait les horreurs qu'il voulait et qu'il ait disposé de son corps dans le même endroit. D'où le flanc de montagne où nous étions ce matin.

Grayson lança une question avant que Faith ou Asher puissent l'interrompre.

— Qu'est-ce qui vous a rendu tellement confiants dans votre théorie, au point de recourir à un chien de détection, un radar géologique et aux hommes de Russo, tout cela pour une découverte qui aurait pu ne pas se produire ?

— Ce n'était pas aussi tiré par les cheveux que tu le penses, dit Asher. Nous avons vu et revu notre théorie, remettant en question nos conclusions. Nous en avons même parlé à l'un des profileurs de l'antenne du FBI. Sa suggestion a été de faire venir d'abord un chien de détection, et c'est ce que nous avons fait. Lisa et sa chienne de détection sont arrivées il y a quelques jours, et elle nous a affirmé qu'il y avait quelque chose. En nous fondant sur son rapport, nous sommes allés voir le chef Russo. Il a accepté d'envoyer des techniciens et des agents ce matin, au cas où l'équipe du radar découvrirait une tombe. Lisa a refait faire le parcours à sa chienne une fois tout le monde arrivé, et elle a donné l'alerte sur les mêmes sites.

Russo poussa un juron.

— Vous n'aviez pas expliqué cette piètre théorie de profilage géographique quand nous en avons parlé. Vous avez dit que des mois d'enquête vous avaient convaincus que c'était là que Mme Parks était enterrée. J'ai l'impression que vous avez eu de la chance qu'on trouve quelque chose et que je n'aie pas gâché toute cette main-d'œuvre pour rien.

— Russo, l'avertit à nouveau Grayson.

Le chef leva les mains.

— D'accord, d'accord. Votre théorie s'est confirmée. Mais découvrir un véritable cimetière, ce n'est pas quelque chose auquel je m'attendais. *Aucun* de nous ne s'y attendait. Je n'étais pas prêt à gérer les retombées. Cette fichue journaliste…

Il secoua la tête.

— Mes hommes auraient dû la raccompagner à la minute où elle est arrivée. Le truc a explosé dans les médias, en même temps que la mort accidentelle de ce touriste aux chutes de Crescent ce matin.

Il secoua la tête d'un air dégoûté.

— C'est la première fois que nous avons une mort ici en vingt ans, mais maintenant tout le monde joue les Cassandre.

Il contempla à nouveau Grayson, avec une expression d'énervement et de stress mêlés.

— Un cimetière anonyme découvert à moins de cinq cents mètres de là où un randonneur s'est noyé, c'est une catastrophe pour le tourisme. L'administration du parc va conduire une enquête de sécurité minutieuse. Je reçois des coups de fil de l'office du tourisme, du maire et même du gouverneur, qui me demandent quand tout cela sera résolu. Même l'antenne FBI du Tennessee menace de venir camper sur le pas de ma porte.

Faith se pencha en avant.

— Recourir au FBI, ce n'est pas une mauvaise idée. Nous pensons que l'un des six corps est celui de Jasmine Parks, mais nous n'avons aucune idée de qui sont les autres. Si le FBI peut étudier des affaires de personnes disparues et réduire la fenêtre temporelle pour établir une liste d'identités potentielles, ça pourrait accélérer le processus d'identification des victimes.

Grayson manifesta son approbation avant même qu'elle ait fini de parler.

— C'est une bonne idée. Nous pourrions déléguer cette partie à

Rowan, notre agent de liaison avec le FBI. Je vais l'alerter ce soir et lui demander d'assister à notre réunion demain. Ça te va, Russo ?

— Ça marche. Tout ça a commencé parce que nous n'avions pas de budget pour travailler sur nos affaires classées. Aujourd'hui, nous en avons soudain six à étudier et tout le monde exige des actes.

Il contempla Grayson.

— En parlant de ressources...

— Tu auras notre soutien plein et entier. Si nécessaire, j'engagerai des enquêteurs temporaires. C'est la procédure standard quand l'envergure du travail se multiplie. Nous pouvons rapidement monter en puissance. L'antenne du FBI peut effectuer une partie des tâches de base. Et nous coordonnerons la logistique ensemble, toi et moi, afin que l'impact sur ton budget soit aussi réduit que possible. C'est bon pour toi ?

Le front de Russo s'éclaircit et il sourit.

— Plus que bon. Merci, Grayson. J'ai une dette envers toi.

— Je préfère ça que l'inverse.

Russo se mit à rire et se leva.

— Je vous vois tous dans quelques heures. Avec un peu de chance, demain sera meilleur qu'aujourd'hui.

Il ouvrit la porte et se dirigea vers l'escalier à longues enjambées. Asher et Faith se levèrent aussi, prêts à lui emboîter le pas.

— Une minute.

Grayson s'approcha de la paroi vitrée donnant sur le rez-de-chaussée. Ce qu'on aurait qualifié de salle de garde dans un commissariat était surnommé affectueusement « salle de crise » par les enquêteurs d'Unfinished Business.

Il regarda Russo traverser la pièce vide. Il attendit que le chef de la police ait atteint le parking, la paroi vitrée permettant de voir sortir les gens sans que ceux-ci s'en rendent compte. Ce ne fut que quand la voiture de Russo sortit de son emplacement que Grayson se retourna avec un froncement de sourcils menaçant et une lueur orageuse dans ses yeux gris.

— Personne ne sort de cette salle avant de m'avoir dit pourquoi vous venez de mentir au chef de la police. Et à moi.

3

Asher considéra Grayson avec appréhension.

— Qu'est-ce qui te fait penser que nous mentons ?

— N'essaie même pas d'aller par là. J'étais dans les forces spéciales et j'ai appris les techniques d'interrogatoire auprès des meilleurs. Et ça fait des années que je joue dans la cour des grands, question business. Je sais quand quelqu'un m'entortille. Faith et toi nous avez servi des bobards sur ce prétendu nouveau profilage géographique. Ce que je veux savoir, c'est pourquoi.

Faith croisa le regard d'Asher avec de grands yeux. Tous deux s'affaissèrent lentement sur leurs sièges.

— Tu veux tirer à la courte paille ? lui demanda Asher.

— Lâche. Je vais lui dire, moi.

Malgré ces mots courageux, elle semblait nerveuse.

— Nous avons vraiment essayé de faire ce que nous disions, de cartographier les lieux où allait notre disparue, sa routine habituelle, quoi. Et nous avons essayé de comprendre quelles étaient les zones les plus logiques où elle aurait pu disparaître. Mais, eh bien...

— Il y en avait trop, dit Asher. Sans témoins et sans indices matériels, nous étions devant un mur.

— Alors nous, euh, nous...

Faith déglutit et se pétrit les mains au-dessus de la table. Grayson fronça les sourcils.

— J'ai toute la nuit devant moi. Mais je préférerais être chez moi avec ma femme plutôt que d'essayer de tirer les vers du nez à deux employés extrêmement bien payés. Je mérite d'entendre la vérité et je la veux. Tout de suite.

Faith poussa un profond soupir puis avoua précipitamment :

— Nous avons écrit à dix tueurs en série en prison et leur avons offert un marché. S'ils acceptaient de nous parler, en échange de leur opinion sur le site d'inhumation le plus probable parmi ceux que nous avions retenus, nous verserions quatre cents dollars sur leur compte en prison.

Grayson la dévisagea un long moment, puis s'éclaircit la voix.

— Et combien de ces méprisables meurtriers ont accepté ce pot-de-vin ?

Elle se mordilla la lèvre inférieure avant de répondre.

— Tous.

Une autre minute s'écoula en silence. Puis, d'une voix mortellement calme, Grayson déclara :

— Voyons si j'ai bien saisi. Vous avez donné quatre mille dollars de mon argent aux pires ordures qui soient afin qu'elles vous communiquent leurs suggestions quant aux zones de Gatlinburg où elles auraient choisi d'abandonner un corps. C'est bien ce que tu me dis ?

Elle tressaillit.

— Ça paraît pire quand tu le formules ainsi. Mais euh, oui, en gros, c'est ce que nous avons fait.

Il cilla lentement puis se tourna vers Asher.

— Laisse-moi deviner. Cette idée grotesque venait de toi ?

Asher s'éclaircit la voix à son tour.

— Je crois, oui.

Grayson se renversa dans son fauteuil.

— Et dans combien de sites choisis par eux avez-vous envoyé l'équipe canine ?

— Combien ? interrogea Asher. Au total ?

— C'est ce que signifie le mot *combien. Au total,* combien de sites le chien a-t-il flairés avant que vous engagiez une onéreuse équipe de radar géologique, des ouvriers du bâtiment avec une tractopelle, et que vous mentiez en plus à Russo en lui disant que votre brillant raisonnement déductif vous avait amenés à penser que ce flanc de montage était le plus susceptible de receler le corps de notre disparue ?

Asher fixa le plafond comme s'il comptait. Puis il redressa le nœud de sa cravate.

— Euh, en gros, il y en avait...

— Un, dit Faith. Juste celui-là. La chienne l'a marqué, et nous avons pensé que nous allions trouver... quelque chose. Si nous avions dit à Russo que nous avions consulté des tueurs en série, il nous aurait ri au nez. Alors nous avons exagéré la théorie du profilage géographique au cas où il poserait des questions. Nous avions besoin de quelque chose pour le faire paraître plus...

— Légitime ? Fiable ? Digne d'un déploiement substantiel de ressources malgré l'activité débordante de la police et l'étroitesse du budget de Russo ? Comme son but, en nous transmettant cette affaire classée, était d'économiser sur ses fonds et ses ressources en hommes, vous réalisez qu'il va falloir que je lui rembourse ses dépenses de ce matin ?

Faith noua fortement les mains sur la table.

— Nous croyions fermement que notre...

— Déduction logique ?

— Nous croyions avoir une grande probabilité de trouver Jasmine Parks. Et nous désespérions un peu de faire une percée dans cette affaire. Alors nous, euh, nous avons menti. Et, oui, nous avons coûté beaucoup d'argent à Unfinished Business, à toi, aujourd'hui. Mais ça n'en valait pas la peine ? De l'avis général, les vêtements et les bijoux retrouvés sur l'un des squelettes rendent hautement probable que nous ayons trouvé Mme Parks. En outre, nous avons découvert d'autres personnes disparues.

— Ça ne ressemble pas à des excuses pour avoir menti au chef de la police et à votre patron.

Faith jeta un coup d'œil à Asher.

— Pour notre défense, nous n'avions pas l'intention de te mentir.

Nous ne nous attendions pas à ce que tu sois là aujourd'hui. Notre espoir était qu'après la localisation des restes de Mme Parks personne ne se préoccuperait de savoir comment nous avions réussi.

Grayson la dévisagea un long moment, les sourcils haussés. Puis un grondement sourd monta de sa poitrine et des soubresauts agitèrent ses épaules. Il se mit à rire si fort que des larmes lui coulèrent des yeux. Gloussant et s'essuyant les yeux, il repoussa sa chaise et se dirigea vers la porte.

— Willow va adorer cette histoire.

Il riait encore en quittant la salle.

Faith fixa la porte fermée, les yeux écarquillés.

Asher tourna sa chaise pour regarder Grayson traverser la salle de crise, son portable plaqué sur l'oreille, mettant sans nul doute sa femme au courant.

— J'espère que ça veut dire qu'on n'est pas virés.

Il se retourna.

— On aurait peut-être dû profiter de son amusement pour lui dire combien a coûté le recours au radar.

— Oh ! fichtre non !

Faith se leva.

— On va laisser passer ça dans les dépenses mensuelles et espérer qu'il ne s'en apercevra jamais.

Asher lui tint la porte.

— Et maintenant c'est qui la trouillarde ?

Elle lui donna un petit coup de coude dans l'estomac et sourit en l'entendant grogner. Il se dépêcha de la rattraper dans l'escalier.

— Pourquoi es-tu si pressée de partir ? Tu as un rendez-vous galant ?

— Oui. Il s'appelle Henry.

Elle traversa la pièce pour gagner son bureau et y prit son ordinateur portable, ainsi que son sac à main.

— Ah... Ton ordinateur. Henry Cavill. Si tu voulais donner un nom à un assemblage de plastique et de métal, pourquoi ne pas choisir quelque chose de plus excitant qu'un acteur maigrichon ? Cavill, franchement. Il date d'au moins deux ans.

— Mon ordinateur aussi. Laisse-moi deviner, tu penses que j'aurais dû l'appeler Asher ?

— Ma foi, ça sonne assez bien.

Levant les yeux au ciel, elle se dirigea vers les doubles portes. Asher lui emboîta le pas.

— Je crois que tu as levé les yeux au ciel au moins cent fois aujourd'hui. Ça devient un peu lassant.

— Alors peut-être que tu devrais cesser de faire des choses qui me donnent envie de lever les yeux au ciel.

— Ouille.

Un bourdonnement bas s'éleva de son sac à main. Elle s'arrêta devant la sortie principale du bâtiment et prit son téléphone.

Asher franchit la porte.

— Désolé, princesse. Tu attendais que je t'ouvre la porte ? Permets-moi…

— Attends.

Elle fixait son téléphone, le visage tout pâle.

Se rembrunissant, il fit un pas vers elle.

— Qu'est-ce qui se passe ?

Pour toute réponse, elle tourna son téléphone vers lui.

— Mon application m'avertit des scoops dans la région. Ça vient de tomber aux nouvelles du soir.

Asher tressaillit devant la photo affichée sur l'écran.

— Pauvre Jasmine. Pauvres parents. C'est déjà assez terrible qu'ils aient affiché sa photo à la télévision cet après-midi. Voilà qu'ils le refont. Nous n'avons même pas la confirmation du médecin légiste qu'il s'agit bien d'elle. Je veux dire, toi et moi le savons, à cause de ses bijoux, et…

— Asher. Regarde encore cette photo.

Fronçant les sourcils, il lui prit le téléphone. Et alors il vit le nom sous la photo. Il cilla.

— Pas possible.

Les yeux de Faith paraissaient hantés.

— Les probabilités que cela arrive doivent être infinitésimales. Qu'est-ce qui se passe, bon sang ? Comment est-il possible qu'à peine quelques heures après que nous avons trouvé le corps de Jasmine Parks sa sœur soit enlevée ?

4

Faith bâilla en s'arrêtant sur le parking d'Unfinished Business le matin suivant. Asher et elle étaient rentrés très tard chez eux. Ou, plutôt, ils s'étaient levés très tôt. Ils n'avaient pas quitté UB avant 3 heures du matin. Ils s'étaient penchés sur leurs dossiers et avaient exploré les bases de données à leur disposition pour recueillir des miettes d'informations sur Leslie Parks, la jeune sœur de Jasmine, qui n'avait que quinze ans lorsque sa sœur aînée avait disparu. Mais rien de ce qu'ils avaient trouvé ne leur avait fourni d'indice quant à celui qui l'avait enlevée. Et ils n'avaient découvert aucun lien entre les deux enlèvements.

En dehors de l'évidence – qu'elles étaient sœurs – leur différence d'âge faisait que leurs vies s'étaient déroulées séparément. Leslie était encore en seconde quand Jasmine avait été engagée comme serveuse. Elles n'avaient pas fréquenté de clubs ensemble et n'étaient pas sorties avec les mêmes amis. Cela ne laissait que deux possibilités distinctes : ou bien l'homme qui avait enlevé Leslie était différent de celui qui avait enlevé Jasmine. Ou bien les deux ravisseurs n'en faisaient qu'un.

La première option paraissait absurde, bien qu'elle soit techniquement possible. La deuxième était terrifiante.

Le ravisseur de Jasmine avait-il continué à surveiller sa famille, attendant l'occasion de lui faire à nouveau du mal ? Avait-il décidé d'anéantir le soulagement de la famille devant la découverte du corps en lui rajoutant du chagrin et de l'horreur ? Faith ne pouvait imaginer que quiconque ait l'esprit assez malade pour faire ça.

Elle bâilla à nouveau et fit halte au bout de la troisième rangée. Elle n'avait jamais eu de problèmes pour se garer auparavant. Unfinished Business était situé près du sommet du mont Prescott. Toute la montagne était la propriété de Grayson Prescott, et son manoir la couronnait. Les gens qui venaient chez UB étaient les employés, les forces de police et les experts qui les assistaient dans les enquêtes. Alors pourquoi le parking était-il comble ce jour-là ?

— Je n'aurais pas dû faire la grasse matinée, je suppose.

En soupirant, elle repartit en direction de la route principale et se gara sur le bas-côté. Juste au moment où elle descendait de voiture, le pick-up noir d'Asher s'arrêta derrière elle.

Elle s'appuya contre la portière conducteur en l'attendant.

— Bonjour, Faith. Ta petite voiture kaki a un pneu crevé ou quoi ?

Il considéra ses pneus et fit mine de passer de l'autre côté du véhicule.

— Ce n'est pas parce que tu as échangé ton tacot contre un pick-up tout neuf que tu dois te moquer de ma Lexus. Elle est vert métallisé, pas kaki. Et la seule raison pour laquelle elle te paraît petite, c'est que tu es trop grand. Elle est parfaite pour une personne de taille normale.

Il se pencha de l'autre côté.

— C'est moi qui suis de taille normale. Toi, tu es haute comme trois pommes.

Il lui décocha un clin d'œil et fit halte devant elle.

— Pas de pneu crevé. C'est quoi le problème ? Tu veux que je donne un tour de manivelle au moteur ?

— Haha. Il n'y a nulle part où se garer. Le parking est plein.

Il lui jeta un coup d'œil surpris, puis survola du regard le parking à travers une brèche entre les arbres.

— Me souviens pas que ce soit jamais arrivé. J'imagine que Russo a amené plus d'hommes que prévu.

— Je crois que c'est autre chose. Regarde les flancs des SUV, près du bâtiment. Ce sont de grosses agences de location de voitures. Je crois que le Bureau du Tennessee a envoyé un tas d'enquêteurs, peut-être même du FBI lui-même si Russo les a informés de l'affaire. Six corps découverts d'un coup, c'est comme d'allumer un feu sous les forces de l'ordre.

— Ça, et une journaliste agressive, grommela-t-il.

— Je croyais que tu aimais le maquillage à la truelle et la laque au kilo ?

— J'aimais bien ses courbes et ses talons aiguilles. Ça ne veut pas dire que je l'aimais, *elle*.

Faith se mit à rire.

— Alors ton cas n'est pas aussi désespéré que je le croyais.

— Ça alors. Merci.

Elle sourit, et ils traversèrent le parking pour rejoindre le bâtiment de deux étages en verre et en acier.

— Espérons que ce feu les poussera à coopérer pour retrouver Leslie avant qu'elle ne finisse comme sa sœur, dit Asher.

— Espérons-le. Peut-être nous laisseront-ils participer aux recherches puisque nous avons travaillé sur l'affaire de sa sœur plusieurs mois ?

— Je suis sûr que oui. Qui d'autre est plus qualifié ? Et la retrouver est urgent.

Trois heures plus tard, Faith et Asher se tenaient à l'écart, tandis que, dans la salle de crise, le directeur de l'antenne du FBI au Tennessee, Jacob Frost, et une armée d'agents confisquaient leurs ordinateurs portables, leurs dossiers papier et leurs clés USB.

Leur collègue, Lance Cabrera, et leur chef d'équipe, Ryland Beck, se tenaient à leurs côtés. Faith se demandait s'ils étaient là pour les soutenir moralement ou les empêcher d'agresser les types du Bureau. D'autres enquêteurs d'UB – Ivy, Callum, Trent, Brice – s'efforçaient de travailler au milieu du chaos. Mais à en juger par leurs coups d'œil ils étaient distraits. Comment auraient-ils pu ne pas l'être ? Les agents étaient comme des sauterelles, bourdonnant dans toute la salle.

— Je suis tellement en colère que je pourrais cracher.

Faith fusilla du regard un enquêteur du Bureau assez bête pour la regarder pendant qu'ils pillaient son bureau.

— Oh bon, fit Asher, c'est comme ça, on n'y peut rien.

— Comment peux-tu être aussi nonchalant ? Ils nous ont essoré la cervelle pendant des heures et maintenant ils nous jettent un mandat de perquisition à la figure et nous volent nos dossiers. Par-dessus le marché, on nous a ordonné de ne plus travailler sur l'affaire. Ces idiots vont utiliser notre labeur. Quand ils auront résolu l'affaire, attrapé le méchant et, avec un peu de chance, secouru Leslie, toute la gloire sera pour eux et il n'y aura rien pour nous.

Elle jeta un regard également noir à Ryland.

— Arrête de te mettre devant moi comme si j'allais me jeter sur ces types. Je ne suis pas aussi stupide. Ils me surpassent de loin en puissance de feu.

Ryland écarquilla les yeux.

— C'est la seule raison pour laquelle tu ne tires pas ton arme ?

— La principale, gronda-t-elle.

Il jura à mi-voix. Lance se mit à rire et lui donna une tape amicale sur l'épaule.

— Mieux vaut laisser cela à notre intrépide chef.

— Merci pour ton aide, grommela Ryland.

Lance rit encore et retourna à son bureau. Asher sourit.

— Considère le bon côté des choses, Faith. Avec leurs ressources, ces types ont de bonnes chances de secourir Leslie. Je n'aime pas plus que toi être mis de côté. Mais si c'est pour sauver une vie je m'incline.

Elle planta ses mains sur ses hanches.

— Tu as oublié que le Bureau du Tennessee travaille sur l'affaire Jasmine depuis le début ? Et pourtant c'est nous qui avons retrouvé son corps, cinq ans après. Qu'est-ce qui te fait penser qu'ils feront mieux avec sa petite sœur ?

Ryland lança un regard à Asher.

— Notre Annie Oakley n'a pas tort là-dessus.

Le sourire d'Asher s'évanouit.

— En effet. Malheureusement.

Il jeta un coup d'œil à la salle de conférences vitrée, au sommet de l'escalier.

— Grayson discute toujours avec Russo et Frost. Il leur fera peut-être entendre raison.

Quelques instants plus tard, Grayson ouvrit brutalement la porte et se dirigea vers l'escalier. Avec une expression de colère, il dévala les marches deux par deux.

Faith croisa les bras.

— C'est sûr que Russo et Frost ont l'air d'avoir entendu raison.

Sa voix était chargée de sarcasme.

— Quelle intuition, Asher !

— Je ne peux pas avoir raison tout le temps. Ce serait injuste pour vous, simples mortels.

Elle lui jeta un regard en coin.

— Attention. Je suis de mauvaise humeur.

— Chérie, quand n'es-tu pas de mauvaise humeur ?

Elle plissa les yeux d'un air menaçant.

— Suivez-moi, leur ordonna Grayson sans ralentir devant eux.

— D'ac... cord. Viens, Faith. Ryland, où vas-tu ? Le patron nous dit de le suivre.

— Je suis sûr qu'il parlait de vous deux. Bonne chance.

Souriant jusqu'aux oreilles, Ryland regagna son bureau.

— Traître ! lui cria Faith.

Il agita la main depuis l'autre bout de la salle.

— C'est bon. Cette fois, je lui tire dessus.

Faith palpa ses poches. Asher lui saisit le bras et l'entraîna vers la porte.

— Plus tard. Le patron attend.

Ils se dépêchèrent de rattraper Grayson, qui attendait dans l'ascenseur, tapant un texto et empêchant la porte de se refermer. Quand ils le rejoignirent, il leur adressa un regard impatient et rangea son téléphone.

— Gentil à vous de me rejoindre.

— C'est ma faute.

Asher tira pratiquement Faith à l'intérieur. Grommelant des grossièretés, elle libéra son bras et le regretta immédiatement.

— Ouille ! Bon sang !

— Eh, je ne m'attendais pas à ce que tu retires ton bras, sinon j'aurais desserré les doigts. Je ne voulais pas que tu sautes hors de l'ascenseur pour tirer sur des gens.

Grayson ferma brièvement les yeux, comme s'il avait mal à la tête, et poussa le bouton du sous-sol, un étage en dessous. C'était la seule partie du bâtiment qui se trouvait sous terre. Mais elle avait la meilleure vue, car la paroi du fond, entièrement vitrée, donnait sur la chaîne des Smokies.

Malgré cette vue, Faith pouvait compter sur les doigts de la main le nombre de fois où elle était descendue. C'était là qu'étaient situés le laboratoire et la salle informatique. Elle ne connaissait ni la chimie ni la biologie et, en dehors de l'utilisation courante de son ordinateur, ne connaissait rien non plus à l'informatique et n'en parlait avec personne. Enfin, sauf si on comptait Asher. Il lui rappelait Clark Kent, aussi studieux que lui, grand, large d'épaules et beau. Plus que beau. Il rendait des points à Clark Kent et son alter ego dans le domaine de l'apparence. Mais Asher était la seule personne qui s'y connaissait en informatique et assez patiente pour lui expliquer certaines choses. Elle n'avait tout simplement aucune raison de descendre au sous-sol.

Tandis que l'ascenseur s'ouvrait, elle examina les portes sur le mur opposé avec une certaine appréhension.

— Grayson, que faisons-nous ici ?

Asher et elle le suivirent tandis qu'il s'engageait dans le couloir en direction de la baie vitrée à l'autre bout.

— Où allons-nous ? murmura-t-elle à Asher.

— Comme nous avons dépassé le labo et les salles de stockage, j'imagine que nous allons vers la tanière des geeks.

Elle laissa échapper un éclat de rire, puis se couvrit la bouche.

Ce n'était pas l'heure de rire. Certainement pas quand une vie était en jeu. Et que son bureau avait été violé et son portable volé. Le simple fait d'y penser la faisait bouillir.

Grayson s'arrêta devant la dernière porte et leur jeta un coup d'œil par-dessus son épaule.

— Attendez-moi ici.

Lorsque la porte se fut refermée sur lui, Faith pivota sur elle-même.

— Qu'est-ce qui se passe, bon sang ?

Asher haussa les épaules comme s'il n'avait pas un souci au monde et s'appuya contre le mur. Il contempla les montagnes. Sa veste de costume bleu marine s'ouvrit, révélant son arme dans son holster d'épaule. Cela donna envie à Faith de tirer la sienne de sa poche et de monter au rez-de-chaussée remettre quelques pendules à l'heure. Elle contempla les portes de l'ascenseur, se demandant si elle aurait le temps de faire ça avant le retour de Grayson.

— Bon sang. Absolument splendide, dit Asher, attirant son attention.

Comme il la regardait, elle cilla, ne sachant quoi dire. Il sourit et désigna la baie vitrée.

— On devrait déménager le département informatique au rez-de-chaussée, dans la salle de crise, et nous laisser investir ce paradis souterrain.

Elle jeta un coup d'œil à la vue, qu'elle avait à peine remarquée, et secoua la tête.

— Nan. Trop distrayant. Grayson savait ce qu'il faisait en nous installant face au parking.

Son sourire s'élargit tandis qu'il continuait à la dévisager.

— Trop distrayant en effet. Je suis d'accord avec toi.

Elle rougit et changea de position, gênée.

— Euh, Asher, qu'est-ce que tu...

— La vue.

Il désigna à nouveau la baie vitrée.

— Je suis d'accord : il serait difficile de se concentrer avec une telle vue toute la journée.

L'embarras la fit rougir derechef. Un instant, elle avait cru qu'il flirtait avec elle. Qu'il flirtait pour de bon, pas les taquineries habituelles. S'éclaircissant la voix, elle s'adossa au mur opposé.

— Je me demande comment les techniciens informatiques arrivent à s'appliquer sur leur travail.

— Ce ne sont pas des fans de nature. Je doute qu'ils remarquent la vue.

— On m'a dit qu'ils s'y habituent.

Grayson franchit la porte, dont aucun des deux n'avait remarqué qu'elle s'était ouverte. Une fois encore, il leur fit signe de le suivre jusqu'à l'ascenseur.

Faith jeta un regard perplexe à Asher. Il haussa les épaules, l'air aussi déconcerté qu'elle. Avant qu'elle puisse se reprendre, Asher lui prit la main pour l'entraîner avec lui.

Grayson se pencha hors de l'ascenseur.

— Vous venez ou non ?

— Oui, dirent-ils en chœur en pénétrant dans la cabine.

— Où allons-nous maintenant ? demanda Faith.

Grayson serra les dents.

— Pardon, pardon. Je t'agace.

Elle pressa le bouton du rez-de-chaussée. Comme la seule chose située au premier était la passerelle menant au bureau de Grayson et à la salle de conférences, il était rare que quiconque prenne l'ascenseur jusqu'au premier.

Il poussa un profond soupir.

— Je suis bien plus agacé par la situation que par toi. Russo n'aurait pas dû appeler le Bureau avant que notre agent de liaison négocie un accord avec eux. Au lieu de ça, il s'est arrangé directement avec eux et ils nous arrachent notre affaire. Je parierais un an de bénéfices de toutes mes entreprises que vous identifierez ce tueur avant ces bureaucrates.

Il regarda Faith, puis Asher.

— C'est-à-dire si on vous autorisait à travailler sur l'affaire. Ce qui, en l'occurrence, n'est pas le cas.

Les portes de l'ascenseur s'ouvrirent et il s'engouffra dans le hall. Mais au lieu de prendre la direction de la salle de crise il continua vers la sortie.

À nouveau, Faith et Asher hésitèrent, ne sachant s'ils étaient censés le suivre ou non.

— Euh, patron, dit Asher. Tu voulais...

— Dépêchez-vous.

Grayson ouvrit les doubles portes et dévala le perron. Au bas des marches, il se retourna pour les regarder.

— Faith, tu as apporté ton sac à main aujourd'hui ?

Elle cilla.

— Euh oui, pourquoi ?

— Va le chercher.

— Quoi ?

Asher la prit gentiment par les épaules et la fit pivoter vers le bâtiment.

— Va chercher ton sac à main.

Soupirant, elle se hâta de rentrer. Les crétins du Bureau avaient fini de vider son bureau et de ranger ce qu'ils emportaient dans des cartons, empilés sur un diable. Une chance pour eux, ils n'étaient pas à portée de ses poings. Après avoir trouvé son sac à main, elle ressortit.

— Où êtes-vous garés ? demanda Grayson quand elle les rejoignit.

Asher désigna la route.

— Il n'y avait pas une place de libre ce matin. Nous sommes garés tous les deux sur le bas-côté.

Grayson serra les dents.

— Ils feraient mieux de se dépêcher de partir pendant que je suis encore de bonne humeur.

Asher faillit rire et toussota en voyant Grayson lui jeter un regard noir.

Grayson se dirigea vers la route et, cette fois, ils n'hésitèrent pas à le suivre, pressant le pas pour le rattraper. Quand ils eurent atteint la voiture de Faith, celle-ci s'adossa à la portière conducteur, légèrement essoufflée. En voyant Asher, qui avait trotté à ses côtés, respirer normalement, elle regretta d'avoir sauté tant de séances d'entraînement ces derniers mois.

— Dis-nous, patron, dit-elle entre deux inspirations. Que se passe-t-il ? On a des ennuis ? Tu vas... nous virer ?

Pour la première fois de la matinée, il sourit.

— Pourquoi voudrais-je virer deux de mes meilleurs enquêteurs ?

Faith lui adressa un regard soupçonneux.

— Tu dis ça à tout le monde.

— Parce que c'est vrai. Je n'engage que les meilleurs. Et, non, je ne vais pas mettre fin à vos contrats.

Asher s'adossa à la voiture, à côté d'elle.

— Hier, tu étais en colère quand tu as découvert que nous...

Faith lui donna un coup de coude dans les côtes. Il fronça les sourcils et se frotta le flanc.

Grayson gloussa, ce qui rendit Faith encore plus perplexe.

— On vous ordonne *officiellement* de vous retirer de l'affaire Parks. L'affaire appartient à la police de Gatlinburg, après tout, et ils ont annulé la requête nous demandant de travailler dessus. Nous n'aurons plus accès aux indices matériels. Tout est transféré de notre labo au coffre de la police de Gatlinburg ou du Bureau, s'ils en requièrent la garde. Vos ordinateurs seront dépouillés des dossiers électroniques et vos dossiers physiques confisqués. Je suis censé vous demander si l'un de vous a des dossiers supplémentaires, imprimés ou électroniques, chez lui.

Faith rougit.

— C'est ridicule, Grayson. Nous ne sommes pas des enfants, même si nous avons tendance à nous chamailler. C'est parce que nous sommes comme frère et sœur.

Grayson haussa les sourcils et adressa un regard impérieux à Asher. Celui-ci s'éclaircit la voix.

— Exactement. Frère et sœur. Tu disais, Grayson ?

Leur patron hésita, puis sourit à nouveau.

— Je vous demandais si vous avez des dossiers, parce que, *selon notre contrat* avec le Bureau et les comtés avec lesquels nous travaillons, nous nous en remettons toujours à la police. Ils demeurent les propriétaires de leurs affaires et peuvent nous renvoyer à tout moment, ce qu'ils font pour celle-ci en particulier. Par conséquent, *comme Russo et Frost m'ont dit de vous le demander,* sans parler du mandat qu'ils ont, *je suis obligé de le faire.* Réfléchissez soigneusement avant de répondre parce que je dois leur transmettre votre réponse. *Avez-vous d'autres dossiers appartenant à l'affaire Parks ?*

Faith s'efforçait de déchiffrer sa manière bizarre de souligner certains mots. Depuis quand se préoccupait-il de ce que Russo lui disait ? Grayson faisait toujours ce qu'il estimait juste, quoi qu'il en soit par ailleurs. Cela allait en quelque sorte avec le fait d'être milliardaire et de ne pas avoir à se préoccuper d'où viendrait son prochain salaire.

Elle se représenta son bureau à la maison, avec ses rapports et ses notes sur l'affaire Parks empilés sur sa table ou classés dans ses tiroirs. Il y avait une grande carte punaisée au mur avec les données de profilage géographique sur lesquelles ils avaient travaillé. Elle avait probablement davantage de documents là-bas qu'elle n'en avait à UB. Pourtant, il y avait quelques dossiers dont elle n'avait pas de copie. Si elle voulait continuer à travailler discrètement sur l'affaire, il lui faudrait un temps considérable pour reconstituer les données manquantes. Mais Grayson leur ordonnait de cesser. Non ?

— Faith ? insista Grayson. Il n'y a rien sur l'affaire Parks chez toi, n'est-ce pas ?

— Pour être tout à fait honnête…

— Rien qui concerne l'affaire, la coupa Asher. Aucun de nous n'emporte de copies de dossiers à la maison. Jamais.

C'était un énorme mensonge, car ils gardaient *tous* des copies des enquêtes en cours, pour économiser du temps. Grayson le savait, ce n'était pas un secret. Avoir les données chez eux leur permettait de vérifier des renseignements, de prendre les documents dont ils avaient besoin pour conduire des interrogatoires ou développer leurs recherches sans avoir à passer par le bureau.

Asher poursuivit son mensonge.

— Absolument aucune note, aucune photo, aucun témoignage, aucun enregistrement de nos interrogatoires ni aucune copie de dossier.

Il posa sur Faith un regard dur.

— N'est-ce pas ?

Elle fronça les sourcils.

— Eh bien, en fait, c'est...

— Excellent, dit Grayson. Je peux sincèrement dire à Russo et au Bureau que vous m'avez confirmé que vous n'avez rien qui soit lié à l'enquête Parks. J'espère que vous commencez à comprendre la situation.

Faith cilla, saisie enfin d'une illumination.

— À dire vrai, c'est enfin clair, Grayson. Déroutant mais clair. Si cela a un sens.

— Ravi de l'entendre. On nous a ordonné de ne plus travailler sur cette enquête. Si nous le faisons, il y aura des conséquences légales. Pour nous tous. Et l'avenir d'UB pourrait être en danger.

Les sourcils froncés, il jeta un regard en arrière au bâtiment.

— Ou, du moins, sur notre manière d'opérer aujourd'hui, avec peu de contrôle de la part de nos commanditaires.

Son regard se durcit, et il marmonna quelque chose dans sa barbe, qui fit penser à Faith qu'il était en train de réévaluer leurs futurs contrats.

Puis il sourit à nouveau.

— Nous savons tous quel travail... *fantastique* le Bureau et la police de Gatlinburg font sur ces affaires classées. On m'a *officiellement* ordonné de vous tenir à l'écart. Nous nous comprenons, n'est-ce pas ?

Comme la raison de l'existence d'UB était que la police de Gatlinburg et le FBI n'effectuaient pas du tout un travail fantastique, et que le meurtre de la première femme de Grayson était resté irrésolu des années, Faith le comprenait désormais parfaitement.

— C'est clair comme de l'eau de roche.

Asher acquiesça d'un hochement de tête.

— Cinq sur cinq. Faith est parfois un peu lente, mais elle finit par comprendre.

Grayson se mit à rire.

— Tu vas payer pour cette remarque.

— Ça, c'est sûr, dit Faith avec un regard noir en direction de son collègue.

— Je suis de taille à m'occuper d'elle.

Elle souffla sous l'outrage.

— Mieux vaut faire une croix là-dessus.

Grayson sortit son portefeuille et tendit à Faith une carte de crédit Platine. L'objet était lourd et effectivement fait de métal. Elle n'avait jamais vu de carte aussi luxueuse.

— En guise de compensation pour cette déception, je vous envoie tous les deux en vacances. Utilisez cette carte pour tous vos besoins. Ne faites pas de notes de frais et ne contactez personne chez UB concernant vos… vacances. La police et le Bureau seront là par intermittence pour travailler sur l'affaire. Je ne veux pas que vous interfériez d'une quelconque manière. C'est toujours clair ?

Ils acquiescèrent tous deux.

— Prenez autant de temps que vous le voulez. Quand vous voudrez revenir, plutôt que d'aller chez UB, venez à la maison. En fait, j'apprécierais que vous me donniez de temps en temps des nouvelles de vos… vacances.

Faith fixa la carte de crédit dans sa main. C'était probablement une carte sans plafond, du genre de celles que les gens utilisaient pour acheter un yacht à plusieurs millions de dollars sans battre un cil. Elle rangea soigneusement l'objet dans son sac à main et referma celui-ci.

— Encore une chose.

Grayson mit la main dans sa poche et en sortit une clé USB.

— Comme vous ne viendrez pas au bureau pendant quelque temps, j'ai fait copier par le département informatique certaines affaires à venir, juste au cas où vous voudriez y jeter un coup d'œil avant de revenir.

Asher s'empara de la clé USB avant que Faith puisse réagir.

— Merci, patron. On va partir de là. Nous ne reviendrons pas chez UB avant que tu nous le dises.

— Profitez de vos vacances. Et soyez discrets.

Asher plaqua une main sur sa poitrine, l'air choqué.

— La discrétion est ma devise.

Faith ricana.

— C'est plutôt ton point faible. Ne t'inquiète pas, Grayson, je l'aurai à l'œil.

Elle haussa un sourcil.

— Je suis de taille à m'occuper de lui.

Asher sourit jusqu'aux oreilles.

— Faites ça.

Sur ce, Grayson repartit vers le bâtiment.

Faith considéra la clé USB dans la main d'Asher.

— Qu'est-ce que tu penses qu'il y a dessus ? Manifestement quelque chose sur l'affaire Parks, mais quoi ?

— Des copies. Toutes les nuits, le département informatique sauvegarde le réseau.

— Comment le sais-tu ?

— Je sais beaucoup de choses qui te surprendraient. Je ne suis pas qu'un type séduisant.

Faith rit. Asher posa un bras sur le toit de la voiture.

— Si je ne me trompe pas, ce que le Bureau vient de nous prendre nous est rendu. J'espère que tu ne rêvais pas de plages de sable blanc et de mer émeraude. Ce seront des vacances studieuses. Nous allons poursuivre l'enquête Parks en secret. Et, avec un peu de chance, nous découvririons l'identité du tueur à temps pour envoyer un tuyau anonyme à la police.

Faith s'empara de la clé USB.

— J'habite plus près que toi.

5

Asher pénétra dans l'entrée avec Faith et se dirigea vers le salon tandis qu'elle refermait la porte.

— Ash !

Une jeune femme se jeta dans ses bras.

— Ça fait tellement longtemps ! cria-t-elle en le serrant contre elle.

— Euh, bonjour, Daph. Laisse-moi respirer, la taquina-t-il en s'extirpant gentiment de son étreinte.

Juste à temps, car Faith lui jetait un regard noir.

— Si j'avais su que tu étais rentrée de cette minuscule université, je serais venu plus tôt.

— Hé, mes Tennessee Vols peuvent écraser tes Memphis Tigers n'importe quel jour.

— Dit la petite étudiante en L2 qui n'est toujours pas allée à son premier match.

Daphne leva au ciel ses yeux bleus, lui rappelant Faith. Mais là où les yeux de Daphne étaient bleus ceux de Faith étaient d'un vert émeraude étincelant, qui s'éclairait quand elle souriait. Et, bien que sa sœur et elle soient toutes deux blondes, les cheveux de Faith étaient d'une nuance qu'elle appelait « blond sale ». Asher, lui, appelait cela blond doré.

— Pas besoin d'assister à des matchs ennuyeux pour montrer son appartenance à une école.

Asher se mit à rire.

— Je suppose que non. Pourquoi n'es-tu pas à Knoxville ? Je croyais que tu avais des cours durant le semestre d'été ?

— Les exams ont fini il y a une semaine, et j'ai encore une semaine avant que les cours d'été ne commencent. Je me suis dit que j'allais gratifier ma grande sœur d'une visite et revoir quelques amis.

Ce fut au tour de Faith de lever les yeux au ciel.

— Je m'en vais dans une semaine à compter de demain, poursuivit Daphne. J'ai dit à Faith de te dire que j'étais là.

— J'ai dû oublier.

Le ton de Faith indiquait clairement qu'elle n'avait pas oublié.

— Et son nom est Asher, pas Ash. Quelqu'un veut un soda ? De l'eau ?

Comme si elle avait décidé que la crise était passée, elle alla dans la cuisine et ouvrit le réfrigérateur.

— Moi, ça va, dit Daphne. Je sais qu'Ash aimerait un soda bien sucré mais, comme tu n'as que des boissons de régime, donne-lui de l'eau.

Asher gloussa. Une bouteille glacée de Coca light lui fut rapidement fourrée dans les mains.

— Asher ne prend plus de sucre, dit Faith. Il essaie de surveiller sa ligne.

Elle revint se placer aux côtés de sa sœur, serrant une bouteille d'eau dans sa main.

— Ça ne peut pas être vrai, Ash. Tu caches des kilos sous ce costume ?

Daphne fit courir sa main sur le ventre plat d'Asher. Faith repoussa sa main d'une tape.

— Nous avons du travail. Je croyais que tu devais rejoindre tes amis pour déjeuner ?

Daphne écarquilla les yeux et tira son téléphone de sa poche pour consulter l'heure.

— Zut. Ils vont bientôt passer me prendre. Il faut que je me prépare. Ne t'inquiète pas, Ash, je viendrai te dire au revoir avant de partir.

Elle agita la main dans sa direction et s'engagea dans le couloir.

Dès que Daphne fut hors de portée d'oreille, Faith dit :

— Laisse ma sœur tranquille.

— Qu'est-ce que tu veux dire ? Nous ne faisons que bavarder.

— C'est une gosse. Pas-Touche-Sinon-Prison.

— Je pense que tu te trompes sur le sens de « gosse ». Daphne a vingt ans, elle est majeure.

— Je ne me trompe pas. Ça veut dire que si tu la touches j'irai en prison. Parce que je te mettrai une balle.

Il gloussa.

— Attention, chérie. Ta jalousie est un peu trop visible.

— Je suis sérieuse, *Ash*. Ma sœur, c'est zone interdite. Ça rendrait les choses trop... bizarres entre nous.

Il se pencha vers elle, savourant la manière dont elle écarquillait les yeux et retenait son souffle. Fidèle à son entêtement habituel, elle refusait de reculer. C'était là-dessus qu'il comptait. Quand ses lèvres furent à quelques centimètres des siennes, et que l'expression de Faith passa de la colère à la confusion, il tourna le visage de côté et murmura à son oreille :

— Tu vas rester plantée là toute la journée, Faith ? Nous avons du pain sur la planche.

Se détournant, il se dirigea vers son bureau et glousa en l'entendant jurer et trottiner derrière lui.

En voyant la place vacante au milieu de piles de dossiers incroyablement nettes, il fit halte et se retourna.

— Un chaos organisé, comme d'habitude. Mais qui a l'air bien vide sans ton ordinateur au milieu.

— Ces crétins du Bureau.

Elle s'arrêta près de lui.

— Il faut que je retrouve le vieil ordinateur de Daphne, celui qu'elle avait avant que je lui en achète un neuf. Avec un peu de chance, j'ai encore un câble qui lui ira.

— Je n'arrive toujours pas à croire que tu n'aies pas d'ordinateur personnel. Tout le monde a un ordi de nos jours.

— Ça entretient ma santé mentale de ne pas en avoir. Le soir, je regarde la télévision. C'est délassant, ça me détend. Tu devrais essayer. Tu travailles bien trop dur.

— Tu pourras peut-être me montrer ça, après que nous aurons fait tout ce que nous pouvons pour sauver Leslie.

Elle cligna des yeux un peu trop brillants.

— Pauvre petite. Elle a vingt ans, l'âge de Daphne. À peine deux ans de moins que sa sœur quand elle a disparu. Elle doit avoir tellement peur. En supposant qu'il ne l'a pas encore...

— Il ne l'a pas fait. Je ne crois pas, en tout cas. Si c'est le même type qui a enlevé Jasmine, il joue avec la famille. Il va la garder en vie assez longtemps pour leur envoyer des photos ou une preuve quelconque, pour leur causer encore plus de souffrance. Si ce n'est pas le même type, ça pourrait être un *copycat*. Il a entendu parler de la première fille aux nouvelles et décidé d'avoir son quart d'heure de gloire en enlevant l'autre. Mais, si c'est le cas, je pense qu'il la gardera en vie jusqu'à ce qu'il en ait tiré toute l'attention possible. Dans l'un ou l'autre cas, je choisis de croire que nous avons un peu de temps. Pas beaucoup, mais assez pour la retrouver avant qu'il ne soit trop tard.

— Ce n'est pas le cas dans les enlèvements, d'habitude, surtout les enlèvements par un inconnu.

— C'est vrai. Mais vu l'importance que les médias accordent à l'affaire c'est différent. Les statistiques ne parlent pas de cette situation particulière. Moi je dis que nous avons une chance.

— Je prie pour que tu aies raison. Les probabilités de retrouver quelqu'un en vie quelques heures après qu'il a été enlevé sont infimes.

— Mais pas nulles.

Son sourire était presque imperceptible, mais c'était un sourire tout de même.

— Pas nulles.

Elle lui pressa la main pour le remercier avant de baisser les yeux sur son bureau.

Asher poussa un petit soupir, s'efforçant de ne pas montrer

combien ce contact et ce petit sourire l'avaient touché. Elle ne pensait pas à lui comme il pensait à elle. Cela n'avait pas changé. Et même s'il devait faire une tentative ce n'était pas le moment.

Elle fouilla dans les piles de dossiers, sans les déranger.

— Pour croire que c'est le même type qui a enlevé Jasmine, dit-elle, il faut accepter l'idée qu'il est resté dans la région tout ce temps. Cela va dans le sens de ta théorie, à savoir qu'il habite par ici. Bien sûr, le cimetière que nous avons découvert le confirme plus ou moins, à moins que toutes les victimes n'aient fait partie d'une vague de meurtres il y a des années et que le tueur ne soit parti entre-temps. Peut-être qu'il ne faisait que passer par là. Quelqu'un sans aucun lien avec l'incident original a enlevé Leslie. Coïncidence.

— Ce serait une sacrée coïncidence.

Il s'appuya au coin du bureau, prenant garde à ne pas déranger les dossiers, et croisa les bras.

— Oui, en effet. Mettons ça de côté pour l'instant, et supposons qu'il est de la région et qu'il y réside toujours.

— Le même type.

Elle hocha la tête.

— Celui qui a tué Jasmine. Bien que nous tirions des conclusions sans preuves. Le médecin légiste ne nous a pas confirmé que Jasmine est parmi ces corps.

Elle frissonna et se frotta les bras de haut en bas.

— S'il n'y avait pas les médias, reprit-elle, personne ne saurait que nous soupçonnons que Jasmine fait partie des morts. Le timing de l'enlèvement de Leslie est trop rapide, quelques heures à peine après le premier reportage qui mentionnait Jasmine. Ça me fait penser que c'est vraiment une coïncidence affreuse. La foudre ne frappe pas deux fois au même endroit.

Son regard se perdit dans le vague.

— Seconde Guerre mondiale, les frères Sullivan.

Fronçant les sourcils, elle releva les yeux.

— Les frères Sullivan ?

— Cinq frères, tous morts en 1942, durant la Seconde Guerre

mondiale. La foudre frappe parfois deux fois au même endroit. Ou plus de deux fois, dans le cas des Sullivan.

— C'est pour ça que je ne suis pas mordue d'histoire. Les histoires comme ça sont trop déprimantes.

Asher sourit.

— J'essaierai de garder mes références historiques pour moi à l'avenir.

Elle lui sourit aussi, l'ombre du chagrin reculant dans ses yeux.

— C'est impressionnant tous les faits que tu emmagasines dans ce formidable cerveau.

Il agita les sourcils et ouvrit la veste de son costume, posant les mains sur son ceinturon.

— Si tu penses que mon cerveau est formidable, tu devrais voir ma...

Elle lui donna une tape sur le bras.

— Arrête. Tu es un type fantastique. Je reviens dans une minute. Si je peux trouver ce fichu ordinateur et son câble.

Elle quitta la pièce à la hâte.

Asher soupira de son incapacité à le voir comme autre chose qu'un ami. Ses plaisanteries tombaient à plat, ses tentatives pathétiques pour faire en sorte qu'elle le voie comme un homme ne semblaient jamais décoller. Il était sur le point de s'asseoir dans l'un des deux fauteuils derrière le bureau, quand Daphne entra dans la pièce.

— « Tu es un type fantastique », imita-t-elle sa sœur. Cette femme est aveugle. Tu dois lui sauter dessus avant que vous ne soyez tous les deux en maison de retraite.

Il toussa pour dissimuler un rire.

— Et toi, tu dois cesser de faire des plans sur la comète. Faith ne pense pas à moi de cette manière. Je doute qu'elle le fasse un jour.

— Alors fais quelque chose pour lui ouvrir les yeux. Un truc scandaleux. Je ne vis plus dans cette maison. Elle ne peut pas m'utiliser comme prétexte pour te renvoyer chez toi quand vous travaillez tard. Il n'y a absolument rien qui vous empêche de baiser comme des lapins, mais elle est idiote.

Il toussota à nouveau, amusé par son audace.

— Daphne, arrête...

Un bruit de pas annonça le retour de Faith. Après avoir posé un câble électrique et un ordinateur rose vif sur le bureau, elle hésita. Les yeux plissés par le soupçon, elle les considéra tour à tour.

— Pourquoi vous êtes-vous arrêtés de parler quand je suis entrée ? Qu'est-ce qui se passe ?

— Rien. Malheureusement.

Daphne fit un clin d'œil à Asher, puis attira sa sœur dans ses bras pour l'embrasser.

Faith recula d'un pas, une expression sérieuse sur le visage.

— Pas de tournée des bars, hein ? C'est trop dangereux. Revenez ici si vous voulez boire. Si le pire devait se produire, laisse-moi des miettes, pas de vrai pain, évidemment, mais un indice quelconque pour m'aider à te retrouver. Vous allez au centre commercial, c'est ça ?

— Au centre commercial ? Sérieusement ? Je n'ai plus seize ans. Et il ne s'agit pas de faire la tournée des bars, il s'agit de nous amuser, tout simplement. Tout le monde va au bar, les hommes, les femmes, les jeunes, les vieux. C'est un endroit où on peut se détendre et bavarder avant de rentrer à la maison. Il faut vraiment que tu te décoinces.

— Daphne...

— Relax, maman poule. Je ne voudrais pas que tu fasses une crise cardiaque à force de t'inquiéter. On va juste voir un film.

Elle agita les doigts en direction d'Asher.

— Amusez-vous bien, tous les deux. Ne faites rien que je ne ferais moi-même.

Faith secoua la tête lorsque sa sœur sortit du bureau.

— Ne rentre pas trop tard. Envoie-moi un texto quand tu y seras. Et assure-toi que cette application « Trouver mon exaspérante sœur » est allumée, cette fois.

Daphne leva une main en l'air sans se retourner. Un instant plus tard, la porte d'entrée se referma, provoquant un profond soupir chez Faith.

— Elle va causer ma mort.

Asher fourra les mains dans les poches de son pantalon, essentiellement pour s'empêcher de faire quelque chose d'inconvenant – comme prendre Faith dans ses bras.

— Si tu t'inquiètes tellement quand elle sort avec des gens qu'elle connaît, comment fais-tu pour survivre quand elle est à l'école avec des milliers d'étrangers ?

Elle frémit.

— Ne m'en parle pas. C'est plus dur que tu ne te l'imagines. Elle est comme ma fille. Je l'ai pratiquement élevée.

Malgré son appréhension, l'air perdu qu'elle affichait le poussa à lui prendre la main.

— Tu avais à peu près son âge quand vos parents sont morts, n'est-ce pas ?

Elle acquiesça, serrant sa main sans s'en apercevoir. Mais il sentait que ce contact touchait son cœur et ne put que souhaiter qu'elle en accepte davantage.

— C'était une préadolescente, un bébé à mes yeux. Je suis surprise de ne pas avoir déjà des cheveux blancs. Je n'aurai probablement jamais d'enfants à moi. L'inquiétude me tuerait.

— Oh ! je ne sais pas. Si tu rencontres l'homme idéal, tu changeras d'avis.

Elle secoua la tête.

— Tu rêves. Je passe mon temps à travailler ou à essayer de récupérer en regardant la télé. Bon sang, je passe plus de temps avec toi qu'avec n'importe qui d'autre. Quand aurais-je le temps de rencontrer un homme ?

Elle gloussa et libéra sa main.

— Viens. Nous devons...

— Nous mettre au travail. Je sais.

Son cœur lui sembla un peu plus lourd quand ils firent le tour du bureau.

6

Faith sourit lorsque Asher pénétra dans le bureau, portant une assiette de sandwichs et des boissons.

— Tu feras un mari formidable, un jour. Ta femme adorera que tu la serves. Il est certain que tu me gâtes.

Il lui décocha un regard étrange, puis sourit, la laissant se demander ce que signifiait ce regard.

— Tu as avancé pendant que je faisais l'esclave dans la cuisine ?

Il posa l'assiette et les boissons de côté, à l'écart des dossiers.

— Pas encore. Je n'arrive pas à croire que ça fait...

Elle consulta l'heure sur son téléphone posé au coin du bureau et fit la grimace.

— Plus de quatre heures depuis que nous avons commencé à rechercher Leslie et que nous n'avons toujours aucune idée de ce qui lui est arrivé. Ça aiderait si le Bureau et la police n'étaient pas aussi avares d'informations. S'il n'y avait pas les médias, nous ne saurions même pas qu'elle a été enlevée.

— En parlant de médias, la conférence de presse du Bureau est censée commencer bientôt.

Il prit la télécommande dans l'un des tiroirs du bureau et alluma la télé suspendue à côté de l'immense carte.

Après avoir mis les sous-titres et coupé le son, il prit le plus gros des deux sandwichs et se mit en devoir d'engloutir avec enthousiasme ce déjeuner très tardif.

Faith secoua la tête.

— Je ne sais pas comment tu fais pour ne pas grossir.

— Pourquoi ? demanda-t-il la bouche pleine. Ce n'est qu'un sandwich au jambon et au fromage. Pas de chips.

Elle désigna le sien.

— Deux fois la taille de mon sandwich, et tu en as déjà mangé un tiers d'une seule bouchée.

Il but une gorgée avant de répondre.

— J'ai faim. En outre, je fais deux fois ta taille. Bien sûr que je mange deux fois plus que toi. Je suis surpris que tu ne t'envoles pas quand il y a du vent. Je serais encore plus surpris que tu finisses la moitié de ton sandwich.

Elle prit une grosse bouchée, juste pour lui donner tort, et ruina toute la chose en s'étouffant.

Il se mit à rire et lui tapa dans le dos jusqu'à ce qu'elle lui fasse signe d'arrêter. Ses yeux larmoyaient lorsqu'elle se remit à tousser entre deux éclats de rire. Enfin, elle reprit son souffle et s'essuya les yeux.

— Ça me fera les pieds de vouloir rivaliser avec toi.

— Je gagne toujours, lui assura-t-il. Quel que soit le concours.

— Je suis presque sûre qu'il y a plus de points dans ma colonne que dans la tienne.

Il secoua la tête.

— Impossible. Tu me dois toujours un prix après notre pari sur la journaliste.

— Bon sang, j'avais oublié. J'imagine qu'on va manger un steak, ce soir. Enfin, peut-être pas ce soir. Le temps est notre ennemi en ce qui concerne Leslie.

Asher reprit son sérieux.

— On remet ça à plus tard. Sans faute. Avec un peu de chance, à cette heure-ci demain, nous aurons…

— Asher. Monte le son. La conférence de presse commence.

Il se saisit de la télécommande.

— Regarde Frost. Il fait toujours le beau devant la caméra, même quand il n'a rien à dire.

— Les caméras l'aiment autant qu'il les aime, approuva-t-elle.

Il lui lança un regard en biais.

— Si on aime les vieux aux épaules tombantes et aux cheveux gris.

Elle se mit à rire.

— Il a quelques cheveux gris, ça lui donne l'air séduisant. Et ce n'est pas un vieux, il n'a pas les épaules tombantes.

— Si tu le dis.

Au bout de dix minutes, il leva la télécommande.

— Tu as assez entendu ces âneries ?

— Absolument.

Il coupa à nouveau le son.

— En dépit de tous leurs discours, ils n'ont rien du tout.

— C'est ce que je crois comprendre, dit-elle. En gros, tout ce qu'ils ont fait, c'est confirmer ce que nous savions déjà : qu'elle a été enlevée chez elle. Son ravisseur ne manque pas d'audace, ça c'est sûr.

— Calme, capable de s'emparer d'une jeune femme chez elle en plein jour. Ce n'est pas l'acte d'un novice. Il est patient. Je te garantis qu'il l'a déjà fait.

Elle se redressa à côté de lui, les bras croisés.

— Ça alimente la théorie selon laquelle il est aussi l'auteur de l'enlèvement de Jasmine. Cinq ans plus tard, plus mûr, plus confiant en lui, plus expérimenté.

— Je suis d'accord. Peut-être que nous avons fait fausse route jusqu'ici. Nous avons approché l'affaire comme toutes les autres, en essayant de rassembler autant de faits que possible sur la victime et de bâtir une chronologie. Ça ne nous a menés nulle part, et c'est ce que font le Bureau et la police ; enquête 101, selon les manuels. Jetons le livre et faisons des déductions. Nous avons déjà supposé que Jasmine est parmi les corps. Supposons que nous avons affaire au même criminel et voyons où ça nous mène.

— Et si nous nous trompons ?

— Ça n'en sera pas pire pour autant. Toutes ces heures de travail ne nous ont rien rapporté. Allez, Grayson veut que nous travaillions sur l'affaire parce que nous la connaissons. Servons-nous de cette expérience, revenons là où nous en étions dans l'enquête sur Jasmine et suivons ce fil.

Elle le regarda.

— Tu veux dire continuer à bâtir le profil géographique sur lequel nous avons déjà travaillé ?

— Absolument. C'est le même type et il a perdu son cimetière favori. Il a besoin d'un autre lieu. Un lieu isolé où il peut emmener sa victime, qui lui donne l'opportunité de faire… ce qu'il veut faire.

Faith se frotta à nouveau les bras.

— Un lieu où il peut aussi se débarrasser du corps, comme nous l'avions théorisé dans le cas de Jasmine.

— Une théorie qui s'est révélée vraie. Même type, mêmes…

— Habitudes, dit-elle, se sentant plus enthousiaste.

Il s'écarta du bureau.

— Je vais chercher la carte.

— Je vais faire de la place.

Traversant la pièce à grandes enjambées, il alla détacher la carte du mur où ils l'avaient punaisée des mois auparavant.

Faith empila leurs papiers et leurs dossiers sur le sol. Il sourit en la voyant faire.

— Même quand tu es pressée, tu ranges.

— La propreté est proche de la sainteté.

Elle fronça les sourcils.

— Non, attends. Ce n'est pas le bon dicton.

Elle haussa les épaules, rassembla quelques miettes sur le bureau et les jeta dans la poubelle tandis qu'il lissait la carte.

— Des feutres de couleur ? demanda-t-il.

— Ici, de mon côté.

Elle ouvrit un tiroir et sélectionna deux marqueurs.

— Rouge cette fois ? Nous avons utilisé du bleu pour Jasmine.

— Ça marche.

Il en prit un, et tous deux s'agenouillèrent sur leurs fauteuils pour se pencher sur la carte.

— Nous savons que les Parks habitent à la même adresse que

lorsque Jasmine a disparu. Alors nous pouvons commencer par un cercle rouge autour de cette maison.

Faith traça un large cercle rouge autour de la maison.

— J'aimerais que nous ayons le temps de parler à nouveau à nos détenus.

— Nous pouvons partir du même raisonnement, penser comme le ravisseur. Notre théorie est que c'est le même homme, alors il doit avoir les mêmes processus de pensée.

— Tout à fait. Ça fait peur toutes ces suppositions sans faits, mais je suis partante pour essayer.

Elle dessina un autre cercle rouge autour d'un ranch de promenades à cheval dans les contreforts des Smokies.

Asher parut surpris.

— C'est le Smoky Mountains Trail Rides. Nous avons parlé des pièges à touristes en examinant la carte la première fois. Je ne peux pas imaginer le ravisseur de Leslie l'escamotant au nez et à la barbe de gens qui font la queue pour faire une promenade à cheval.

— Nous essayons de sortir des schémas de pensée établis, non ? Le Bureau et la police s'en chargent. Ils mettent en œuvre les protocoles standards, ils font du porte-à-porte, ils passent le quartier de Leslie au peigne fin. Nous avons fait tout cela pour Jasmine, sans résultat. Personne dans son quartier ni dans les environs n'avait d'information utile.

Il commençait à avoir l'air aussi enthousiaste qu'elle.

— Tu suggères de sauter tout ça parce que nous l'avons déjà fait et que nous supposons que c'est le même type. Nous revoyons les lieux en dehors de la zone de recherche de la police, des endroits où ils n'iront pas avant longtemps.

— Maintenant nous sommes sur la même longueur d'onde !

Elle tapota le cercle qu'elle venait de tracer.

— Cet endroit me semble prometteur. Ce n'est pas si loin du cimetière que nous avons découvert et il y a beaucoup de similarités. Les avantages du terrain et sa nature familière peuvent le mettre dans la zone de confort du tueur. C'est ce que les détenus nous ont dit, qu'ils ont des territoires spécifiques qu'ils considèrent comme les leurs, des endroits où ils se sentent en sécurité. C'est là qu'ils chassent.

— Et qu'ils enterrent leurs victimes.

Elle grimaça en hochant la tête. Asher fit courir son doigt sur les symboles topographiques indiquant les chutes d'eau, les principaux sentiers, l'altitude des collines. Il y avait également des routes dans le voisinage du ranch.

— Je vais rarement dans cette direction, je ne me souviens même pas de l'endroit. Ce n'est pas sur la route principale reliant Gatlinburg à Pigeon Forge. Il n'y a pas de circulation digne de ce nom. Et il doit y avoir des aires de stationnement, étant donné que nous sommes dans les contreforts et qu'il faut pouvoir s'arrêter pour prendre des photos.

— Des aires où un tueur pourrait stopper sans que personne ne s'en émeuve. Il a pu se garer sur l'une d'elles et entraîner Leslie sur un sentier de randonnée.

Asher considéra la carte et lui adressa un regard sceptique.

— En théorie, c'est sûr. Mais le terrain autour de ce ranch est accidenté, la pente est raide. Je ne vois pas quelqu'un se déplacer là-bas sans un cheval, ce qui est la raison pour laquelle le ranch est installé là. La photo de Leslie est affichée partout dans les médias. Son ravisseur ne risquerait pas d'être vu l'emmenant dans la montagne. La météo est bonne aujourd'hui, parfaite pour une randonnée. L'endroit doit fourmiller de touristes. Moi je penche pour écarter le ranch et examiner cette route en aval pour chercher quelque chose de plus attirant pour le tueur. Un endroit plus discret.

— Je serais d'accord avec toi, mais aujourd'hui on est mercredi. Ce ranch-là n'ouvre que le week-end. Aucun touriste dont se soucier.

Il arqua un sourcil.

— Tu as l'air sûre de ton coup. Je sais que tu ne les as pas appelés pour réserver une randonnée à cheval. Tu détestes les chevaux.

— Je ne les déteste pas, ce sont eux qui me détestent.

— Tu as été désarçonnée deux fois. Décider que les chevaux te détestent à cause d'incidents mineurs, c'est plutôt extrême.

— Mineurs ? Tu aurais dû voir les bleus que j'avais. Ils ont duré des semaines. Et l'animal qui m'a marché sur le pied m'a cassé deux os. Ça fait toujours mal, des années après.

Il sourit.

— Un de ces jours, je te ferai remonter sur un cheval et tu changeras d'avis.

— Pas question. Contrairement à toi, je n'ai pas grandi avec des chevaux et je n'ai pas l'intention d'y changer quoi que ce soit.

— Revenons à ma question. Comment sais-tu ça à propos de cet endroit ?

— Daphne est ici, tu te rappelles ? Elle est allée faire une randonnée à cheval avec ses amis la semaine dernière. J'ai donné quelques coups de fil et fait la réservation. Elle ne voulait pas attendre le week-end, alors nous avons rayé ce ranch de la liste. Elle a fini par aller dans un ranch de Pigeon Forge.

— Je comprends. Ce qui m'étonne, c'est qu'un ranch de promenades n'ouvre que deux jours par semaine. Dans une région qui ne vit que du tourisme, c'est prendre le risque de perdre beaucoup d'argent.

— J'ai questionné le propriétaire, Stan Darden, à ce sujet. Il m'a dit que Stan Jr et lui ouvraient sept jours par semaine autrefois. Mais le père va prendre sa retraite et il réduit son activité. Ils ne sont que tous les deux durant la semaine maintenant, pour s'occuper des chevaux. Les employés qui viennent le week-end font rentrer assez d'argent pour compenser les frais d'entretien du ranch. C'est la seule raison pour laquelle il reste ouvert, pour pouvoir garder ses chevaux.

— Je me demande ce que le fils pense de cette idée de laisser l'entreprise mourir de sa belle mort au lieu d'en hériter. Quoi qu'il en soit, je pense que nous devrions aller y voir. Avec deux Stan seulement pendant la semaine, le tueur aurait pu aisément se garer plus bas sur la route, comme nous l'avons dit, et y conduire Leslie.

Une fois qu'il est hors de vue et qu'il ne voit aucune activité sur le ranch, il l'emmène dans une stalle inoccupée ou dans la sellerie. S'il connaît les chevaux, il peut même en prendre deux pour emmener Leslie dans la montagne. Les barrages établis par la police d'État ne peuvent pas empêcher un cavalier de s'échapper par les bois. À quelle distance est ce ranch de la résidence des Parks ?

— Environ vingt minutes, comme lorsqu'il a enlevé Jasmine. C'est seulement dans une autre direction. Mais note bien que ce n'est qu'à cinq minutes de son cimetière improvisé, dans la zone géographique où il se sent à l'aise. Si le Bureau ou la police locale ne prennent pas ce ranch en compte, je pense que nous devrions le faire.

— Je suis d'accord.

Elle nota quelque chose sur la carte.

— Et les autres lieux sur lesquels nous devrions nous concentrer ?

Elle fit courir un doigt sur la carte, le long de la route, étudiant les noms et les descriptions qu'ils y avaient notés.

— Peut-être cette maison, là. Elle est isolée. Aucun voisin à proprement parler. Je peux vérifier le cadastre, voir si elle est occupée à plein temps ou si c'est une location de vacances. C'est l'un des lieux que nous aurions examinés pour Jasmine si le chien n'avait pas marqué notre localisation initiale.

Voyant qu'il ne répondait pas, elle leva les yeux. Il semblait perdu dans ses pensées, les sourcils froncés.

— Faith à Asher, reviens. Que se passe-t-il dans ce brillant cerveau ?

— Quoi ?

Il leva les yeux, l'air surpris.

— Oh... le ranch. Il y a quelque chose qui m'embête à ce propos.

Il tambourina des doigts sur la table.

— Un ranch. Des chevaux. J'ai entendu quelque chose tout à l'heure.

— Sur des chevaux ?

Il hocha la tête.

— Je n'arrive pas à me souvenir où, ni quoi… Attends. Les nouvelles. C'est ça.

Il prit la télécommande.

— Quoi, Asher ? Dis-moi.

— La conférence de presse. Il y a eu une annonce sur le fil d'information, sur des chevaux. Mais je n'ai pas prêté attention à ce que ça disait.

Il pressa la touche de rembobinage jusqu'à ce que l'image revienne à la fin de la conférence de presse. Puis il avança et recula plusieurs fois, considérant l'écran les sourcils froncés.

— Oui, là.

Il pressa la touche Play. Faith fixa l'écran, lisant le fil.

— Bla, bla, bla… d'accord, c'est le ranch que j'ai entouré. Un cheval s'est échappé de son enclos ce matin. Ils avertissent les automobilistes de faire attention au cas où le cheval errerait sur la route.

— Pas exactement. Deux chevaux ont disparu.

Elle fronça les sourcils.

— D'accord, deux. Mais ils disent que les chevaux se sont échappés de leurs stalles, pas qu'ils ont *disparu.*

— Non, en effet. C'est moi qui dis ça. Et s'ils ne s'étaient pas échappés tout seuls ? Si quelqu'un les avait pris et avait fait en sorte qu'ils aient l'air de s'être échappés ? Pas longtemps après que Leslie a été enlevée ?

Faith vérifia les notes sur la carte, les cercles rouges, les distances entre eux.

— Quand est-ce arrivé, ce truc des chevaux ?

— Tôt ce matin. Le propriétaire ou celui qui s'occupait des chevaux s'est aperçu vers 10 heures qu'ils n'étaient plus là.

Elle le dévisagea.

— Leslie a disparu juste après 9 heures. Il y a vingt minutes jusqu'à la maison des chevaux.

Il sourit.

— Jusqu'aux écuries.

— Peu importe. C'est assez pour que le meurtrier y soit allé en voiture, qu'il se soit garé sur une des aires de stationnement, ait volé les chevaux et...

— Ait forcé Leslie sous la menace d'une arme à chevaucher dans les contreforts. Il n'a pas besoin de connaître la région, les chevaux la connaissent. Ils sont entraînés à suivre les sentiers. Une fois qu'il est assez haut, il sort du sentier et l'emmène dans un endroit isolé où personne ne va jamais.

Ils fixèrent la carte, considérant les possibilités, parlant d'autres cachettes possibles. Mais ils ne cessaient de revenir au ranch.

— Ça vaut ce que ça vaut, dit-il. Nous n'avons aucun indice dans un sens ou un autre, juste des suppositions.

— Et on suppose que le tueur est un familier des chevaux.

— Il connaît les grands espaces. Ce n'est pas une conclusion hâtive de penser qu'il s'y connaît en chevaux, étant donné qu'il y a tellement de ranchs dans les Smokies. Mais, honnêtement, même un novice pourrait maîtriser un cheval de randonnée. Ces bêtes sont dociles et habituées à randonner, si bien que les cavaliers novices ne craignent rien. Une fois qu'on est sur leur dos, elles avancent toutes seules.

— Il faut quand même une selle. Un novice ne saurait pas la mettre en place. Moi, je ne saurais pas.

— S'il a choisi cet endroit, soit il a l'expérience des chevaux, soit...

— Il a forcé l'un des ouvriers du ranch à le faire. Ou plutôt le père ou le fils, étant donné qu'il n'y a qu'eux durant la semaine.

Il secoua la tête.

— Non, sinon les journaux télévisés en auraient parlé. Les médias prennent toujours l'angle le plus sensationnaliste. Quelqu'un forcé de seller des chevaux ferait une meilleure histoire que des automobilistes apercevant des chevaux en liberté. Je viens d'une autre région. Les chevaux ne s'échappaient pas souvent là où nous vivions, voire jamais. C'est courant que ce genre de choses arrive ? Tu en as déjà entendu parler aux nouvelles de Gatlinburg ?

Elle se leva.

— Non, jamais. Il faut qu'on aille voir. Tout de suite. Nous devrions appeler le Bureau. Les laisser gérer ça. Dieu sait qu'ils peuvent rassembler beaucoup plus d'effectifs que nous. Ils peuvent peut-être même réquisitionner un hélicoptère et...

— Effrayer le cheval de Leslie au point de la jeter dans un ravin ? Un cheval de randonnée est docile, mais c'est quand même un cheval. Un hélicoptère pourrait l'effrayer. Tu penses honnêtement que le Bureau mettrait quelqu'un là-dessus ? Que leur dirions-nous ? Que nous travaillons sur une affaire sur laquelle nous ne sommes pas censés travailler ? Que nous traçons des cercles sur la carte et que nous pensons que les chevaux qui se sont échappés ont pu être emmenés par le tueur ? Sans aucune preuve ? Que penses-tu qu'ils vont faire de cette information ?

Elle fronça les sourcils.

— Ils nous riront au nez. Ensuite ils se plaindront à Grayson que nous avons transgressé les règles du contrat d'UB, sans parler du mandat de perquisition. Ils essaieront de nous faire virer. Ou, pire, ils nous arrêteront.

— Et, pendant qu'ils comparent leurs coquilles pour savoir qui a la plus grosse, Leslie est toute seule avec un tueur en série. Elle est peut-être au ranch, peut-être pas. Mais jusqu'ici c'est notre meilleure déduction. Si c'était Daphne, qu'est-ce que tu ferais ?

Faith prit son sac sur l'une des piles de dossiers.

— Tu conduis. Je vais appeler Grayson.

7

Asher secoua la tête en s'engageant sur la route gravillonnée du ranch Smoky Mountains Trail Rides.

Faith, qui étudiait la carte, se redressa sur son siège.

— Tu vois quelque chose ?

— De la négligence. Cette grange sur la gauche doit abriter les écuries. Elle n'a pas l'air d'avoir vu un pinceau depuis des décennies. Les enclos sont boueux et pleins de mauvaises herbes. Les seules choses à recommander ici, c'est l'étang et la superbe cascade au fond de la prairie. Un super endroit pour les selfies. Les touristes viennent sans doute juste pour ça, surtout s'il y a d'autres chutes dans les montagnes. Quant au reste, « délabré » est un euphémisme. Regarde la clôture. La moitié des barreaux sont cassés ou manquants. Pas étonnant que des chevaux se soient échappés. Ce n'est sans doute pas la première fois.

— Autant pour notre théorie.

— Je veux quand même parler au propriétaire, avoir son opinion là-dessus. S'il est chez lui.

— J'en doute, dit-elle. J'ai dû l'appeler cinq fois en chemin. Je tombe toujours sur sa boîte vocale.

— Ça ne me surprend pas qu'il ne se donne pas la peine de vérifier ses messages. À en juger par l'apparence des lieux, je ne pense pas que ce Stan Darden s'inquiète d'attirer les clients.

— Il a répondu la semaine dernière, quand j'ai appelé. Peut-être que je suis tombée à la bonne heure.

Asher resserra les mains sur le volant.

— Ou bien quelque chose lui est arrivé.

Faith croisa son regard d'un air inquiet. Elle replia la carte et la mit entre eux sur l'accoudoir.

— Je suppose que ce bâtiment à droite est le bureau. Peut-être aussi la maison. Aucun des autres bâtiments ne semble assez grand pour y faire autre chose que du stockage.

Et, en effet, quand il arrêta le pick-up devant le petit bâtiment érodé par les intempéries, un panneau rouillé sur une porte d'un bleu passé proclamait « Bureau ».

Asher coupa le moteur et ouvrit sa portière.

— Tu veux appeler cet endroit que tu as marqué sur la carte ? Vérifier si c'est occupé ou non, pendant que je vois si quelqu'un ouvre la porte ? On pourra y aller une fois qu'on aura fini ici.

— Si nous ne trouvons pas Leslie.

— Si nous ne trouvons pas Leslie, oui. Tu as dit que Grayson envoyait Lance pour nous aider. Tu peux l'appeler d'abord, pour savoir quand il arrive ?

Elle prit son téléphone dans la poche de son pantalon.

— Je m'en occupe.

Le temps qu'il atteigne la porte du bureau, ses bottes étaient constellées de boue et les ourlets de son pantalon avaient subi le même sort. Il regretta amèrement de ne pas s'être changé avant de partir. Mais cela aurait demandé de passer par chez lui. Ils n'en avaient pas le temps.

Il essaya la poignée, mais la porte était verrouillée, ce qui était logique puisqu'il n'y avait de randonnées à cheval que le week-end. Mais, si c'était aussi la résidence du père et du fils, il se serait attendu à voir de la terre ou de la boue sur le perron. Or, c'était une des rares choses qui semblaient propres alentour.

Stan Sr et Stan Jr étaient peut-être dans les écuries et n'avaient pas pris le téléphone avec eux. Cela expliquerait qu'ils n'aient pas répondu aux appels de Faith. Ils pouvaient aussi être allés en ville dîner de bonne heure. Il n'y avait aucun véhicule sur la propriété, du moins aucun qu'ils aient vu en arrivant.

D'autres coups sur la porte n'eurent pas plus de résultat. L'endroit était silencieux, apparemment désert. Il s'approcha de la seule fenêtre en façade et essaya de voir entre les lattes des volets. Tout ce qu'il put distinguer, ce fut les pales d'un ventilateur tournant lentement au plafond. Jetant un regard en arrière, il fit signe à Faith qu'il faisait le tour du bâtiment.

En marchant, il chercha un indice prouvant que quelqu'un s'était trouvé là récemment. Tout semblait en ordre, sans effraction, ni herbe piétinée.

Lorsqu'il remonta en voiture, il dit :

— On dirait que personne n'est venu depuis quelques jours.

— Quelqu'un devait être aux écuries ce matin pour signaler la disparition des chevaux.

— Si oui, il n'est pas allé au bureau. Garde l'œil ouvert. Rien de ce que nous avons trouvé ici n'écarte le fait que notre tueur a pu les prendre.

Il serra les dents tandis que le pick-up cahotait en direction de la grange délabrée.

— Une chose est sûre, j'espère que le propriétaire s'occupe mieux de ses animaux que de sa propriété. Tu as trouvé quelque chose sur l'endroit que nous voulions examiner ?

— J'ai parlé au propriétaire et à sa femme, qui y vivent à plein temps. Aucun d'eux n'a vu rien vu d'inhabituel. Et ils ont des chiens, beaucoup de chiens à en juger par les aboiements. M. Pittman, le mari, dit que les chiens sont en liberté sur son terrain. Si quelqu'un était venu, il l'aurait su.

— On peut probablement placer l'endroit en fin de liste. Et Lance ?

— Il est en route. Mais il ne sera pas là avant trois quarts d'heure environ.

— Trois quarts d'heure ? Il ne vit pas loin, à quinze minutes maximum par l'autoroute.

— Il était en déplacement quand Grayson l'a appelé et lui a dit de revenir. Le reste de l'équipe est soit à UB, soit sur d'autres enquêtes. Tu veux que je demande à Grayson d'envoyer quelqu'un d'autre ?

Asher réfléchit à cela, puis secoua la tête.

— Non. Je suis sûr que Grayson a soupesé les priorités quand il a choisi Lance. Le Bureau et la police de Gatlinburg sont probablement sur son dos, et il doit prendre garde aux apparences. Lance est le type idéal pour ça. Lui et moi, nous allons parfois faire du cheval ensemble. Si on doit chevaucher dans la montagne, il sera un atout.

Un léger hoquet attira son attention tandis qu'il s'arrêtait près de la grange.

— Ça va ?

— Euh, oui. C'est juste que… je ne pensais pas qu'on allait, tu vois…

— Monter à cheval ?

— Oui.

Il sourit.

— Si nous trouvons des indices confirmant notre théorie selon laquelle le type a emmené Leslie dans la montagne, comment croyais-tu que nous allions le poursuivre ?

— J'imagine que je n'ai pas réfléchi jusque-là.

Elle poussa un autre soupir entrecoupé. Il lui pressa gentiment la main.

— Ne te stresse pas outre mesure. Prenons les choses une par une et voyons si nous trouvons des traces qui nous mènent dans cette direction. D'accord ?

Elle lui adressa un petit sourire.

Il la conduisit à l'entrée par le chemin le moins boueux qu'il put trouver, mais elle jurait tout de même à grand bruit quand ils s'arrêtèrent.

— Pourquoi n'avons-nous pas mis des jeans avant de partir ? grommela-t-elle. Mon pantalon est fichu.

— Tu peux l'enlever, si tu veux. Ça ne me dérange pas.

Elle éclata de rire.

— Tu es impossible. Et, non, je ne vais sûrement pas côtoyer un tas d'animaux puants le derrière nu.

Il sentit sa gorge se serrer.

— Tu veux dire que tu ne portes pas de...

— Je veux dire « mêle-toi de tes affaires ». Tu ne me feras pas enlever mon pantalon.

Il ne put s'empêcher de sourire devant sa rougeur soudaine.

— On ne devrait pas chercher des empreintes de pas ou quelque chose du genre ?

Sans attendre sa réponse, elle entra à grandes foulées dans le bâtiment. Asher la suivit en gloussant.

À quelques mètres à l'intérieur, elle hésita, le nez plissé.

— Cette odeur. Berk ! Je ne sais pas ce que Daphne trouve aux chevaux. Quand elle est rentrée l'autre jour, elle empestait de la même manière. Il a fallu passer ses vêtements deux fois à la machine pour s'en débarrasser.

— C'est l'odeur de la liberté. La liberté d'aller où on veut, de jouir de la vue, de la nature telle qu'elle est faite.

— Je peux en profiter tout aussi bien avec mes deux pieds par terre. Et sans odeur chevaline.

Il se mit à rire.

Une ombre bougea sur leur droite. Faith et lui dégainèrent immédiatement leurs armes. Un homme grand et massif se tenait dans l'allée obscure, un cheval derrière lui.

— Montrez-vous, ordonna Asher.

— Waouh, du calme. Ne tirez pas.

L'homme pénétra dans la flaque de lumière projetée par les portes. Il portait un jean délavé et sale, et une chemise à carreaux tout aussi délavée mais relativement propre. Il leva les mains en l'air. Ses yeux bruns, agrandis par l'incertitude, les considérèrent tour à tour.

— Si vous êtes venus me voler, je n'ai pas d'argent liquide.

— Qui êtes-vous ? demanda Asher, tandis que Faith continuait de tenir l'homme en joue.

— Le propriétaire. Enfin, le futur propriétaire. Mon père, Stan

Sr, possède le ranch. Je suis Stan Jr. Il me léguera le ranch quand j'aurai fait ma part de travail.

Il secoua la tête, apparemment gêné d'avoir tant parlé.

— Ça vous ennuierait de remballer vos armes ou de les pointer dans une autre direction ? Je ne suis pas armé et je vous jure que je ne tenterai rien contre vous. Il n'y a rien ici qui vaille ma vie. Prenez les chevaux si vous voulez. Vous pourrez en tirer un bon prix.

Asher s'interrogea sur ces propos, car Stan père avait dit à Faith qu'il réduisait son activité. Celle-ci lança :

— Faites-nous voir votre permis de conduire.

Ses yeux se posèrent sur elle avec un éclair de colère.

— On me l'a enlevé pour conduite en état d'ivresse. Je n'ai pas encore pris la peine de demander une carte d'identité.

— Vous vivez ici ? Sur le ranch ? questionna Asher.

Son regard revint vers lui.

— Vous plaisantez ? Dans cette ruine que papa appelle un bureau ? Pas question. Je vis avec ma petite amie en ville. Papa m'a amené ici en voiture ce matin pour nourrir les chevaux. C'est là qu'on a découvert que la porte était ouverte et que deux des chevaux manquaient. Il l'a signalé et m'a laissé ici pour gérer les recherches.

Il marmonna à mi-voix quelque chose d'insultant pour son père.

— Pourquoi me demandez-vous ça et pourquoi pointez-vous vos armes sur moi ? Qu'est-ce qui se passe, bon sang ?

Asher observa l'homme blond, notant la tension autour de ses yeux. Bien sûr, quiconque se trouvait mis en joue avait de quoi s'inquiéter. Cela ne voulait pas dire qu'il cachait quelque chose.

— Où est Stan Sr ?

Il leva les yeux au ciel, comme aurait pu le faire Faith.

— Mon vieux ? Qui sait ? Probablement parti dépenser mon héritage. Ou bien retourné chez lui, à Pigeon Forge. C'est bien plus beau qu'ici, c'est sûr.

Un nouvel éclair de colère traversa son visage.

— Bien plus beau que l'appartement qu'on a, Rhonda et moi. Vous allez nous cambrioler, c'est ça ?

Soit l'homme était très bon acteur, soit c'était le trentenaire plein de morgue qu'il avait l'air d'être. Asher jeta un coup d'œil à Faith. Elle hocha subtilement la tête, et ils rengainèrent leurs armes.

— Nous avons entendu dire que des chevaux ont disparu ce matin, expliqua Asher. Nous sommes venus voir si on les avait localisés et si vous pensiez qu'ils se sont échappés ou qu'on les a emmenés.

Le soulagement se lut sur le visage de l'homme, qui laissa retomber les mains le long de son corps.

— Vous êtes de la police ? Pourquoi n'avez-vous pas commencé par ça ? Papa vous a appelés il y a des heures. Il était temps que quelqu'un se déplace. Vous avez une idée de ce qu'un animal de 600 kilos peut faire à une voiture quand il court sur la route ?

Il fronça les sourcils.

— Attendez une minute. Emmenés ? Vous pensez qu'on les a volés ?

— Pas vous ?

Il haussa les épaules.

— Je n'y ai pas réfléchi. Je suppose que c'est possible. Vous ne devriez pas noter ça ? Prendre ma déposition ou quelque chose de ce genre ?

— Nous ne sommes pas de la police, dit Asher. Nous l'étions, mais nous travaillons maintenant dans le secteur privé.

Stan afficha sa confusion en levant les sourcils.

— Le secteur privé ?

Asher désigna Faith.

— Voici ma coéquipière, Faith Lancaster. Je m'appelle Asher Whitfield. Nous travaillons sur des affaires classées pour une société appelée Unfinished Business.

— Des affaires classées, hein ? Qu'est-ce que ça a à voir avec notre entreprise en ruine ?

À nouveau, il semblait exaspéré, comme si ses plaintes constituaient une dispute permanente avec son père.

Cette fois, ce fut Faith qui éclaircit les choses.

— Nous enquêtions sur une affaire classée, mais nous en avons été détournés par un enlèvement récent. L'histoire des chevaux disparus nous a incités à nous demander si le ravisseur avait pu les prendre pour emmener sa captive dans les montagnes.

Il écarquilla les yeux.

— Cool. Je veux dire, un enlèvement ce n'est pas cool. Mais qu'ils aient pu venir ici, ça nous met sur la carte, vous voyez ce que je veux dire ? Ce serait bon pour les affaires.

Asher serra les dents. Il n'aimait pas du tout ce type.

— L'important, c'est que la vie d'une femme est en jeu, et que nous essayons de la retrouver.

— Bien sûr. Que puis-je faire pour vous aider ?

Un hennissement s'éleva derrière lui, dans l'obscurité. Stan poussa un soupir d'exaspération.

— Coco m'appelle. Je viens de la seller et elle s'impatiente.

Il pénétra dans l'allée obscure. Asher lui emboîta le pas pour ne pas le perdre de vue. Faith les suivit, en restant à l'écart de l'impressionnante jument baie au milieu de l'allée.

— En voilà une belle monture.

Asher ne put résister à l'envie de passer la main sur le museau velouté, ce qui lui valut un petit coup de tête joueur.

Stan resserra la sangle de la jument.

— C'est l'une de nos deux juments baies. L'autre est là-bas, Ginger. Y aurait-il un fan d'équitation parmi nous ?

Asher gloussa.

— Fan est peut-être un peu exagéré. Mais j'ai grandi avec des chevaux. Je sais reconnaître leur qualité. Cette jument est splendide. Je ne m'attendais pas à cela dans un ranch de promenades à cheval.

— Elles ne seraient pas là sans moi. Les bêtes de papa sont du genre doux et docile, comme celles de tous les ranchs de promenades. J'ai insisté pour qu'on achète des montures décentes pour nous, quand nous devons vérifier les clôtures ou chaperonner des touristes. Les bais ont le pied aussi sûr que les chevaux de randonnée, mais ils sont plus gros et plus endurants.

Il donna une claque sur l'encolure de Coco, et l'animal fit un écart nerveux. Fronçant les sourcils, l'homme tira brutalement sur les rênes. La jument protesta en renâclant, et il la força à reculer.

Asher se raidit, instantanément en alerte. Pour un homme qui travaillait avec des chevaux, Stan ne semblait pas très gentil avec eux. Il échangea un regard avec Faith et vit ses soupçons se refléter dans ses yeux.

— Je ne voudrais pas être grossier, reprit Stan, mais ni papa ni moi n'avons vu personne aujourd'hui. Et je n'ai pas remarqué de signes d'effraction. Je suppose que les chevaux se sont échappés tout seuls. Et si je ne me dépêche pas de repartir à leur recherche il ne restera plus grand-chose du jour.

— Repartir ? Si vous les avez cherchés et ne les avez pas encore trouvés, pourquoi êtes-vous revenu ? questionna Asher.

Junior lui lança un regard impatient.

— Je les ai cherchés toute la matinée. J'avais faim et j'étais fatigué. Une autre question *importante* ?

— Emmenez-nous avec vous, dit Asher.

Stan ouvrit de grands yeux.

— Quoi ? Pourquoi ?

Faith posa une main sur le bras d'Asher.

— Ça me va d'attendre ici. Une fois Lance arrivé, je le mettrai au courant et je l'enverrai vous rejoindre.

— Euh, allô, dit Stan. De quoi parlez-vous ? Qui est Lance ?

— Lance Cabrera, un homme qui travaille avec nous. Donnez-nous une minute, répondit Asher. Sellez l'autre bai et un cheval de randonnée.

— Mais pourquoi...

— Nous pensons que l'homme qui a enlevé une femme ce matin pourrait avoir volé vos chevaux et qu'il est dans la montagne. Si vous y allez tout seul et que vous tombez sur lui, votre vie sera en danger. Vous pouvez nous servir de guide et nous laisser, Faith et moi, nous occuper des ennuis qui pourraient surgir.

Junior écarquilla les yeux, mais n'argumenta pas. Il pénétra dans ce qu'Asher supposa être la sellerie et en ressortit avec une selle.

— Donnez-moi quelques minutes.

Tandis qu'il se dirigeait vers la stalle de l'autre baie, Faith murmura :

— Asher, ne me demande pas de faire ça. Je ne peux pas monter une de ces bêtes.

Stan sortit la tête de la stalle.

— Si vous craignez que la jument soit trop capricieuse, j'ai un hongre de quatre ans, aussi calme qu'on peut l'être.

— Nous n'aurons pas besoin du hongre, insista Faith.

— Si, nous en aurons besoin.

Faith se rembrunit. Stan Jr disparut dans la stalle.

Asher la conduisit quelques mètres plus loin, hors de portée des oreilles de Stan. Elle se dégagea.

— Tu ne me convaincras pas de faire ça. Je ne vais pas monter sur ce... ce...

— Hongre.

Elle frémit.

— Ça a l'air encore plus effrayant que « cheval ». Qu'est-ce que ça veut dire, en plus ?

— Un hongre est un cheval qu'on a castré.

Elle écarquilla les yeux.

— Castré ? Que c'est cruel.

— Ce n'est pas plus cruel que de castrer un chien pour éviter d'avoir des portées de chiots qui finiront euthanasiés. Castrer un cheval le rend plus docile, plus facile à manier. Et ça aide à maintenir la paix dans l'écurie.

— Dois-je comprendre que tu préfères monter un hongre ?

Il sourit largement.

— Oh non. Je préfère un étalon n'importe quel jour. C'est son attitude qui fait de la chevauchée un vrai défi.

— Nous nous égarons, dit Faith en agitant la main. Je ne vais pas monter sur un de ces animaux.

Elle croisa les bras.

— Et tu ne m'y forceras pas.

Si cela avait été quelqu'un d'autre, il aurait ri de ces paroles enfantines. Mais c'était Faith. Il voyait de la peur dans ses yeux, une peur qu'elle faisait de gros efforts pour dissimuler.

Asher lui décroisa gentiment les bras pour lui prendre les mains.

— C'est d'accord. Je ne te forcerai pas à monter à cheval...

— Tant mieux. Parce que je ne veux pas avoir à te tirer dessus.

— C'est un peu la question, dit-il en souriant. J'ai besoin de renforts, de quelqu'un qui tire aussi bien que moi...

— Pfff. Je suis bien meilleure que toi.

— Peut-être.

Il jeta un coup d'œil à la stalle, où Stan était occupé, avant de croiser à nouveau son regard.

— Tu es la seule personne qualifiée ici pour m'aider si les choses tournent mal.

— Ce n'est pas juste. Tu essaies de me culpabiliser pour que j'aille avec toi.

— Non. Je m'assure que tu es consciente des faits et que tes préjugés envers les chevaux ne t'aveuglent pas.

Elle poussa un juron bien senti.

— Si Leslie est là-haut, continua-t-il, et que je la trouve, j'aurai besoin de toi pour la secourir et faire en sorte que le salopard...

À nouveau, il jeta un coup d'œil à la stalle.

— ... n'ait pas l'occasion de lui faire du mal, ou pire. J'ai besoin de tes compétences et de ton expertise, Faith. Je sais combien c'est dur pour toi. Et je ne te le demanderais pas si ce n'était pas important. Mais si tu restes ici et que je suis en difficulté, le temps qu'il te faudra pour me rejoindre, toi ou quelqu'un d'autre, peut faire la différence dans le sauvetage de Leslie.

Elle pâlit.

— Lance est en route.

Elle sortit son téléphone et consulta l'écran.

— Trente minutes environ, dit-elle en tressaillant.

— D'accord.

Faith cilla.

— D'accord ?

Il effleura son visage incroyablement doux.

— C'est d'accord. Tu restes ici. Quand Lance arrivera, dis-lui par où nous sommes partis.

Une larme roula sur son visage, et elle l'essuya d'un geste coléreux.

— Tu sais très bien que je ne vais pas rester trente minutes les bras ballants pendant que tu montes là-haut sans renfort.

Cette fois, ce fut son tour de jeter un regard à Stan, qui sellait l'autre jument. Elle baissa la voix.

— Et nous savons tous deux qu'il te faudra sans doute des renforts plus tôt que prévu. Il y a quelque chose qui cloche chez ce Stan.

— Je suis d'accord, murmura Asher.

Elle poussa un gros soupir.

— Amène-moi ce stupide hongre.

Il sourit jusqu'aux oreilles.

— Brave fille.

Il pressa les lèvres sur son front.

— Merci, Faith.

Elle s'essuya le front d'un geste délibéré.

— Je déteste quand tu essaies de me manipuler. Remercie-moi avec un dîner luxueux, à supposer que je survive à cette expédition. Cela annulera le dîner que je te dois, évidemment.

Un son métallique les fit se retourner tous deux. La jument baie, Ginger, sortait de sa stalle.

Stan leur lança un regard pénétrant.

— Je vais chercher le hongre et...

— Pas la peine, dit Asher. Mlle Lancaster va monter en croupe avec moi. L'homme qui arrive pourra seller le hongre pour lui. Comme vous l'avez dit, il ne reste pas beaucoup de jour. Il faut y aller.

— Des renforts ? Des flics ?

— C'est le collègue dont j'ai parlé tout à l'heure. Il est déjà en route...

Stan enfourcha brusquement Coco et la fit pivoter vers les portes ouvertes. Jurant, Asher courut après lui en dégainant son pistolet.

— Arrêtez-vous ou je tire !

Stan talonna Coco, et ils se ruèrent par les portes ouvertes.

Faith rejoignit Asher en courant, son arme également sortie. Tous deux visèrent la silhouette de Junior sur son cheval qui filait à toute allure vers les contreforts.

Elle jura.

— On ne peut pas abattre un homme dans le dos.

— Ce qui m'inquiète davantage, c'est que, si nous le tuons et qu'il détienne Leslie dans la montagne, nous ne la retrouverons jamais.

Asher fourra son pistolet dans son holster d'épaule, sous sa veste, et revint en courant vers Ginger. Dès qu'il mit le pied à l'étrier, la selle glissa et tomba sur le sol, soulevant un nuage de poussière. Faith courut à lui, agitant la main devant son visage.

— Que s'est-il passé ?

Asher saisit la sangle du harnais et jura en voyant qu'elle était coupée.

— Il a tranché la sangle qui retenait la selle.

Il rejeta la selle inutile, arracha le tapis de selle et tira Ginger jusqu'à la stalle la plus proche.

Il posa les mains sur la paroi en lattes, mais sa veste lui entravait les épaules. Après l'avoir ôtée, il put escalader la paroi pour enfourcher le cheval.

Faith se précipita vers lui, mais recula en trébuchant pour éviter l'animal.

— Asher ? Qu'est-ce que tu fais ? Tu as besoin d'une selle…

Il se redressa sur le dos du cheval et détacha les rênes du pilier en tapotant gentiment l'encolure de sa monture.

— Pas le temps. Il est probable que Stan Jr, ou quel que soit son nom, a Leslie. S'il ne l'a pas encore tuée, il est sur le point de le faire. À moins que je ne l'en empêche.

Il clappa de la langue à l'intention de la jument et la fit tourner en direction de la sortie.

— Attends !

Faith s'approcha bravement du cheval, sans reculer quand celui-ci secoua la tête. Elle tendit les bras à Asher.

— Fais-moi monter. Tu disais que tu me prendrais en croupe.

— Plus maintenant. Je suis désolé, Faith, tu me ralentirais.

Il talonna les flancs de la jument, la faisant sortir de l'écurie au galop.

8

Faith serra les poings d'énervement en regardant Asher, agrippé au dos de l'énorme cheval, escalader les rochers disséminés sur la pente. Très vite, ils disparurent entre les arbres. Cet homme était intrépide. Et compétent dans des domaines qu'elle n'aurait jamais imaginés. Qui chevauchait à cru dans la montagne ? En pourchassant un tueur ?

Sans renforts.

Se maudissant pour sa lâcheté, elle pivota sur elle-même. Sortant son portable, elle rentra dans le bâtiment et pressa l'un de ses contacts. En mettant le téléphone à l'oreille, elle jeta un coup d'œil dans la première stalle. Un cheval roux aux yeux de biche lui rendit silencieusement son regard. Était-ce un hongre ? Comment était-elle censée reconnaître un hongre ? Elle se mordit la lèvre, puis se pencha et regarda entre les lattes. Elle n'aurait pu dire si c'était un mâle ou une femelle, et encore moins s'il était castré.

Se déplaçant jusqu'à la stalle suivante, elle regarda dedans. Le cheval gris et blanc, avec des taches sombres sur le postérieur, lui rappela ces chiens tachetés. Les dalmatiens ? C'était joli. Mais le cheval était trop gros. Elle n'imaginait pas la vue terrifiante qu'on devait avoir de là-haut. Stalle suivante.

Le téléphone bourdonna enfin.

— Hé, Faith. Désolé d'avoir tardé à répondre. J'étais...

— Lance. Dans combien de temps seras-tu là ?

— Ravi de t'entendre aussi. Dans un petit quart d'heure. La circulation en ville est dingue, avec tous les touristes...

— Oublie les touristes et appuie sur le champignon. Asher est tout seul dans les montagnes, pourchassant le type dont nous pensons qu'il est le tueur. Il a besoin de renforts. Et je...

Elle s'éclaircit la voix.

— Je n'ai pas pu monter sur ce fichu cheval pour l'aider.

— Je serai là aussi vite que possible.

Un moteur rugit, des klaxons retentirent et la communication fut coupée.

Faith fourra le téléphone dans sa poche et pressa le pas, longeant les stalles en examinant les chevaux. Il y en avait huit en tout. Chacun d'eux était intimidant. Mais le premier était le plus petit. Elle pria pour que ce fût le gentil hongre.

Revenant en courant à la première stalle, elle fut soulagée de constater que la tête du cheval était déjà harnachée. Elle chercha les rênes des yeux. Là, pendues à un crochet. C'était une longue lanière de cuir avec un clip au bout. Ce devait être cela. Elle s'en empara et ouvrit la porte.

— Là, là, petit cheval.

Elle tendit la main. Le cheval hennit doucement.

— Eh bien, au moins, tu n'essaies pas de me mordre. C'est bon signe, n'est-ce pas ? On va bien s'entendre, hein ?

Se forçant à avancer, elle tendit le bras et passa doucement la main sur l'encolure du cheval, comme elle avait vu Asher le faire. L'animal ne parut pas s'en formaliser. Il tourna la tête et fourra le nez dans un seau en métal suspendu à la paroi.

Inspirant profondément, Faith avança de quelques centimètres puis accrocha le clip à l'anneau en métal sur la tête du cheval. Celui-ci ne tressaillit même pas.

Elle poussa un soupir de soulagement et sourit.

— Ça ne va pas trop mal. Allez, petit cheval, par ici.

Elle tira gentiment sur les rênes. Le cheval s'ébroua, comme s'il était déçu, mais laissa le seau en métal et la suivit docilement hors de la stalle.

Faith enroula les rênes autour du même crochet métallique dont elles pendaient précédemment tandis que le cheval attendait patiemment.

Bien qu'elle se sente plus confiante, elle savait qu'il lui serait impossible de rester sur le cheval en se cramponnant à sa crinière. Elle contempla la selle que Stan avait sabotée. Elle avait besoin de quelque chose comme ça, mais en plus petit. Stan n'avait-il pas tiré cette selle de l'une des salles de l'autre côté de l'allée ?

Oui, là. Au fond. Elle y courut et l'ouvrit en grand. Son cœur chavira quand elle vit l'amas de rênes et de selles empilées ou suspendues à des crochets. Elle ignorait tout à fait laquelle essayer. Mais les selles les plus proches semblaient trop lourdes. Il devait y avoir quelque chose de plus commode.

Derrière l'un des tas, elle trouva exactement ce qu'elle cherchait, une petite selle légère. Elle avait l'air bizarre, avec deux fourches pointant de part et d'autre. Mais elle supposait qu'une selle était une selle. Elle la souleva, soulagée qu'elle ne pèse pas plus qu'un sac de patates, et l'emporta jusqu'au cheval.

— Et maintenant ?

Elle considéra l'animal, qui la regardait d'un air sceptique. Il ferma les yeux.

— C'est parfait, dit-elle. Reste juste comme ça et laisse-moi faire. Ne bouge pas, d'accord ?

Prononçant une courte prière, elle jeta la selle sur le dos du cheval. Il hennit brusquement et cogna du sabot contre la stalle. Faith prononça des mots dénués de sens et se débrouilla pour empêcher la selle de glisser. Dès que la bête fut calmée, elle essaya de comprendre comment faire. Le volume de boucles et de lanières était confondant. Mais elle savait qu'il y avait une grosse lanière censée passer autour de son ventre. Asher avait appelé ça une sangle, n'est-ce pas ?

Courant vers la selle qu'Asher avait essayé d'utiliser, elle étudia le morceau de cuir sectionné. En gardant cette image à l'esprit, elle revint au cheval et chercha quelle lanière ressemblait à celle-là.

Quelques minutes plus tard, elle se redressa pour admirer son travail. Tout avait l'air correct, autant qu'elle puisse dire. Et lorsqu'elle tira sur la selle celle-ci resta en place.

— Bon. Et maintenant comment je te monte dessus ?

Le cheval lui adressa un regard somnolent.

— Tu ne m'aides pas, grommela-t-elle.

Asher avait escaladé la paroi de la stalle pour monter sur son cheval. Sans tabouret et sans échelle en vue, elle supposait qu'elle devait faire la même chose. Il lui fallut plusieurs tentatives, mais elle finit par s'installer avec précaution sur la selle. Le cheval ne bougea pas du tout.

Elle gloussa de satisfaction.

— Bon sang, Asher va être surpris. Allons-y pour l'aventure, Red. Ça te va comme nom ?

Elle lui tapota l'encolure avant de tirer sur l'autre bout des rênes et de le décrocher. Quelque chose n'allait pas. Il était attaché avec un clip au harnais d'un côté, mais l'autre bout avait une sorte de poignée, pas un clip. Asher n'avait-il pas accroché les rênes des deux côtés ?

Elle enroula l'enrênement autour de sa main pour le raccourcir et fit l'expérience de tirer dessus. Le cheval tourna comme il le devait, faisant face à la porte.

Faith haussa les épaules. Peut-être ne l'avait-elle pas fait tout à fait comme il fallait, mais ça marchait.

— Yah, le cheval.

Il ne bougea pas. Elle gigota sur la selle.

— Allez hue, Red. Allons-y.

Le cheval tourna la tête pour lui lancer un regard de biais.

— Génial. J'ai choisi un cheval cassé. Allez. Vas-y !

Elle s'agita à nouveau sur la selle.

— Faith, arrête !

En pivotant, elle vit Lance qui courait vers elle. Le cheval se décida à cet instant. Il trotta hors de l'écurie, tandis que Faith tirait désespérément sur les rênes. Red s'arrêta brusquement et se mit à tourner en cercle.

Lance fut soudain là, lui ôtant les rênes des mains.

— Faith, qu'est-ce que tu fais, bon sang ? Tu essaies de te tuer ?

— Je voulais aider Asher. Je t'ai dit qu'il a besoin de renforts.

Elle fronça les sourcils.

— Comment as-tu fait pour arriver si vite ?

— J'ai grillé tous les feux rouges. Allez, on va te descendre de là.

Elle le laissa avec soulagement la cueillir sur la selle. Mais au lieu d'enfourcher le cheval Lance fit volte-face et retourna vers l'écurie avec l'animal en remorque.

Faith s'immobilisa, surprise, puis le suivit au petit trot. Lorsqu'elle pénétra à l'intérieur, elle fut encore plus surprise de voir la selle tomber au sol et Lance pousser le cheval dans sa stalle.

— Lance, arrête. Ne perds pas de temps à changer de monture. Asher a besoin de toi.

— C'est pourquoi je vais choisir un cheval assez gros pour me supporter. Et je vais prendre une selle normale, pas une selle d'amazone à l'anglaise.

Il secoua la tête.

— Pourquoi ils en ont une ici, ça me dépasse. Au lieu de la longe et du licou, je vais mettre des rênes et une bride. Pour l'amour de Dieu, tu n'es jamais montée à cheval ?

— Quelquefois. Ça ne s'est pas bien terminé, avoua-t-elle.

— Sans blague.

Elle croisa les bras et s'écarta lorsqu'il fit sortir un grand cheval brun de la stalle suivante.

— La sellerie ? questionna-t-il.

— Si tu veux dire là où sont les selles, c'est là-dedans.

Elle désignait la porte au fond. Il y pénétra. Un instant plus tard, il en émergea, portant une grosse selle, un petit tapis et des lanières de cuir mêlées de métal.

— Tu peux demander ses coordonnées à Asher ?

Il parla gentiment au cheval et jeta le tapis sur son dos.

— Je ne veux pas trahir sa position s'il essaie de surprendre le tueur. Mais je peux utiliser mon application dédiée pour te dire exactement où il est.

Lance rit en installant la selle sur le dos du cheval.

— Tu as une application pour localiser Asher ?

— Plus ou moins. C'est la même que j'utilise pour ma sœur. Elle localise son téléphone.

— Ça marche pour moi.

Ses doigts se déplaçaient à la vitesse de la lumière pour boucler, tirer et ajuster la selle. Quelques minutes plus tard, il rejeta le machin en cuir - le licou, se rappela-t-elle - et le remplaça par un autre exactement semblable, mais il y avait du métal à une extrémité, qu'il glissa dans la bouche du cheval et dans les anneaux pour y accrocher des lanières en cuir.

Maintenant, elle comprenait pourquoi ses rênes n'avaient pas l'air normales. Ce n'étaient pas des rênes, c'était cette longe dont il avait parlé. Elle serra les poings, embarrassée d'avoir tout fait de travers.

Il se hissa sur la selle et fit tourner le cheval d'une pression subtile sur les flancs, sans utiliser les rênes, qu'il avait passées autour de la selle. Il prit son téléphone et arqua un sourcil.

— Les coordonnées ?

— Oh oui, bien sûr. Je te les envoie par texto tout de suite.

Son téléphone bipa. Il tapa quelque chose sur l'écran, hocha la tête et glissa l'appareil dans la poche de sa chemise.

— Envoie-moi les coordonnées toutes les deux ou trois minutes. Et appelle Grayson, mets-le au courant. Je n'ai pas eu le temps de l'appeler en fonçant jusqu'ici.

Avant qu'elle puisse répondre, il rassembla les rênes dans sa main et talonna les flancs de son cheval. Celui-ci hennit et se rua au galop hors du bâtiment.

Après avoir vérifié que Lance s'engageait dans la même direction qu'Asher, Faith retourna à l'intérieur et appela Grayson. Il répondit à la première sonnerie.

— Faith, il était temps. Quelle est la situation ? Vous avez trouvé des indices du ravisseur ou de Leslie ?

— Peut-être, peut-être pas.

Elle le mit au courant de ce qui s'était passé, tout en rapportant la selle anglaise dans la sellerie. En répondant aux questions de Grayson, elle tâta machinalement plusieurs pièces d'équipement suspendues aux murs, se demandant à quoi elles servaient. Elle en reconnut une : un fouet. En atteignant le fond de la pièce, elle trébucha sur quelque chose et heurta le mur. Baissant les yeux pour voir ce qu'elle avait piétiné, elle aspira brusquement.

— Que se passe-t-il ? demanda Grayson.

Elle se pencha pour dérouler un tapis. D'une main tremblante, elle souleva le pan d'un autre tapis à côté.

— Oh non...

— Faith ? Qu'est-ce qu'il y a ?

— À en juger par leur ressemblance, je crois que je viens de trouver les Darden, père et fils. Ils sont morts.

9

Asher s'agenouilla pour étudier les empreintes de sabots. Elles semblaient récentes, de même taille et de même profondeur que celles que laissait sa jument. Il était sur la bonne piste. Il espérait rejoindre Stan avant que Stan ne rejoigne Leslie.

Il était sur le point d'enfourcher à nouveau son cheval quand un hennissement s'éleva entre les arbres. Tout près. Comme il n'entendait pas de bruit, le cheval devait être arrêté. Dégageant son arme, il laissa sa jument brouter sous les arbres et s'enfonça dans les bois.

Quelques instants plus tard, il entendit un autre bruit : un gémissement. Resserrant les doigts autour de son pistolet, il pressa le pas aussi silencieusement que possible. Dans une percée entre les arbres, il vit ce qu'il cherchait. Leslie. Elle était vivante, Dieu merci. Nue, elle était debout sur un tronc d'arbre, la tête baissée, le visage recouvert par ses cheveux. Mais il n'avait pas besoin de voir son visage pour savoir que c'était elle. Sa taille, son poids, ses cheveux noirs et frisés, la couleur ébène de sa peau… tout correspondait à la description de la fille disparue.

Asher épia entre les buissons, cherchant Stan ou son cheval. La chair de poule le prit tandis qu'il attendait. Tout dans cette situation – le hennissement, le gémissement de Leslie – sentait la mise en scène. C'était un piège. Mais où était Stan ?

Un autre gémissement le poussa à regarder Leslie. Même à vingt mètres de distance il voyait qu'elle tremblait de froid. Il survola à nouveau la zone des yeux. Il avait terriblement envie de se précipiter dans la clairière pour l'aider. Mais s'il tombait dans une embuscade il ne lui servirait à rien.

Où es-tu, bon sang ? Où te caches-tu, ordure ?

Soudain il la vit. Une corde, dissimulée en grande partie par les feuilles mortes. Une de ses extrémités serpentait entre les arbres vers la gauche. L'autre rejoignait directement le tronc sur lequel Leslie se tenait.

Il leva la tête, regardant au-dessus de la fille. Sans surprise, il vit une deuxième corde, se confondant presque avec l'écorce du chêne. Asher comprit immédiatement de quoi il s'agissait. Stan avait passé la corde au-dessus d'une branche et autour du cou de Leslie. À cet instant, elle leva la tête, révélant le nœud coulant autour de sa gorge.

Stan l'avait conduit ici pour qu'il le voie tuer sa victime. Un rire dément s'éleva sous les arbres, nouant les entrailles d'Asher.

— Montre-toi, Stan ! Ou tu es trop lâche ?

— Je ne suis pas lâche, enquêteur, hurla-t-il dans l'ombre. Mais je ne suis pas stupide non plus. Vous allez me laisser partir pour sauver la fille.

Il rit encore.

— Si vous y arrivez.

La corde nouée autour du tronc d'arbre se tendit, comme si on tirait dessus.

— Hue, stupide canasson ! cria Stan à son cheval.

Poussant un juron, Asher s'élança à travers les buissons et pénétra dans la clairière, courant vers Leslie. Un bruit de sabots se fit entendre. La peur écarquilla les yeux de Leslie et son visage prit une teinte cendrée.

La corde claqua sur le sol. Le tronc fit un bond en avant. Leslie hurla quand ses pieds perdirent leur appui.

Faith pouvait à peine respirer au milieu de toute cette testostérone. L'antenne du FBI ne recrutait-elle plus de femmes désormais ? Bien que les agents de Frost la pressent de toutes parts, elle refusait d'abandonner sa position au premier rang devant le capot de la voiture de Frost. Russo y avait étalé une carte et tout le monde était rassemblé autour, le regardant quadriller la zone de recherche. Bien que personne n'ait de nouvelles d'Asher, Lance avait tenu Faith au courant par textos : il était sur sa piste et espérait le rejoindre bientôt pour s'associer à sa recherche de Leslie et du ravisseur.

Les barrages routiers que Russo avait fait poser près de la résidence des Parks étaient en cours de déplacement. Frost discutait de la possibilité de faire décoller un hélicoptère doté de vision infrarouge avant la tombée de la nuit.

Faith se racla la gorge. Voyant que cela ne suffisait pas, elle tapota le capot.

— Monsieur le directeur, chef, nous avons discuté d'un hélicoptère tout à l'heure, et Asher craignait que cela n'effraie les chevaux. Je comprends que vos hommes savent monter. Mais un cheval effrayé est tout de même dangereux, surtout si notre disparue est dessus. Je ne veux pas que quiconque soit blessé.

L'un des agents spéciaux s'adressa à elle, les sourcils froncés.

— Écoutez, Miss...

Grayson se fraya un passage et lança un regard noir à l'agent.

— Ce sera « mademoiselle Lancaster » pour vous. Ancienne inspectrice de police hautement décorée qui, en tant qu'enquêtrice civile, a résolu une demi-douzaine d'affaires classées sur lesquelles plusieurs agences de police du Tennessee, y compris l'antenne du FBI, avaient échoué.

Il était difficile de ne pas sourire en voyant l'homme s'empourprer, mais Faith y réussit plus ou moins. Grayson tourna le dos à l'agent, le congédiant du même coup, et s'adressa à Russo et Frost.

— Si Asher trouvait trop dangereux de faire venir un hélicoptère, je me fie à son instinct. Quant aux recherches, vos gens et les miens sont impatients de monter en selle et de suivre Whitfield et Cabrera. Mais vous avez bloqué l'accès à la sellerie. La nuit va bientôt tomber et nous avons une innocente victime dans ces montagnes, de même que mes hommes, qui peuvent avoir besoin de renforts. Au lieu d'attendre l'arrivée du médecin légiste, pourquoi ne pas demander à vos techniciens de sortir l'équipement dont nous avons besoin ?

Frost fronça les sourcils.

— Nous ne pouvons prendre le risque d'endommager la scène de crime. Le procureur pourrait prétendre qu'elle a été contaminée et n'accepter aucune des preuves que nous collecterons. Nous attendrons le légiste.

Faith tapota à nouveau le capot de ses jointures.

— Vous n'aurez même pas de coupable à amener en justice s'il file pendant que nous perdons du temps. Dieu sait ce qu'il pourrait faire à sa captive. Nous ne savons même pas si Asher et Lance les ont trouvés, elle ou le ravisseur. Ils ont besoin de notre aide. Il faut y aller.

Grayson approuva d'un petit hochement de tête et posa un regard intimidant sur son ami Russo. Celui-ci prit un air peiné.

— D'accord, d'accord. On va écarter l'idée de l'hélicoptère pour l'instant. Et cesser d'attendre le légiste. Nous avons déjà photographié la pièce. Mes techniciens, et eux seulement, vont sortir l'équipement nécessaire. Moins il y aura de gens, mieux ce sera. La contamination est un vrai souci.

Grayson fit signe à Ivy Shaw, l'une des enquêtrices d'UB. Elle hocha la tête et courut vers l'entrée du bâtiment, indiquant aux agents et aux enquêteurs d'UB de la suivre.

Frost n'était visiblement pas content de la décision de Russo, mais c'était sa juridiction, aussi n'argumenta-t-il pas.

— Je vais finir de quadriller la zone de recherche pour ceux qui vont suivre à pied. Mlle Lancaster a les coordonnées GPS. Que quelqu'un lui emprunte son téléphone ou télécharge son application, peu importe du moment que les équipes puissent l'utiliser pour retrouver Whitfield et Cabrera.

Un bruit de pneus écrasant du gravier annonça l'arrivée du médecin légiste. Il s'arrêta devant l'entrée principale.

Russo fendit la foule pour s'approcher de son véhicule. Faith recula, faisant le tour du capot de la voiture pour les suivre dans le bâtiment.

Une main se saisit de son bras, l'arrêtant. Grayson. Elle lui jeta un regard interrogateur. La relâchant, il secoua la tête.

— Je sais que l'attente a été pénible pour toi, mais les choses avancent. Laisse au médecin légiste l'espace nécessaire pour sortir l'équipement et protéger les indices. Nous allons bientôt monter à cheval et partir.

— Nous ? Tu as l'intention de les accompagner ? Tu sais monter à cheval ?

Il lui adressa un de ses rares sourires.

— Je vais laisser les jeunes gérer ça. Mais, oui, je monte de temps en temps. Willow aussi. Il faut que tu dépasses ta peur des chevaux. Tu rates un grand plaisir.

Elle le fixa en rougissant.

— Qui te l'a dit ?

— Toi. Tes réactions quand tu m'as mis au courant de ce qui s'est passé. Tu m'as dit que Lance était arrivé et voulait suivre Asher. Mais je sais que tu y serais allée toi-même si tu étais à l'aise sur un cheval.

Elle rougit davantage en prenant conscience qu'il savait qu'elle s'était montrée lâche. Il lui posa une main sur l'épaule.

— Ne te sens pas coupable. C'était plus logique pour un cavalier comme Lance de se charger de ça. Tu aurais constitué un handicap.

— Eh bien, merci.

Il lui pressa l'épaule et la lâcha.

— Garde juste les pieds sur terre, Faith.

Elle sourit à contrecœur et jeta un œil critique sur les adjoints et les agents du FBI qui avaient déclaré savoir monter à cheval. Aucun d'eux ne dégageait la confiance de ses collègues. Mais au moins ils connaissaient la différence entre une longe et des rênes – non qu'elle commettrait à nouveau cette erreur.

— Il faut qu'ils se dépêchent.

— Ça ne leur prendra pas longtemps. Ton application GPS les guidera, et ils n'auront pas à aller lentement comme Asher a dû le faire. À quelle distance est-il maintenant ?

Elle consulta son téléphone et fronça les sourcils.

— Ça n'a aucun sens. Il... il a fait demi-tour. Il revient vers nous, très rapidement.

Grayson se pencha par-dessus son épaule.

— À cette vitesse, il ne lui faudra pas longtemps pour arriver.

Il contempla les montagnes.

— Contacte Lance. Vois s'il sait ce qui se passe. Sinon, prends le risque de contacter Asher.

Elle adressa rapidement un texto à Lance.

Voyant qu'il ne répondait pas, elle appela son numéro. Elle essaya également Asher, en vain.

— Aucun d'eux ne répond. Je n'aime pas ça. Quelque chose se passe. Asher pousse son cheval trop vite, il prend des risques sur ce terrain accidenté.

Elle vérifia à nouveau le GPS et sentit son estomac se nouer.

— Sa vitesse est vraiment téméraire. Tu penses que le faux Stan le poursuit ?

Grayson secoua la tête.

— Asher ne fuirait pas un affrontement. Peut-être que la piste s'est refroidie et qu'il se dépêche de revenir pour organiser la battue avant la nuit.

Elle observa les arbres au sommet de la crête. Elle ne doutait pas de la bravoure d'Asher. Il ne fuirait pas, à moins que ce ne soit la seule option restante. Peut-être était-il blessé et n'avait-il plus le choix. Son arme avait pu s'enrayer. Ou le faux Stan l'avait piégé et...

— Il va bien, Faith. Tous les deux. Arrête de t'inquiéter. C'est un ordre.

Elle serra les poings.

— On ne peut pas empêcher quelqu'un de se faire du souci en le lui ordonnant.

Ils se retournèrent en entendant un fracas de sabots et virent l'équipe de recherche émerger de l'écurie. Sept chevaux sellés en sortaient. Tandis que les agents les montaient, l'un d'eux leva son téléphone et la héla.

— Nous attendons ces coordonnées, mademoiselle Lancaster.

Elle le rejoignit en hâte et lui donna l'information.

— Mais vous devriez attendre. Apparemment, Asher est sur le chemin du retour. Il devrait être là d'une minute à l'autre.

La lueur d'un gyrophare jeta des éclats. Une ambulance venait de s'arrêter près de la camionnette du légiste. Faith se tourna vers Grayson.

— Tu as appelé une ambulance ? Tu as eu des nouvelles d'Asher sans me le dire ? Il est blessé. Je le savais. Il...

— Faith, non. Je n'ai pas de nouvelles. Russo a demandé l'ambulance, au cas nous trouverions Leslie. Tu es aussi inquiète pour Lance ? Ou est-ce seulement pour Asher ?

Elle cilla.

— Pour tous les deux, évidemment. Ce sont... mes collègues. Et mes amis. Pourquoi me poses-tu la question ?

— Sans raison.

Mais son ton amusé disait le contraire.

Russo cria à Grayson de le rejoindre.

— Je ferais mieux d'aller voir.

Il s'élança au trot. Faith le regarda s'éloigner.

Tu es aussi inquiète pour Lance ? En toute honnêteté, non. Mais cela ne voulait rien dire. Elle se souciait autant de l'un que de l'autre. C'étaient ses collègues, ses amis. Elle redoutait qu'ils ne soient blessés. Asher était-il spécial pour elle ? Oui, bien sûr. Ils étaient proches. Mais c'était naturel étant donné qu'ils travaillaient ensemble bien plus souvent qu'ils ne le faisaient avec les autres. Ryland avait tendance à leur assigner les mêmes affaires. Parce que leurs compétences étaient complémentaires. Cela ne voulait pas dire que leur relation... Pas comme l'impliquait le ton de Grayson.

Elle secoua la tête. Il se comportait comme si elle avait le béguin pour Asher, ou l'inverse. Cette idée la fit glousser. Asher flirtait souvent avec elle, Grayson avait dû mal l'interpréter. C'était une façon de la taquiner.

Non ? Grayson avait-il vu davantage dans ce flirt ? Non, non. Inutile d'aller dans cette direction. Elle était fatiguée et inquiète pour les deux hommes. C'était tout. Elle se posait trop de questions parce que ses émotions étaient à vif. Point final.

Elle serra les poings tandis que l'équipe de recherche traversait la prairie en direction de la montagne. Ils devaient avoir décidé de ne pas attendre. Elle espérait qu'Asher serait bientôt là, sain et sauf. Et Lance aussi, bien sûr.

Un grand cheval roux émergea des arbres, au sommet de la crête la plus proche.

— Asher, souffla Faith.

Le soulagement la fit sourire un instant avant qu'elle ne remarque avec quelle témérité il pressait son cheval. On aurait dit que celui-ci allait dégringoler à chaque pas.

Lance suivait sur son grand cheval bai, arme à la main, se retournant pour regarder les bois derrière lui. Faith contempla les arbres, incapable de distinguer quoi que ce soit. Étaient-ils poursuivis comme elle l'avait craint ?

Les deux hommes rejoignirent la battue à mi-chemin. Asher se retourna légèrement pour dire quelque chose à Lance. Ce fut à ce moment-là que Faith saisit l'éclat de sa peau *nue* dans le soleil déclinant. Elle avait vu sa chemise et avait cru qu'il la portait. À présent, elle voyait que non. Elle était drapée autour d'une petite femme assise devant lui.

Elle retint son souffle. Était-ce Leslie ? Pourquoi aurait-elle eu besoin de la chemise d'Asher ? La réponse était évidente. Faith eut soudain envie de tuer le faux Stan, à supposer qu'Asher ne l'ait pas déjà fait.

Lorsque son cheval bifurqua légèrement, elle eut une meilleure vue de la chemise. Son estomac se noua de frayeur.

Grayson vint à sa hauteur et posa les mains sur la clôture.

— Il l'a trouvée. Bon sang… Il l'a fait. Vous l'avez fait tous les deux. Vous l'avez retrouvée.

— Elle n'a pas bougé, pas une fois. Ses yeux sont clos. Et, la chemise qu'elle porte, elle est…

— Couverte d'éclaboussures.

L'inquiétude tendait sa voix. Aucun d'eux ne prononça le mot auquel tous deux pensaient : le sang.

Faites qu'elle soit vivante. Je vous en prie, mon Dieu, faites qu'elle soit vivante.

Un instant plus tard, Ivy et les hommes s'élancèrent vers la colline, dans la direction d'où venaient Asher et Lance.

Asher serra Leslie contre lui et pressa à nouveau son cheval, sans doute avec les jambes, comme Faith avait vu Lance le faire. Lance revint à sa hauteur et désigna Leslie. Quoi qu'il ait dit, Asher serra fortement les lèvres et ne répondit rien.

Le visage crispé par la colère et l'inquiétude, Lance fit avancer son cheval et franchit le portail avant Asher. Il jeta un coup d'œil à Grayson avant de s'arrêter devant Faith.

— Fais venir les ambulanciers, Faith. Vite.

L'urgence de son ton la poussa à courir vers l'ambulance, bien qu'elle se demandât pourquoi il ne les alertait pas lui-même. Une fois que les ambulanciers eurent sorti la civière, déplié les roues et placé dessus leurs trousses de secours, elle se retourna pour voir où étaient Leslie et les autres. Ils n'étaient plus qu'à quinze pas.

— Faites attention à son cou, avertit Asher.

Lance avait démonté et se tenait près du cheval d'Asher, l'aidant à déposer Leslie dans les bras des secouristes. Une fois sur la civière, elle ouvrit les yeux et gémit.

— Elle est vivante, murmura Faith, soulagée.

Lance dit quelque chose aux ambulanciers. Asher secoua la

tête, l'air en colère. Les ambulanciers hochèrent la tête avant de s'élancer vers l'ambulance avec Leslie.

Faith accourut pour féliciter Asher et Lance et les interroger sur le faux Stan. Mais sa bouche s'assécha lorsqu'elle eut enfin une bonne vue d'Asher, juché sur son grand cheval. À moitié nu, incroyablement sexy. D'où sortaient tous ces muscles ? Elle ne put s'empêcher d'admirer ses biceps bien dessinés. Ne les avait-elle jamais vus auparavant ? Quand en aurait-elle eu l'occasion ? Il portait toujours des chemises à manches longues et des costumes.

Son regard avide absorba la petite touffe de poils sur sa poitrine et la longue ligne noire qui descendait jusqu'à son pantalon. Bonté divine ! Asher était canon !

Elle déglutit et se força à regarder plus haut, s'attendant à ce qu'il ait remarqué sa concupiscence. Sans aucun doute, il allait la taquiner impitoyablement. Mais il ne la regardait même pas. Ses yeux étaient à moitié fermés, son visage anormalement pâle. Lance et Grayson le tenaient par les bras, comme s'ils craignaient qu'il ne tombe de cheval.

L'estomac de Faith se noua. Elle l'avait lorgné avec une telle convoitise qu'elle n'avait pas compris que quelque chose clochait. Elle s'approcha, s'arrêtant à temps pour éviter la tête et les énormes dents carrées du cheval.

— Qu'est-ce qui se passe ? demanda-t-elle. Asher ?

— Faisons-le descendre de ce côté, dit Lance, en ignorant sa question. Attention.

La peur s'empara de Faith quand ils le tirèrent de sa selle. Il trébucha et s'effondra sur le sol. Au lieu de l'allonger, Lance et Grayson l'aidèrent à rester assis.

— Je le tiens, dit Grayson. Dis à un des secouristes de venir.

Lance se releva d'un bond et courut vers l'ambulance. Faith tomba à genoux devant Asher.

— Qu'est-ce qu'il y a ? Asher, regarde-moi.

Il avait les yeux fermés et semblait se concentrer sur... sa respiration.

— Grayson ?

Sa voix se fêla tandis qu'elle se rapprochait d'Asher et faisait mine de passer un bras autour de ses épaules.

— Attention, l'avertit Grayson, ne touche pas son dos.

Elle se figea, puis se pencha pour voir derrière lui. Le manche d'un gros couteau ressortait sous son omoplate gauche. Sous le choc, elle aspira de l'air.

— Asher… oh non !

Elle prit son visage entre ses mains tremblantes.

— Quoi qu'il se soit passé, ça ira.

Une larme roula sur son visage et elle l'embrassa.

— Ça ira. On va s'occuper de toi.

Elle regarda par-dessus son épaule.

— Lance, dépêche-toi !

Lorsqu'elle reposa les yeux sur lui, Asher la regardait. La douleur lui faisait les yeux vitreux et son souffle était laborieux. Mais malgré sa souffrance ses lèvres se retroussèrent en ce sourire qu'elle connaissait si bien.

— Nous l'avons retrouvée, Faith. Vivante.

Sa voix était rauque, à peine audible.

— Il lui a dit qu'il avait tué Jasmine et qu'il allait la tuer.

Asher reprit péniblement son souffle et s'efforça de parler, devenant encore plus pâle.

— Ne parle pas, Asher, le supplia-t-elle.

— J'ai dû…, râla-t-il, la soutenir. Le nœud coulant lui aurait brisé le cou.

Il s'étouffa et aspira douloureusement de l'air. Faith le fixa avec horreur, terrifiée par les mots *nœud coulant.*

— C'est là qu'il m'a lancé un couteau.

— Arrête de parler, Ash. Respire seulement.

Elle repoussa ses courts cheveux noirs sur son front. Son sourire s'élargit.

— Tu m'as appelé Ash.

— Ah bon ? Les mauvaises habitudes de ma sœur déteignent sur moi. Ça n'arrivera plus.

Le rire d'Asher se transforma en une toux déchirante. Une mousse sanglante teinta les coins de sa bouche.

Le regard de Faith vola vers Grayson. Il lui rendit un regard noir d'inquiétude. Il saisit le bras d'Asher, le soutenant prudemment.

— Faith, appelle le 911. Fais venir un hélicoptère médicalisé. *Immédiatement.*

10

Un bip-bip rythmique et le son étouffé de voix tirèrent Asher de sa léthargie. Il s'efforça d'ouvrir les yeux, mais c'était au-dessus de ses forces. Ses paupières étaient lourdes, comme si quelque chose pesait dessus.

Fatigué, si fatigué.

Il avait mal partout. Sa poitrine et son dos étaient en feu. Une douleur lancinante le poignardait chaque fois qu'il inspirait. Cela voulait-il dire qu'il était vivant ? Où était-il ?

Les voix lui semblaient familières. Il était couché dans un brouillard de douleur et de confusion, essayant de saisir des bribes de conversation. La dernière chose dont il se souvenait, c'était de Faith qui l'appelait « Ash ». C'était la première fois qu'elle le faisait.

Faith.

C'était l'une des voix qu'il entendait. L'intelligente, belle et exaspérante Faith. Elle était là. Mais où était ce *là* ?

Bip. Bip. Bip.

— Pneu... mo... thorax.

La voix de Faith.

— Qu'est-ce que c'est ?

— Un poumon effondré. Le couteau que lui a lancé l'assaillant a pénétré dans son dos et...

Les voix s'éteignirent. Des vagues de confusion menaçaient de l'engloutir.

Non. Il devait se réveiller. L'hôpital. Il était à l'hôpital. La voix inconnue devait être celle du médecin, parlant à Faith et à… Grayson. Et à Lance. Il lutta pour saisir la suite.

— … a manqué les principaux organes…

D'autres murmures qu'il ne put saisir.

Bip. Bip.

— … mais il va s'en sortir ?

La voix de Faith à nouveau.

— Il va se rétablir ? Il pourra remarcher ?

Remarcher ? Le couteau de Stan avait-il touché sa moelle épinière ? Il essaya de bouger les jambes, de remuer les orteils, sans y arriver. Une peur brute le parcourut.

Réveille. Toi.

— Je crois qu'il souffre.

La main douce et chaude de Faith prit la sienne.

— Donnez-lui quelque chose pour le soulager.

Non, je dois me réveiller. Qu'est-ce que mes jambes ont ?

Bip. La douleur s'atténua. Il poussa un long soupir, n'ayant plus l'impression que ses poumons allaient exploser.

— Tu m'entends, Asher ?

Faith, qui tenait toujours sa main. Il avait envie de lui caresser les doigts. Mais il n'y arrivait pas. Aurait-il pu la sentir si sa moelle épinière était touchée ? Peut-être était-il trop sédaté pour bouger. Il fit un effort pour ouvrir les yeux.

— Ne t'inquiète pas, Asher, dit-elle. Ne lutte pas contre le médicament. Si tu m'entends, tu es à l'hôpital, à Knoxville. L'hélicoptère t'a emmené au service de traumatologie du centre médical de l'université du Tennessee…

Bip.

— Quand tu as sauvé Leslie et que son ravisseur t'a lancé un couteau dans le dos, celui-ci t'a percé un poumon et…

Et *quoi* ? S'il pouvait seulement ouvrir les yeux.

— Docteur, il s'agite. Il a mal. Aidez-le, s'il vous plaît.

Non, non. Ne faites pas ça. Je dois savoir.

Le sommeil liquide coula dans ses veines. S'il avait pu hurler de frustration, il l'aurait fait tandis que l'obscurité l'engloutissait à nouveau.

Une lumière vive frappa les paupières d'Asher. Il tourna la tête et leva le bras pour la bloquer.

Son bras. Il l'avait levé. Il essaya d'ouvrir les yeux. Ses paupières tressaillirent, comme pour protester. Mais elles s'ouvrirent. Il pouvait enfin voir. Comme il l'avait soupçonné, il était dans une chambre d'hôpital, couché sur un lit, avec une potence de transfusion à sa gauche. Ce devait être le bip-bip qu'il avait entendu, ou peut-être les moniteurs indiquant ses signes vitaux. La lumière vive était le soleil qui se glissait entre les lames du store, à sa droite. Il n'y avait personne dans la chambre. Faith était partie.

Un élan de déception le parcourut, suivi d'une vague de peur glaciale. Pourrait-il remarcher un jour ? Les paroles de Faith repassèrent dans son esprit. Prenant une inspiration superficielle, un peu moins douloureuse, il essaya de remuer les orteils. Le drap sur ses pieds monta et descendit. Il rit de soulagement, puis inspira entre ses dents serrées en sentant une douleur ardente dans ses poumons.

Lorsque la douleur s'atténua enfin, il fit une tentative et inspira doucement. Cela faisait encore mal, mais pas autant que quand il avait ri. Il était encore groggy, épuisé. Cette fois, il ne résista pas à l'appel du sommeil. Fermant les yeux, il s'abandonna.

Il faisait sombre quand il s'éveilla à nouveau. Le soleil était couché depuis longtemps. Mais une fois que ses yeux se furent adaptés à la pénombre le halo lumineux des équipements suffit pour qu'il distingue quelques détails.

À sa gauche, il y avait une porte ouverte, révélant le contour d'un lavabo et de toilettes. À côté, une porte étroite ouvrait probablement sur un petit placard. Le mur cessait à un mètre cinquante de là, sans doute pour laisser la place au petit couloir précédant la porte de la chambre.

Asher tourna lentement la tête sur l'oreiller, essayant de distinguer plus de détails. Il y avait une horloge numérique sur le mur, indiquant presque minuit. À côté, un petit téléviseur à l'air démodé était suspendu au plafond. Une chaise en plastique était placée contre le mur. C'était une chambre d'hôpital particulière. En regardant de l'autre côté, il remarqua quelque chose d'autre. Ou plutôt quelqu'un.

Faith. Il sourit, buvant du regard ses beaux traits, tandis qu'elle dormait, recroquevillée dans un fauteuil. Ses cheveux créaient un halo doré autour de sa tête, brillant doucement dans la lumière des moniteurs. Et il distingua une épaisse couverture rose sur elle. Elle ressemblait étonnamment à celle qu'il lui avait offerte pour Noël en guise de plaisanterie, sachant qu'elle détestait le rose. Elle l'avait gracieusement remercié, et il avait ri, supposant qu'elle la jetterait à la poubelle dès qu'il aurait le dos tourné. Et pourtant elle était là.

Il avait envie de la réveiller pour voir ses yeux verts briller, ses lèvres douces se retrousser en ce sourire qu'il adorait. Il voulait la remercier d'être là. Et il voulait savoir ce qui se passait dans l'affaire.

Leslie se remettait-elle ? Le FBI et la police avaient-ils arrêté Stan ? Étant donné leurs effectifs, les barrages routiers et le fait que Stan n'avait qu'une demi-heure d'avance, ils avaient dû le capturer. Asher aurait désespérément voulu que ce soit Faith et lui qui amènent Stan en justice. Mais, du moment que le tueur ne pouvait plus nuire à personne, c'était ce qui comptait. Pour l'instant, cela suffisait. Cela devrait suffire.

11

Faith chercha une position plus confortable près du lit. Asher était assis dans un fauteuil, mangeant son petit déjeuner d'un air ombrageux. Il avait fait pleuvoir les questions sur elle dès qu'elle était entrée dans la chambre. Elle-même en avait quelques-unes pour lui. Mais elle avait refusé de parler de quoi que ce soit, en dehors de le rassurer sur l'état de Leslie. Comme c'étaient les premiers aliments solides qu'Asher avalait depuis son entrée à l'hôpital, Faith voulait qu'il en absorbe le plus possible. Il devait reprendre des forces. Il avait manifestement perdu du poids. Et il était encore bien trop pâle.

Il fit descendre des œufs brouillés avec une gorgée d'eau, sans cesser de la lorgner d'un air sombre.

— D'accord, d'accord, concéda-t-elle. Tu as été sage et tu n'as pas essayé de m'assassiner. Je vais prendre ça comme une victoire. Encore deux bouchées et nous parlerons. Deux grosses bouchées.

— Tu es pire que mon ancien instructeur à l'académie de police, grommela-t-il.

— Je vais prendre ça comme un compliment.

— Ça n'en est pas un.

Elle rit et lui ordonna :

— Mange.

Il engloutit le reste de ses œufs, puis reposa la fourchette sur le plateau.

— Ça suffit. Où est détenu notre tueur ? L'antenne du FBI l'a-t-elle pris en charge ou bien est-il à la prison du comté ?

Son amusement s'évanouit.

— Malheureusement, aucun des deux. Ils n'ont pas réussi à lui mettre la main dessus.

Il s'étouffa avec l'eau qu'il venait de boire.

Faith se redressa à demi pour l'aider, mais il leva la main pour l'en empêcher.

— Je vais bien, râla-t-il.

Il se racla la gorge et repoussa le plateau roulant.

— Comment diable a-t-il pu s'échapper ?

Il toussa encore, les yeux larmoyants.

— On en parlera dans un instant, quand tu auras récupéré de ta quasi-noyade dans un verre d'eau.

Il plissa les yeux d'un air menaçant.

— C'est si bon de te voir hors de ton lit, enfin lucide, lança-t-elle, sa bonne humeur retrouvée. Comment te sens-tu ce matin ?

— En colère et dégoûté. Comment le FBI et la police ont-ils pu échouer là-dessus ? Stan n'avait qu'une demi-heure d'avance. Ils auraient dû cerner la montagne. Quel jour sommes-nous, de toute façon ? Depuis combien de temps le cherchent-ils ?

— Je vais parfaitement bien. Merci de le demander. Malgré quelques nuits inconfortables dans ce fauteuil, à attendre que mon coéquipier se réveille.

Elle s'empara de la couverture rose qu'elle avait laissée au pied du lit la veille au soir et s'en couvrit les jambes.

— Tu ne trouves pas que la chambre est fraîche ? Je devrais peut-être ajuster le thermostat.

— *Faith.*

— En temps normal, si tu prenais ce ton avec moi, je prendrais la porte et je ne reviendrais pas sans de sérieuses excuses. Mais je me sens d'humeur particulièrement magnanime aujourd'hui. J'imagine que manquer de perdre son meilleur ami a cet effet. Je suis vraiment ravie que tu ne sois pas mort, même si tu es très irritant ce matin.

Il leva les yeux au ciel. Elle se mit à rire.

— Tu prends mes mauvaises habitudes ?

Il inspira un grand coup et tressaillit. Faith se leva immédiatement, rejetant la couverture. Se penchant sur lui, elle posa une main sur son front, de la même manière qu'elle l'avait fait tous les jours précédents.

— Tu as très mal ? Je peux appeler l'infirmière et lui demander de…

Il la saisit par la taille et l'attira sur ses genoux. Elle cilla, tellement stupéfaite qu'elle ne tenta pas de se lever.

Ses bras l'emprisonnaient comme dans un étau. Elle était piégée, à moins de le repousser. Dans son état d'affaiblissement, ce ne serait pas difficile. Mais elle ne voulait pas non plus lui faire mal.

Elle tapota son bras gauche, où un tube était scotché au dos de sa main.

— Attention, ne dérange pas ta perfusion.

— Je n'en ai pas besoin. Je devrais l'enlever et m'en aller. Ils n'arrêtent pas de m'assommer avec des sédatifs, je ne peux pas penser clairement. Si tu n'étais pas arrivée, j'aurais commencé à appeler tout le monde chez UB pour qu'on me mette au courant. Je ne te lâcherai pas tant que tu n'auras pas répondu à mes questions. Et d'abord que font-ils pour essayer d'attraper Stan…

Elle lui recouvrit la bouche de la main. Cette fois, ce fut son tour d'avoir l'air surpris.

— La question la plus importante, objecta-t-elle, est celle de ton pronostic. Est-ce que tu te souviens de ce qui s'est passé ? Tu as parlé au médecin ?

Il repoussa sa main.

— Je n'ai parlé à personne, à part toi et le type qui est venu m'apporter le plateau du petit déjeuner. Je me sens bien. Je peux remuer les orteils. Et je me suis levé pour m'asseoir dans ce fauteuil sans aide, alors je pense que je vais m'en sortir.

Elle cilla.

— Remuer les orteils ?

Il sourit. C'était un petit sourire, mais le simple fait qu'il sourie était un énorme progrès.

— Je me faisais du souci, dit-il. Je crois que c'était le lendemain de l'opération. Tu as demandé au médecin si je pourrais remarcher et…

— Tu m'as entendue ?

Il acquiesça.

— Je suis vraiment navrée.

Elle posa gentiment une main sur sa poitrine.

— J'aurais dû faire plus attention. Le couteau qu'il t'a lancé n'a pas touché la colonne vertébrale, comme tu l'as sûrement deviné. Mais il a percé ton poumon, c'est pour ça que tu avais tant de mal à respirer. Il te faudra du temps pour guérir. Et ils ont dû recoudre tes muscles, alors tu dois faire attention. Je ne devrais sûrement pas être sur tes genoux…

Il resserra son étreinte.

— Tu ne t'échapperas pas tant que nous n'aurons pas fini.

— Tu te rends compte que je pourrais t'obliger à me lâcher en te donnant un coup dans la poitrine ?

— Mais tu ne le feras pas. Pour ne pas me faire du mal.

— Oui, bon. Les amis ne font généralement pas du mal aux amis. Donc voilà : ton pronostic est excellent. Pendant un moment, ton état était critique parce que tu avais perdu beaucoup de sang. Tu avais un saignement interne, en plus de ton poumon effondré. Mais Grayson les a obligés à t'envoyer en hélicoptère ici, pour que l'équipe de traumatologie te prenne en charge.

— C'est Leslie qui aurait dû être transportée en hélicoptère.

— Leslie était loin d'être en aussi mauvais état que toi. Elle était terrifiée, en état de choc. Mais physiquement elle n'a souffert que de quelques contusions et écorchures. Nous l'avons récupérée avant qu'il ne fasse pire. C'est toi qu'elle doit remercier pour ça. Tu lui as sauvé la vie, en y laissant presque la tienne.

Elle pressa la main contre sa poitrine.

— Lance nous a dit ce que tu as fait. Il est arrivé dans la clairière juste au moment où ça se passait. Tu as sauvé Leslie de la pendaison. Et tu t'es jeté entre elle et le ravisseur et son couteau. Tu n'aurais pas dû prendre ce risque. Tu as failli mourir.

— J'ai fait ce que je devais faire. Nous sommes tous deux en vie, c'est ce qui compte. Leslie t'a dit que c'est notre type, n'est-ce pas ? Qu'il a tué aussi Jasmine ? Elle m'a murmuré qu'il haïssait Jasmine parce qu'elle avait tout gâché, qu'elle allait parler à la police. Ça va avec notre théorie selon laquelle Jasmine avait vu quelque chose qu'elle n'aurait pas dû. Qu'elle avait additionné deux et deux et compris qu'il était dangereux. Mais c'est tout ce que Leslie m'a dit. Je ne pouvais pas vraiment parler, et elle... elle s'est juste interrompue. Tu es sûre qu'elle va bien ?

— Elle va bien, je te le promets.

Il hocha la tête, l'air soulagé.

— Nous devons trouver Stan et le mettre derrière les barreaux avant qu'il s'en prenne à une autre femme.

Faith le fixa.

— Tu n'as vraiment parlé à personne de l'affaire ?

— Si je l'ai fait, c'était dans une semi-conscience et je ne me rappelle rien.

— Eh bien, je vais d'abord répondre à ta première question : depuis combien de temps tu es là. Depuis jeudi soir. On est dimanche matin, alors ça fait...

— J'ai dormi plus de deux jours ?

— Le médecin voulait que tu te reposes pour que ton corps puisse guérir. Tu n'étais pas vraiment en coma artificiel, mais presque. C'était effrayant de te regarder dormir si profondément et si longtemps.

Il écarquilla les yeux.

— Tu étais là tout le temps ?

À chaque minute.

— Bien sûr que non. Je suis venue et repartie. Je voulais m'assurer que tu allais bien. C'est ce que font les amis.

Asher lui jeta un regard contrarié et soupira.

— Eh bien, en tant qu'ami, je te remercie d'avoir veillé sur moi.

— Je t'en prie, c'était avec plaisir. Et maintenant je peux me lever ?

Au lieu de la lâcher, il resserra les bras autour d'elle.

— Dis-moi d'abord où en est la traque de Stan.

— Stan Jr n'est pas notre tueur en série. Le type que tu as pourchassé, nous ne connaissons pas son nom.

— Je craignais que ce ne soit le cas. Mais j'espérais que c'était Stan. Au moins, nous aurions connu son identité. Et le vrai Stan serait sain et sauf. Il est mort, n'est-ce pas ?

Elle acquiesça d'un hochement de tête.

— Nous l'avons trouvé, lui et son père, dans la sellerie.

— Bonté divine. J'ai pris une selle là-dedans et je ne les ai même pas remarqués. Où étaient-ils ?

— Cachés sous des tapis, au fond. Il n'y avait aucune raison pour que tu les remarques. Lance y a pris des trucs et il ne les a pas vus non plus. La seule raison pour laquelle je les ai découverts, c'est parce que j'ai fait un peu d'exploration en vous attendant, Lance et toi.

Il lui serra gentiment la taille.

— Je suis désolé que tu sois tombée sur eux. Ce n'était sûrement pas un spectacle plaisant.

Elle releva la tête pour le dévisager.

— Je suis un flic, ou je l'étais. Ça va avec le métier. Tu es sûr que tu ne t'es pas cogné la tête ?

— Probablement. Dieu sait que ce ne serait pas logique que je m'inquiète pour toi, alors que nous sommes juste amis...

L'amertume de son ton la poussa à le regarder de plus près.

— Quoi ? demanda-t-il.

— Tu as mal ? Tu n'as pas l'air... toi-même.

— Ça fait presque trois jours que je dors et qu'on me prive de mon enquête. Bien sûr que je ne suis pas moi-même.

— *Notre* enquête. Et personne ne t'en prive. J'allais te dire que Lance m'a aidée pendant que tu récupérais.

Il fronça les sourcils.

— Vraiment ?

Elle lui renvoya son regard noir.

— Oui, bien sûr. Ton air maussade n'a pas lieu d'être. Il n'essaie pas de nous voler l'affaire. Il veut nous aider.

Il serra les dents, mais acquiesça sèchement.

— Qu'avez-vous trouvé tous les deux ? Quelque chose ?

— Rien et beaucoup. C'est un pas en avant et deux en arrière. Lance a collaboré avec la police de Gatlinburg pour établir la chronologie des événements en se fondant sur les communications téléphoniques et les voisins qui ont vu Stan Sr et le vrai Stan Jr le matin où Leslie a été enlevée. Notre théorie selon laquelle le ravisseur avait garé sa voiture à l'un des embranchements près du ranch était correcte. Ils ont trouvé la voiture, mais elle était volée.

— Évidemment. Ça aurait été trop facile.

— Ce n'est pas une impasse totale. La voiture a été prise dans le voisinage, à environ dix minutes de la maison de Leslie. Comme aucun autre véhicule n'a été abandonné dans les environs, on pense qu'il a marché depuis chez lui ou qu'il a loué une voiture pour le déposer.

— Il n'aurait pas loué une voiture. Trop facile à tracer.

— Je suis d'accord. De même que le FBI et Russo. Ils passent le quartier au peigne fin avec un portrait-robot fait d'après la description de Leslie et la mienne. Maintenant que tu es sur pied, je suis sûr que Russo voudra aussi t'envoyer le dessinateur de police, pour voir si tu peux préciser des détails.

— Inutile. Tu es plus douée que moi pour ça.

Elle sourit.

— Était-ce un compliment ?

— Non. Juste un fait.

— Ça alors.

Il sourit jusqu'aux oreilles. Elle rit.

— C'est bon de revoir ce bon vieux Asher.

Elle lui sourit, soulagée. Mais tandis qu'elle le dévisageait quelque chose changea. Ses yeux s'obscurcirent et son visage se tendit. Et pour la première fois elle se sentit... confuse, incertaine, un peu effrayée par le sens de cette... tension.

Asher était son ami, son meilleur ami. Elle chérissait cette proximité et ne voulait pas la perdre. Elle luttait déjà pour ne pas revoir sa poitrine chaque fois qu'elle fermait les yeux. Ce qu'elle devait faire, c'était descendre de ses genoux et mettre quelque distance entre eux, avant qu'ils ne franchissent un point de non-retour.

Avant qu'elle puisse trouver le moyen de se déprendre de lui sans le blesser, il resserra les bras autour d'elle. Et se mit à l'embrasser. Cela arriva si vite qu'elle ne réagit pas immédiatement. Son esprit était sous le choc. C'était *Asher.* Sa bouche était sur la sienne. Ses lèvres chaudes, insistantes et incroyablement *expertes* faisaient des choses sensuelles qui la firent recroqueviller les orteils dans ses chaussures.

Quelque part dans son esprit embrumé, une petite voix lui ordonna de le repousser, de se lever et de cesser cette folie. Mais cette petite voix devint un gémissement de plaisir tandis qu'il approfondissait le baiser. Un baiser qui éclipsait tous les baisers qu'elle avait jamais reçus ou même rêvé de recevoir.

Elle n'avait pas envie de le repousser. Elle avait envie... de plus. Plus de sa bouche. Plus de son désir. Plus de... Dieu lui pardonne, elle avait envie de... *lui.* Elle agrippa sa blouse d'hôpital, pressant ses formes contre lui. Leurs corps s'emboîtaient comme s'ils étaient faits l'un pour l'autre. Même l'évidence de son érection ne suffisait pas à l'arrêter. Elle était impuissante à faire quoi que ce soit, sauf *ressentir.*

Quand elle pressa le bout de la langue contre sa bouche, il grogna et inséra la sienne entre ses lèvres. Une vague de chaleur la parcourut, lui serrant le ventre. Toutes ses réserves, tous ses doutes furent balayés en un instant. Elle refusait de prêter attention aux avertissements. Elle n'avait pas envie de réfléchir. Tout ce qu'elle voulait, c'était profiter de lui, répondre à chaque caresse par une caresse, chaque succion vorace de sa bouche par une succion équivalente.

Ses mains fortes et chaudes plongèrent dans ses cheveux tandis qu'il se tournait à moitié, la plaquant contre le dossier du fauteuil. Lorsqu'il rompit ce baiser dévastateur et que sa bouche descendit le long de son cou, elle crispa les doigts sur ses épaules. Son cœur battait si vite qu'elle l'entendait gronder dans ses oreilles. Laissant traîner les mains sur sa blouse d'hôpital, elle caressa ses pectoraux et continua sa longue descente vers son impressionnante érection.

Un coup retentit à la porte, suivi d'une voix familière.

— Monsieur Whitfield, c'est le docteur qui fait sa tournée.

Cela lui fit l'effet d'une douche froide, la ramenant en un instant à la réalité. Bondissant, elle se détourna de lui juste au moment où le médecin entrait, un stéthoscope autour du cou. Il haussa les sourcils.

— Dois-je revenir plus tard ?

Faith sentit ses joues s'enflammer.

— Non, non. Je... euh, je partais.

— Faith, ne t'en va pas, la supplia Asher. S'il te plaît.

Mortifiée par ce qu'elle avait fait, *presque* fait, avec *Asher,* elle attrapa son sac et franchit la porte en hâte.

Asher poussa un juron et s'adossa au fauteuil. Le médecin lui adressa un regard de sympathie.

— Ce n'était pas le bon moment, désolé, mon vieux. Mais au moins vous avez l'air beaucoup mieux. C'est la première fois que je vous surprends bien réveillé.

Il s'assit au bord du lit, là où Faith s'était trouvée à peine quelques instants plus tôt.

— Je suis le Dr Nichols, au cas où vous ne vous souviendriez pas de moi.

— J'ai vaguement le souvenir d'avoir entendu ce nom. Faith m'a dit que je suis ici depuis jeudi. J'aurais cru qu'il ne s'était écoulé qu'un jour.

— Vous avez été lourdement sédaté pour vous empêcher de bouger. L'homme qui vous a poignardé l'a fait avec un couteau de chasse cranté de cinq centimètres de large. Heureusement, il n'a fait qu'entailler votre poumon gauche. Mais il a endommagé les muscles de votre dos, ainsi que les nerfs.

— Ça explique pourquoi j'ai mal partout. Merci de m'avoir raccommodé.

Il jeta un coup d'œil à la porte, espérant silencieusement le retour de Faith.

— Je peux demander à l'infirmière de venir vous donner davantage d'analgésiques.

— Non, non. Ça me fait dormir. Je dois parler à mes collègues et me mettre au courant de l'affaire sur laquelle je travaille. Mais merci. Merci pour tout. Vous m'avez sauvé la vie.

— Je ne peux pas en accepter tout le crédit. Il y avait un autre chirurgien avec moi, et une excellente équipe de traumatologie. C'est une bonne chose que votre patron ait insisté pour vous faire transporter en hélicoptère médicalisé. Vous aviez perdu beaucoup de sang et vous décliniez rapidement. Vous n'auriez sans doute pas survécu à un transport en ambulance et au traitement sans une équipe de traumatologie de premier plan.

— Je vous suis reconnaissant pour tout, croyez-moi. Mais je suis prêt à rentrer chez moi. Quand pourrai-je sortir d'ici ?

— Ne confondez pas le fait d'arriver à passer du lit au fauteuil avec le fait d'être prêt à partir. Vous ne l'êtes pas.

Asher se rembrunit.

— J'ai un travail à faire, un tueur à attraper. Je dois vraiment sortir d'ici.

— Ignorez-le, docteur. C'est un très mauvais patient.

Lance pénétra dans la pièce, saluant le médecin de la tête.

— C'est bon de te voir revenu d'entre les morts. Tu nous as fait une belle frousse.

Lance lui tapa sur l'épaule, puis recula.

— Désolé de vous interrompre. Faith m'a dit que tu étais réveillé et je voulais te voir. Faites ce que vous avez à faire, je vous en prie, docteur.

Nichols reposa les yeux sur Asher.

— Quand vous êtes arrivé, vous aviez un pneumothorax. En soi, cela demande une bonne semaine à l'hôpital pour que nous surveillions tout problème respiratoire ou signe d'infection. Mais, en plus de ça, vous avez subi une opération importante pour recoudre les muscles et réparer les nerfs. Si vous sortez d'ici avant dimanche prochain, je serai surpris.

Asher poussa un juron et commença à argumenter. Après quelques minutes, Nichols secoua la tête.

— Il n'y a rien à négocier, monsieur Whitfield. Je comprends que vous participez à une enquête importante. Je vous laisserai sortir dès que possible. Mais ce ne sera pas avant que je le juge approprié.

Lorsque le médecin eut effectué son examen et fut parti, Asher lança un regard à Lance.

— Il faut que tu me donnes un coup de main.

— Pas question. Je ne te ferai pas sortir d'ici. Je n'aurai pas ça sur la conscience si quelque chose tourne mal. Tu restes comme l'a dit le médecin, jusqu'à ce que tu puisses sortir.

— On verra ça, grommela Asher. Tu dis que tu as parlé à Faith. Comment va-t-elle ?

— Difficile à dire. Elle était pressée, elle s'est à peine arrêtée pour me dire que tu étais réveillé. Il s'est passé quelque chose entre vous ? Elle avait l'air bouleversée.

Il ferma les yeux. Bon sang. Il n'avait pas eu l'intention de la bouleverser. Il s'était laissé emporter et avait finalement fait quelque chose d'outrancier, comme Daphne l'y avait encouragé. Avait-il ouvert une porte ? Ou, au contraire, l'avait-il refermée en la claquant ?

— Asher ? Ça va ?

Bon sang, non.

— Je vais bien. Parle-moi des recherches. Faith disait que tu as travaillé sur la chronologie. Quand est-il arrivé au ranch ? Pourquoi était-il dans les écuries quand Faith et moi sommes arrivés ? Où était Leslie quand il était dans les écuries ?...

Lance leva les mains en riant.

— Je vois pourquoi Faith était si pressée de partir. Tu l'as rendue dingue avec toutes tes questions.

Il traversa la pièce et se saisit d'une chaise.

— Comme tu n'as plus appelé le tueur Stan, je suppose que tu as entendu dire que les vrais Stan, père et fils, ont été assassinés et fourrés au fond de la sellerie longtemps avant que Faith et toi n'arriviez.

— Oui. J'avais espéré arrêter ce type avant qu'il ne tue encore quelqu'un.

— Ne bas pas ta coulpe. Les flics ont eu cinq ans pour le trouver. Faith et toi l'avez trouvé en quelques mois. Nous avons sa description, une alerte a été émise. Tous les policiers de l'est du Tennessee sont sur le qui-vive, avec le portrait-robot. Ils ont relevé les empreintes sur le manche du couteau et les ont envoyées au labo. Ça pourrait résoudre l'affaire.

— Seulement s'il est déjà répertorié quelque part.

— Pessimiste.

Lance gloussa.

— Nous savons aussi, grâce à Faith et toi, qu'il s'y connaît en chevaux. Il était peut-être employé dans un ranch autour de Gatlinburg ou Pigeon Forge.

Asher jeta à nouveau un coup d'œil à la porte, distrait par ses craintes vis-à-vis de Faith. Ou peut-être était-ce l'effet des médicaments. Il lui était difficile de rester éveillé.

— Je ne dirais pas qu'il s'y connaît en chevaux, répondit-il. Il n'a ni patience ni empathie envers eux. Ce n'est pas surprenant pour un sociopathe. Mais j'avoue que j'ai cru qu'il était Stan. Il a concocté une histoire convaincante sur son père et le fait qu'il allait hériter de l'affaire. Ou il a obtenu ces informations du vrai Stan, ou c'est un bon acteur.

— Probablement les deux. Nous ne saurons jamais combien de temps il a passé à parler à Junior avant de le tuer. À moins que nous ne l'attrapions et qu'il avoue. La petite amie semble inventée. Aucun des amis de Stan ne savait qu'il sortait avec une fille et encore moins qu'il vivait avec, comme il vous l'a dit à Faith et à toi.

Asher acquiesça.

— Et Leslie ? On m'a dit que physiquement elle est plus ou moins OK. Mais nous savons tous deux qu'elle a dû vivre un enfer.

Le sourire de Lance s'évanouit.

— Aucun doute là-dessus. Heureusement, il a passé relativement peu de temps avec elle. D'après ce qu'il lui a dit, il prévoyait de la détenir pendant des jours, voire des semaines, pour la torturer. Considérant ce qui aurait pu se passer, ses blessures sont mineures. Psychologiquement... Eh bien, je ne peux pas en parler. Je suis sûr qu'il lui faudra beaucoup de temps et une thérapie intensive pour dépasser ça.

Asher s'ordonna de ne pas regarder la porte, car il ne voulait pas que Lance sache à quel point il s'inquiétait de Faith. Il devait vraiment lui parler. Mais que dirait-il ? Comment pouvait-il réparer ça ? Le voulait-il d'ailleurs ? Il ne voulait pas revenir sur le terrain de l'amitié. Ce qu'il voulait, c'était l'avoir dans ses bras. Bon sang, il voulait plus que ça.

— Ça va, mon vieux ? demanda Lance.

— Je réfléchissais à l'affaire, mentit-il. Et les autres corps du cimetière ? On les a déjà identifiés ?

— Comme on s'y attendait, Jasmine Parks est l'un d'eux. Ils en ont identifié trois autres. La cause de la mort est inconnue, malheureusement, car tout ce que le médecin légiste a, ce sont des squelettes.

Lance prit son téléphone.

— Je vais te montrer le dernier rapport.

12

Une fois encore, Faith dit au revoir à sa sœur. C'était un au revoir doux-amer car elles ne s'étaient pas beaucoup vues. Le travail, comme souvent, s'était mis en travers.

Daphne jeta son sac à dos sur une épaule et se pencha par la portière ouverte de la Lexus. Son immeuble-dortoir en brique rouge se dressait comme un monument derrière elle.

— Merci de m'avoir ramenée, frangine. Transmets mes meilleurs souhaits à Ash quand tu lui rendras visite à l'hôpital. Tu vas bientôt le ramener à la maison, n'est-ce pas ? Ça ne fait pas une semaine qu'il est là-bas ?

— Aujourd'hui, ça fera une semaine, oui. Ils l'ont admis jeudi dernier. Je le lui dirai quand je le verrai.

— Donne-lui aussi un baiser de ma part.

Daphne lui décocha un clin d'œil et rit lorsque Faith lui lança un regard exaspéré.

Faith regarda sa sœur entrer dans l'immeuble. Puis elle fit demi-tour et reprit la route. Elle ne verrait pas Daphne avant la semaine suivante, quand elle reviendrait à Knoxville manger une pizza avec elle dans l'un des restaurants du campus. C'était une tradition. Faith faisait de son mieux pour ne jamais manquer une soirée pizza, bien que le jour qu'elles choisissaient dépende de leurs emplois du temps respectifs.

Si Daphne traitait parfois Faith de mère poule, c'était pour la taquiner. Elle comprenait l'envie qu'avait Faith de voir sa seule parente, surtout depuis que sa carrière et ses aperçus des pires aspects de l'humanité la rendaient tellement inquiète vis-à-vis de sa sécurité. La seule raison pour laquelle Faith n'avait pas cherché un job à Knoxville quand Daphne avait décidé d'aller y étudier, c'était parce que cette dernière le lui avait fait promettre. Leur compromis était qu'en échange du règlement des frais d'inscription Faith pourrait lui envoyer des textos quand elle voulait. Ce que Faith voulait, c'était envoyer un texto à sa sœur plusieurs fois par jour pour s'assurer que tout allait bien. Mais elle ne voulait pas que sa sœur lui en veuille. Alors elle n'en envoyait qu'un par jour. La plupart du temps.

Elles avaient toujours été proches, et cela n'avait fait que se renforcer quand elles avaient perdu leurs parents. Elles n'avaient personne sur qui s'appuyer en dehors d'elles-mêmes. C'était la raison principale pour laquelle Faith avait renoncé à sa carrière d'inspectrice à Nashville quand s'était présentée l'opportunité chez UB. Mais elle avait surtout sauté le pas parce que les affaires classées étaient moins dangereuses que des enquêtes actives sur des homicides. Daphne et elle étaient déjà orphelines. Elle ne voulait pas que sa sœur porte en plus le fardeau d'avoir perdu son unique parente. Faith voulait être un roc pour Daphne, la personne sur laquelle elle pourrait toujours compter. C'était pourquoi elle luttait contre la culpabilité en roulant sur l'autoroute. Elle avait brisé cette confiance en mentant. Asher n'était pas à l'hôpital.

Il était déjà chez lui.

On l'avait laissé sortir la veille, plusieurs jours avant les prévisions du médecin. Lance lui avait dit que celui-ci avait cédé parce qu'il était las des requêtes d'Asher. C'était Lance qui l'avait ramené chez lui en voiture.

S'il ne l'avait pas mise au courant, elle n'aurait même pas su ce qui se passait. Elle n'avait pas été assez courageuse pour rendre visite elle-même à Asher depuis ce baiser bouleversant. Elle n'avait pas répondu à ses appels, ni à ses textos. Elle se montrait lâche, en évitant la discussion. Si on lui avait laissé le choix, elle n'aurait jamais eu cette discussion.

Elle avait besoin de la proximité, de l'amitié qu'ils avaient toujours partagées. L'idée de franchir cette ligne ne lui était jamais venue avant ce baiser torride. Enfin, elle lui était venue lorsqu'elle l'avait vu torse nu. Mais ce n'était qu'une pensée fugitive, qu'elle avait promptement écartée. Maintenant qu'elle avait bu à cette fontaine, elle avait envie de s'y plonger et de laisser Asher la consumer.

Elle serra les mains sur le volant. Cette obsession devait prendre fin. Oui, ils avaient franchi la ligne. Et elle avait aperçu quelque chose de véritablement stupéfiant de l'autre côté. Mais elle savait aussi ce qui était arrivé à plusieurs de ses amies sorties avec des collègues. Lorsque leurs relations n'avaient pas marché, non seulement elles avaient perdu des amitiés, mais les choses étaient devenues très embarrassantes. L'une d'elles avait fini par demander une mutation dans un autre service pour échapper à la gêne de voir son ex tous les jours. Il n'y avait pas d'autre service chez UB et, même s'il y en avait eu, cela n'aurait pas intéressé Faith. Elle ne voulait *pas* ne plus jamais voir Asher.

Elle chérissait leurs taquineries, leur capacité à finir mutuellement leurs phrases. Elle avait besoin de lui dans sa vie. Et elle était terrifiée à l'idée que s'ils continuaient… elle pourrait le perdre pour toujours. La pensée de ne pas l'avoir auprès d'elle était dévastatrice, inconcevable. C'est pourquoi elle voulait désespérément réparer les dégâts. Elle devait essayer de rétablir les choses dans leur état antérieur.

Le lendemain matin, toute l'équipe d'UB tenait une réunion chez Grayson. Le patron lui avait ordonné d'être là. Il savait qu'elle était au point mort vis-à-vis de l'affaire, sans Asher pour la stimuler. Et il savait sans aucun doute qu'elle avait cessé d'aller le voir à l'hôpital. Pour le bien de l'enquête, il voulait que leur partenariat reprenne aussitôt que possible.

Le tueur courait toujours. Personne n'avait la moindre idée de qui il était, ni où. L'ADN et les empreintes sur le couteau n'avaient donné aucune touche dans les bases de données. Et, même si la diffusion du portrait-robot dans les médias avait débouché sur une tonne de tuyaux, aucun d'eux n'avait payé jusque-là. L'espoir de Grayson était qu'Asher et elle pourraient accomplir un miracle et trouver le moyen d'arrêter le tueur une bonne fois pour toutes. Cela voulait dire qu'elle devait éclaircir les choses entre eux *ce jour-là*.

D'une manière ou d'une autre.

Une heure plus tard, Faith engagea sa Lexus dans la longue allée familière, menant à la maison en rondins perchée sur le flanc d'une des Smokies. Par le passé, elle était impatiente de contempler la vue qu'on avait des grandes baies vitrées. Aujourd'hui, elle la craignait. Mais il n'y avait pas de retour en arrière possible. Asher se tenait à la fenêtre en façade, sans doute prévenu de son arrivée par son système de sécurité.

Après avoir coupé le moteur, elle empoigna le sac à dos dans lequel elle avait fourré les dossiers de l'affaire Parks. Bien trop vite, elle arriva devant les massives doubles portes. Avant qu'elle puisse frapper, l'une d'elles s'ouvrit.

L'air vaseux, Asher se tenait dans l'ouverture. Il était pieds nus, vêtu d'un pantalon de jogging et d'une chemise, sans doute parce que enfiler un T-shirt était trop difficile.

Il ne s'était pas rasé depuis des jours. Et il n'avait pas l'air de s'être peigné. Était-ce elle qui lui avait fait ça ? Ou bien souffrait-il ? Dieu savait qu'il était encore convalescent.

— Faith. Bonjour.

Sa voix était brève et sèche, presque froide. Il mima un regard par-dessus son épaule.

— Ton complice n'est pas avec toi ? Lance ?

Elle se sentit rougir.

— Quel mouchard ! Je lui avais dit de te taire qu'il me tenait au courant. Je voulais juste m'assurer que tu allais bien.

— Tu aurais pu le faire en me rendant visite en personne. Ou, au moins, en répondant à l'un de mes textos.

Elle leva les mains en signe d'apaisement.

— Je suis là, maintenant.

L'Asher souriant, accueillant et amical n'était nulle part en vue. C'était un inconnu stoïque qui lui bloquait le passage avec une expression neutre et indéchiffrable.

Son cœur se serra quand elle prit conscience qu'elle avait commis une terrible erreur. Éviter Asher n'avait pas sauvé leur relation. Cela avait très bien pu la détruire.

Des larmes de regret lui montèrent aux yeux et elle cilla pour les retenir.

— Il faut qu'on parle.

Ne le voyant ni bouger ni parler, elle ajouta :

— S'il te plaît.

Toujours rien. Allait-il lui fermer la porte au nez ? Elle attendit, maudissant cette situation embarrassante. C'était un sentiment inconnu, exactement ce qu'elle s'était efforcée d'éviter. Se raclant la gorge, elle remonta le sac à dos sur son épaule.

— Bon d'accord. J'imagine que je te verrai chez Grayson, demain. Désolée de ne pas avoir appelé d'abord. Je vais...

Poussant un profond soupir, il se retourna et rentra dans la maison. Au moins, il avait laissé la porte ouverte, c'était un début.

Asher se tenait dos aux grandes baies vitrées, regardant Faith entrer. Il lui fallut toute sa maîtrise de lui-même pour ne pas courir à elle, la prendre dans ses bras et s'assurer qu'il n'avait pas détruit toutes ses chances. Parce qu'il y avait sûrement eu une chance, étant donné la façon dont elle avait répondu à son baiser.

Il voulait qu'elle continue à faire partie de sa vie. Mais il ne voulait pas revenir sur le terrain de l'amitié. Ayant goûté au paradis, il refusait de se contenter de moins. Il avait déjà gaspillé deux ans à l'écouter jacasser sur ses rendez-vous galants comme s'il était une de ses copines. Il ne semblait pas lui être passé par la tête que, s'il ne sortait jamais avec personne et ne prêtait aucune attention aux femmes, c'était qu'il y avait une raison à cela. Il avait espéré qu'elle finirait par ouvrir les yeux sur ce qu'elle avait devant elle. Eh bien, il était las de cette situation. Il ne pouvait plus vivre ainsi. Quelque chose devait changer.

Elle posa son sac à dos sur la table au fond de la pièce et regarda autour d'elle comme si elle n'était pas déjà venue des centaines de fois. En véritable policière, elle nota les bagels et les pâtisseries sur l'îlot de cuisine.

— Ce n'est pas toi qui as acheté ça. Et je suis presque sûre que ce beau gâteau ne vient pas de ta cuisine. Ivy est-elle passée te l'apporter ?

Il croisa les bras et s'appuya contre la cheminée en pierre.

— Elle est passée. Tous les collègues sont passés. Sauf toi.

Faith tressaillit.

— Mais, continua-t-il, ce n'est pas Ivy qui a apporté le gâteau. C'est ma mère.

Elle écarquilla les yeux, telles deux émeraudes étincelantes.

— Je croyais que tes parents étaient en France, chez des amis.

— Ils y seraient encore, si ça ne tenait qu'à moi. Je ne voulais pas les inquiéter. Mais Grayson les a appelés. Ils ont pris un vol lundi.

Elle regarda autour d'elle, comme pour les chercher.

— Ils ne logent pas chez toi ?

— Ils sont partis il y a une heure, pour retourner en Floride.

— À Tampa, c'est ça ? Ton père me racontait toujours ses histoires de pêche là-bas et...

— Pourquoi es-tu venue, Faith ?

Elle tressaillit de nouveau et avança vers lui, s'arrêtant à quelques pas. Cela força son admiration. Il se comportait en crétin inhospitalier, et elle l'affrontait bille en tête. C'était la Faith qu'il connaissait, pas celle qui avait pris la fuite à l'hôpital.

— Pourquoi es-tu venue ? répéta Asher, ne sachant à quoi s'attendre.

Étaient-ce des adieux officiels ? L'avait-il effrayée au point qu'elle démissionne et quitte Gatlinburg pour retourner à Nashville ? Cette idée le fit frémir. Mais il ne reculerait pas. Durant les quelques minutes qu'elle avait passées chez lui, il avait pris sa décision. Reculer n'en faisait pas partie.

Elle prit sa main entre les siennes.

— Tu as l'air fatigué. Est-ce que ça va ? Tu as du mal à respirer ?

— Je suis sûr que j'ai l'air aussi mal que je me sens. La douleur ne descend pas en dessous de quatre maintenant. Mais c'est beaucoup mieux que les huit ou neuf des jours précédents. J'imagine que je vais survivre.

— Je suis navrée que tu souffres. Tu veux t'asseoir ? Je peux t'apporter un antidouleur ?

— J'irai le chercher moi-même quand tu m'auras dit pourquoi tu es ici.

Elle fit courir gentiment son pouce sur le dos de sa main.

— Tu sais que tu es mon meilleur ami, n'est-ce pas ?

Cette lente caresse le tuait. Il dut se forcer pour ne pas serrer sa main et l'attirer à lui.

— Je pensais autrefois que j'étais ton meilleur ami, répondit-il. Maintenant, je ne sais plus.

— C'est ma faute. J'ai été horrible avec toi. C'est impardonnable d'être partie comme ça. J'aurais dû être là pour toi. C'est ce que font les amis. Ils prennent soin l'un de l'autre. Et je ne l'ai pas fait. Je suis désolée, profondément désolée. Tu penses que tu peux me pardonner ?

— Non.

Faith cilla et retira ses mains.

— Non ?

— Il n'y a rien à pardonner. Tu t'es enfuie parce que tu avais peur. Je comprends. Je respecte le fait que tu sois finalement revenue m'affronter et je t'en suis reconnaissant.

Un air de soulagement passa sur son visage.

— Merci. Je craignais d'avoir tout gâché. Que tu ne veuilles plus me voir. Ton amitié est tout pour moi, et je ne veux pas la détruire à cause d'un instant d'égarement.

Elle émit un rire embarrassé.

— Je ne sais pas ce qui s'est passé. Nous étions fatigués, et tu souffrais et... Eh bien, mettons ça derrière nous et faisons comme si ce n'était pas arrivé. J'ai apporté les dossiers de l'affaire et nous pouvons...

Asher s'approcha, la forçant à lever les yeux.

— Je refuse de faire comme si ce baiser torride, stupéfiant, bouleversant, n'était jamais arrivé. Ça fait presque deux ans que j'essaie de faire en sorte que tu me voies autrement que comme un ami. Ça a tout de suite collé entre nous, nous nous amusions ensemble. Tu étais ravie d'avoir quelqu'un qui t'accueille et te montre les ficelles du métier. Mais nous sommes partis du mauvais pied. J'ai été patient, trop patient, je ne t'ai jamais dit ce que j'éprouvais. Eh bien, je le fais maintenant. Mon intérêt pour toi n'a jamais été d'ordre amical. Je te désire, Faith. Et je ne feindrai plus le contraire. Je suis las de feindre.

En la voyant le dévisager, sous le choc, il décida de ne pas mâcher ses mots, afin qu'il n'y ait plus jamais de malentendu.

— Quand nous travaillerons je ferai de mon mieux pour rester professionnel. Mais quand nous aurons fini ou quand nous prendrons une pause nous ne serons plus qu'un homme et une femme. Un homme qui a très envie de te traiter en femme, de toutes les manières possibles. Si tu ne peux pas supporter ça, tu devrais t'enfuir à nouveau et rentrer chez toi. Je demanderai à Grayson de m'attribuer un autre coéquipier pour l'affaire Parks.

Elle rougit violemment.

— T'attribuer quelqu'un d'autre ? C'est *mon* affaire, aussi. Je ne vais pas cesser de travailler dessus. Tu ne me remplaceras pas, pas sur cette enquête.

— Alors tu as un choix à faire. Travailler avec moi, sachant que ce que je ressens pour toi n'a rien d'amical. Ou laisser Grayson décider lequel de nous continue à travailler sur l'enquête Parks et lequel est redéployé sur une autre affaire.

Elle serra les poings à ses côtés.

— Je ne prendrai pas le risque qu'il m'attribue une autre affaire. Tu n'es pas fair-play.

Il se pencha vers elle jusqu'à ce que son visage ne soit qu'à quelques centimètres du sien.

— Si j'étais fair-play, je n'obtiendrais jamais ce que je veux. Et pour être parfaitement clair, ce que je veux, c'est toi.

Elle devint encore plus rouge et recula de plusieurs pas.

— Eh bien, je peux te le dire tout de suite : *ça* n'arrivera jamais. Et tu ne te débarrasseras pas de moi.

— C'est bon à savoir, dit-il en souriant. Ça veut dire que nous allons continuer à travailler ensemble. Tu auras tout le temps de comprendre que tu te sous-estimes.

Elle fronça les sourcils de perplexité.

— Me sous-estimer ? Qu'est-ce que tu veux dire ?

Il se rapprocha à nouveau.

— Tu as eu un aperçu, un très petit aperçu, de comment ça pourrait être nous. Et, que tu le veuilles ou non, tu es curieuse. Tu te demandes à quel point ça pourrait devenir encore meilleur, encore plus torride. Et un jour... peut-être pas tout de suite, tu voudras le découvrir.

Elle en resta bouche bée de stupéfaction.

— Quand tu en seras à ce stade, continua Asher, quand tu décideras que tu es prête à découvrir combien ça peut être génial entre nous, tout ce que tu auras à faire, ce sera replier ce joli petit doigt et j'arriverai en courant.

Elle referma la bouche et s'essuya les mains sur son jean.

— Bon, d'accord. Je ferai attention à ne pas... replier le doigt. Je ne voudrais pas que tu te fasses des idées. Si tu as fini de nourrir ton ego, nous avons du pain sur la planche.

— Bien sûr. Après toi.

Il fit un geste en direction du bureau. Elle prit son sac à dos et s'engagea dans le couloir.

Lorsque la porte se referma derrière elle avec un déclic sonore, il jura à mi-voix et alla dans la cuisine prendre des antidouleurs.

Secouant la tête, il fit tomber quelques pilules dans sa main et jura derechef. Qu'est-ce qui lui avait pris ? Il connaissait la réponse à cette question. Daphne. La sœur de Faith l'avait poussé à avoir de l'audace, à choquer Faith pour qu'elle comprenne ce qu'il éprouvait. Eh bien, il l'avait fait.

Il avait attendu trop longtemps. Ou bien elle décidait qu'elle le voulait ou bien non. Mais il était las d'essayer de faire en sorte qu'elle le remarque. Si ça devait se faire, tant mieux. Sinon... eh bien, il ferait face si l'on en venait à ça. Ils avaient débattu la question et tranché. La balle était dans son camp. Si elle refusait, il abandonnerait.

Son ego blessé applaudit à cette décision. Mais son cœur pleurait déjà l'issue prévisible, à savoir que Faith ne l'aimerait jamais comme il l'aimait.

Il jeta un coup d'œil en direction de la porte fermée du bureau. Puis il retourna à la cuisine et prit une bouteille de bière dans le réfrigérateur. Peu lui importait que ce fût techniquement encore le matin. Comme on disait, il était toujours 17 heures quelque part. Il la décapsula, grimaçant de douleur, et l'inclina pour boire.

13

La veille, Asher avait fait de son mieux pour agir en professionnel, afin de ne pas mettre Faith mal à l'aise. Ils avaient passé la journée penchés sur ses recherches, ainsi que celles de l'antenne du FBI et de la police de Gatlinburg. Et ils avaient remué diverses théories – non qu'ils aient fait beaucoup de progrès. Faith s'était graduellement détendue, et ils étaient retombés dans leur camaraderie facile. C'était une bonne journée, bien meilleure qu'il ne s'y était attendu lorsqu'elle avait commencé.

Lorsque Faith s'était endormie à son bureau aux premières heures de la matinée, il avait voulu la porter jusqu'à la chambre d'amis. Mais son dos toujours en voie de convalescence refusait de coopérer. Il l'avait donc pressée de se déplacer jusqu'au canapé avec son aide. Il n'avait pas pu la faire aller jusqu'à la chambre d'amis sans qu'elle le menace d'une voix ensommeillée de lui tirer dessus. En gloussant, il avait tiré la fameuse couverture rose sur elle. Son rire, le matin suivant, l'avait fait sourire lorsqu'il l'avait entendu depuis la salle de bains où il se brossait les dents.

Elle était rentrée chez elle pour se doucher et se changer, laissant la couverture rose bien pliée sur le dossier du canapé. Il n'avait pas conduit depuis qu'il avait été blessé. Il songeait qu'il devait soit essayer, soit appeler Lance pour qu'il le conduise chez Grayson. Mais Faith le surprit en lui offrant ses services de chauffeur.

Le manoir de Grayson était aussi impressionnant le matin qu'à toute autre heure de la journée. Les murs de pierre couleur miel étincelaient. Le portique géant ombrageait la plus grande partie de l'allée circulaire, avec assez d'espace dessous pour une demi-douzaine de voitures.

Les fenêtres massives, que Grayson avait fait ajouter durant une récente rénovation, reflétaient les arbres et les jardins à l'anglaise. Les vitres étaient faites de glaces sans tain, à l'épreuve des balles, tout comme chez UB. Et elles allaient du plancher au plafond dans toutes les pièces.

— À ton avis, quelle est la surface de cette maison ? demanda Faith en se garant derrière la jeep de Lance. On pourrait faire rentrer quatre ou cinq maisons comme la mienne dedans, et elle n'est pas exactement petite.

— Aucune idée. Je n'ai jamais demandé. Tu l'as déjà visitée ?

— Non. Peut-être que nous devrions demander une visite guidée un jour ?

— Sur notre temps libre ?

Elle sourit.

— Peut-être que nous aurons de vraies vacances un jour, au lieu de ces prétendus congés pour travailler sur l'affaire Parks.

Elle coupa le moteur.

— Nous ?

Son sourire s'évanouit.

— Je veux dire, tu sais, nos vacances, chacun de notre côté. Je ne voulais pas dire...

Il lui pressa gentiment la main.

— Je te taquinais, Faith.

— Oh ! je le savais.

Il sourit et elle leva les yeux au ciel.

— Ça m'a manqué, dit-il. La journée n'est pas finie tant que tu n'as pas levé les yeux au ciel.

— Eh bien, maintenant que je sais combien tu aimes ça, je vais le faire plus souvent.

Il rit et ils sortirent tous deux de la voiture pour entrer dans la maison.

En refermant l'une des doubles portes derrière eux, il se pencha à son oreille.

— Je suis toujours étonné que ce ne soit pas un maître d'hôtel qui ouvre la porte. Mais Grayson ne se préoccupe pas de décorum, en dépit de tout son argent. Il est plutôt terre à terre.

— C'est sûr qu'il n'est pas comme la plupart des gens s'y attendent.

Elle pivota sur elle-même pour admirer l'entrée en bois et marbre poli.

— Je crois qu'il a une dizaine d'employés qui s'occupent de cette maison. Mais la moitié d'entre eux sont très âgés et ont vécu ici plus longtemps que lui. C'est davantage un service qu'il leur rend que le contraire. Ainsi, ils peuvent finir leurs jours en grand style au lieu d'être relégués dans une maison de retraite quelconque.

Willow franchit les doubles portes à gauche.

— Et s'il t'entend dire combien il est merveilleux et bienveillant il se mettra à ronchonner. Il n'est pas doué pour accepter les compliments.

Faith la serra dans ses bras.

— Je suis tellement heureuse que vous deux vous soyez ensemble. Vous êtes le couple parfait, le yin et le yang, tout ça.

— Il est parfait pour moi, c'est sûr. Maintenant, que la fête commence. Vous êtes les deux derniers à arriver. Les autres sont déjà là : Ryland, Lance, Brice, Trent, Ivy. Même Callum a mis son affaire en suspens pour venir à la réunion. Il est arrivé en voiture de Johnson City hier soir. Le seul qui manque est notre agent de liaison avec le FBI. Rowan est en train de négocier l'accès à des preuves dans l'une de nos affaires, mais il sera là plus tard. Inutile d'attendre. Il y a un buffet dressé dans la bibliothèque. Après cela, nous nous mettrons au travail.

La bibliothèque était exactement cela, une haute pièce remplie de livres. Mais c'était aussi un salon, avec des groupes de canapés et de fauteuils. Pour l'heure, ils étaient disposés en U au milieu de la pièce pour la réunion.

Contre le mur opposé était dressé le buffet mentionné par

Willow. Il comprenait débauche de nourriture, allant des fruits et des bagels aux œufs, aux petits pains et à la sauce à la viande.

Fidèle à sa nature attentionnée, Faith s'occupa d'Asher, faisant en sorte qu'il mange plus qu'il n'en avait vraiment envie.

— Tu dois reprendre des forces, dit-elle en lui apportant un second verre de jus d'orange. Et tu as besoin de beaucoup de vitamine C, pour aider tes muscles à guérir.

Il contempla le verre sans enthousiasme.

— J'imagine que ça explique pourquoi tu essaies de me faire boire un tonneau de ce truc. Je n'aime pas vraiment le jus d'orange, pour être honnête.

— Ça ne fait rien. C'est bon pour toi.

Lance, assis sur un canapé à proximité, se mit à rire. Faith plissa les yeux.

— Qu'est-ce qu'il y a de drôle ?

Il haussa les épaules, toujours souriant.

— Je commence juste à comprendre pourquoi ta sœur te traite de mère poule.

Elle eut un hoquet.

— Qui t'a dit ça ?

Il désigna Asher.

— Tu n'as pas fait ça ?

Il but son jus pour éviter de répondre. Faith se rassit, son expression promettant une vengeance postérieure. Il ne put s'empêcher de sourire quand il eut finalement avalé le verre. Mais avant que Faith puisse le faire payer Grayson et Willow se levèrent.

— Merci à tous d'être venus, dit Grayson. Plutôt que de tenir cette réunion dans la salle de conférences, je voulais l'organiser chez nous parce que c'est une occasion spéciale. Asher, Dieu merci, est avec nous, alors qu'il a failli mourir il y a un peu plus d'une semaine. Willow et moi sommes extrêmement heureux que tu sois sur le chemin de la convalescence et de retour parmi nous.

Tout le monde applaudit et poussa des vivats. Quelques-uns sifflèrent. Asher secoua la tête, leur faisant signe de cesser.

Faith déplaça discrètement sa main sur le canapé entre eux et lui pressa les doigts. Il la regarda d'un air interrogateur, et elle lui sourit. Il comprit qu'elle le remerciait, comme les autres. Mais son geste l'émut davantage que tous les autres combinés.

Avant qu'il puisse dire quelque chose, Grayson s'éclaircit la voix et le bruit mourut.

— Je vais ajouter autre chose, dit Grayson. Asher a risqué sa vie pour en sauver une autre. C'est rare. Il est encore plus rare d'aider quelqu'un en lui donnant *littéralement* sa chemise.

Asher grogna à cette plaisanterie bébête.

— Willow et moi souhaitons compenser ta générosité.

Grayson lui lança quelque chose. Il le reçut en pleine poitrine et secoua la tête en comprenant de quoi il s'agissait : une chemise.

Très vite, tous les gens présents lui lancèrent des chemises. La dernière vint de Faith, qui rit quand elle atterrit sur la petite pile sur ses genoux.

— Très drôle, les gars, dit-il sèchement. Hilarant.

Il fit mine de lire l'étiquette de l'une d'elles et la lança à Lance.

— Quelqu'un a dû penser à toi. C'est une taille S.

Lance, tout aussi grand qu'Asher, la lui relança.

— Elle est très bien pour toi, mon petit.

Faith commença à empiler les chemises.

— Merci, chérie, lui murmura Asher.

Elle évita son regard, mais hocha la tête.

— Plaisanterie mise à part, dit Grayson, nous sommes très occupés et avons beaucoup de travail devant nous. Ryland, tu peux nous faire un point ? Nous finirons par Faith.

L'interpellé acquiesça et se mit en devoir de mettre l'équipe au courant de son affaire. Tous firent de même, comme ils le faisaient normalement chaque matin, que ce soit chez UB ou à distance. Ils se lancèrent mutuellement des idées et des suggestions. Quand ce fut le tour d'Asher, il fit un bref résumé de ce qui s'était passé à partir du moment où Faith avait défini le ranch de Stan comme lieu potentiel de détention de Leslie.

— Vous connaissez la suite. Nous avons eu de la chance de retrouver Leslie. Malheureusement, le tueur a filé. Faith peut vous dire ce qui s'est passé après cela, étant donné que j'étais HS pendant un moment.

— Il a omis des détails que vous ne connaissez pas, dit-elle. Le ravisseur avait attaché un nœud coulant autour du cou de Leslie. Il l'avait fait monter sur un tronc d'arbre et avait attaché une corde autour, avec un bout traînant dans les bois où il se cachait. Dès qu'Asher a trouvé Leslie, le tueur a tiré sur la corde. Asher s'est jeté sur Leslie et lui a attrapé les jambes, juste au moment où le tronc se retournait. S'il ne l'avait pas fait, la corde lui aurait brisé le cou. Ensuite le lâche lui a lancé un couteau pour finir le boulot. Mais Asher s'est interposé entre le couteau et Leslie, pour la sauver à nouveau. Leslie m'a dit que le couteau se dirigeait droit vers son cœur. Même avec le couteau planté dans son dos, perçant un poumon, Asher a réussi à retirer le nœud coulant du cou de Leslie et à la faire monter sur son cheval pour la ramener aux écuries.

Willow, assise à côté de Grayson, pâlit.

— J'ignorais à quel point c'était grave. Bonté divine ! Nous avons vraiment de la chance que tu aies survécu, Asher.

— C'est gentil. Mais c'est fini. Je vais bien.

Il fit signe à Faith.

— Tu as établi une chronologie fondée sur les recherches de la police de Gatlinburg et les tiennes. Tu peux nous en parler ?

Le prenant en pitié, elle expliqua aux autres les recherches qu'elle avait menées ces derniers jours.

— Le ravisseur a emmené Leslie au ranch, volé deux chevaux et l'a forcée à partir avec lui dans la montagne. Il était violent, il l'a giflée et lui a donné quelques coups de couteau superficiels. Pour l'essentiel, il l'a terrifiée en lui parlant des choses affreuses qu'il allait lui faire. Heureusement, il n'a pas eu le temps de mettre ses plans en œuvre. Asher l'a secourue avant qu'il ait pu lui faire vraiment du mal.

Ryland se pencha sur sa chaise, à gauche de Faith.

— Pourquoi est-il retourné au ranch en la laissant dans la montagne ? Et pourquoi tuer les deux hommes qu'il a laissés dans la sellerie ?

— Leslie dit que, quand Stan Jr s'est aventuré dans la montagne pour chercher les chevaux, il est tombé sur eux et a vu Leslie attachée à un arbre. Stan, le vrai donc, a essayé d'intervenir. Le ravisseur l'a maîtrisé et poignardé. Stan a pu reprendre son cheval et repartir, sans doute pour aller chercher de l'aide. Vous pouvez imaginer ce qui s'est passé ensuite. Notre tueur l'a suivi, rattrapé et tué aux écuries. Puis il a fait la même chose avec le père de Stan, alerté par le bruit.

Ivy tressaillit à côté de Faith.

— C'est affreux. Pauvre famille.

— Je sais.

Faith secoua la tête.

— C'est tellement triste. Quel gâchis inutile.

Asher prit la parole.

— Il semble qu'il cachait les corps, prenait un cheval frais et rassemblait des provisions pour s'enfoncer dans les montagnes quand Faith et moi sommes arrivés.

Faith approuva d'un signe de tête.

— Leslie n'a parlé à personne en dehors de moi, ce premier jour. Nous étions ensemble parce que la police voulait que nous aidions le dessinateur à établir le portrait-robot de l'homme qui l'a agressée. Immédiatement après cela, elle m'a donné les éléments que je viens de vous transmettre. Ensuite, elle a cessé de parler et n'a plus voulu s'adresser aux inspecteurs. Je pense qu'elle était en état de choc, incapable d'affronter le traumatisme de ce qui lui était arrivé. J'espère qu'elle acceptera de nous parler, étant donné qu'Asher lui a sauvé la vie. Willow, en tant que représentante des victimes, tu as pris contact avec la famille. Tu penses que tu pourrais leur parler, voir si Asher et moi pouvons interroger Leslie ?

— Absolument. Son bien-être est ma priorité, bien sûr. Mais, si elle y est prête et si sa famille est d'accord, je vous le dirai.

— C'est tout ce que je demande. Merci.

Willow lui sourit.

À cet instant, Rowan Knight arriva. Saluant Asher de la tête, il se dirigea immédiatement vers Grayson et lui tendit une feuille de papier. Ils échangèrent un instant avant que Rowan reparte. En passant près d'Asher, il lui lança une chemise et sourit avant de sortir en hâte.

Asher gloussa et ajouta la chemise à la pile, tandis que Grayson tendait la feuille de papier à Faith.

— Le médecin légiste, dit-il, a identifié les deux dernières victimes avec l'aide d'un anthropologue médico-légal. Ce sont leurs noms, leurs descriptions et leurs antécédents, de même que leurs dernières adresses connues.

Faith résuma les découvertes pour tout le monde en lisant à haute voix les détails pertinents.

— La victime numéro cinq, June Aguirre, une femme d'origine hispanique de vingt-six ans. Elle était célibataire et avait un petit ami régulier, Nathan Jefferson. Elle vivait à Pigeon Forge et était la directrice d'une succursale de coopérative de crédit. Elle a disparu sur le trajet entre son travail et chez elle, et on ne l'a jamais revue. C'était il y a cinq ans.

Elle cilla.

— Waouh, elle a disparu *un jour* avant Jasmine Parks.

Asher fronça les sourcils.

— C'est une sacrée escalade, de six mois entre les premières victimes à un jour entre les deux dernières. Quelque chose à prendre en considération. Et la cause de la mort ? Le médecin légiste n'a pas pu la déterminer pour les autres victimes. Quelque chose sur June Aguirre ?

Faith relut le résumé et secoua la tête.

— Nature du décès : homicide. Cause de la mort, indéterminée.

Elle tourna la page.

— La victime numéro six est Brenda Kramer, une femme blanche de vingt-trois ans. Également célibataire, mais elle vivait avec son petit ami, Kurt Ritter. Elle a toujours résidé à Gatlinburg. Après le lycée, elle a voyagé pendant deux ans. Lorsqu'elle est revenue, elle s'est inscrite dans une école de commerce. Elle était à un an de son diplôme quand elle a disparu un soir, après une fête. Son petit ami dit qu'elle n'est jamais rentrée à la maison. C'était il y a sept ans. Et, avant que vous posiez la question, là encore la cause de la mort est inconnue.

Elle fit la grimace.

— C'est bizarre. On a trouvé des galets de rivière dans sa poche. Ça pourrait être significatif ?

— Est-ce qu'on a trouvé des galets chez les autres ? demanda Grayson.

— Pas que je me souvienne. Asher ?

— Je vérifierai, mais je ne pense pas. Je me souviens que les fragments des vêtements d'une des victimes étaient recouverts d'une terre très dure. Le médecin légiste a supposé que c'était de la boue. Ça pourrait vouloir dire que deux des victimes étaient dans l'eau ou près de l'eau peu avant leur mort. Ou ça pourrait être simplement dû au fait qu'elles ont randonné et ramassé des galets. Ou qu'elles ont été surprises par la pluie et qu'elles ont marché dans la boue avant d'être enlevées. Je ne vois pas comment des galets ou de la boue pourraient nous aider, mais nous le noterons et nous verrons si cela a un lien avec d'autres découvertes.

Grayson croisa les bras, les sourcils froncés.

— Ça paraît mince, je suis d'accord. Je sais que ça fait des années que les meurtres ont eu lieu et que la seule chose qu'a le médecin légiste, ce sont des squelettes, mais on ne peut pas lui demander de spéculer au moins sur les causes possibles de la mort ? Comme la strangulation ? N'est-ce pas une cause de mort courante dans les affaires de tueur en série ?

Asher acquiesça.

— C'est effectivement la manière la plus courante pour les tueurs en série d'assassiner leurs victimes. Mais en général cela brise un os dans la gorge et ça se voit à l'autopsie. Comme aucune de nos victimes n'a l'os hyoïde brisé, la strangulation ne semble pas probable. L'absence de marques ou d'éclats d'os rend également improbable le fait qu'elles aient été poignardées. Il n'y avait pas non plus de traces de tir ni de fragments de balle dans les os.

— Et le poison ? questionna Grayson. On a trouvé des cheveux chez certaines des victimes. On ne peut pas les analyser pour rechercher des toxines ? Je crois me rappeler que les cheveux continuent à pousser quelque temps après la mort. Si ces cheveux post mortem contiennent des toxines, ça ne prouverait pas qu'elles en ont ingéré et que c'est la cause de la mort ?

Faith sourit.

— Tu veux changer de métier, patron ?

— Je n'ai pas envie de travailler aussi dur que vous, la taquina-t-il. Je pose seulement les questions qui me viennent à l'esprit.

— Et ce sont de bonnes questions. Nous en avons discuté, Asher et moi. Ou nous l'avons fait pour les victimes précédentes. Avec l'ajout de June et Brenda, je suis sûre que nous y reviendrons. Le poison est une des choses que nous ne pouvons pas écarter. Même avec la pousse des cheveux après la mort, une concentration suffisante n'est possible que si le poison a mis du temps à tuer la victime. Dans ce cas, le cœur devrait pomper le sang assez longtemps pour faire circuler la toxine dans tout le corps et l'envoyer dans les follicules en dose suffisante pour qu'on la détecte. Je ne vois pas le tueur en série en administrer des doses à ses victimes sur une période assez longue pour que le poison apparaisse dans les cheveux post mortem.

Asher approuva de la tête.

— Il est également rare pour les hommes d'utiliser le poison pour tuer. C'est plutôt une méthode de femme. Nous savons que le tueur est un homme blanc, d'une trentaine d'années. Cela correspond au dernier profilage du FBI et aux dépositions des témoins visuels, à savoir Leslie, Faith et moi. Le profil dit aussi qu'il est probablement célibataire et qu'il a du mal à garder un emploi stable. Il a recours à des jobs à l'heure, payés en liquide, sans doute en extérieur, comme le bâtiment ou le jardinage. Cela va avec le fait qu'il se sent à l'aise dans les montagnes. Il a probablement commencé à tuer vers vingt-cinq ans, ce qui correspond à notre première victime, qui a été tuée il y a sept ans. Comme cela arrive souvent avec les tueurs en série, il y a sans doute eu un déclencheur, qui l'a fait basculer. Il est passé du fantasme de meurtre au meurtre.

— N'oublie pas le traumatisme dont ils pensent qu'il a souffert durant son enfance ou son adolescence, ajouta Faith. On suppose que cela a eu une influence majeure sur sa vision du monde, et que cela a peut-être même causé sa haine des femmes. Ça pourrait expliquer sa dépravation, mais je ne vois pas comment ça peut nous aider à comprendre qui il est, en dehors de chercher un traumatisme infantile quelconque dans l'espoir de réduire notre liste de suspects.

— Faith et moi avons pensé que la pendaison pourrait être son mode opératoire, puisqu'il a essayé de pendre Leslie, dit Asher. Mais Faith a appelé le médecin légiste pour lui demander son avis sur cette possibilité. C'est à ce moment-là qu'elle nous a parlé de l'os hyoïde et de l'absence d'os cassé chez nos victimes. Avec la pendaison, il est *possible* de ne pas briser le cou. Mais elle trouvait improbable que pas une des femmes décédées n'ait une fracture de cet os si toutes avaient été pendues. Bien sûr, c'est à supposer que notre tueur est systématique dans sa manière de procéder. La plupart le sont. Mais quelques-uns changent effectivement de mode opératoire. Ils apprennent de leurs erreurs et ajustent leur arme de choix.

— Et une signature ? demanda Lance. Même quand un tueur en série modifie sa manière de procéder, il y a en général quelque chose, un rituel qui ne change pas. Ça peut être aussi simple que la manière dont il ligote ses victimes ou les embrasse sur le front avant de les tuer. Y a-t-il quelque chose que vous avez pu repérer, étant donné que vous n'avez que les squelettes, quelques cheveux et des fragments de vêtements ?

Faith secoua la tête en tendant la feuille de papier à Asher.

— Avec si peu d'indices dans les tombes, nous n'avons pas de théorie sur sa signature. C'est quelque chose dont nous avons discuté, mais aucun de nous n'a rien de concret à proposer.

Elle désigna la feuille de papier qu'Asher étudiait.

— Les identifications de ces deux dernières victimes, combinées aux informations que nous avons sur les autres, signifient que sa première victime était Brenda Kramer. Les autres, dans l'ordre où elles ont été tuées, sont Natalie Houseman, Dana Randolph, Felicia Stewart et June Aguirre. Jasmine Parks est la dernière victime, il y a cinq ans. Il n'y avait pas d'autres corps dans ce cimetière improvisé. L'antenne du FBI a fait venir sa propre équipe de chiens renifleurs et a réexaminé tout le flanc de la montagne avec un radar géologique. Six victimes au total. Il en tue une tous les cinq ou six mois, puis les deux dernières à un jour d'intervalle. Après ça, rien. Une des questions auxquelles je veux répondre, c'est pourquoi il a changé de routine, à savoir passer de six mois entre deux meurtres à une journée.

— Aucune idée quant à ça, dit Lance. Mais je ne pense pas que les tueurs en série cessent de tuer par choix. Ou bien ils meurent, ou bien ils sont incarcérés, ou bien ils sont dans l'incapacité de continuer à le faire pour une raison ou une autre. Tu as exploré l'angle de l'incarcération ?

— Nous l'avons fait, lui répondit Asher. Nous avons engagé un expert en informatique, parce que nous avions une masse de données à analyser sur les incarcérations et les libérations dans le système pénitentiaire du Tennessee. Certains des détenus le plus récemment libérés pouvaient en théorie avoir enlevé Leslie. Mais notre expert a pu exclure la plupart d'entre eux parce qu'ils étaient en prison à l'époque où d'autres victimes ont été tuées. Nous avons fini par avoir seulement cinq suspects potentiels et nous les avons écartés car leurs photos ne correspondaient pas à notre tueur.

— Cette analyse prouve qu'il n'était pas incarcéré durant cette période, dit Lance. À moins qu'il n'ait été emprisonné dans un autre État, ce que je considère comme peu probable étant donné qu'il a choisi et tué des femmes ici. Il est à l'aise dans cette région, il la connaît. Peut-être qu'il n'a pas du tout cessé de tuer et qu'il enterre les corps les plus récents dans un autre cimetière personnel, peut-être sur un autre flanc de montagne.

— C'est possible, dit Asher. Mais, tout ça, ce sont des spéculations, sans aucun fait à ce stade. C'est rare, je suis d'accord, qu'un tueur en série cesse de tuer ou rallonge l'intervalle entre ses meurtres. En général, l'intervalle décroît, car son désir de tuer ne fait que grandir et il ne peut pas y résister. Mais il y a des exceptions bien documentées. L'une d'elles est le tueur BTK, à Park City, dans le Kansas. Il a fait plusieurs victimes à quelques mois d'intervalle puis a passé des années sans tuer personne avant de recommencer.

— Que notre tueur ait fait ou n'ait pas fait une pause, dit Faith, nous savons qu'il tue à nouveau. Il aurait certainement tué Leslie si tu n'étais pas intervenu. C'est l'une des questions dont nous avons discuté, Asher et moi, et nous penchons tous les deux vers ton raisonnement, Lance. Nous croyons qu'il y a un deuxième cimetière quelque part. Simplement, nous ne l'avons pas encore trouvé.

Grayson secoua la tête.

— Russo et Frost vont piquer une crise si c'est le cas. Mais je ne peux pas leur dire qu'il y a d'autres corps sans avoir une idée d'où les chercher.

Asher haussa les épaules et tressaillit en sentant son dos l'élancer. Il inspira superficiellement, jusqu'à ce que la douleur diminue, puis continua :

— Je pense pouvoir dire que le second cimetière, s'il existe, se trouve dans la zone sur laquelle nous avons spéculé durant nos premières recherches géographiques. Si vous dessinez un cercle d'environ vingt minutes de trajet autour du cimetière que nous avons trouvé, je suis prêt à parier gros que, s'il a un autre site d'enterrement, il se trouve dans ce cercle.

— Absolument, renchérit Faith.

— Si nous sommes d'accord sur le fait qu'il y a un autre cimetière, poursuivit Asher, nous devrions impliquer au moins l'antenne du

FBI. La police n'a pas les moyens de le chercher, mais le FBI les a certainement. Nous pourrions leur donner nos théories et nos recherches géographiques et ils pourraient se mettre en chasse. Laissons-les décider s'ils veulent étudier cette théorie ou non. Ils ont déjà retrouvé toutes les affaires de disparitions de femmes dans un rayon de cinquante kilomètres autour de Gatlinburg ces dix dernières années, pour aider le médecin légiste à identifier les victimes. Ils peuvent s'en servir comme point de départ, voir quelles affaires n'ont pas déjà de suspects plausibles et se concentrer sur celles qui pourraient être l'œuvre de notre tueur en série.

Grayson croisa les bras.

— Pourquoi voudraient-ils faire ça ? Ils ne devraient pas plutôt se concentrer d'abord sur les victimes connues, pour que cela les mène au tueur ?

— Ils l'ont déjà fait, dit Faith. Nous aussi. Et aucun de nous n'est arrivé nulle part. De nouvelles affaires, nouvelles pour nous en tout cas, pourraient offrir des liens que nous n'avons pas vus jusqu'ici, de nouveaux indices.

— Quand tu le formules comme ça, ça a du sens. Je vais transmettre ça à Russo et Frost.

— Tu peux aussi leur demander de faire parvenir les nouveaux indices matériels des victimes à notre labo ? demanda Asher. Je sais qu'il n'y avait pas d'ADN viable et aucune touche dans la base de données nationale pour les empreintes trouvées sur le couteau. Peut-être que nous aurons de la chance et que nous obtiendrons quelque chose avec les indices relevés sur les corps de Kramer et Aguirre.

Ryland se joignit à la conversation.

— Tu parlais de touches dans l'AFIS. Et les polices locales qui ne sont pas reliées à l'AFIS, ou qui ne se sont pas donné la peine de saisir les rapports d'arrestation pour des délits mineurs ? Ivy ou Lance pourraient étudier cet angle. Vous deux, vous avez quasiment terminé votre affaire. L'un de vous peut-il la finir et l'autre s'occuper des empreintes ?

Ivy jeta un regard à Lance.

— Je peux le faire. Tu es d'accord pour terminer notre affaire ?

— Pas de problème. Et je t'aiderai dès que j'aurai fini.

— Merci, dit Asher. C'est une bonne idée. Les empreintes sont aussi bonnes que l'ADN si nous y arrivons.

Ryland sortit son téléphone.

— Je vais demander à Rowan de contacter l'antenne du FBI au sujet de ces affaires de personnes disparues. Quant au reste d'UB... Malheureusement, la plupart d'entre nous avons des affaires plutôt urgentes en ce moment. Contactez Ivy si vous avez une demande pressante.

Lance leur fit signe.

— N'hésitez pas à m'appeler si vous avez besoin d'aide. Si je peux le coincer dans mon emploi du temps, je le ferai.

Asher interrogea Faith du regard.

— La victimologie des deux nouvelles victimes ?

— Absolument. Ce serait parfait. Lance, Ivy, ajoutez ça à votre liste de corvées, si et quand vous pouvez le faire. Je suis sûre que même en travaillant là-dessus de façon limitée vous pouvez rassembler des informations sur Aguirre et Kramer plus vite et mieux que le FBI et la police combinés.

Lance se mit à rire.

— Tu exagères, Faith !

Elle sourit.

— Un peu. Tout ce que tu peux trouver sera très apprécié. Ça nous permettra de nous concentrer sur Jasmine et Leslie et ce que nous pouvons glaner sur les autres victimes.

— Ça me paraît un bon plan, dit Grayson. Asher, tu as besoin que Faith précise encore ce sur quoi elle a travaillé pendant que tu étais à l'hôpital ? Je sais que c'est un peu tôt, et que c'est la première fois que vous vous revoyez depuis que tu es sorti de l'hôpital...

— En fait, dit Faith, je l'ai mis au courant hier soir.

— Chez moi, dit Asher. Elle a dormi à la maison.

Elle s'étrangla.

— Sur le canapé ! Seule !

Il sourit largement. Plusieurs de leurs collègues se mirent à rire. Grayson toussota et jeta un regard effaré à Willow.

Faith lança un regard d'avertissement à Asher, les yeux plissés. Il gloussa. Ça lui allait parfaitement de faire connaître son attirance pour elle en public, même si elle n'était pas d'accord. Bon sang, tout le monde chez UB savait depuis longtemps ce qu'il éprouvait pour elle. Elle était la seule à qui il l'avait stupidement caché, attendant qu'elle se réveille et lui donne une sorte d'autorisation.

— Je suis ravi que vous soyez de nouveau ensemble, dit Grayson.

Faith écarquilla les yeux.

— Comme coéquipiers, tu veux dire ?

Il arqua un sourcil.

— Qu'est-ce que j'aurais voulu dire d'autre ?

Elle rosit et croisa les bras, tandis que les autres repartaient à rire. Willow donna un petit coup sur le bras de Grayson et lui adressa un regard d'avertissement.

— Je pense que ce que mon mari veut dire, c'est qu'il est ravi que vous formiez à nouveau une équipe.

— Absolument, dit-il. C'est ce que je voulais dire.

Il fit un clin d'œil à sa femme. Faith devint encore plus rouge. Si Asher survivait au trajet de retour chez lui, il pourrait s'estimer chanceux.

Ryland s'adressa à Lance et Ivy.

— Mettez-moi en copie quand vous tiendrez Asher et Faith au courant. Si quelqu'un d'autre se libère, je ferai suivre.

— Merci, Ryland.

Les joues de Faith étaient encore cramoisies.

— Et merci, Lance et Ivy. J'apprécie toute l'aide que vous pouvez me donner. Même celle d'Asher, pour ce qu'elle vaut.

Il sourit de sa taquinerie. Elle se redressa sur son siège, reprenant le pli de leur badinage. C'était bon. Et, quand il cligna à nouveau de l'œil et que, cette fois, elle sourit, il se sentit encore mieux.

Il allait aimer ça. Et il allait se donner à fond – à l'affaire et à sa quête de Faith. Il n'accepterait rien de moins que la victoire dans les deux domaines.

14

Le dimanche précédent, Faith avait rendu visite à Asher à l'hôpital. Ce dimanche, elle était à nouveau avec lui. Mais ils étaient dans sa voiture, parcourant Pigeon Forge et des quartiers de Gatlinburg où elle n'était jamais allée. Ils avaient rendu visite à des gens faisant partie de la vie de June et Brenda, cherchant un lien entre elles et les autres victimes.

Jusque-là, en parlant à Nathan Jefferson de June, et à Kurt Ritter de Brenda, le seul lien qu'ils avaient découvert était que June avait l'habitude de faire ses courses dans le même supermarché que l'une des premières victimes.

— Et maintenant ? demanda Faith, tandis qu'elle reprenait la direction du centre de Gatlinburg.

— Le déjeuner. Je suis affamé.

— Tu as enfin retrouvé ton appétit ?

— J'essaie de me débarrasser des antidouleurs pour ne pas m'accoutumer. Et on dirait que mon appétit revient.

Elle lui lança un regard tranchant.

— Si le médecin s'inquiétait d'une possible addiction, il t'aurait dit d'arrêter. Il ne l'a pas fait, n'est-ce pas ?

— Pas comme ça. Mais j'ai regardé les effets secondaires. Je connais le danger. Je ne veux pas finir accro. Arrête de t'inquiéter. Si la douleur empire, je prendrai un analgésique. Mais j'en ai fini avec les antalgiques sur ordonnance.

Elle voulut argumenter, mais craignit de l'entendre la traiter de

« mère poule ». Même si elle faisait des efforts pour oublier leur baiser torride et ne penser à Asher que comme à un ami, elle ne voulait pas non plus être vue comme une « mère ».

Leur relation était devenue trop compliquée. Elle avait du mal à dormir la nuit. Elle se tournait et se retournait en pensant à lui. À son corps. Les pensées qu'elle avait la réveillaient en sueur quand elle parvenait à s'endormir. Elle était surprise de n'avoir pas mis le feu à ses draps vu les fantasmes qu'elle entretenait. Elle se racla la gorge et s'efforça, à nouveau, de se concentrer.

— Où veux-tu manger ?

— Ça va ? Tu as l'air un peu rouge.

Elle orienta l'ouverture de la climatisation vers elle.

— Il fait chaud aujourd'hui. Où veux-tu aller ?

Il ne parut pas croire son excuse, mais n'insista pas.

— Tu es d'humeur pour un hamburger ?

— Je suis toujours d'humeur pour un hamburger. Johnny Rockets ? Smokehouse Burger ?

— Tu as lu dans mes pensées. Me souviens pas la dernière fois que j'ai mangé une de ces étonnantes créations.

— Probablement à Noël. Daphne était chez son petit ami de l'époque, et tes parents étaient partis en Europe. En Italie, je crois.

— Oui, à Noël, c'était l'Italie. L'été d'avant, c'était l'Espagne.

— Oh oui ! Je me souviens des confiseries espagnoles qu'ils ont rapportées. Des *huesitos.* J'adorais celles au chocolat blanc. En tout cas, nous avons décidé de trouver un restaurant chinois et d'y noyer notre chagrin.

Il sourit.

— Le restaurant chinois était fermé, mais Johnny Rockets était ouvert. J'avais oublié ça.

— Moi je n'oublierai jamais. Tu m'as volé mes rondelles d'oignon.

Il éclata de rire.

— Tu n'allais pas les manger de toute façon. Tu n'as même pas fini ton cheeseburger.

Elle se gara sur un emplacement devant le restaurant. Sur la porte, un panneau proclamait « Berceau du hamburger original ».

— Nous nous sommes bien amusés, non, Asher ?

— Oui, c'est vrai. Et j'aimerais que tu m'appelles Ash.

— Pas question. C'est trop intime. Si je commence à t'appeler comme ça, tu sauras que quelque chose ne va pas.

— Tu m'as appelé Ash aux écuries.

— J'étais terriblement stressée. Tu étais blessé. Comme je le disais, ça n'allait pas.

Il rit, et ils pénétrèrent à l'intérieur.

Quelques heures après, ils étaient de retour chez lui, assis à la table de salle à manger, avec leurs ordinateurs ouverts. Faith fixa les photos des six victimes puis s'étira et se redressa.

— Je ne comprends pas. Ce tueur enfreint toutes les règles.

— Les règles ? Lesquelles ? Attendre six mois entre ses meurtres, puis ne tuer personne dans les cinq dernières années ?

— Je ne m'intéresse même plus à cet angle. J'ai cherché des similarités chez les victimes, et je n'en trouve pas, en dehors du fait que ce sont des femmes. Les tueurs en série tuent en général au sein de la même race. Là, il est blanc, mais ses victimes sont blanches, noires ou latinos. Nous avons estimé qu'il a la trentaine. Mais l'âge de ses victimes varie entre la vingtaine et le début de la quarantaine. Je pourrais écarter tout ça si elles avaient des traits d'un certain type, comme des cheveux noirs, par exemple. Mais ce n'est pas le cas. Je n'arrive pas à le cerner. Mon passé d'inspectrice à Nashville ne m'a pas donné beaucoup d'expérience dans la chasse à ce type de prédateur. Toi, tu as pris des cours sur les tueurs en série à Quantico. Qu'est-ce que tu penses de ces incohérences ?

— J'en ai appris juste assez pour me mettre l'eau à la bouche. Mais l'une des choses qu'ils m'ont enseignées, c'est qu'un grand pourcentage de tueurs en série choisit ses victimes en fonction de choses qu'elles ont en commun, en dehors des attributs physiques. Ça peut être aussi simple qu'un métier, un lieu de résidence ou une opportunité. Chacune de ces choses remplit un besoin particulier chez eux au moment où ils les tuent.

— Ça ne m'aide pas du tout.

Il haussa les épaules et tressaillit.

— Quand as-tu pris ton dernier antidouleur ? Avec ou sans ordonnance ?

— Ça fait un moment. J'espérais pouvoir éviter d'en prendre encore. Mais je suis prêt à lever le drapeau blanc et à avaler quelques Tylenol.

Elle aurait voulu qu'il prenne quelque chose de plus fort. Cela ne lui ressemblait pas de révéler qu'il avait mal, alors il souffrait sans doute beaucoup plus qu'il ne l'avouait. Elle tapota la surface de la table de ses ongles tandis qu'il se dirigeait vers la cuisine.

— Je n'ai pas eu de nouvelles de Willow, aujourd'hui. Et toi ?

— Rien. Leslie doit passer par de mauvais moments si Willow n'arrive pas à la convaincre de nous parler.

Il avala deux pilules avec un verre d'eau.

— C'est la seule qui ait échappé au tueur. Quelque chose qu'il a dit ou fait pourrait être la clé de l'affaire. Et elle ne réalise peut-être même pas qu'elle détient cette clé.

— Ne mise pas trop d'espoirs sur elle. Elle ne nous parlera peut-être jamais. Il faut que nous trouvions une solution sans elle.

Faith soupira.

— Je sais, je sais.

Elle agita la main en direction de son ordinateur et des photos des victimes, se sentant terriblement coupable de ne pas avoir encore compris comment leur rendre justice.

— C'est tellement plus facile à dire qu'à faire.

— Il nous faut une pause, une distraction, ne serait-ce que quelques minutes. Ensuite, on s'y remettra avec plus d'énergie.

— C'est une bonne idée. Quel genre de distraction ?

— J'ai une idée.

Son ton taquin l'incita à lui lancer un regard noir. Mais en le voyant sortir une boîte de glace au chocolat elle se mit à rire.

— Je t'ai eue, lui dit-il avec un clin d'œil. Avec ou sans crème fouettée ?

— Cette blague, avec, évidemment. Je vais t'aider. Il vaut mieux que tu ne fasses pas d'efforts avec ton dos.

Entrant dans la cuisine, elle prit la cuillère à glace tandis qu'il sortait des bols.

— Je suppose que c'est ta mère qui t'a acheté ça, dit-elle en remplissant les bols. Elle t'apporte toujours des cochonneries quand elle vient te voir.

— Et c'est très bien comme ça.

Il s'empara de la crème fouettée et en déposa une bonne cuillérée dans les bols. Elle fixa les monticules de chocolat.

— Qu'est-ce qui m'a pris ? C'est bien plus que ce qu'on pourra jamais manger.

— Parle pour toi.

Asher prit une énorme cuillérée de glace et se la fourra dans la bouche.

Elle rit et fit de même, bien que sa cuillérée fût plus petite. Ils restèrent debout près de l'îlot, se gavant de calories vides.

— Je vais avoir de gros regrets demain, dit-elle. Quand je monterai sur la balance. Tu devrais peut-être finir la mienne. Tu as encore des kilos à reprendre.

— Ça ne m'ennuie pas.

Il repoussa son bol vide et tira le sien vers lui.

Elle rinça le bol et le mit dans le lave-vaisselle, puis se retourna. En le voyant lécher sa cuillère, elle se figea. Ses yeux s'assombrirent tandis qu'il la regardait et glissait lentement la cuillère dans sa bouche. Quant à elle, sa bouche s'assécha en le voyant prendre de la glace et faire tourner sa langue autour avant de l'ingérer, tout cela sans la quitter du regard.

— Arrête, arrête ! lança-t-elle d'une voix rauque.

Elle ferma les yeux pour ne plus le voir et inspira profondément à deux reprises.

— Arrête quoi, Faith ?

Son ton la fit rouvrir les yeux.

— Oh ! mon Dieu ! Comment fais-tu ça ?

— Faire quoi ?

— Prendre une voix aussi grave. On dirait que tu…

— Que je quoi ?

— Que tu fais l'amour ! Arrête, c'est tout.

Elle le frôla en quittant la cuisine et se dirigea vers la chambre d'amis, dont elle claqua la porte.

Déconcerté, Asher laissa tomber la cuillère dans le bol. Il l'avait contrariée sans même savoir pourquoi. Il savourait la glace et une pause bien méritée lorsqu'il avait remarqué le balancement de son derrière. Lorsqu'elle s'était retournée, le regard d'Asher s'était posé sur ses lèvres, et tout ce à quoi il avait pu penser était la sensation qu'elles lui avaient donnée quand il l'avait embrassée, la chaleur de sa bouche quand il avait fourré la langue dedans.

La courbe de son cou l'avait fait sucer sa cuillère comme s'il suçait cette peau douce. Et ses seins, si doux et fermes, se pressant contre sa poitrine… Ses paroles, lui demandant d'arrêter, l'avaient vraiment surpris, le ramenant brutalement à la réalité. Sa voix évoquait le sexe ? Il ignorait qu'il possédait ce superpouvoir. Comment pouvait-il ne pas reproduire quelque chose à l'avenir s'il ne savait même pas ce qu'il avait fait ?

Il se frotta le visage, maudissant la situation. Il était endolori et à bout. Rien ne semblait marcher ces derniers jours, que ce soit professionnellement ou personnellement. Et il était vraiment fatigué.

Comme il était trop tôt pour se coucher, il fit la seule chose à même de soulager ses courbatures et détourner son esprit du stress, ne serait-ce que quelques minutes. Il se dirigea vers la salle de bains pour prendre une douche.

Éliminer ses courbatures était plus facile qu'éliminer ses craintes vis-à-vis de l'affaire et de Faith. Bien qu'ils n'aient pas encore les réponses qu'ils voulaient, ils avaient tellement creusé qu'il sentait qu'ils étaient tout proches de la solution. C'était ainsi que les choses se déroulaient en général. Des journées, des semaines ou même des mois de travail ne donnaient pas grand-chose et, soudain, une pièce du puzzle complétait l'image d'ensemble. Quant à sa relation avec Faith ? Elle ressemblait encore beaucoup à un puzzle. Et il n'était pas optimiste quant au fait de trouver la pièce manquante.

Après s'être séché avec une serviette, il enroula celle-ci autour de sa taille et rentra dans sa chambre pour prendre des vêtements propres.

— Oh ! oh, mon Dieu... Je suis désolée.

Il se retourna au son de la voix de Faith. Elle se tenait au pied du lit, brandissant son téléphone, les yeux fixés sur sa serviette. Il baissa les yeux pour s'assurer qu'il était couvert et s'approcha d'elle, s'arrêtant à quelques mètres.

Elle leva les yeux pour croiser son regard, les joues de cette adorable teinte rose qu'elles prenaient chaque fois qu'elle était gênée.

— Je ne voulais pas... Je veux dire si, mais il est encore tôt, et je pensais que tu étais venu chercher quelque chose et je... Oh ! bon sang, je suis désolée.

Elle pivota sur elle-même. Il lui prit gentiment le bras.

— Faith. Il n'y a pas de mal. Qu'est-ce qui ne va pas ?

Elle inspira fortement et se retourna.

— Un mail d'Ivy. Elle m'a envoyé un dossier avec les affaires de personnes disparues à Gatlinburg. Il y en a un nombre déprimant. La plupart sont anciennes, plusieurs années. Mais l'une d'elles est récente, d'il y a deux jours. Je l'ai ouverte et... eh bien, regarde.

Elle leva son téléphone. Asher fronça les sourcils.

— Je crois que tu te trompes de photo. C'est June Aguirre.

— Non, ce n'est pas elle. C'est une femme nommée Nancy Henry. Elles ne sont pas parentes, mais elles ont l'air d'être jumelles. Tout comme Leslie et Jasmine auraient pu être jumelles. Dis-moi que ce n'est pas ce que je crois, je t'en prie. Notre tueur l'a-t-il enlevée ?

Il prit le téléphone et étudia la photo.

— Tu as raison. Elles pourraient être jumelles. Mais nous ne devrions pas sauter aux conclusions. Ça pourrait être une coïncidence. Pour ce que nous en savons, elle s'est peut-être enfuie avec son petit ami ou est partie en voyage sans le dire à personne.

— Je sais, je sais. Mais si ce n'est pas le cas ? Si c'est l'œuvre de notre tueur ? S'il est furieux que nous lui ayons pris ses trophées, les corps qu'il a enterrés ? Et qu'il veuille les remplacer par des sosies ? Tu as déjà entendu parler d'un tueur en série faisant cela ?

— Non. Mais ça ne veut pas dire qu'il ne le ferait pas ou ne l'a pas fait. Je pense que nous ne devrions pas paniquer sans quelque chose de plus solide qu'une intuition. Il faut que nous étudiions les autres dossiers.

— Il y en a énormément. Ça va nous prendre des heures.

— On va refaire du café. Nous allons en avoir besoin.

Son regard se posa sur sa serviette un instant avant qu'elle prenne son téléphone.

— Je... euh, je suis désolée... pour tout à l'heure. L'incident de la glace. Je suis... trop nerveuse. Je dis des bêtises. Ce n'était pas toi, c'était moi. Je suis vraiment navrée.

Il sourit.

— « L'incident de la glace » ?

— Ne te moque pas de moi.

Il plaqua une main sur son cœur.

— Moi, jamais !

Elle sourit.

— Je suis vraiment désolée d'avoir dit des idioties. Et d'avoir claqué la porte comme une enfant.

— Est-ce que ça veut dire que ma voix n'évoque pas le sexe après tout ?

Elle écarquilla les yeux.

— Je... euh...

— Je plaisante. Je suis désolé aussi. C'était un malentendu.

Elle reposa les yeux sur la serviette.

— Voilà. C'est tout ce que c'était. Un... malentendu. Je vais mettre le café en route.

Elle se hâta de quitter la chambre. Asher fixa la porte, plus désorienté que jamais – vis-à-vis de l'affaire, et surtout vis-à-vis de Faith. Apparemment, prendre une douche n'était pas suffisant pour lui éclaircir les idées.

Plusieurs heures après, avec un souper léger derrière eux et d'innombrables appels téléphoniques avec Lance et Ivy, ils eurent enfin leur réponse quant au sosie. Asher posa le téléphone sur la table de salle à manger et s'adossa à sa chaise, remuant les épaules pour soulager la douleur d'être resté penché si longtemps sur l'ordinateur.

— C'était une bonne théorie, dit-il. Ça valait la peine de la vérifier. Au moins, nous savons que Nancy Henry est saine et sauve. Même si elle s'est bien enfuie avec son nouveau petit ami et a laissé tomber l'ancien. Russo est en train d'annuler le signalement de personne disparue.

Faith referma son ordinateur.

— J'aimerais que ses hommes soient aussi diligents quand il s'agit de boucler la paperasse dans les anciennes affaires de personnes disparues. Nous avons traqué deux autres sosies pendant des heures avant de découvrir qu'on avait retrouvé ces femmes quelques jours après, et personne n'a annulé les alertes. Nous repartons de zéro.

— Non, nous recommençons à examiner ce que nous avons d'un œil neuf. Quelque chose va en sortir. Quand rien n'a de sens, il faut repartir du début.

— Victimologie, dit-elle.

— Exactement. Il est trop tard pour nous y attaquer. Prenons une bonne nuit de sommeil pour nous y remettre de bonne heure demain. Pourquoi ne restes-tu pas dormir ? Dans la chambre d'amis, cette fois, pas sur le canapé. Tu y seras plus à l'aise.

— Je pense que je vais te prendre au mot. Je suis trop fatiguée pour rentrer. Merci, Asher.

— Je t'en prie. Tu peux compter sur moi.

Ils se levèrent d'un même mouvement et prirent des directions opposées, lui vers la chambre principale à gauche et elle à droite vers la chambre d'amis.

— Hé, Asher ?

Il se retourna. Elle était encore dans l'encadrement de la porte.

— Oui ?

— C'était une bonne journée. Nous n'avons pas résolu l'affaire, bien sûr. Mais nous avons bossé dur, nous avons exploré un tas de perspectives.

Il sourit.

— Oui, c'était une bonne journée.

— Asher ?

Il gloussa, se demandant pourquoi elle était aussi timide, tout à coup.

— Oui, Faith ?

— Merci. Merci d'être... mon ami.

Son estomac se noua devant ce mot tant redouté : *ami.* Garder le sourire lui fut difficile.

— Tout le plaisir est pour moi.

Elle sourit, l'air soulagé. Puis elle s'éloigna dans le couloir.

Il serra les poings le long de ses flancs en fixant le couloir désormais vide. Soudain, l'idée d'affronter sa chambre solitaire lui parut insupportable. Il se dirigea vers la cuisine et prit une bière froide dans le réfrigérateur.

15

Asher battit des paupières et contempla le plafond. Quelque chose l'avait réveillé. Il tourna la tête et se redressa d'un coup, stupéfait de voir Faith à quelques mètres.

— Hé, Faith. Tout va…

— Embrasse-moi.

Les brumes du sommeil s'évaporèrent, instantanément remplacées par un brouillard de confusion. Il se gratta les joues.

— Quoi ?

— Embrasse-moi, Asher. Je n'arrive pas à dormir. J'ai besoin de me débarrasser de toi. Je dois cesser de penser à ce qui s'est passé entre nous. Et toi, tu dois m'aider à l'oublier.

— Tu veux que je t'aide à oublier que nous nous sommes embrassés ? En t'embrassant encore ?

— Oui. Non. Je veux dire… oui. Embrasse-moi, c'est tout, d'accord ? Si ça ne t'ennuie pas.

— Oh ! ça ne m'ennuie pas du tout. Je peux me brosser les dents d'abord ?

— Non. Oui, oui, c'est une bonne idée. Vas-y. Dépêche-toi.

Il fit mine de rejeter l'édredon, puis hésita.

— Tu veux peut-être te retourner.

— Pourquoi ? Je ne… Oh. Tu veux dire que tu es…

— Nu comme le jour de ma naissance.

Elle se retourna d'un bloc. Gloussant, il attrapa un caleçon dans la commode avant de se diriger vers la salle de bains.

Lorsqu'il en ressortit, il laissa la porte ouverte pour avoir davantage de lumière. Non qu'il s'attende à ce que Faith soit encore là. Elle avait probablement perdu courage et pris la fuite. Mais elle le surprit à nouveau. Elle était toujours là, debout près du lit. Il traversa la pièce pour se tenir devant elle.

— Tu veux toujours faire ça ?

— Oui, je... Tu n'as pas de T-shirt.

— Tu veux que j'en mette un avant de t'embrasser ?

— Oui. Non.

— Est-ce que tu es réveillée ? demanda-t-il en souriant.

Il agita la main devant son visage.

— Tu fais une crise de somnambulisme ? Parce que tu n'as pas l'air très logique, et ça ne te ressemble pas du tout.

— Crois-moi, rien de tout ça n'est logique pour moi non plus, mais je ne peux pas dormir parce que tout ce que je fais, c'est penser à ta poitrine et ta bouche et ta langue et... Fais-le. Embrasse-moi.

Il enlaça sa taille menue et se pencha vers elle.

— Attends.

Elle plaqua les mains sur sa poitrine, inspira brusquement comme si elle s'était brûlée et retira les mains. Sa respiration s'accéléra tandis qu'elle contemplait sa poitrine, son regard descendant jusqu'à son caleçon. Elle ferma étroitement les yeux et prit une grande inspiration.

— Sans la langue. Juste un doux baiser sur les lèvres.

— Faith...

— Oui ?

— Regarde-moi.

Elle fronça les sourcils et souffla avant d'ouvrir les yeux.

— Quoi ?

— Explique-moi encore pourquoi tu veux que je t'embrasse. Non que je ne veuille pas. Crois-moi, j'en ai envie. Mais je ne veux pas que tu aies des regrets plus tard. Je ne suis pas sûr que tu raisonnes normalement.

— Je raisonne aussi normalement que possible. Je n'ai rien

fait d'autre ces dernières heures. C'est la seule solution à laquelle j'ai pensé.

— Pour te débarrasser de moi ?

— Oui ! J'ai une théorie. Je crois que j'ai exagéré ce baiser dans mon esprit, que je l'ai rendu beaucoup plus… incroyable qu'il n'était. Si j'ai quelque chose à quoi le comparer, je comprendrai que c'était le choc qui m'a mise dans tous mes états.

Il fit un effort pour ne pas rire.

— Dans tous tes états ? C'est de ça qu'il s'agit ?

— Ne te moque pas de moi. C'est sérieux.

— Bien sûr. Pardonne-moi. Tu veux un baiser rapide pour te faire oublier l'autre baiser. J'ai compris. Tu es prête ?

Elle inspira en tremblant un peu.

— Prête. Oh ! et je me suis aussi lavé les dents. Tout est bon.

Il rit. En la voyant se rembrunir, il dit :

— Désolé.

— Fais-le, c'est tout.

Elle tendit la bouche vers lui et ferma les yeux.

Il glissa les bras autour d'elle et l'attira doucement contre lui. Elle rouvrit les yeux. Il abaissa la bouche vers la sienne.

— Attends. Sans la langue. Souviens-toi, juste un baiser bref et gentil.

— Sans la langue. J'ai compris.

— Arrête de rire. J'entends du rire dans ta voix.

Il arqua un sourcil.

— Tu préfères entendre du sexe dans ma voix ?

— Non ! Bonté divine, tout sauf ça ! Dépêche-toi un peu. Je veux en finir.

— Ouille. Mon ego vient de trébucher.

— Désolée. Nous sommes seulement amis, tu te souviens ? Je dois rétablir les choses comme elles étaient entre nous.

— En m'obligeant à t'embrasser.

— Exactement, nous…

Il fondit sur elle et l'embrassa avec fougue, pressant la bouche sur la sienne et mordillant ses lèvres. Elle eut un hoquet et le repoussa en reculant.

— Ce n'est pas un baiser doux !

— Désolé. J'essaie encore ?

— Attends une seconde.

Elle ferma les yeux, fronça les sourcils, puis les rouvrit.

— Ça n'a pas marché. Tu ne l'as pas fait de la bonne manière.

— Parce que tu ne penses toujours pas à moi comme à un ami ?

— Exactement.

Il eut un large sourire.

— Ce n'est pas drôle.

— Eh bien, si, en fait.

— Encore une fois. Doucement. Pas... sauvage comme ça. Un doux baiser rapide. Ça devrait le faire.

— Un doux baiser rapide pour madame.

Elle se blottit contre sa poitrine.

— Sans la langue.

— Parole de scout.

— Tu n'étais pas scout.

— J'aurais pu.

— Mais tu ne l'as pas été. Sans la langue. Promis ?

— Promis.

Elle lui lança un regard soupçonneux puis détendit les épaules et ferma à nouveau les yeux.

— Finissons-en. J'ai vraiment besoin de dormir cette nuit.

Il riait quand ses lèvres touchèrent les siennes. Fidèle à sa promesse, il lui donna un baiser tendre et gentil, qu'il lui fut très difficile de ne pas approfondir. Lorsqu'il y mit fin, il émit un soupir entrecoupé, choqué de constater l'effet qu'avait sur lui un contact aussi bref.

Faith garda les yeux fermés, la respiration inégale. Lorsqu'elle leva enfin les yeux sur lui, son expression éblouie le fit instantanément durcir. Si elle risquait un regard en bas, il n'y aurait plus aucun doute sur ce qu'elle lui faisait.

Il s'éclaircit la voix.

— Ça a marché ?

Elle réfléchit puis secoua lentement la tête, l'air déçu.

— Pas du tout. Il n'y a qu'une chose à essayer, à mon avis.

— Moi, je pense à plusieurs choses.

Elle planta les mains sur les hanches.

— Je ne parlais pas de *ça*. Nous n'allons pas faire *ça*.

— Dommage.

Elle poussa un soupir exaspéré.

— Je veux que tu m'embrasses encore une fois.

Son érection était devenue douloureuse. Il fit la grimace.

— Tu as mal ? Tu veux que j'aille te chercher une pilule ?

— Non, je vais bien. Quel genre de baiser, cette fois ?

Bonté divine, il avait l'impression de lui tendre un menu. Son érection vibra. Il s'éclaircit à nouveau la voix.

— Comme la première fois ? À l'hôpital ?

— S'il te plaît. Si ça ne t'ennuie pas. Je pense vraiment que la réalité ne sera pas à la hauteur du fantasme. C'est mon espoir, en tout cas.

— Tu fantasmes sur moi ? dit-il, la gorge serrée.

— Embrasse-moi, c'est tout. J'ai besoin de dormir et...

Il couvrit sa bouche de la sienne et introduisit la langue dedans. Glissant une main dans ses cheveux épais, il lui renversa la tête en arrière pour mieux l'embrasser. Il fit glisser l'autre main sur son dos jusqu'aux courbes qu'il rêvait de caresser depuis si longtemps. Il s'attendait à ce que son érection la choque. Au lieu de cela, elle gémit et se serra plus étroitement contre lui, l'enveloppant de sa douceur.

C'était comme si on avait tout à coup allumé la lumière. Le baiser de l'hôpital était incinéré par celui-là. Tous deux se touchaient, se goûtaient avec audace, en voulant toujours plus. Il la fit pivoter, l'appuyant contre le pilier du lit, adorant sa bouche avec la sienne, savourant sa douceur, sa pétulance, tout ce qui faisait d'elle ce qu'elle était. La lave coulait dans ses veines, le consumait. Pour la première fois depuis qu'il avait été poignardé, la douleur dans son dos s'évanouit. Tout ce qu'il sentait, c'était Faith.

Il lui souleva les fesses pour l'ajuster encore plus étroitement contre lui, déplaçant les lèvres au creux de son cou. Elle frissonna et gémit, se cabrant contre lui. La soutenant d'un bras, il tira l'édredon et fit en sorte de l'allonger sur le lit.

Elle ouvrit immédiatement les yeux.

— Arrête !

Il la remit sur pied et recula, bien que cela manque de le tuer.

— Tu es sûre ?

— Oui ! Nous ne pouvons pas... Je veux dire, je veux... mais nous ne pouvons pas... bon sang !

Elle le dévisagea, l'air catastrophé, et plaqua une main sur sa gorge.

— Ce baiser n'a pas marché *du tout.*

Il désigna son érection évidente.

— Pour moi si.

Elle écarquilla les yeux en voyant la chose. L'air pétrifiée, elle fit lentement un pas vers lui, la main levée. Il se mit à transpirer, souhaitant de toutes ses forces qu'elle le touche.

Elle retira soudain la main.

— Qu'est-ce que je fais, bon sang ?

Jurant comme un charretier, elle prit la fuite, sans cesser de se maudire tout le temps qu'il fallut à la porte pour se refermer.

Grognant, Asher posa le front contre la colonne du lit, s'efforçant de ralentir son cœur affolé. Il avait envie de la suivre et de la supplier. Faith. Elle avait toujours été dans son cœur. Maintenant, il l'avait dans la peau. Il la désirait tant qu'il en avait mal. Et il ne pouvait absolument rien y faire.

Poussant un soupir entrecoupé, il entra dans la salle de bains pour prendre une autre douche. Froide.

Lorsque les rayons du soleil filtrèrent entre les stores à lamelles, Asher était habillé, prêt à démarrer la journée. Il avait choisi un jean et une chemise décontractée, comme il le faisait depuis sa confrontation avec le tueur.

Il tapota des doigts sur la commode, l'esprit encombré de menus détails. Rien de tout cela ne comptait. Ce qu'il faisait, c'était remettre à plus tard l'inévitable. Affronter Faith et voir de quelle humeur elle était.

Lui reprocherait-elle ce qui s'était passé la veille au soir ? S'en irait-elle ? Lui dirait-elle que c'était fini entre eux ? Qu'ils n'étaient plus amis, plus partenaires de travail, plus rien ? Ou bien sourirait-elle et se comporterait-elle comme la femme amicale et drôle qu'il aimait tellement ? Ou bien serait-elle un mélange des deux ? Tout ce qu'il savait avec certitude c'était que rester dans sa chambre n'allait pas faire avancer les choses. Et ça ne résoudrait pas l'affaire. Il devait prendre le problème à bras-le-corps. D'une manière ou d'une autre.

Il se dirigea vers la porte à grandes enjambées, l'ouvrit et faillit entrer en collision avec Faith. Pour l'empêcher de chuter, il l'attrapa par les épaules.

— Faith. Bonjour. Tu es…

— C'est Willow.

Elle leva le téléphone.

— Leslie Parks est prête à nous parler.

16

Faith n'avait jamais été aussi reconnaissante d'un appel téléphonique. Après la veille au soir, elle craignait d'affronter Asher. Il était désormais impossible de feindre qu'elle ne pensait à lui que sur le plan amical. Mais elle était encore si choquée par le tour qu'avaient pris les choses qu'elle ignorait quoi faire.

Elle se montrait lâche en n'entamant pas une conversation honnête. Heureusement, il devait l'avoir compris et n'avait pas remis le sujet sur la table. Mais combien de temps attendrait-il ? Et combien de temps était-il juste de le faire attendre ? Ce qu'il éprouvait pour elle n'avait rien de secret. Il méritait de savoir ce qu'elle ressentait. Mais *que* ressentait-elle ? Durant près de deux ans, il était resté dans la catégorie « meilleur ami ». Penser à lui d'une autre manière était... déroutant. Et cela la rendait nerveuse.

Après être passée chez elle prendre une douche et changer de vêtements, elle était revenue, prête à l'emmener chez les Parks. Son anxiété déjà haute creva le plafond quand il lui dit qu'il voulait prendre le volant. Il lui déclara que suffisamment de temps s'était écoulé, qu'il voulait faire une tentative pour voir comment cela se passait. La seule raison pour laquelle elle accepta sans discuter, ce fut qu'il promit de s'arrêter et de la laisser conduire si cela s'avérait trop douloureux pour lui.

Quand ils arrivèrent dans le quartier des Parks et tournèrent dans leur rue, Asher grogna et s'arrêta.

— Les vautours de la presse. Ils campent sur le pas de leur porte.

Faith serra les poings sur son siège.

— C'est cette blonde effrontée, la journaliste. Je sens sa laque à cheveux d'ici. Chaque fois que je la vois, j'ai envie de me teindre en brune.

Il gloussa.

— Je suis sûr que Miranda Cummings est une femme très gentille. Tu devrais lui laisser une chance. Vous pourriez devenir de grandes amies.

— Pas même dans mes pires cauchemars. C'est quoi le plan ? On passe par-derrière ? On pourrait appeler les Parks pour le leur dire.

— Ça ne servirait qu'à alimenter les rumeurs, si quelqu'un nous voit. Je ne veux pas leur offrir une vidéo à diffuser en *prime time*. Et je ne pense pas que Grayson serait heureux de nous voir escalader une clôture, même si nous avons la permission des propriétaires.

— Bien raisonné. Approche directe, alors.

— Dois-je te prendre ton arme, pour assurer la sécurité de Miranda ?

— Probablement. Mais je ne te la donne pas.

Il sourit et roula plus loin dans la rue pour trouver une place.

— On dirait qu'on va y aller à pinces à partir d'ici. Pas de tir, Faith.

— Si elle me fourre son micro sous le nez, je ne réponds plus de mes actes.

Avec un petit sourire, elle ouvrit sa portière. Asher trotta pour la rattraper et elle ralentit immédiatement, lui lançant un regard inquiet.

— Désolée. Je ne voulais pas te presser. Comment va ton dos ? Tu respires normalement ?

Il la surprit en lui passant un bras autour des épaules.

— Je vais de mieux en mieux. Tu vois ? Je ne pouvais pas faire ça il y a quelques jours.

Elle se pencha et repoussa gentiment son bras.

— Et tu ne peux pas le faire non plus aujourd'hui.

— Rabat-joie.

Elle s'esclaffa, et il sourit. Son monde était à nouveau en équilibre.

Du moins jusqu'à ce qu'ils atteignent l'allée de la maison des Parks et que la journaliste les reconnaisse.

— Ne regarde pas maintenant, murmura Faith. Le bouledogue et son caméraman sont en train de courir aussi vite que le lui permettent ses talons aiguilles.

— Alors nous avons juste à courir plus vite.

Lui décochant un clin d'œil, il lui prit la main et l'entraîna avec lui dans l'allée.

Faith n'eut pas le temps de s'inquiéter de sa blessure et d'essayer de l'arrêter. Elle dut trottiner pour ne pas se laisser distancer. Mais ils atteignirent la porte d'entrée avant que Cummings et son caméraman puissent contourner les autres journalistes pour leur couper la route.

La porte s'ouvrit largement, et M. Parks leur fit signe d'entrer avant de la refermer derrière eux.

Il secoua sa tête grisonnante.

— Ces fichus reporters. Ils sont là depuis le jour où vous avez retrouvé notre Jasmine. Les voisins doivent nous ravitailler pour que nous ne soyons pas assaillis. La police avait posté des agents les premiers jours. Mais ils sont partis et ils s'en fichent totalement.

Faith prit ses mains dans les siennes.

— Monsieur Parks, nous sommes navrés de votre deuil. Sincèrement, nous sommes désolés de tout ce que vous et votre famille avez subi.

Il lui tapota la main, souriant à travers des larmes contenues. Avant qu'il puisse répondre, Mme Parks pénétra dans le hall.

— Le Seigneur soit loué, mademoiselle Lancaster. Il n'y a rien dont vous deviez vous excuser, vous ou M. Whitfield. Sans vous, nous n'aurions jamais récupéré notre Jasmine. Nous avons enfin pu lui donner une sépulture. Et grâce à vous, monsieur Whitfield, notre bébé est rentré sain et sauf. Si nous les avions perdues toutes les deux, je ne crois pas que nous aurions survécu. Vous avez sauvé notre petite famille.

Faith retint ses larmes en la voyant étreindre Asher. Elle fut probablement la seule à remarquer que celui-ci se raidissait quand M. Parks lui pressa l'épaule et lui donna une tape dans le dos. Mais juste au moment où elle allait les avertir de faire attention il lui adressa un signe discret. Elle comprit. Ces gens avaient souffert de l'une des pertes les plus douloureuses, la perte d'une enfant. Si l'étreindre et lui taper dans le dos les réconfortait un peu, sa douleur était un petit prix à payer.

Tous quatre s'assirent dans le modeste salon familial. Asher et Faith regardèrent les albums de famille et écoutèrent le couple se souvenir de sa fille aînée.

Mme Parks prit une liasse de photos sur la petite table et les étala sur le dernier album.

— Celles-ci sont de son enterrement. Je pense que n'aurions pas pu loger une personne de plus dans l'église. Et regardez toutes ces fleurs.

Faith examina chaque photo puis les rangea soigneusement et les lui tendit.

— Jasmine était manifestement très aimée. Ce devait être une jeune femme très spéciale.

— Oh oui. Elle l'était. Ses deux bébés ont grandi, maintenant, et ils sont aussi intelligents et précoces qu'elle.

Son sourire pâlit et elle échangea un regard chagriné avec son mari.

— Bien sûr, nous ne les voyons pas autant que nous aimerions. Leur papa a déménagé à une heure d'ici.

Son mari lui tapota l'épaule.

— Nous les voyons une ou deux fois par mois. Ils sont heureux et en bonne santé et ils aiment leur grand-mère et leur grand-père. C'est tout ce qui compte.

— Je suppose.

Elle n'avait pas l'air convaincue. Faith tendit le bras par-dessus la petite table et lui pressa la main.

— Les grands-parents ont toujours l'impression qu'ils ne voient pas assez leurs petits-enfants.

— Vous avez bien raison, ma chère. Puis-je vous offrir du café, une part de tarte ? J'ai fait de la tarte aux pommes hier soir, quand Leslie m'a dit qu'elle songeait à appeler Mme Prescott. Il faut que vous y goûtiez.

Faith jeta un coup d'œil à Asher, lui demandant son aide. Il se pencha en avant, refermant doucement le dernier album photo.

— Nous pourrons peut-être en emporter un morceau. Pour l'instant, ce que nous aimerions, c'est parler à Leslie, si elle est toujours d'accord pour s'entretenir avec nous. Ça pourrait nous être très utile dans notre enquête. Nous voulons rendre justice à Jasmine et à Leslie, pour ce qu'elles ont subi. Il est également urgent que nous capturions l'homme avant qu'il ne s'en prenne à quelqu'un d'autre.

— Oh ! bonté divine. Et moi qui bavarde tant et plus.

Elle se tamponna les yeux.

— Charles, va voir où est Leslie. Demande-lui si elle est prête.

— Je suis prête, maman, dit une voix douce dans le couloir.

Leslie salua Faith de la tête et offrit un sourire hésitant à Asher.

— Vous êtes l'homme qui m'a sauvée.

Il se leva et lui sourit à son tour en lui tendant la main. Lorsqu'elle la prit, au lieu de la serrer, il la tint entre ses mains.

— Et vous êtes l'une des jeunes femmes les plus braves que j'aie jamais rencontrées. Vous êtes une survivante, Leslie. Ne laissez pas ce que cet homme vous a fait vous définir. Vous allez faire de grandes choses dans votre vie.

Elle écarquilla les yeux et parut se redresser un peu.

— Vous croyez ? Vous pensez que je suis brave ?

— Je le sais.

Elle s'éclaircit la gorge et fit signe à Faith, qui s'était rapprochée de lui.

— Je ne pense pas savoir quoi que ce soit qui vous aidera à le capturer. Mais je répondrai à vos questions, si je le peux.

— Merci, dit Faith.

Elle promena le regard autour de la petite maison.

— Y a-t-il une pièce où nous pourrions parler en privé ? Sans offense, monsieur et madame Parks. C'est juste que parfois les survivants se sentent plus à l'aise pour parler sans proches à proximité.

Ils échangèrent un regard surpris, mais M. Parks prit de vitesse sa femme en disant :

— Bien sûr. Leslie, emmène-les dans la chambre de Jasmine. Tu pourras répondre à leurs questions sur elle aussi.

Cette suggestion ne parut pas provoquer l'enthousiasme de Leslie. Mais elle fit signe à Faith et Asher de la suivre. La dernière chambre du couloir était un mélange surprenant d'adulte et d'enfant. Le lit double contre le mur avait un aspect contemporain, adulte, avec son couvre-lit au chic campagnard. Mais de l'autre côté de la pièce se dressaient des lits superposés.

— Je ne viens plus ici depuis que...

La voix de Leslie était faible, étouffée.

— Maman la nettoie toutes les semaines, comme si elle s'attendait à ce que Jazz passe la porte à tout instant.

— Je peux vous dire qu'elle vous aime toutes les deux.

Faith désigna le lit double.

— Vous pensez qu'on peut s'asseoir sur son lit pour parler ?

Leslie haussa les épaules et s'assit.

— Je suppose que ça n'a plus d'importance. Elle est au ciel. Je me demande si maman va continuer à nettoyer la chambre.

Selon le plan que Faith et Asher avaient élaboré durant le trajet, c'était Faith qui devait conduire l'entretien. Ils s'étaient dit qu'il serait plus facile pour une femme agressée de parler à une femme. Asher tira une chaise de sous le petit bureau poussé contre le mur et ne prit la parole que pour poser des questions auxquelles Faith n'avait pas pensé.

À la grande déception de Faith, la seule chose nouvelle que leur dit Leslie était que le tueur l'avait neutralisée avec un Taser lorsqu'elle marchait dans la rue. Faith devrait se souvenir d'en parler à Russo, afin qu'il envoie quelqu'un rechercher les numéros de série éjectés par la cartouche quand on actionnait le Taser. Si le tueur avait acheté légalement les cartouches, les confettis libérés par le tir serviraient à remonter jusqu'à lui. Mais elle ne comptait pas trop sur un achat légal.

Leslie dit aussi que l'homme qui l'avait enlevée lui avait attaché les poignets et l'avait menacée avec un gros couteau – probablement celui qu'il avait lancé sur Asher.

Quand elle n'eut plus rien d'autre à dire en réponse à leurs questions, Faith sortit de son sac la liasse de photos qu'elle avait imprimées avant de partir.

— Leslie, ça ne vous ennuie pas de regarder ces photos ? Je sais que cela fait cinq ans que votre sœur a disparu mais, si une de ces personnes vous semble familière, dites-le-moi. Nous nous demandons si votre sœur les connaissait. Leurs noms sont au dos de chaque photo.

Leslie examina consciencieusement les photos et lut les noms. Elle les lui rendit en secouant la tête.

— Je n'en reconnais aucune. Mais je ne sortais pas avec ma sœur et ses amis. Elle était plus vieille que moi. Elle était en terminale quand je n'avais pas encore commencé l'école secondaire. Je suis désolée. J'imagine que je ne vous ai pas beaucoup aidés.

— Au contraire, votre aide nous a été précieuse. Nous ignorons quels détails seront importants pour résoudre l'affaire.

Leslie hocha la tête, l'air peu convaincu. Asher se pencha en avant, les coudes posés sur les genoux.

— Leslie, vous êtes restée avec votre ravisseur plusieurs heures. Le portrait-robot que vous et Mme Lancaster avez aidé le dessinateur à faire est très bon. Mais ce sont des impressions, des choses comme sa manière de parler, les mots qu'il utilisait, qui peuvent nous aider. Faith et moi lui avons parlé. Mais ça n'a pas duré très longtemps. Aucun de nous n'a remarqué quelque chose qui le distingue. Y a-t-il quelque chose dont vous vous souvenez et que nous aurions raté ?

Elle commença à secouer la tête, puis s'arrêta.

— Bon, ce n'est sans doute pas important.

— Quoi ? demanda Faith. Dites-nous.

— Je suis sûre que vous l'avez remarqué aussi. Peut-être pas lui, mais vous si, sans doute. Ses sourcils.

Faith cilla.

— Euh, ses sourcils ? Qu'est-ce qu'ils avaient ?

Leslie leva les yeux au ciel, et Faith prit soudain conscience de combien cela pouvait être irritant. Peut-être devait-elle s'efforcer de se débarrasser de cette habitude.

— Ils étaient foncés, dit Leslie. Vous voyez, très foncés. Les hommes ne teignent pas leurs sourcils, du moins ceux que je connais. Ses cheveux n'allaient pas avec ses sourcils.

Elle haussa les épaules.

— Comme je le disais, c'est probablement inutile. Mais je pense que sa couleur de cheveux naturelle est un brun très foncé, comme ses sourcils. Ou bien il s'est décoloré les cheveux ou bien il portait une perruque.

Un coup se fit entendre à la porte, et M. Parks pénétra dans la pièce.

— Tout va bien ?

Asher se leva.

— Oui, monsieur. Je pense que nous avons fini. Nous vous sommes reconnaissants de nous avoir permis de venir chez vous. Et merci, Leslie. Vous avez été très patiente.

Elle sourit, et Faith remarqua l'admiration qui se lisait dans ses yeux. Asher s'était gagné une fan pour la vie entière. Il pouvait même y avoir un peu d'engouement dans cette gratitude. Faith ne pouvait le reprocher à la jeune femme. Elle-même était prise dans les rets d'un béguin massif pour Asher.

Asher désigna un grand collage de photos sur le mur, au-dessus du bureau.

— Monsieur Parks, ça vous ennuie si je prends quelques photos de ceci ? Juste les photos avec Jasmine et ses amies.

Il haussa les épaules.

— Faites. Elle avait beaucoup d'amies, c'est sûr, beaucoup de gens l'aimaient.

Il sourit et tapota une des photos, qui montrait Jasmine et quatre autres jeunes femmes dans un canot jaune vif, franchissant une chute de quinze mètres. Les jeunes femmes souriaient et semblaient beaucoup s'amuser.

— C'était la première fois qu'elle faisait du rafting, continua M. Parks. Vous la voyez assise devant, tenant une corde ? C'est une astuce que les guides leur ont montrée, ça s'appelle chevaucher le taureau ou quelque chose comme ça. Elle n'avait pas peur et elle est passée devant pour essayer. Mais sa meilleure amie m'a révélé son secret, à savoir qu'elle est tombée à l'eau juste après que le guide a pris cette photo.

Il gloussa.

— Elle aurait détesté que je le sache.

Son sourire s'évanouit et son expression redevint triste.

— Allons, Leslie. Donnons quelques minutes à ces personnes sympathiques pour prendre leurs photos.

Faith échangea un sourire peiné avec Asher, puis l'aida à déplacer certaines images afin qu'il puisse en prendre de bonnes photos.

Il leur fallut une autre demi-heure pour s'extirper de la maison. Mme Parks passait par une nouvelle phase de deuil après la découverte du corps de sa fille aînée et avait désespérément besoin d'en parler. Asher était bien plus patient avec elle que Faith, qui essayait de se rapprocher de la porte.

En partant, ils durent emporter la tarte aux pommes dans un grand sachet en papier brun. Ils avaient voulu refuser mais, quand il était devenu clair que Mme Parks se vexerait s'ils ne la prenaient pas, Asher avait gracieusement accepté son cadeau et l'avait embrassée sur la joue.

Faith lui adressa un large sourire quand ils eurent dépassé la meute des journalistes et furent dans son pick-up, sur le chemin du retour.

— Quoi ? questionna-t-il. J'ai raté une blague ?

— Je trouve juste que c'est mignon.

— Mignon ? Tu penses que je suis mignon ?

— Non. Je veux dire oui. Aucun secret là-dedans. Tu es un homme extraordinairement beau. Mais je parle des femmes Parks. C'est mignon que toutes les deux aient le béguin pour toi.

— J'espère bien que non. On peut revenir à la partie où tu penses que je suis extraordinairement beau ?

— Non. Ton ego est déjà bien assez enflé comme ça.

Elle leva son téléphone.

— J'essaie de joindre ma petite sœur.

— Ton texto quotidien ?

— Pas quotidien.

— Hmm-hmm.

— Sérieusement. J'essaie de ne pas la harceler.

Il se mit à rire.

— Je me demande à quoi ressemble le harcèlement pour toi.

— Peu importe. Je me fais du souci pour elle. Un texto par jour, ce n'est pas du harcèlement, c'est de l'affection.

— Donc tu admets que tu en envoies un tous les jours.

— Cette conversation est terminée.

Elle contempla son téléphone d'un œil noir.

— Elle n'a pas encore répondu.

— Donne-lui quelques secondes.

— Ça fait bien plus que ça. Je lui ai envoyé un texto tout à l'heure, il y a presque deux heures.

— Si tu es vraiment inquiète, pourquoi ne l'appelles-tu pas ?

Elle consulta l'heure.

— Non. Je pense qu'elle est en cours de chimie maintenant. Je vais attendre.

Elle posa le téléphone à côté d'elle.

— Est-ce que tu as repéré quelque chose dans ce que Leslie nous a dit ? reprit-elle. Je n'ai pas eu l'impression d'apprendre quoi que ce soit de nouveau. Enfin, à part que le tueur s'est teint les cheveux. Ou qu'il porte une perruque. Je suppose que c'est quelque chose.

— Ça nous rappellera de ne pas nous laisser tromper par une couleur de cheveux si nous repérons quelqu'un qui correspond à sa description par ailleurs. Mais je suis d'accord, rien de vraiment neuf. Je veux tout de même revoir les photos que j'ai prises dans sa chambre. La plupart ont l'air d'avoir été faites au bar où elle travaillait. Je voudrais les examiner de plus près pour voir si notre tueur pourrait être à l'arrière-plan. Il est peut-être déjà allé au bar, et c'est comme ça qu'il s'est concentré sur elle en tant que victime.

— Je peux voir ton téléphone ?

Il le tira de sa poche et le lui tendit. Elle fit défiler les clichés qu'il avait pris des photos de Jasmine. Celles prises au Watering Hole ne révélaient rien de surprenant. Ce n'était qu'un bar-grill. Le grill était installé d'un côté, le bar de l'autre. Jasmine avait l'air jeune et heureuse, posant avec des jeunes gens qui pouvaient être des amis, des clients ou les deux. C'était déchirant de savoir que sa vie avait été fauchée peu de temps après ces photos.

Faith était sur le point de rendre le téléphone à Asher quand quelque chose à l'arrière-plan d'une des images attira son attention. Elle tapota l'écran puis agrandit la photo.

— Pas possible !

— Tu as découvert quelque chose ?

— Peut-être.

Elle prit son propre téléphone, chercha dans ses photos, puis s'arrêta et compara l'une d'elles avec la photo du téléphone d'Asher.

— C'est elle. June Aguirre est à l'arrière-plan d'une des photos. Et si je ne me trompe pas… donne-moi une seconde.

Elle fouilla encore dans les deux téléphones, jusqu'à ce qu'elle puisse comparer deux images.

— Asher, une autre victime est sur la photo, au Watering Hole. C'est la numéro trois, Dana Randolph. Ça fait trois de nos victimes jusqu'ici : Jasmine, June et Dana. Je crois que nous avons un lien.

17

— Dana Randolph, dit Asher. L'épouse et mère de deux enfants ? Elle est au bar ?

— En quelque sorte. Je veux dire, oui, elle y est incontestablement. Mais je ne pense pas qu'elle soit venue boire. Elle semble être là avec sa famille, à une table haute. Tu sais, quand un restaurant est bondé et qu'ils offrent de t'asseoir au bar pour manger ? Je pense que c'est pour ça qu'elle est là.

— Les familles des victimes ne nous ont pas parlé du bar.

— Nous avons essayé d'établir des chronologies, de définir des lieux où elles étaient allées. Si elles n'y allaient pas très souvent, cela ne leur est peut-être pas passé par la tête. Ça pourrait être le lien que nous cherchons. Peut-être que notre tueur est un client régulier et qu'il y choisit ses proies. Quand nous avons interrogé le personnel du bar, nous nous sommes concentrés sur les amis et les ennemis de Jasmine, les gens qu'elle connaissait. Aucun de ceux que nous avons examinés n'a déclenché de signal d'alarme.

Elle posa les deux téléphones et se tourna pour le regarder, tandis qu'il engageait le pick-up dans la longue allée sinueuse menant à sa maison.

— Je vois presque les rouages tourner dans ton cerveau, lança-t-elle. Tu as une théorie ?

— Une possibilité plus qu'une théorie. Quelque chose à vérifier. Et si aucune des personnes auxquelles nous nous sommes intéressés n'avait rien à y voir parce que le tueur n'a jamais ciblé Jasmine ?

— D'accord. Je suis perdue. Explique-moi.

— Tu as vu deux des victimes dans la foule, en supposant que la deuxième est vraiment Dana Randolph. Une sacrée coïncidence que trois de nos six victimes se soient rendues dans ce lieu. Si nous pouvons prouver que les trois autres y sont allées au moins une fois, c'est notre lien.

— Je parie que je pourrais aussi prouver qu'elles sont allées dans la même chaîne de fast-food.

Il sourit.

— Tu marques un point. Mais le bar où travaillait Jasmine n'est pas une chaîne. C'est un établissement isolé. Il n'est pas situé à Gatlinburg même. Je pense que ce n'est pas une coïncidence si elles y sont toutes allées. Je pense que c'est là que le tueur les a vues et a décidé de s'en prendre à elles.

— D'accord, dit-elle. Admettons, pour l'instant. Comment ça explique ton affirmation de tout à l'heure, à savoir que Jasmine n'a jamais été ciblée ? Attends. Je crois que je comprends où tu veux en venir. Les autres étaient ciblées, mais Jasmine a vu quelque chose qu'elle n'aurait pas dû ? Elle s'est rendu compte que les femmes disparues qu'elle voyait à la télévision étaient des femmes qu'elle avait vues au bar, avec le tueur. Il l'a tuée pour l'empêcher de parler.

Il hocha la tête.

— C'est possible. Comme je le disais, c'est une théorie tirée par les cheveux. Mais elle correspond aux dépositions. Ça expliquerait pourquoi personne n'a parlé d'un homme correspondant à la description de notre tueur, un ami ou un client causant des problèmes. S'il n'a pas interagi avec elle, s'il est resté à l'arrière-plan sans se faire remarquer, il est passé inaperçu de tous ceux qui la connaissaient.

— Ça colle, dit-elle. La dernière victime avant Jasmine, June Aguirre, a disparu un jour avant elle. Peut-être que Jasmine a vu le tueur avec June et qu'elle n'en a rien pensé à l'époque. Mais le tueur savait qu'elle l'avait vu et a décidé de faire en sorte qu'elle ne puisse pas en parler une fois que la disparition de June ferait les gros titres. Ça va dans le sens de ce que nous avons, ou de ce que nous croyons avoir, en tout cas. Mais Leslie ? Où se situe-t-elle là-dedans ? Pourquoi faire une autre victime dans la même famille ?

— Il savait par les médias que nous avions trouvé les tombes de ses victimes. Si notre théorie tient, selon laquelle il a tué Jasmine parce qu'elle l'avait vu emmener June, ou parce qu'il croyait qu'elle le suspectait pour une autre raison, cela a pu le mettre plus en colère, parce qu'à cause d'elle il avait perdu son cimetière privé.

Elle acquiesça.

— Alors il voulait lui faire du mal. Mais une fois qu'elle était morte le seul débouché à sa colère était de faire du mal à quelqu'un de sa famille. Leslie.

Asher se gara à côté de sa voiture dans le garage, prit le sachet avec la tarte aux pommes et la suivit à l'intérieur de la maison.

— Il faut qu'on réétudie ces photos en détail et qu'on organise à nouveau des entretiens avec le personnel du bar.

Faith se mordit la lèvre et contempla à nouveau son téléphone.

— Daphne n'a toujours pas répondu à ton texto ?

— Non. Ça commence à m'énerver. Elle sait combien je me fais du souci.

— Va la voir.

Il entreposa la tarte au réfrigérateur.

— Je suis sérieux. C'est presque le moment de votre soirée pizza, de toute façon. Réinterroger tout le monde au bar, ça va prendre des jours. Aller à Knoxville pour voir ta sœur ne nuira en rien à l'enquête. Je demanderai à Lance de m'aider. Et Ivy recherche toujours les empreintes. Elle aura peut-être bientôt une touche.

— Tu es sûr ? Je me sens coupable de partir maintenant. Mais je ne cesse de penser au fait qu'après leur libération certains détenus s'en prennent à des procureurs, des juges, et même à leurs propres avocats, pour se venger d'avoir été envoyés en prison. Ce type sait que toi et moi sommes sur sa piste à cause du ranch. Et les médias n'ont pas fait mystère du fait que c'est nous qui avons découvert son cimetière et emporté ses trophées, les corps de ses victimes. Et s'il s'en prend à nous, à nos familles, par vengeance ?

— Je pense que c'est un peu exagéré. Mais tu devrais quand même aller voir Daphne. C'est le seul moyen pour te rassurer. Tu veux que je vienne avec toi ? Ou l'un des collègues d'UB ?

Elle secoua la tête.

— Merci de le proposer. Mais non. Quelqu'un doit diriger les autres, expliquer ce que nous avons découvert. J'irai la voir, je lui crierai dessus pour avoir laissé sa batterie se décharger et je te rejoindrai au bar. Deux heures et demie, au maximum. Je pourrai encore t'aider pour les interrogatoires.

Elle repêcha ses clés dans son sac et se dirigea vers le garage. Asher l'arrêta d'une main sur son bras.

— Tu as regardé l'application « Trouver ma sœur » sur ton téléphone ?

— Elle est éteinte.

— Daphne a déjà fait ça ?

— Une fois seulement, quand elle était au lycée. Je l'ai incendiée et elle ne l'a jamais refait.

— Je vais avec toi. Tu peux faire part de tes craintes à Grayson sur le trajet de Knoxville.

Elle cilla pour retenir des larmes de gratitude.

— Merci, Asher.

Sans même réfléchir, elle lui passa les bras autour de la taille et l'étreignit. Lorsqu'elle prit conscience de ce qu'elle faisait, que ses bras appuyaient sans doute sur sa blessure, elle se raidit sous le choc.

— Désolée. Je t'ai probablement fait mal.

Elle fit mine de reculer, mais il resserra les bras autour d'elle.

— Je vais bien. Tu dois cesser de t'inquiéter tout le temps pour moi.

Elle hésita.

— Je ne t'ai pas fait mal ?

— Bien au contraire. J'aimerais rester là pour toujours. Mais je sais que tu te fais du souci pour ta sœur.

Il lui embrassa le dessus du crâne, puis soupira et recula.

— Allons-y.

Ils venaient de monter dans le pick-up quand son téléphone bourdonna dans son sac. Avec un hoquet, elle leva la main pour l'empêcher de sortir du garage.

— C'est Daphne. Elle m'a finalement répondu.

Il se pencha vers elle et se mit à rire en lisant le message.

Elle lui lança un regard exaspéré.

— C'est un terme d'affection.

— Mère poule, c'est affectueux ?

— Oui, absolument !

— D'accord, dit-il en riant à moitié.

— Peu importe. Donne-moi une minute pour savoir si elle va bien.

Elle relut le texto.

Hé, mère poule. Désolée, ma batterie était déchargée. Il se passe quelque chose ?

Faith tapa une réponse.

Tout va bien. J'étais juste inquiète que tu ne répondes pas à mes appels et mes textos.

— Va la voir, Faith. Ça te fera du bien.

Elle faillit le nier, mais il avait raison. Voir sa sœur en personne, saine et sauve, apaiserait sa nervosité. Et peut-être, peut-être seulement, pourraient-elles parler de ses sentiments vis-à-vis d'Asher. Daphne la taquinerait peut-être. Non, elle la taquinerait sûrement. Mais pour finir elle l'aiderait à y voir clair, à comprendre ce qu'elle devait faire.

— Si tu es sûr, je pense que je vais te prendre au mot, lui dit-elle.

— Naturellement. Je vais aller au bar et commencer à organiser les entretiens. Je veux montrer la photo au patron, et voir si cela stimule sa mémoire sur les clients réguliers de l'époque, même s'ils n'ont pas prêté attention à Jasmine. Si Lance ne peut pas m'aider, je demanderai à Ryland de m'envoyer d'autres collègues, même s'il doit engager des consultants temporaires. Nous y arriverons. Ne t'inquiète pas. Fais ce que tu as à faire.

Elle secoua sa main, qu'elle n'avait pas lâchée.

— Tu es un ami et un collègue merveilleux, Asher. Merci.

Il lui lança un regard attristé et acquiesça :

— Appelle si tu as besoin de moi.

Son cœur se serra devant ce regard. Mais elle n'avait pas le temps de s'expliquer avec lui. Elle devait aller voir Daphne et se débarrasser de ce sentiment lancinant que *quelque chose* n'allait pas, en dépit du texto.

Asher recula hors de l'allée, tandis qu'elle entrait lentement dans le garage, envoyant un autre texto à Daphne avant de prendre la route.

Daphne, où es-tu ?

Dans ma chambre, pourquoi ?

Restes-y. Ne laisse entrer personne. Si quelque chose te paraît bizarre, appelle la sécurité.

Tu me fais peur.

N'aie pas peur. C'est juste une affaire sur laquelle je travaille. Je viens te voir.

Oh bon sang !

Je me ferai pardonner. La pizza sera pour moi.

Bonne idée.

Et ouvre ton application « Trouver ma petite sœur trop indépendante ».

Je dois d'abord rebrancher mon téléphone. La batterie est presque déchargée.

Elle était à mi-chemin de Knoxville quand le dernier texto de Daphne lui revint à l'esprit. Quelque chose la tracassait. Elle s'arrêta au bord de la route pour le relire.

La batterie est presque déchargée.

Ça ne paraissait pas normal. Elle fit défiler les messages précédents.

Désolée, la batterie était déchargée.

Mauvaise excuse ou autre chose ? Si la batterie était déchargée, il fallait supposer qu'elle l'avait rechargée afin de répondre au texto de Faith. Alors pourquoi, après que Faith lui avait demandé d'ouvrir l'application, disait-elle que sa batterie était presque déchargée ?

— Tu dramatises, Faith, tu dramatises.

Mais, tout en se disant cela à voix haute, elle était déjà en train de taper un autre texto.

Daphne, appelle-moi.

Rien.

Faith essaya de l'appeler. Aucune réponse.

Elle envoya un autre texto, appela encore. Toujours rien.

Elle ouvrit l'application. Quelques secondes plus tard, celle-ci afficha que le téléphone de Daphne était introuvable. Que se passait-il ?

Soudain, un MMS arriva, avec une photo.

Faith poussa un hurlement et fit immédiatement demi-tour, manquant d'emboutir une voiture qui avait fait un écart pour l'éviter. Ignorant les coups de klaxon, elle écrasa l'accélérateur, dérapant jusqu'à ce que ses roues agrippent la chaussée, et engagea sa voiture sur la route de Gatlinburg.

Sa main tremblait si fort qu'elle eut du mal à presser le numéro d'Asher dans sa liste de contacts. Quand le téléphone sonna enfin, Asher répondit immédiatement.

— Tout va bien ?

— Non. Oh non ! Je reviens à Gatlinburg. Asher, il l'a. Il a pris Daphne.

— Attends. Ralentis. Je ne comprends pas.

Elle serra une main sur le volant au point que ses jointures blanchirent.

— C'est Daphne. Ce salopard s'est emparé d'elle. Il m'a envoyé une photo d'elle, contusionnée et ensanglantée. Oh ! Seigneur, Asher ! J'ai reconnu l'arrière-plan de la photo. Il l'a emmenée *chez moi* !

18

Hors d'elle, Faith arrêta sa voiture au bord de la route, à deux pâtés de maisons de la sienne. Il y avait des dizaines de véhicules de police garés des deux côtés, leurs gyrophares éclairant les buissons et les arbres. Plusieurs SUV banalisés de couleur sombre, probablement ceux du FBI, étaient éparpillés autour, certains parqués dans la cour. Son allée était occupée par un gros camion noir du SWAT. Plus loin sur la route, une ambulance attendait.

Son estomac se serra quand l'image de Daphne, contusionnée et ensanglantée, lui revint à l'esprit. Elle avait espéré que la police l'avait déjà secourue. Mais une partie de l'équipe SWAT était justement en train de progresser vers la porte. D'autres contournaient la maison, sans nul doute pour couvrir toutes les issues – non qu'il y en ait tant que ça. Il n'y avait pas de jardin. Sa maison, comme tant d'autres dans les Smokies, ressemblait à un ranch typique de plain-pied, avec une grande cour devant. Mais l'arrière reposait sur des pilotis enfoncés dans une épaisse couche rocheuse. Le sous-sol n'avait pas de porte donnant sur l'extérieur, seulement de petits fenestrons pour laisser entrer la lumière. On ne pouvait y accéder que par l'escalier à l'intérieur de la maison.

Elle vérifia les munitions dans son pistolet, puis le fourra dans la poche de son pantalon et s'élança vers la maison. Elle n'était encore qu'à mi-chemin quand une dizaine de policiers au moins l'entourèrent, lui ordonnant de s'arrêter.

Devant leurs armes, elle leva les mains en l'air et s'immobilisa.

— Je m'appelle Faith Lancaster. C'est ma maison. C'est ma sœur qui est là-dedans.

— Montrez-nous une pièce d'identité, lui ordonna le policier le plus proche.

Elle poussa un juron, contrariée de ne connaître aucun d'eux. Ce n'était vraiment pas le moment.

— Mon sac est dans ma voiture, là-bas.

— Vérifie qu'elle n'a pas d'arme, dit-il à un autre policier.

— Oh ! pour l'amour du ciel… mon pistolet est dans la poche droite de mon jean. Oui, il est chargé. Je suis une ancienne policière, inspectrice de la police de Nashville. Je travaille pour Unfinished Business, maintenant.

Elle avait envie de leur crier de la laisser passer. Mais elle savait à quel point ce genre de situation pouvait déraper. Tout le monde était dopé à l'adrénaline, il suffisait d'un rien. Elle endura l'humiliation d'une palpation après que l'un d'eux eut pris son pistolet.

— Voilà, je suis désarmée, maintenant. Laissez-moi passer, s'il vous plaît. Je dois parler au commandant du SWAT. Je dois savoir ce qui se passe. Je peux le renseigner sur la disposition des pièces chez moi et…

— Ils connaissent déjà la disposition des pièces chez toi.

Elle se retourna au son de la voix d'Asher. Grayson et Russo étaient avec lui et ordonnèrent aux policiers de baisser leurs armes.

— Asher, Dieu merci.

Elle courut à lui et prit ses mains entre les siennes.

— Que se passe-t-il ? Pourquoi ne sont-ils pas encore entrés ? Ont-ils vu Daphne…

Il lui pressa les mains et l'entraîna sur le côté, laissant les chefs s'occuper du groupe de policiers anxieux.

— Ils ont dû d'abord sécuriser la scène et faire venir un négociateur pour essayer d'établir le contact.

— Quoi ? Tu plaisantes ? C'est un foutu sociopathe ! Oubliez les négociations, sortez ma sœur de là !

Elle chercha son arme, puis s'immobilisa.

— Un flic m'a pris mon pistolet. Je dois le récupérer...

— On s'inquiétera de ça plus tard. Faith, écoute-moi. Le SWAT est sur le point d'entrer. Tu dois attendre ici et...

— Je vais avec toi. Je peux me rendre utile. J'ai juste besoin de mon arme.

Les sourcils froncés, elle regarda autour d'elle, cherchant celui qui lui avait pris son pistolet. Les policiers s'étaient mis à l'abri derrière les capots des voitures, leurs armes braquées sur la maison.

— Mais qu'est-ce qu'ils font ? Daphne est à l'intérieur. Dis-leur de poser leurs armes.

Il la secoua légèrement, et elle leva les yeux d'un air interrogateur.

— Faith, nous allons entrer, là tout de suite. Tu dois te mettre à l'abri et attendre la fin de tout ça.

Elle fronça les sourcils tandis qu'il faisait signe à quelqu'un derrière elle.

— Nous ? Tu entres aussi ? Attends, tu portes un gilet du SWAT ? Bon sang, non ! Asher, qu'est-ce qui te prend ? Tu ne peux pas entrer là-dedans. Ton dos...

— ... va très bien. Et tu sais parfaitement bien que je faisais partie du SWAT avant de devenir inspecteur. Je veux que tu m'obéisses. Je protégerai Daphne et je la ferai sortir dans quelques minutes. Mais tu dois te calmer, te mettre à couvert et...

— Non. *Non !* Si quelqu'un entre, ce doit être moi. Donne-moi ton arme, je vais...

Il regarda derrière elle. Soudain, deux bras musclés l'encerclèrent. Elle se cabra et gigota, essayant de se dégager.

— Qu'est-ce que... lâchez-moi !

Asher traversa la pelouse en courant, arme à la main, et rejoignit les membres du SWAT sous le porche.

— Enlevez vos sales pattes !

Elle s'efforçait de frapper celui qui la tenait. Des jurons lui parvinrent aux oreilles.

— Arrête de te débattre, Faith ! C'est moi, Lance.

Elle s'arrêta immédiatement. Il la souleva et l'emporta au petit trot, les bras toujours collés aux flancs. Elle lui donna des coups de pied, se tortillant désespérément pour se libérer.

— Lance, bon sang ! Où tu m'emmènes ? C'est ma sœur qui est là-dedans.

— C'est pour ça... Aïe, arrête tes coups de pied ! Tu es trop impliquée pour pouvoir nous aider. Tu serais un danger pour elle. Sérieusement, Faith, tu vas te calmer ?

Il s'arrêta devant la dernière des nombreuses voitures de police garées sur le bas-côté et la déposa enfin sur ses pieds. Dès qu'il la lâcha, elle se mit à courir.

Jurant, il l'attrapa à nouveau et, la soulevant, la fourra à l'arrière de la voiture de patrouille et en claqua la portière. Elle frappa de toutes ses forces la vitre, en hurlant.

— Laisse-moi sortir !

Il se pencha à sa hauteur.

— C'est pour ton bien. Je te laisserai sortir quand les lieux auront été sécurisés.

Elle l'entendait à peine à travers le verre à l'épreuve des balles. Elle frappa à nouveau la vitre et lui montra d'un geste grossier ce qu'elle faisait de sa sollicitude.

Il articula le mot « désolé » et retourna au petit trot vers la maison, rejoindre ceux qui observaient l'équipe SWAT.

Faith n'avait jamais été aussi furieuse de sa vie.

Une petite voix lui disait qu'Asher et Lance avaient raison. Mais son cœur, lui, disait qu'elle ne pouvait attendre les bras ballants pendant que Daphne était en danger.

Tandis qu'elle observait, de trop loin pour voir véritablement l'action, la porte d'entrée fut enfoncée et Asher et l'équipe du SWAT se ruèrent dans la maison.

Elle s'affaissa sur elle-même. La vie de Daphne n'était désormais plus de son ressort. Elle inspira à fond et sortit son téléphone. Elle n'allait pas rester assise pendant qu'ils faisaient sortir Daphne. Elle se devait d'être là et de l'accompagner dans l'ambulance.

Faites qu'elle aille bien. Je vous en prie.

Elle fit défiler sa liste de contacts, cherchant Lance pour lui dire de la laisser sortir de la voiture.

La portière arrière s'ouvrit brusquement. Elle releva la tête. Avant qu'elle puisse réagir, un policier passa la main à l'intérieur de l'habitacle, lui arracha son téléphone et le jeta dans les bois.

— Hé, que faites-vous…

Elle fixa avec horreur le visage devant elle. Stan. Le faux Stan. Lorsque son esprit stupéfait comprit enfin ce qui se passait, elle lança le poing pour le frapper à la mâchoire.

La portière se referma et son poing frappa la vitre. Elle jura, secouant sa main endolorie dont les jointures saignaient.

La portière conducteur s'ouvrit brusquement. Il sauta sur le siège, refermant la portière sur ses appels à l'aide.

Il lui jeta un coup d'œil dans le rétroviseur, à travers l'épaisse paroi en plexiglas, et sourit.

La maison était d'un calme sinistre. Propre et en ordre, comme toujours. Rien ne semblait dérangé, alors qu'on aurait pu s'attendre au contraire quand un fou pénétrait quelque part et enlevait quelqu'un. Tout semblait… bizarre.

Asher savait ce qu'il avait à faire : attendre que l'équipe sécurise le rez-de-chaussée avant d'accéder au sous-sol. Mais il savait aussi que Daphne était à la merci du tueur. Il avait vu la photo que Faith lui avait envoyée et savait exactement où elle se trouvait. Il n'allait pas attendre une seconde de plus pour la délivrer.

Il s'élança dans la cuisine et contourna les placards pour s'engager dans l'escalier.

Ignorant l'un des membres du SWAT qui lui faisait frénétiquement signe de l'autre bout de la pièce, il descendit. Bien qu'il eût terriblement envie de dévaler deux marches à la fois, il savait aussi que se faire tuer n'aiderait pas Daphne. Aussi descendit-il furtivement, son arme devant lui, évitant les marches dont il savait qu'elles grinçaient. Sur la dernière il s'accroupit, de sorte que sa tête ne soit pas là où le tueur s'attendait qu'elle soit s'il tirait. Puis il jeta un coup d'œil derrière le mur.

Daphne était attachée à l'un des piliers de soutènement, à environ six mètres. Elle était bâillonnée avec de l'adhésif, et ses mains étaient menottées au-dessus de la tête avec un lien plastique. Ses chevilles étaient également ligotées, mais pas au pilier. Elle portait un short et un T-shirt, tous deux parsemés de gouttes de sang venant sans doute des petites coupures qu'elle avait au visage. Sa poitrine était animée d'un va-et-vient. Elle était vivante.

Asher enregistra tous ces détails en une fraction de seconde, tout en balayant l'espace de son pistolet.

Un bruit le fit se retourner. Daphne frappait le pilier de ses pieds attachés. Ses yeux étaient démesurément agrandis, au-dessus du bâillon.

Quelques secondes plus tard, des membres du SWAT sortirent de derrière le mur. Il leur fit signe de sécuriser le sous-sol et se précipita vers Daphne. Elle semblait vouloir lui dire quelque chose, et son instinct lui hurlait de lui enlever son bâillon. Le sentiment que quelque chose clochait, qui l'avait frappé au moment où il était entré dans la maison, était devenu une sensation d'effroi omniprésente.

Il décolla un bout d'adhésif sur sa joue.

— Ça va faire mal, Daph.

Elle hocha la tête. Il arracha l'adhésif d'un grand geste. Elle hoqueta de douleur, puis inspira brusquement.

— Où est l'homme qui t'a fait ça ?

Elle cilla, les larmes roulant sur ses joues. Puis elle ouvrit grand les yeux.

— Asher, où est Faith ? Où est ma sœur ?

— Elle est dehors. Elle t'accueillera quand on te fera sortir d'ici. Tu es blessée quelque part, en dehors du visage ?

Elle s'écarta lorsqu'il tenta de repousser ses cheveux hors de ses yeux.

— Tu es absolument sûr que Faith est en sécurité ?

Il fronça les sourcils.

— En sécurité ? Que veux-tu dire…

— C'est un piège, dit-elle. J'étais l'appât pour attirer Faith. C'est elle qu'il veut.

— Oh ! bon sang !

Asher s'élança, escaladant les marches deux par deux et courant dans la maison. Il fit halte à la porte défoncée, pour qu'aucun des policiers ne le prenne pour le tueur.

— Dégagé ! hurla-t-il en leur faisant signe d'entrer.

Russo ordonna à ses hommes de baisser leurs armes et ils se mirent à courir vers la maison.

Asher dévala les marches du porche, survolant les groupes d'agents du FBI et de policiers jusqu'à ce qu'il repère Lance et Grayson, derrière l'une des voitures de police. Il courut vers eux, glacé d'effroi.

— Où est-elle ? demanda-t-il en décrivant un cercle avant de pivoter sur lui-même. Lance, où est Faith ?

— Je l'ai mise à l'arrière d'une voiture de patrouille pour l'empêcher d'interférer.

— Où ? Montre-moi.

Lance fronça les sourcils,

— Est-ce que Daphne va bien ? Est-ce pour ça que tu…

— Daphne va bien. Elle était l'appât. C'est Faith qu'il veut. Où est-elle, bon sang ?

Lance écarquilla les yeux.

— La dernière voiture de police, là-bas.

Asher se remit à courir.

Son cœur battait dans sa poitrine, ses poumons et son dos tandis qu'il longeait à toute allure la rangée de voitures. Toutes étaient vides, leurs gyrophares en marche. Lorsqu'il atteignit la dernière et regarda par la vitre arrière, il serra les poings et fit demi-tour. Lance et Grayson s'arrêtèrent devant lui, cherchant leur souffle.

— Elle n'est pas là. C'est la bonne voiture ? interrogea Asher.

— Bien sûr que oui… Non, attends. Non, ce n'est pas celle-là.

C'est une des voitures du comté de Sevier. La dernière était de la patrouille de Gatlinburg. Elle a disparu.

Grayson sortit son téléphone et s'écarta. Lance fit signe à des policiers pour attirer leur attention. Tandis qu'ils les rejoignaient au petit trot, Asher prit son propre téléphone.

— Je ne me suis jamais servi de ce truc, marmonna-t-il en ouvrant une application. J'espère que je vais pouvoir... Là. Ce point. C'est elle.

Lance se rapprocha de lui pour regarder l'écran.

— C'est la fameuse application « Trouver Asher » ?

— Elle lui donne plusieurs noms, selon qui elle recherche. Elle m'a obligé à la télécharger sur mon téléphone au cas où nous serions séparés. Son téléphone est ce point. Il ne bouge pas, il est...

Il releva la tête.

— Juste là. Dans les bois.

Dégainant leurs armes, Lance et lui se précipitèrent dans cette direction. Ils balayèrent l'espace de leurs pistolets, se couvrant l'un l'autre tout en suivant le point clignotant sur le téléphone. Moins d'une minute plus tard, Lance jura et s'accroupit au-dessus du cadavre ensanglanté d'un homme vêtu uniquement d'un caleçon. Il pressa les doigts sur son cou et secoua la tête.

— Il est mort. Égorgé. Ce n'est pas notre tueur.

— C'est un policier. Je l'ai déjà rencontré.

Se penchant, Asher ramassa un petit morceau de papier de couleur vive, avec un numéro écrit dessus.

Lance s'approcha.

— Qu'est-ce que c'est que ça ?

— Le numéro de série de la cartouche utilisée pour actionner un Taser.

— Ce type a essuyé une décharge de Taser puis a été égorgé ? Pourquoi ?

Asher consulta à nouveau son téléphone puis contourna le cadavre et avança de quelques mètres dans les bois. Son estomac se serra brusquement de frayeur.

— J'ai trouvé le téléphone de Faith !

Il reposait sur un lit de feuilles mortes et d'aiguilles de pin.

Lance le rejoignit.

— Oh ! bon sang.

Un craquement de brindilles se fit entendre. Russo leva les mains.

— Hé là ! Il n'y a que des amis ici. Tout le monde rengaine, s'il vous plaît.

Les policiers en uniforme qui l'accompagnaient remirent lentement leurs armes dans leurs holsters. Lance et Asher les imitèrent. Grayson dépassa Russo et s'arrêta devant Lance et Asher.

— Qu'avez-vous... oh non !

Russo s'agenouilla près du corps.

— Seigneur Jésus. C'est le sergent Wickshire.

Asher contempla le téléphone de Faith, puis leva les yeux sur Grayson.

— C'était un piège depuis le début. Daphne dit que l'homme ne voulait pas d'elle, il voulait seulement attirer Faith. Nous étions des jouets entre ses mains. Il a tué le sergent Wickshire, pris son uniforme et filé dans sa voiture avec Faith sur la banquette arrière. Elle était censée être en sécurité. Au lieu de ça, nous l'avons livrée aux mains du tueur. Et à cause de moi elle n'a même pas d'arme pour se défendre.

Sa voix se fêla, et il inspira pour se calmer.

— Il faut la retrouver. Nous devons le retrouver avant qu'il soit trop tard.

Il s'élança en courant vers la route, Lance et Grayson sur les talons.

19

Cette fois, quand il lui ordonna de s'arrêter après les pins, Faith obéit. Courir n'était pas une solution : il avait prouvé qu'il n'hésitait pas à se servir de son Taser. Lorsqu'il avait ouvert la portière arrière, elle avait bondi. Mais il était prêt, les blessures jumelles dans son dos l'attestaient. Et, si ce n'était pas une motivation suffisante, l'énorme couteau qu'il portait à la ceinture l'incitait à suivre ses ordres.

Du moins jusqu'à ce qu'elle imagine comment s'échapper.

— Commence à monter, le long du sentier.

Elle hésita, pensant aux films d'horreur dans lesquels la pauvre héroïne montait au lieu de descendre, scellant ainsi son destin.

La pointe aiguë du couteau appuya à nouveau sur son dos, entamant sa chair. Elle se cambra avec un hoquet, puis entreprit de gravir la pente. Un pas, deux, trois. Le bruit de ses pas se joignit aux siens. Il n'était pas idiot, il restait assez près pour qu'elle ne puisse pas s'échapper, mais assez loin pour qu'elle ne puisse pas se retourner et le pousser dans le ravin.

Faire dépendre ses espoirs de secours extérieurs était une pensée qui lui était étrangère. Mais vu la situation, si personne ne la retrouvait, elle ne sortirait pas de cette montagne vivante.

Malgré ce désir ardent, elle priait silencieusement pour que ce ne soit pas Asher. Oh ! elle savait qu'il essaierait. Si les rôles avaient été inversés, elle aurait fait tout ce qui était en son pouvoir pour le retrouver. Mais, bien qu'aux yeux de la plupart des gens il semblât guéri, elle l'avait vu tressaillir de douleur assez souvent pour connaître la vérité. Elle ne voulait pas qu'il risque sa vie pour sauver la sienne. Plutôt mourir que de voir cela arriver.

Cette prise de conscience lui fit monter les larmes aux yeux. Bonté divine. Quand était-il devenu aussi important pour elle ? Elle avait toujours chéri leur amitié. Mais maintenant il représentait… tellement plus. Malgré sa volonté de sauver leur amitié, elle avait échoué.

Elle l'aimait. Complètement. Désespérément.

Je vous en prie, mon Dieu. Faites que ce ne soit pas Asher qui vienne me chercher. Faites que ce soit quelqu'un d'autre. Protégez-le. Gardez-le en sécurité.

— Arrête de rêvasser. Bouge.

Le couteau lui piqua à nouveau le dos. Jurant, elle entreprit d'escalader la montagne.

Russo et Grayson discutaient avec Asher des cercles tracés sur la carte, carte présentement étalée sur le capot de son pick-up. Asher leur donnait des explications et des recommandations pour la phase deux des recherches. Tous les hommes disponibles cherchaient Faith et la voiture disparue et l'avaient fait durant les quarante-cinq minutes écoulées. En vain. Ils avaient besoin d'une approche plus précise. Il fallait réfléchir comme le tueur et le retrouver avant qu'il ne soit trop tard. C'était pourquoi Asher avait cessé ces recherches infructueuses et était passé chez lui prendre la carte.

Il ne pouvait même pas envisager qu'ils ne la retrouvent pas. La simple pensée que Faith ne soit plus là creusait un trou béant dans son futur. Bon sang, si elle voulait n'être qu'une amie pour lui, il s'en contenterait, aussi pathétique que cela soit. Il préférait être son ami que de la perdre pour toujours. Ce qui comptait, c'était qu'elle soit heureuse. Et en sécurité. Oh Dieu, comme il voulait qu'elle soit en sécurité !

Il désigna le ciel, parlant fort pour se faire entendre.

— L'hélico survole la zone depuis plusieurs minutes. Ils vous ont dit quelque chose ? Cette voiture de police doit être proche, si le tueur l'a abandonnée. Autrement, vos hommes auraient trouvé des témoins qui l'auraient vue descendre.

Russo fit la grimace. Grayson échangea un regard surpris avec Asher.

— Russo, ne commencez pas à retenir des informations. Faith est notre collègue, notre amie. Nous méritons de savoir la vérité. Nous en avons besoin pour la retrouver.

Le chef poussa un profond soupir.

— Je sais, je sais. Mais je ne veux pas vous donner de faux espoirs. Le pilote de l'hélicoptère pense avoir vu le soleil se refléter sur quelque chose dans les bois, au pied de la montagne. Mes hommes sont allés voir.

— Demandez-leur un rapport, lui dit Grayson. Tout de suite. Chaque minute compte.

— Je m'en occupe.

Russo prit son téléphone pour passer l'appel. L'appareil d'Asher bourdonna à cet instant. Il consulta l'écran.

— C'est Lance. Il faut que je réponde.

Il s'écarta du capot, plaquant une main sur son oreille afin d'entendre malgré le bruit de l'hélicoptère.

— Lance, dis-moi que tu as quelque chose.

Il écouta un moment, puis poussa un juron.

— N'abandonne pas. Quelqu'un au Watering Hole doit bien connaître ce type. Tu te sers du portrait-robot, pas vrai ? Tu dis aux gens de se le représenter aussi avec des cheveux bruns ? Quelqu'un doit le connaître ou se souvenir de lui, peut-être de la voiture qu'il conduisait. Trouve-moi son nom.

— Nous mettons le paquet, nous faisons tout ce que nous pouvons. Nous la trouverons, Asher. C'est sûr.

Il déglutit avec difficulté.

— Je sais. Je prie seulement pour que ce ne soit pas trop tard.

Un groupe de policiers sortit du bois, escortant l'équipe du médecin légiste qui emmenait le corps du sergent Wickshire.

Asher sentit son estomac se nouer en regardant le chargement du sac mortuaire. L'idée que Faith se retrouve dans l'un de ces sacs lui déchirait le cœur. Il se détourna, toujours au téléphone.

— Lance, appelle Ivy. Vois si elle a progressé avec ces empreintes. Si on peut obtenir le nom du type, on saura où il vit, on pourra parler à des gens qui le connaissent et qui nous indiqueront quels lieux il fréquente.

— Je vais l'appeler tout de suite. Tiens bon, Asher.

Grayson fit le tour du capot et s'appuya sur le flanc du pick-up.

— Ils ont trouvé la voiture de police. Elle était vide.

Asher hocha la tête.

— J'imagine. Un indice dedans ? Quelque chose qui nous dise ce qui s'est passé ? Où ils sont allés ?

— Il y avait des traces de pneus qui ne correspondent pas à la voiture de patrouille. L'un des policiers scientifiques dit qu'elles semblent avoir été faites par une voiture, pas un gros pick-up ou un SUV. On dirait qu'il l'a cachée là-bas, en prévoyant de changer de véhicule. Ce que je ne comprends pas, c'est comment il pouvait deviner que Faith serait enfermée dans la dernière voiture.

— C'était facile à prédire, dit Asher. Tous les policiers présents se sont précipités pour essayer de capturer le tueur. Quiconque a vu la police en action sait qu'il y a des tonnes de véhicules et que les policiers eux-mêmes se rassemblent au plus près. Ils verrouillent rarement leurs voitures dans une situation comme celle-là. Ils laissent les clés dessus au cas où quelqu'un aurait besoin de les déplacer.

— Je te suis, dit Grayson. Comme Faith était personnellement impliquée, elle devait être écartée de la scène. C'est exactement ce qui s'est passé.

— Et nous lui avons encore facilité les choses en la mettant à l'arrière d'une voiture de police.

Asher secoua la tête, se maudissant avec amertume.

— Il y a autre chose que Russo m'a dit, à propos de la voiture de police qu'ils viennent de trouver.

Grayson lui adressa un regard de compassion.

— Il y avait quelques-uns de ces confettis d'identification sur le sol.

Asher ferma un instant les yeux, sentant une douleur physique lui traverser la poitrine.

— Il s'est servi d'un Taser sur elle, comme il l'a fait avec Wickshire. Quand je l'attraperai, je lui arracherai les membres un par un.

— Je vais faire comme si je n'avais pas entendu ça.

Russo les avait rejoints.

— Les agents du Bureau fouillent les zones encerclées sur la carte. Je leur ai envoyé des photos. Les volontaires des forces de police arrivent pour nous prêter main-forte, afin que nous couvrions plus de territoire.

Grayson tapa sur l'épaule d'Asher.

— Que veux-tu que nous fassions d'autre ? N'importe quoi, il suffit de le dire.

Asher fourragea dans ses cheveux.

— Je ne sais pas. Bon sang, ça me rend malade. Il faut que je fasse quelque chose.

— Tu en as déjà fait beaucoup. Tu as fouillé la montagne de haut en bas comme nous tous, rallié les troupes et organisé les choses. Tu lui as donné les meilleures chances possible.

— Il faut que je trouve la solution, que je sache où elle est.

Asher passa devant son pick-up et ramassa la carte étalée sur le capot.

Grayson et Russo reculèrent quand il sauta dans son véhicule et démarra. Lorsque Grayson tapota sa vitre, Asher jura et la baissa.

— Quoi ?

— Je crois que tu ne devrais pas conduire. Tu es bouleversé et...

— Évidemment que je suis bouleversé. Faith est quelque part avec un sociopathe qui a tué neuf personnes jusqu'ici. Je vais au cimetière de ce malade. C'est le déclencheur qui a mené à l'enlèvement de Leslie. C'est probablement pour ça qu'il s'en est pris à Faith aussi. Il lui reproche, et à moi aussi, de l'avoir privé de sa décharge. Il doit y avoir un indice là-haut, quelque chose que nous avons raté.

Russo l'appela tandis que Grayson se hâtait de reculer pour le laisser effectuer un demi-tour.

— Mes hommes ont déjà fouillé la zone. Il n'y a rien là-bas.

— Il doit y avoir quelque chose. Il le *faut*.

Asher enfonça l'accélérateur, faisant gicler le gravier, et lança son pick-up à toute allure sur la route.

20

Les hommes de Russo étaient incontestablement venus au cimetière du tueur. Leurs empreintes montraient qu'ils avaient passé l'endroit au peigne fin. Asher effectua néanmoins ses propres recherches. Il se concentrait sur les détails, comme les confettis fluo émis par le Taser. Et il cherchait aussi des miettes de pain. Pas de vraies miettes, mais un signe quelconque que Faith était passée par là. Elle était intelligente. S'il y avait eu un moyen quelconque de laisser une piste, elle l'aurait fait. Mais il n'avait rien découvert indiquant qu'elle était venue là.

Au temps pour sa théorie que le tueur l'avait emmenée sur cette montagne en particulier.

Il se laissa tomber à genoux et étala la carte sur le sol. Cette carte était le fondement de leur enquête, à Faith et lui. Elle les avait conduits à Jasmine et à sa sœur. C'était la preuve qu'ils connaissaient les habitudes du tueur jusqu'à un certain point. Les indices étaient forcément là, devant lui. Il devait seulement comprendre comment les identifier.

Tout ce qui avait rapport avec l'affaire était concentré dans un rayon de vingt minutes de trajet autour de ce versant de montagne. Il l'avait expliqué à Russo quand celui-ci avait réparti ses hommes. Avec ce lieu comme épicentre, tous les enlèvements étaient situés dans le grand cercle qu'il avait tracé sur la carte. Ce cercle était la zone de confort du tueur, là où il chassait et enterrait ses victimes.

Il y vivait, il y travaillait, il y déployait ses jeux de malade. Alors où était-il au sein de ce cercle ?

Pense comme lui. Mets-toi dans sa tête. Où irais-tu pour éviter les flics, sachant que le meurtre d'un policier déclenche une gigantesque chasse à l'homme ?

J'irais quelque part où je suis à l'aise, je resterais dans mon cercle de vingt minutes.

Mais la police se rendait déjà sur les lieux où il était allé. Cela faisait l'effet d'une perte de temps à Asher. Le tueur avait déjà sa victime. La question était : où l'emmènerait-il ? Quel lieu avait une signification spéciale pour lui ? Quel était le fil conducteur entre toutes ses victimes ?

Asher fit courir ses doigts sur les symboles topographiques, étudiant la carte comme il ne l'avait jamais fait. Les noms des victimes lui passèrent par l'esprit tandis qu'il la contemplait. Qu'avaient-elles en commun ?

Selon Faith, c'était le bar, le Watering Hole. Quelque chose le distinguait-il des autres bars, le rendant attirant pour un tueur ? Tout ce à quoi Asher pouvait penser, c'était à la cascade artificielle. Les clients adoraient y prendre des selfies pour les publier sur les réseaux sociaux. Mais il y avait des centaines de cascades naturelles dans les Smokies. En soi, cela ne semblait pas unique. Que savait-il d'autre sur les victimes ?

La boue. Deux des corps des victimes avaient de la boue, ou ce que les experts pensaient être de la boue, sur leurs cheveux ou leurs vêtements.

Une autre avait des galets de rivière dans sa poche.

Jasmine aimait rafter sur les eaux blanches. Et les autres ?

Il se connecta au *cybercloud* avec son téléphone pour lire les derniers rapports téléchargés par l'équipe. Des mini-biographies avaient été créées pour chacune des victimes. Asher les survola rapidement.

Natalie Houseman possédait un bateau.

Dana Randolph avait travaillé au Ripley's Aquarium du centre de Gatlinburg.

Felicia Stewart était une pêcheuse passionnée.

Certaines avaient fréquenté le Watering Hole ou y étaient allées au moins une fois. Le lien entre elles toutes semblait évident : l'eau. Était-ce une coïncidence vaine ou un fait utile ? Était-il possible que le tueur ait une sorte de fascination pour l'eau ? Il semblait à l'aise en extérieur, comme le prouvait le fait qu'il avait emmené Leslie dans les montagnes. Leslie... Il y avait une chute d'eau et un bassin à l'endroit où Asher l'avait retrouvée. De l'eau encore. Était-ce une coïncidence ?

Il fit courir ses doigts plus rapidement sur la carte. Son instinct lui disait qu'il était sur quelque chose. Il y avait trop d'éléments revenant à l'eau sous une forme ou une autre. Il devait y avoir une raison à cela. Ou bien était-ce un détail sans aucun rapport ?

Réfléchis, Whitfield. Réfléchis. Qu'est-ce que tu sais de ce type ?

Toutes ses victimes étaient des femmes mais, en dehors de cela, elles étaient jeunes, moins jeunes, noires, blanches, hispaniques. Ce n'était pas un type particulier de femme qu'il enlevait, mais elles avaient toutes une sorte d'affinité avec l'eau, soit dans le travail, soit dans les loisirs. Le tueur leur en voulait-il pour cela ? Ou était-ce au contraire quelque chose qu'il aimait à leur sujet ?

L'idée qu'un tueur en série choisisse ses victimes parce qu'elles faisaient du bateau ou du rafting, qu'elles aimaient les chutes ou quelque chose en rapport avec l'eau semblait absurde. Mais les victimes de Ted Bundy avaient toutes les cheveux longs avec une raie au milieu. Qu'y avait-il de plus ridicule que cela ?

Il était sur quelque chose, il le sentait au fond de lui.

Tout menait au Watering Hole. Asher savait que le tueur ne détenait pas Faith au bar. L'endroit grouillait de flics et d'enquêteurs. Mais il y avait choisi ses victimes précédentes. Parce qu'il fréquentait cet établissement. C'était son terrain de chasse. Il avait probablement écouté des conversations et découvert que ses victimes s'intéressaient à son sujet préféré – l'eau. Il les avait choisies, suivies, il avait réfléchi au meilleur endroit pour les enlever, les avait tuées, puis enterrées sur ce flanc de montagne.

Proche. Tout proche. La pièce manquante du puzzle était là, il le savait.

Il survola du regard les monticules de terre extraite des tombes. Il y avait quelque chose qui clochait dans le fait de les tuer puis de les déplacer là pour les enterrer. Il fallait beaucoup plus d'énergie pour transporter un corps que pour forcer une personne à aller où vous vouliez qu'elle aille. Il était plus logique qu'il les ait tuées sur place. Mais, si c'était le cas, allait-il s'en tenir à sa routine et... essayer de tuer Faith à cet endroit ? Peut-être les tuait-il effectivement ailleurs avant de les transporter. Peut-être s'était-il servi d'une litière. Cela semblait fou. Mais les tueurs en série étaient fous, pour autant qu'il sache. Essayer de les comprendre était presque impossible. Cela ne voulait pas dire cependant qu'on ne pouvait pas prédire ce qu'ils feraient en regroupant les indices. Mettant de côté la logistique du déplacement des corps, il passa à la question suivante.

Comment tuait-il les femmes ?

Le médecin légiste n'avait pas trouvé de cause manifeste à la mort. Mais Asher savait que la plupart des tueurs en série étranglaient leurs victimes. La pendaison était une solution évidente pour étrangler quelqu'un. Il y avait recouru pour Leslie. Mais en l'absence d'os brisé sur les corps qu'ils avaient découverts, il ne semblait pas logique qu'il les ait toutes pendues. Ce n'était qu'une menace utilisée pour forcer Asher à choisir entre poursuivre le tueur et sauver sa victime. La pendaison n'était pas sa méthode de prédilection.

Pas de coups de couteau ni de balles découverts non plus chez les victimes. Pas de fractures, de contusions traumatiques. Le poison ne semblait pas probable non plus, étant donné leur discussion chez Grayson.

Il ne lui restait que la suffocation. Comment étouffait-on quelqu'un sans lui briser d'os dans le cou ?

Il cilla en fixant à nouveau la carte. De l'eau, de l'eau partout.

Comment priver quelqu'un de la possibilité de respirer et s'adonner en même temps à une fascination morbide pour l'eau ?

En le noyant.

Son téléphone bourdonna dans sa poche. Il le prit sans regarder l'écran.

— Asher.

— C'est Lance. Nous avons touché le jackpot. Comme tu le pensais, le bar était le lien. Asher, nous savons qui il est. Il y avait une photo de lui sur le mur, parmi des dizaines de photos encadrées. Je l'ai prise et je l'ai montrée à presque tout le monde là-bas. J'ai eu un nom. Et juste après, je te jure, à la seconde près, Ivy a appelé. Elle a rendu visite à tous les postes de police des comtés voisins, et elle a trouvé une correspondance pour les empreintes sur le couteau. C'était un tout petit commissariat, qui n'avait pas saisi les empreintes dans le système de l'AFIS parce que c'était un délit mineur, une infraction au code de la route. Il a…

— Lance, pour l'amour du ciel, qui est-ce ? Dis-moi quelque chose qui m'aide à retrouver Faith.

— Malachi Strom. Écoute ça : il a vu son père se noyer durant des vacances familiales, lorsqu'il avait douze ans. Sa mère est morte de leucémie sept ans après. C'est là que les meurtres ont commencé. C'était peut-être le déclencheur.

— Son père s'est noyé ? C'est le lien !

— OK, je ne te suis plus, là.

Asher lui expliqua rapidement sa théorie, à savoir que le tueur noyait ses victimes.

— Comment est-ce censé nous aider à trouver Faith ?

— Je ne sais pas encore. Nous ne pouvons pas fouiller chaque rivière, torrent ou cascade. Mais mon instinct me dit que c'est là qu'il a emmené Faith, à proximité de l'eau. Elle ne sait pas nager, Lance.

Celui-ci poussa un juron.

— Tu disais que son père s'est noyé, reprit Asher. Où est-il mort ? Dans notre cercle de vingt minutes ?

— Attends, laisse-moi regarder ce qu'Ivy a envoyé.

Asher serra les poings, partagé entre l'exaspération et l'espoir.

— Dépêche-toi, Lance ! Vite.

— C'est ça. Oui, oui ! C'est dans le cercle que tu nous as donné. Bon sang… C'est de l'autre côté de la montagne. Les chutes de Crescent. Son père doit être l'homme dont Russo a dit qu'il s'y était noyé il y a vingt ans.

Asher laissa tomber les épaules, sentant l'espoir le quitter.

— Il n'aurait pas emmené Faith là-bas. Un jour comme celui-ci, ça fourmille de touristes.

— Non, non, pas du tout. Tu te souviens du touriste qui s'y est noyé le jour où vous avez trouvé le cimetière ? L'administration du parc l'a fermé pour étudier les mesures de sécurité. C'est toujours fermé.

— C'est ça ! Ce doit être ça. Envoie tout le monde aux chutes. Fais venir l'hélicoptère. Et dis-moi tout ce que tu sais sur ce qui est arrivé à son père.

Asher se mit à courir.

Les chutes ne pouvaient pas être à plus de cent cinquante mètres. Mais, le temps qu'Asher atteigne le parking, son poumon était en feu et il avait du mal à reprendre son souffle.

— Ça va, mon vieux ? demanda Lance au téléphone. Tu n'as pas l'air de bien respirer.

Asher s'efforça d'inspirer profondément mais, chaque fois qu'il le faisait, c'était comme si on lui plantait à nouveau un couteau dans le poumon. Peu importait. Il ne pouvait laisser cela le ralentir, alors que la vie de Faith était en jeu.

Il s'arrêta devant l'entrée barrée du sentier menant au sommet des chutes. Un éclair orange fluo attira son attention. C'était un confetti de Taser sur le sol. Le Taser n'avait pas été utilisé là, il y en aurait eu des dizaines. Quelqu'un en avait laissé tomber un exprès.

Faith. Ce devait être elle. Il était sur la bonne piste. Elle avait dû discrètement empocher des confettis après avoir essuyé le coup de Taser. Elle lui avait laissé une miette.

— Asher ? cria Lance. Dis-moi ce qui se passe. Est-ce que ça va ? Tu as trouvé quelque chose ?

Il étudia le sentier escaladant la pente de la montagne, entre les rochers et les arbres. Les chutes étaient invisibles depuis ce point de vue. Mais il les entendait. Il en était proche.

— C'est ici. Elle est là. Dis à tout le monde de se dépêcher.

Il raccrocha, mit le téléphone en mode silencieux, passa sous le ruban jaune et se mit à courir sur le sentier, aussi rapidement que le lui permettaient son poumon en feu et les muscles douloureux de son dos.

21

Debout au sommet de la cascade, à quelques pas du bord, Faith avait de l'eau jusqu'aux genoux et les poignets attachés devant elle. À un mètre cinquante d'elle, les yeux morts du sociopathe lui renvoyaient son regard. D'une main il tenait le Taser, de l'autre un couteau de quinze centimètres, déjà taché de sang. Comme s'il essayait de prendre une décision : lui décocher un coup de Taser ou l'étriper. Ou peut-être allait-il la jeter par-dessus la cascade et laisser les rochers et l'eau accomplir leur œuvre.

Elle ne put résister à l'envie de jeter un coup d'œil au bord. C'était une chute de six mètres, peut-être davantage. Si elle tombait sans se briser le crâne ou se noyer, elle serait tout de même emportée jusqu'au second tiers des chutes et basculerait à nouveau. Le bassin au pied de cette partie-là était beaucoup plus profond que celui du dessus. C'était là qu'un touriste s'était noyé quelques semaines auparavant. Et les mains de celui-ci n'étaient pas attachées. Si elle atterrissait en bas, ce serait la fin.

Asher avait raison. Elle aurait dû depuis longtemps apprendre à nager. Bien qu'elle ne vît pas comment nager avec les mains attachées.

Asher. Daphne. Les deux personnes les plus importantes de sa vie. Le simple fait de penser à eux lui faisait monter les larmes aux yeux. Sa mort les dévasterait, à supposer que Daphne soit encore en vie. L'ordure avait refusé de lui répondre au sujet de sa sœur. Elle l'avait supplié de lui dire s'il l'avait laissée en vie. Sa seule réaction avait été un sourire cruel, qui l'avait davantage glacée que l'eau tourbillonnant autour de ses jambes.

Il lui fallait toute sa force pour rester debout dans le courant qui la poussait vers le bord. Ses dents claquaient, l'eau était d'un froid brutal. Mais le faux Stan, le tueur qu'Asher et elle essayaient de trouver depuis des mois, semblait insensible au froid.

— Qu'est-ce que vous me voulez ? demanda-t-elle à nouveau.

Comme précédemment, il ne répondit rien. Il la fixait simplement de ses yeux mornes, lui donnant envie de vomir.

Il y avait au moins une chose dont elle était reconnaissante. Les plaies laissées par le Taser sur ses jambes ne lui faisaient plus mal. L'eau glacée avait miséricordieusement atténué la douleur. Dommage qu'elle ne soit pas assez haute pour engourdir aussi les élancements dans son dos et son ventre. Les entailles qu'il lui avait infligées n'étaient pas assez profondes pour tuer. Mais elles faisaient un mal de chien.

Elle risqua un coup d'œil au-delà des chutes, vers les arbres épais bordant le sentier qu'il l'avait obligée à gravir. Au bout du sentier, après bien des virages, il y avait un parking. Mais il était désert quand il s'y était engagé. Aucune sirène au loin. Pas de policiers ou d'amis escaladant la montagne pour la sauver. Elle allait mourir, à moins de faire quelque chose.

Comme se libérer les mains afin de se défendre. Le seul moyen était de couper le collier en plastique qui les ligotait. Mais pour cela elle avait besoin d'un couteau. Et le seul à avoir un couteau, c'était lui. Le lui ôter d'un coup de pied était une solution. Mais elle serait probablement emportée par les chutes en essayant de le prendre. De toute façon, l'issue serait la mort.

Comme s'il avait enfin décidé de la manière dont il allait la tuer, il rengaina le Taser. Puis il avança lentement vers elle, luttant contre le courant, tenant fermement le couteau de la main droite.

— Attendez ! cria-t-elle, forcée de se rapprocher du bord pour garder un peu d'espace entre eux. Ma sœur, s'il vous plaît, dites-moi si elle va bien. Vous l'avez utilisée comme appât, vous ne lui avez pas fait sérieusement du mal, n'est-ce pas ? Dites-le-moi, je vous en prie. Il faut que je le sache.

Il pencha la tête comme un oiseau observant un ver de terre.

— En général, le couteau les effraie, dit-il. Elles hurlent, elles essaient de fuir, elles sont emportées par les chutes. Pourquoi est-ce que tu ne hurles pas ?

Oh ! Seigneur ! Était-ce ainsi qu'il avait tué ses victimes ? En les faisant basculer dans les chutes ? La répulsion et l'effroi lui tordirent l'estomac.

— Ça ferait une différence si je criais ?

Un sourire froid vint étirer ses lèvres, la faisant frissonner jusqu'au fond de son âme.

— Ça n'en a jamais fait jusqu'ici.

Il leva à nouveau le couteau. Elle tendit les mains en avant.

— Attendez.

Il se jeta sur elle, le couteau brandi au-dessus de la tête.

Elle tomba à la renverse, se débattant, cherchant désespérément quelque chose auquel se raccrocher afin de ne pas être emportée par la cascade.

Il poussa un cri de rage et sauta sur elle juste au moment où le claquement d'un coup de feu retentissait dans l'air. Faith hurla et l'évita en trébuchant quand il atterrit dans l'eau. Il se releva immédiatement, le couteau à nouveau brandi.

— Faith ! Sors de là !

Elle se retourna d'un bloc, stupéfaite de voir Asher surgir des bois, pistolet à la main.

— Faith, derrière toi !

Elle se tourna de côté et le bras du tueur la manqua de peu. Il retomba dans l'eau. Elle s'éloigna avec peine, luttant contre le courant qui la poussait vers le bord de la chute. Mais les roches sous l'eau étaient glissantes et ses mains si engourdies qu'elle ne pouvait rien agripper.

— Faith !

Un autre coup de feu s'éleva tandis qu'elle tombait en hurlant dans les chutes.

Asher vit avec horreur Faith basculer dans la cascade. Il pataugea avec force éclaboussures vers le bord et se retourna en entendant un rugissement guttural. Le tueur fut sur lui avant qu'il puisse tirer. Ils tombèrent tous deux sous l'eau, et son pistolet lui échappa de la main. Sous la surface, le couteau s'abattit sur lui en scintillant. Asher agrippa le poignet de l'homme et le secoua durement.

Des bulles sortirent de la bouche de son assaillant tandis qu'il hurlait sous l'eau, perdant le couteau. Il donna un coup de pied à Asher, qui lâcha prise. Ils firent surface, cherchant leur souffle. En voyant le tueur se jeter vers lui, Asher se hâta de gagner le bord de la chute. Faith était là, quelque part, dans l'eau. Et elle ne savait pas nager.

Il s'élança dans les remous et retomba sur les fesses, dans le bassin en dessous. Il se remit bien vite debout. Il n'avait de l'eau que jusqu'à la taille. Mais il n'y avait aucune trace de Faith. Elle avait dû être emportée par la seconde chute, là où le bassin était beaucoup plus profond.

Courant aussi vite qu'il le pouvait, il bondit à nouveau, juste au moment où des éclaboussures se faisaient entendre derrière lui. Il se jeta dans l'eau et fit rapidement surface.

— Faith ! hurla-t-il. Faith !

Il pivota sur lui-même, espérant la voir au bord du bassin. Rien. Aucune trace d'elle. Il s'efforça d'inspirer, mais son poumon blessé le fit hoqueter de douleur. En jurant, il inspira plus doucement, replongea et nagea sous l'eau aussi vite que possible, espérant et craignant à la fois de la trouver. Ses poumons réclamaient de l'air, le forçant à revenir à la surface. Il inspira plusieurs fois superficiellement, puis replongea.

Là, de l'autre côté. Une ombre. Il battit des jambes, refusant de refaire surface malgré ses poumons qui brûlaient. Lorsqu'il atteignit l'ombre, de longues mèches de cheveux blond doré flottèrent vers lui. *Faith.*

Il la prit dans ses bras et remonta à la surface.

Quelque chose le heurta avec force dans le dos. Un flot de lave explosa dans ses veines. Mais il ne s'arrêta pas. Sans lâcher son précieux fardeau, il se mit sur le dos et attira Faith au creux de son bras, le visage tourné vers le haut. En battant des pieds pour regagner la rive, il insuffla de l'air dans ses poumons, encore et encore. Battement, insufflation, battement, insufflation.

Il y était presque quand une main lui attrapa la jambe et l'attira sous l'eau. Il donna un violent coup de pied, écrasant le visage de l'autre homme. Celui-ci lâcha prise, et Asher fit à nouveau surface, moitié traînant moitié jetant Faith hors de l'eau. Elle atterrit sur le flanc, toujours sans réaction.

Des vaguelettes autour de lui l'avertirent. Il plongea à nouveau et attrapa le tueur par-derrière, le bras autour de son cou. Asher tira sur son avant-bras dans un geste rapide et mortel, écrasant la trachée de l'homme. Celui-ci s'effondra, Asher le repoussa et revint d'un coup de pied à la surface.

Il se traîna hors de l'eau, la tête légère, à bout de souffle. Des sirènes s'élevèrent au loin. Les secours étaient enfin en chemin. Mais était-il trop tard ? Il rejoignit Faith et la fit rouler sur le dos. Son visage était si pâle qu'il en eut le cœur serré. Il lui fit du bouche-à-bouche, regardant sa poitrine se soulever et retomber. Puis il entama les compressions thoraciques.

Un, deux, trois...

Il continua de compter, trente compressions pour deux insufflations, comme il l'avait appris. Encore et encore, il pompa sur son cœur, la maudissant, se maudissant, maudissant l'homme qui lui avait fait ça, tout en continuant à comprimer, insuffler, comprimer, insuffler.

— Allez, Faith. Ne me laisse pas. Respire.

— Asher, Asher, ôte-toi de là. Laisse-les s'occuper d'elle.

Cillant, il prit conscience qu'il n'était plus seul. Lance et Grayson le tiraient en arrière tandis que deux ambulanciers prenaient le relais.

— Elle s'est noyée, leur dit-il. Elle a de l'eau dans les poumons. Je n'arrive pas à faire repartir son cœur. S'il vous plaît, aidez-la.

Grayson et Lance l'écartèrent. D'autres secouristes se rassemblaient autour de Faith. Asher se tortilla pour la regarder, mais il ne pouvait plus la voir. Il y avait une demi-douzaine de personnes autour d'elle.

— Lâchez-moi ! Je dois la voir.

Il se tordait entre leurs mains.

— Arrête de te débattre, lui ordonna Grayson. Laisse les ambulanciers s'occuper d'elle. Où est Strom ?

Asher fronça les sourcils, sans cesser de se tortiller.

— Strom ?

— Malachi Strom, dit Lance. Le faux Stan. Il est où ?

— Il nourrit les poissons.

Asher désigna le bassin.

— Je lui ai écrasé la trachée. Est-ce qu'ils ont fait repartir son cœur ? Est-ce qu'elle respire ?

— Ils s'occupent d'elle, répondit Grayson. Arrête de bouger une minute. C'est le sang de Faith, ça ? Ou celui de Strom ?

Asher tourna vivement la tête vers lui.

— Faith saigne ? Je n'ai pas remarqué. Mais j'étais occupé avec le tueur.

— Je n'en sais rien.

Grayson jeta un coup d'œil à Lance.

— Je crois que c'est le sang d'Asher.

— Les rochers, dit celui-ci, je me suis sans doute coupé sur les rochers. Est-ce qu'elle respire ? Laissez-moi la voir.

Il toussa, luttant pour reprendre son souffle.

— Mon poumon me fait mal.

Il toussa à nouveau. Tout devint gris autour de lui.

— Secouristes ! hurla Grayson. Nous avons besoin d'aide ! Cet homme a été poignardé.

Lance jura.

— Tu n'as vraiment pas de chance avec les fous homicides. On a besoin d'un ambulancier ici ! Dépêchez-vous !

— Non, non, non. Ils doivent aider Faith.

Asher s'entendit prononcer ces mots. Mais il n'y voyait plus.

— Faith. Il faut la sauver... sauvez-la.

L'obscurité l'engloutit.

22

Prise d'une quinte de toux, Faith se redressa dans son lit et s'efforça de rehausser ses oreillers.

Asher fit irruption dans sa chambre, l'air inquiet.

— Qu'est-ce que tu fais ? Tu n'es pas censée te fatiguer. C'était la condition du médecin pour te laisser sortir de l'hôpital.

— Toi non plus, se plaignit-elle en le laissant une fois de plus retaper ses oreillers.

Finalement, elle repoussa ses mains.

— Ça suffit. Je ne sortirai jamais de ce lit si Daphne et toi vous ne me laissez pas faire. Je dois reprendre des forces.

— Ce qui n'arrivera que si tu te reposes. Tu étais morte. Tu le comprends, n'est-ce pas ? Tu étais morte, et on t'a ramenée à la vie. Si l'eau n'avait pas été si froide, tu aurais souffert de lésions cérébrales et tu ne serais même pas ici. En plus de ça, tu as attrapé une mauvaise infection bactérienne dans l'eau, alors tu dois lever le pied et te donner une chance de guérir.

— Tu peux t'appliquer ça à toi-même. Tu as encore été poignardé. Tu as encore eu un pneumothorax. Tu étais dans un pire état que moi quand ils t'ont fait descendre de cette montagne. La seule raison pour laquelle tu n'es pas encore au lit, c'est que tu n'as pas attrapé ce mauvais rhume comme moi et que tu es trop entêté pour rester allongé et te reposer.

Il arqua un sourcil.

— D'accord. Si tu insistes.

Soulevant la courtepointe, il se glissa auprès d'elle.

— Qu'est-ce que tu fais ?

— Je me repose. C'est ce que tu voulais, non ?

Il lui glissa un regard innocent qui la fit rire, même si c'était douloureux.

— Comment fais-tu ça, Asher ? Tu me fais rire même quand je t'en veux.

Son expression devint sérieuse.

— Tu m'en veux depuis que tu t'es réveillée à l'hôpital il y a trois semaines. Tu ne crois pas qu'il est temps que tu me dises pourquoi ?

Elle recula pour mieux le regarder.

— Tu ne comprends pas, hein ?

Il écarta les mains en un geste d'impuissance.

— Non, en effet. Qu'est-ce qui se passe ?

— En dehors du fait que nous avons failli être tués tous les deux par ce... ce...

— Fou homicide ? C'est comme ça que Lance l'appelle.

Elle hocha la tête.

— Ça lui convient. Malachi Strom. Même son nom a une consonance sinistre.

Elle frissonna. Asher réagit en se rapprochant d'elle et en passant un bras autour de ses épaules.

— Tu frissonnes. Tu dois avoir froid. Laisse-moi te réchauffer.

Elle leva les yeux au ciel, mais ce fut peine perdue, il ne pouvait voir son visage.

— Je n'arrive toujours pas à croire que Strom reprochait à sa mère la noyade de son père et qu'il s'est déchaîné quand elle-même est morte. Comment un événement traumatique dans l'enfance peut-il faire de quelqu'un un sociopathe qui voit toutes les femmes comme ses ennemies ?

— Je ne pense pas que ce soit le cas. Je ne suis ni psychologue ni expert dans ce domaine, mais je crois personnellement que quelqu'un d'aussi mauvais que lui est né ainsi. Bien sûr, l'environnement et les expériences jouent un rôle. Mais la plupart des gens qui endurent le même traumatisme ne deviennent pas des tueurs en série. Son cerveau n'était pas câblé comme il faut, point.

Elle frémit à nouveau.

— Je suis juste heureuse que ce soit fini. Il est mort et enterré maintenant, et je peux cesser de penser à lui.

— Et tu peux cesser de m'en vouloir ? Pour ce que je n'ai pas fait de bien, quoi que ce soit ?

Elle enleva le bras d'Asher de ses épaules et se tourna pour le regarder.

— Ce qui n'est pas bien, c'est que tu étais toujours en convalescence et que tu as sauté dans une fichue chute d'eau. Deux chutes d'eau. N'est-ce pas stupide ?

Il la dévisagea une pleine minute avant de finalement s'éclaircir la voix.

— Tu m'en veux parce que j'ai risqué ma vie pour te sauver ?

— Oui !

Le plus beau sourire qu'elle ait jamais vu s'épanouit sur ses lèvres.

— Je t'aime aussi.

Elle cilla.

— Je n'ai pas dit ça !

— Bien sûr que si. Tu es tellement attachée à moi que tu préférerais mourir que de me voir mourir. J'éprouve exactement la même chose à ton égard. Je t'aime aussi.

Elle articula quelque chose en silence, puis secoua la tête.

— Je ne peux pas t'aimer. Je ne veux pas t'aimer.

Son sourire se transforma en expression de commisération.

— Je comprends. Tu veux me garder sur le terrain amical. Mais c'est trop tard. Nous avons dépassé ce seuil quand tu m'as fourré la langue dans la bouche à l'hôpital de Knoxville.

Elle eut un hoquet.

— C'est toi qui as fourré ta langue le premier !

— Ce n'est pas ce dont je me souviens. Mais ça va. Nous avons dépassé ça. Mais regarde...

Il désigna la courtepointe sur eux.

— Nous sommes au lit. Et ce n'est pas la première fois que nous passons la nuit ensemble, dit-il avec un clin d'œil.

Elle marmonna à nouveau. Son expression se fit sérieuse, et il la repoussa lentement contre les oreillers, recouvrant son corps du sien.

— Faith. Nous avons été pendant longtemps les meilleurs amis du monde. Je sais que tu crains de perdre cette proximité. Je comprends. Et je sais que tu ne croyais pas vouloir franchir cette ligne, laisser les choses changer. C'était évident. Mais la vérité, c'est que je suis amoureux de toi depuis le jour où je t'ai rencontrée. J'ai zappé toute cette histoire d'amitié. Dès le début je voulais être avec toi pour toujours.

Elle le dévisagea avec stupéfaction.

— Pour toujours ? Avec moi ?

Il acquiesça en cherchant son regard.

— Mon cœur t'appartient, Faith. Il t'a toujours appartenu et t'appartiendra toujours. Je serai toujours ton ami, quoi qu'il se passe. Mais je peux être tellement plus. Je te veux, Faith. Je te veux de toutes les manières. Mais surtout je veux que tu sois heureuse. Si pour te rendre heureuse il faut que je feigne d'être seulement ton ami, je le ferai. Mais j'espère vraiment que tu verras la vérité et que tu l'accepteras.

Elle le fixa.

— La vérité.

Il déposa un doux baiser sur ses lèvres.

— La vérité de ton cœur. Que veux-tu réellement, Faith ? Dis-moi que tu ne veux pas de moi dans ton cœur, dans ton lit. N'essaie pas de me convaincre, convaincs-toi toi-même.

Elle voulut lui dire que cela lui allait parfaitement de l'avoir comme ami, qu'elle ne voulait rien de plus.

Mais c'était un mensonge.

Elle le voulait effectivement de toutes les manières, avec son cœur, son âme et, incontestablement, son corps. Mais il y avait encore un petit problème.

— J'ai peur, Ash.

Il lui repoussa gentiment les cheveux hors du visage.

— Quoi que ce soit qui te fait peur, nous pouvons l'affronter ensemble.

Il sourit.

— Parce que tu m'as appelé Ash. Je sais que tu as un problème maintenant. Tu ne peux pas me résister, ni résister à tes sentiments pour moi. Tu te souviens de l'avertissement que tu m'as donné ? Que, si tu m'appelais Ash, ça voudrait dire que tu as un problème ?

— À ce moment-là, je pensais que je pourrais utiliser ça comme une sorte de code si j'étais enlevée ou autre chose.

Il fit la grimace.

— Ne parlons plus d'enlèvement.

— D'accord. Mais ça ne dissipe pas ma principale crainte.

— Qui est ?

Cette fois, ce fut elle qui lui prit le visage entre les mains.

— Que quelque chose pourrait t'arriver, que je pourrais te perdre. Si je m'autorise à t'aimer, si je me donne à toi, comment ferai-je pour survivre si le pire arrive ?

— Ah, c'est donc ça. Tu m'aimes tellement que tu ne veux jamais me quitter. Je peux m'en accommoder.

Elle se mit à rire.

— Comment fais-tu pour toujours tout tourner à la plaisanterie ?

Il sourit.

— C'est un don.

Son sourire s'évanouit.

— Je ne peux pas te promettre que je ne mourrai pas avant toi. Ce que je peux te promettre c'est que, tant que je respirerai, je t'aimerai et te chérirai. Fais le grand saut avec moi… Épouse-moi, Faith Elizabeth Lancaster. Épouse-moi et je ne te quitterai jamais, aussi longtemps que nous vivrons.

Des larmes lui montèrent brusquement aux yeux tandis qu'elle le regardait avec émerveillement.

— Ash, espèce de fabuleux entêté, qu'est-ce que je vais faire de toi ?

— M'aimer, Faith. Contente-toi de m'aimer.

Et c'est ce qu'elle fit.

Vous avez aimé ce roman ?
Retrouvez en numérique l'atmosphère
mystérieuse des Smokies :

1. Rejoints par le passé
2. Sombre machination
3. Traque dans les Smokies
4. La justice au cœur
5. Tout risquer pour elle

CINDI MYERS

Réunis par le danger

Traduction française de
DOMINIQUE TRUFFANDIER

BLACK ROSE

HARLEQUIN

Titre original :
PURSUIT AT PANTHER POINT

1

C'était un profond désir d'aider son prochain qui avait poussé Anna Trent à devenir secouriste. Mais parfois la tâche était plus pénible qu'elle ne l'aurait cru possible. Comme ce jour-là, par exemple.

— Je suis désolée d'avoir dû t'appeler, mais cela fait plus de vingt-quatre heures que Dave n'a pas donné signe de vie. Sandy est malade d'inquiétude. Nous le sommes tous.

Sheri Stevens, capitaine de l'unité de secours en montagne d'Eagle Mountain, posa une main sur l'épaule d'Anna. Les deux femmes se tenaient sur le bas-côté d'une route enneigée, au fin fond du comté.

— Je sais que Dave est ton ami, ajouta-t-elle.

— Oui. Et je veux le retrouver, moi aussi.

Anna baissa les yeux vers Jacquie, sa chienne de sauvetage, et fut traversée par une idée saugrenue : les yeux marron du caniche semblaient refléter sa propre inquiétude. Tout le monde aimait Dave Weiss, qui était pompier volontaire et propriétaire de la pâtisserie de la ville. Quand la nouvelle s'était répandue qu'il n'était pas rentré chez lui deux jours plus tôt, Anna avait d'abord pensé qu'il avait été victime d'un accident pendant une partie de pêche sous la glace ou une randonnée à skis. Les secours en montagne d'Eagle Mountain étaient prêts à partir à sa recherche mais, dans ces vastes étendues sauvages parsemées de pistes de ski et de trous de pêche, par où commencer ?

Anna était l'une des recrues les plus récentes de l'unité. En temps normal, on la chargeait de fouiller une zone précise, en compagnie des autres novices. Mais Jacquie, grand caniche de trois ans récemment certifié par les Chiens de sauvetage du Colorado, leur avait déjà permis de retrouver d'autres disparus. Malgré son inquiétude, elle était heureuse de pouvoir aider plus efficacement.

Quelques heures plus tôt, un conducteur avait signalé la présence du pick-up de Dave dans ce lieu isolé, que certaines cartes nommaient Panther Point. Les chutes de neige de la nuit avaient recouvert le véhicule de trois centimètres de poudreuse et effacé les traces de pas que Dave devait forcément avoir laissées. Était-il reparti d'ici en voiture, avec quelqu'un ? Anna baissa les yeux vers Jacquie. Son épaisse toison noire était mouchetée de flocons et elle posait sur sa maîtresse un regard solennel, comme si elle sentait qu'aujourd'hui il ne s'agissait pas d'un simple exercice.

— Si quelqu'un peut trouver Dave, c'est Jacquie, dit-elle.

Sheri se rapprocha et baissa le ton.

— Je dois te prévenir... Quand Sandy a signalé la disparition de Dave, elle a ajouté qu'elle craignait qu'il ne soit parti pour se suicider.

Anna eut un mouvement de recul.

— Dave ? Se suicider ? Mais pourquoi ?

Quand elle était arrivée à Eagle Mountain, cinq ans plus tôt, Dave était devenu l'un de ses premiers amis. Blond et robuste, d'une nature joviale, il avait conservé son accent autrichien bien qu'il vive dans le Colorado depuis deux décennies. À l'époque, elle était une toute jeune mariée qui ne connaissait personne en dehors de son époux, Jonas Trent. Dave, qui était l'un des meilleurs amis de Jonas, l'avait accueillie à bras ouverts, littéralement : la première fois qu'elle l'avait rencontré, il l'avait enveloppée dans une accolade affectueuse. Après la mort de Jonas, Dave avait toujours été là, que ce soit pour pelleter de la neige, réparer un robinet ou lui offrir un café quand ils se croisaient en ville. Cependant, ces six derniers mois, ils s'étaient beaucoup moins vus. Anna préférait voler de ses propres ailes et soupçonnait la femme de Dave, Sandy, d'être un peu jalouse de l'attention que son mari portait à la veuve de son ami.

— Elle a dit que leur situation financière l'inquiétait, répondit Sheri. Apparemment, ils étaient dans la dèche.

Cela non plus ne ressemblait pas à Dave. Jonas avait toujours dit que son ami était l'un des hommes les plus pragmatiques qu'il connaissait. Son commerce était florissant et le train de vie du couple n'avait rien d'extravagant. Sa situation avait-elle changé, au cours des six derniers mois ?

— On ne sait jamais vraiment ce qui se passe dans la tête des gens, je suppose, dit-elle.

— Je sais que c'est horrible, reprit Sheri en lui tapotant l'épaule, mais je voulais te prévenir que ces recherches ne se termineront peut-être pas aussi bien que nous l'espérons.

Anna resserra les doigts sur la laisse de Jacquie.

— Nous le retrouverons. Même si le pire est arrivé, sa famille et ses amis méritent de savoir ce qui s'est passé.

Elle gardait toujours ce détail en mémoire quand Jacquie et elle entamaient des recherches. Même si beaucoup de leurs missions de sauvetage se terminaient par une découverte tragique, le travail qu'elles accomplissaient était important.

— Merci.

Sheri se tourna vers le SUV du bureau du shérif du comté de Rayford, qui était garé sur le bord de la route. Elle fit un signe de la main et un homme aux cheveux d'un noir de jais, vêtu du pantalon kaki et du blouson en cuir du bureau du shérif, descendit du véhicule pour se diriger vers elles.

— Qui est-ce ? demanda Anna.

Elle connaissait tous les policiers de la région et pourtant celui-ci lui était inconnu. Il devait avoir une trentaine d'années – comme elle –, et semblait en excellente condition physique. Bien qu'il marchât tête baissée, elle devina que ses traits étaient agréables.

— C'est le bureau du shérif du comté de Mesa qui nous l'a envoyé, dit Sheri. Il remplace Jamie pendant son congé maternité.

— Jamie a accouché ?

Anna sourit. Comme tout le monde à Eagle Mountain, elle connaissait et appréciait la seule adjointe de la brigade.

— Avant-hier soir, répondit Sheri. Une petite fille.

— Bonjour.

Anna tourna la tête vers l'adjoint, mais vit aussitôt que ce n'était pas à elle qu'il s'adressait. Il s'était penché pour gratter les oreilles de Jacquie, qui pressait la tête contre sa main pour mieux sentir la caresse. Il releva les yeux en souriant et son regard croisa celui d'Anna.

— Bonjour, répéta-t-il. Merci de nous apporter votre aide.

— C'est tout naturel.

Anna voulut détourner les yeux, mais elle en était incapable. Elle ne savait pas comment s'appelait cet homme, mais elle le connaissait. Ses joues s'enflammèrent quand elle se rappela leur unique rencontre, qui avait eu lieu plus de deux ans plus tôt, à l'hôpital de Junction. Jonas, qui souffrait d'un cancer du pancréas au stade terminal, avait dû attendre plus d'une heure qu'on lui donne un médicament pour soulager la douleur atroce qu'il endurait. Furieuse, elle s'était mise à hurler sur une infirmière, dans le couloir. C'était alors que cet adjoint était arrivé, l'avait entraînée loin de la chambre et s'était efforcé de la calmer.

Ne la reconnaissait-il pas ? Mais, après tout, elle était beaucoup plus calme et reposée que deux ans plus tôt.

— Vous avez meilleure mine que lors de notre dernière rencontre, dit-il.

Il l'avait donc reconnue.

— Vous ne m'avez pas vue sous mon meilleur jour, ce soir-là, répondit-elle.

Sheri les dévisagea, intriguée.

— Est-ce que vous vous connaissez ?

— Pas vraiment, se hâta de répondre Anna.

— Je m'appelle Lucas Malone.

Elle serra la main que l'adjoint lui tendait.

— Anna Trent.

Lui avait-elle dit son nom, ce soir-là ? Elle ne s'en souvenait pas.

Comme Sheri les regardait toujours, sans chercher à dissimuler sa curiosité, elle ajouta :

— Nous ferions mieux de nous mettre au travail.

— C'est la première fois que je travaille avec un chien de sauvetage, dit l'adjoint Malone. Qu'est-ce que je dois faire ?

— Il me faudrait un objet qui appartient à Dave, dit Anna. Je le ferai sentir à Jacquie.

Ils se tournèrent vers le pick-up blanc.

— Je devrais pouvoir ouvrir la portière du véhicule, dit Malone.

Il alla chercher des outils dans son SUV et se mit au travail. Anna profita de ce qu'il lui tournait le dos pour l'examiner. À l'hôpital, elle avait été trop bouleversée pour le regarder en détail. Maintenant, elle remarquait ses larges épaules qui tendaient le cuir de son blouson et l'éclat de ses épais cheveux noirs dans la lumière du soleil. Quelque chose palpita dans son ventre, la prenant de court.

Quand il eut ouvert la portière du pick-up, il se tourna vers elle et recula pour qu'elle puisse accéder à l'habitacle.

— Essayez de ne toucher à rien en dehors de l'objet que vous ferez sentir à votre chienne, dit-il.

De nouveau parfaitement concentrée sur sa tâche, elle mit la main droite dans un sac en plastique et se pencha dans le pick-up, à la recherche d'un objet qui porterait l'odeur de Dave. Elle pensa prendre la boîte de tabac à priser qu'il avait laissée dans la console mais se ravisa, craignant que l'odeur du tabac ne prenne le pas sur la sienne. Jacquie était capable de différencier les odeurs, mais pourquoi lui compliquer la tâche ?

Elle opta donc pour le bandana rangé à côté de la boîte de tabac. Quand elle l'eut emprisonné dans le sac en plastique, Jacquie s'assit, les yeux rivés au sac, tout le corps tendu d'impatience. Elle savait ce qui allait se passer maintenant.

Anna se pencha et tendit le sac vers la chienne. Jacquie y enfouit le nez, inspira profondément et se mit à renifler le sol autour de la portière. Elle contourna le pick-up, s'arrêta un instant, renifla de nouveau et fit volte-face pour s'élancer sur un étroit sentier entre les broussailles, en tirant sur sa laisse. Anna la suivit et Sheri leur emboîta le pas.

— Attendez ici, lança-t-elle à Malone par-dessus son épaule. Quand nous trouverons quelque chose, je vous contacterai par radio.

Jacquie était tellement excitée qu'Anna devait trottiner pour suivre son allure. Elles avaient parcouru une trentaine de mètres quand Jacquie tourna vers la droite et gravit une pente en slalomant entre les troncs d'un épais bosquet de trembles. Les bottes d'Anna dérapaient sur la neige et le bas de son pantalon était déjà trempé.

— Elle se dirige vers la rivière, lança Sheri.

La jeune femme revint à sa hauteur et lui tendit le sac contenant le bandana, qu'elle devait avoir laissé tomber en suivant la chienne.

— J'ai pensé que tu pourrais en avoir besoin.

— Bonne idée, répondit Anna.

Si Jacquie perdait la trace, le bandana lui rafraîchirait la mémoire. Mais, pour le moment, la chienne semblait très bien savoir où elle allait. Quand elles atteignirent la rivière, Jacquie descendit dans l'eau sans la moindre hésitation, arrachant un gémissement à Anna. Si Jacquie décidait de traverser la rivière, il faudrait qu'elle la suive, mais la perspective n'avait rien de réjouissant.

— Est-ce que Dave avait décidé d'aller à la pêche, en fin de compte ? demanda Sheri. Pourtant, l'eau n'est pas assez profonde pour qu'on s'y noie.

Cependant, Jacquie ressortit aussitôt de l'eau pour longer la rivière, vers le sud. Anna raffermit sa prise sur la laisse et la suivit en trébuchant, Sheri sur les talons. Jacquie contourna un grand barrage de castors et ralentit pour renifler bruyamment la berge de l'étang qui s'était formé en amont. Anna scruta l'étendue de glace qui recouvrait l'étang. Dave était-il passé au travers ? Mais, même s'il adorait pêcher sous la glace, jamais il ne se serait aventuré sur celle-ci : elle était bien trop fine.

Jacquie tira alors vers la gauche et un étroit sentier qui s'éloignait de l'étang. Les empreintes laissées par un cerf se détachaient sur la neige immaculée.

— Elle ne suit pas le cerf, au moins ? demanda Sheri.

Anna secoua la tête. Jacquie ne se laissait pas distraire de la sorte. Elle s'était rapidement révélée une pisteuse très efficace. Au cours de son premier mois de travail, elle avait retrouvé tout ce qu'on lui demandait de chercher, qu'il s'agisse de chasseurs qui s'étaient égarés ou d'un couteau jeté par l'auteur d'une agression, dans le comté de Delta.

La chienne avait ralenti l'allure, mais son attention était toujours rivée au sol. Elle bifurqua de nouveau pour s'engager sur une autre piste tracée par les animaux de la forêt et bordée de rosiers sauvages. Les cynorrhodons écarlates tranchaient dans le paysage blanc. Soudain, elle aboya. Anna leva les yeux et tira sur la laisse pour la retenir, terrassée par une profonde tristesse. Un corps se balançait doucement, sous la branche d'un gros peuplier d'Amérique. Elle regarda le visage déformé par la mort juste assez longtemps pour s'assurer qu'il s'agissait bien de Dave, avec son bouc impeccablement taillé et son nez busqué.

Sheri posa une main dans le dos d'Anna.

— Je suis désolée, chuchota-t-elle. J'espérais tellement qu'il était juste parti pêcher.

Anna tourna le dos au corps et rappela Jacquie, qui vint vers elle, la tête basse. Elle dit à la chienne qu'elle avait fait du bon travail, lui donna de l'eau et une friandise, mais Jacquie savait qu'il était toujours plus agréable de retrouver une personne vivante. Elle devait être d'autant plus perturbée qu'elle avait connu Dave, elle aussi.

— Si tu veux, je peux rester ici pendant que tu vas chercher l'adjoint Malone, proposa Sheri.

— Vas-y, toi, répondit Anna. Je vais rester.

— Tu es sûre ?

Elle leva les yeux vers la ramure tentaculaire d'un peuplier à l'écorce mouchetée de lichens orange et blanc.

— Oui. Cet endroit est tellement paisible.

— Comme tu veux. Par contre, cela prendra peut-être un moment. Tu es sûre que ça va aller ?

— Oui, répondit-elle avec un léger sourire. Je ne suis pas du genre hystérique, et ce n'est pas mon premier suicidé.

Elle avait déjà retrouvé un adolescent qui s'était tué par balle près du chalet d'été de sa famille, et elle avait été moins choquée par la vue du corps que par la douleur des parents. En restant auprès du corps de Dave, elle lui rendrait un dernier service. En plus, elle préférait attendre ici qu'y revenir en compagnie de Lucas Malone, en sachant ce qu'il devait penser d'elle après cette soirée, à l'hôpital.

— D'accord, dit Sheri. Je reviens aussi vite que possible.

Quand elle fut partie, Anna s'assit sur un tronc couché et contempla les chênes nains qui ployaient sous la neige et les branches nues des peupliers d'Amérique. Pourquoi Dave avait-il choisi cet endroit pour mettre un terme à sa vie ? Le comté regorgeait d'endroits plus pittoresques, et plus faciles d'accès. Avait-il voulu que personne ne le retrouve ? Mais il devait bien se douter que quelqu'un finirait par remarquer son pick-up. Les personnes qui ne voulaient vraiment pas qu'on retrouve leur corps choisissaient de disparaître en pleine montagne, au milieu de nulle part ; pas à cinq cents mètres d'une route.

Jacquie s'appuya contre la cuisse d'Anna et posa la tête sur ses genoux. Anna passa les doigts dans la fourrure frisée de la chienne et pensa à Dave. Quand l'avait-elle vu pour la dernière fois ? Le vendredi précédent, avant une réunion des secours en montagne. Elle était passée acheter des cookies pour ses collègues. Dave l'avait accueillie avec un large sourire et une poignée de main chaleureuse.

— Comment vas-tu ? avait-il demandé en la regardant dans les yeux. Dis-moi la vérité.

— Je vais bien, avait-elle répondu. Les choses me semblent un peu plus… stables, maintenant.

Elle sentait qu'elle commençait à reprendre le contrôle de sa vie. Jonas lui manquait encore, bien sûr, mais la douleur n'était plus aussi vive. Elle pouvait passer des journées entières sans penser à lui. Si elle n'était pas à proprement parler heureuse, sa vie la satisfaisait.

— Je suis content de l'entendre, avait-il dit.

Pendant qu'il mettait les cookies dans une boîte en carton – ajoutant quelques biscuits gratuits à sa commande, comme toujours –, elle avait humé les arômes entêtants de cannelle, de vanille et de chocolat qui embaumaient l'air, et résisté à l'envie de lui dire d'ajouter l'un des cupcakes au chocolat glacés de rose qui étaient exposés dans la vitrine. Ces « gâteaux surprises », comme le précisait l'étiquette, étaient l'une des spécialités de Dave. Une cavité ménagée dans le cupcake, après la cuisson, contenait une surprise : une bonne cuillerée de fruit ou de ganache, un marshmallow, des noisettes, une truffe au chocolat, ou même un petit objet. Pour le mariage d'Anna et de Jonas, Dave avait fabriqué une tour de cupcakes, dont chacun renfermait une breloque en argent.

J'aurais dû lui demander comment il faisait, pensa-t-elle. Mais le lui aurait-il dit ?

Jacquie geignit, l'arrachant à ses pensées. La chienne fixait la clairière où Dave s'était pendu. Soudain, elle se leva.

— Jacquie, reviens ici ! lança Anna.

Mais la chienne fit la sourde oreille. Anna attrapa le bout de la laisse avant qu'elle glisse hors de sa portée et se leva pour la suivre.

Jacquie ne s'approcha pas du corps, mais elle entreprit de faire le tour de la clairière en reniflant le sol. Anna frissonna dans le vent glacial, mais mieux valait qu'il fasse froid : par temps chaud, la puanteur aurait été insupportable. Malgré elle, elle leva de nouveau les yeux vers le corps.

Le premier détail qui la frappa fut la hauteur à laquelle il se trouvait. Les bottes de randonnée de Dave étaient à peu près à la hauteur de ses yeux. Comment avait-il pu monter aussi haut ? Plus curieuse qu'horrifiée maintenant – à moins que la douleur ne l'ait rendue insensible –, elle s'approcha de l'arbre où il était pendu. C'était un peuplier d'une trentaine de mètres de haut, dont le tronc faisait au moins un mètre cinquante de diamètre et ne se divisait qu'à trois mètres de haut environ. Elle aurait sans doute été incapable d'y grimper et pourtant Dave y était parvenu, une corde à la main.

Jacquie plaqua une fois de plus le nez au sol et se dirigea droit vers le corps.

— Jacquie, au pied ! lança Anna.

Elles n'auraient pas dû être là. Elles polluaient sans doute une scène de crime. Enfin… il ne s'agissait pas vraiment d'un crime, mais le shérif voudrait peut-être enquêter.

Cette fois encore, Jacquie fit la sourde oreille. Elle était plus docile, d'habitude, mais Anna avait découvert que les chiens étaient comme les gens : ils avaient leurs humeurs. Peut-être que la chienne était contrariante parce que la personne qu'elle avait retrouvée était décédée. Quand elle s'arrêta net, Anna s'avança pour voir ce qui avait retenu son attention, gagnée par un sombre pressentiment.

Juste sous le corps, quatre indentations formant un rectangle d'un mètre sur une soixantaine de centimètres creusaient le sol. Elles étaient assez profondes pour que la neige ne les ait pas entièrement comblées. Anna fixa les marques. Elle en avait déjà vu de semblables, mais où ?

Quand elle avait décidé de repeindre sa chambre, l'été précédent. Une fois le travail terminé, elle avait trouvé des marques semblables sur la moquette, là où elle avait posé son escabeau pour atteindre le haut du mur.

Elle balaya les alentours du regard, perplexe. Si Dave s'était servi d'un escabeau pour monter dans cet arbre, où était-il maintenant ?

2

Lucas ne s'était pas attendu à rencontrer Anna Trent ici, au beau milieu des montagnes. Quand la capitaine des secours en montagne lui avait annoncé qu'une équipe de recherche canine allait les rejoindre, le nom qu'elle lui avait donné ne lui avait rien évoqué. Après tout, beaucoup de choses s'étaient passées depuis leur unique rencontre. Mais quand il avait plongé son regard dans les yeux bleus d'Anna, quand il y avait lu tout son désarroi, il avait été ramené deux ans en arrière, sous la lumière crue des néons de ce couloir d'hôpital où il l'avait écoutée déverser sa fureur contre l'incapacité – elle avait parlé de réticence – du personnel soignant à soulager la douleur de son mari.

L'infirmière sur laquelle elle hurlait avait accueilli son intervention avec soulagement.

— Monsieur l'adjoint, veuillez éloigner cette femme jusqu'à ce qu'elle apprenne à se contrôler, avait-elle lâché avant de s'en aller à grandes enjambées.

Mais Lucas n'était pas là dans le cadre de ses fonctions. Il était venu rendre visite à sa petite amie Jennifer, après sa journée de service. Il attendait dans le couloir que l'infirmière ait vérifié son pansement quand il avait entendu des cris. Il était donc allé voir ce qui se passait. Une fois l'infirmière partie, Anna – il n'avait appris son nom que plus tard, auprès du bureau des infirmières – s'en était prise à lui.

— Si vous devez arrêter quelqu'un, arrêtez le personnel de cet hôpital, avait-elle lancé. Comment peuvent-ils laisser un homme souffrir ainsi ?

Ensuite, elle avait fondu en larmes âpres, douloureuses, et il l'avait prise dans ses bras. Il l'avait tenue contre lui jusqu'à ce que le devant de sa chemise d'uniforme soit imprégné de ses pleurs, en luttant contre l'envie d'y joindre les siens.

— Je ne vais arrêter personne, avait-il dit, même si elle ne l'avait sans doute pas entendu.

Si seulement la vie avait pu être aussi simple… si chaque problème, chaque tragédie avait eu un responsable, qu'il aurait suffi d'enfermer pour obtenir un semblant de réconfort… Mais, trop souvent, personne n'était à blâmer. On ne pouvait rien faire, sinon essayer de supporter la douleur.

Ils ne s'étaient rien dit d'autre. Quand les larmes d'Anna s'étaient enfin taries, elle s'était dégagée d'un bond et l'avait dévisagé, horrifiée, avant de faire volte-face et de s'enfuir en courant. Il avait failli la suivre avant de se raviser. Certaines personnes préféraient souffrir loin des regards. Il était de celles-là, en tout cas.

Et ils se retrouvaient aujourd'hui, dans des circonstances tout aussi tragiques. Oui, elle avait meilleure mine. Il avait remarqué sa beauté, deux ans plus tôt, mais avec détachement, d'une façon presque abstraite. Aujourd'hui, son charme lui était apparu d'une façon plus concrète. Il avait remarqué la courbe de sa joue, le bleu profond de ses yeux encadrés de cils noirs, et le rose attrayant de ses lèvres. Et, surtout, il avait remarqué que pour la première fois depuis bien longtemps il prêtait attention au charme d'une femme.

Quand Sheri sortit des broussailles en trottinant, il descendit du SUV pour venir vers elle.

— Nous l'avons trouvé, annonça-t-elle. Pendu à un arbre.

Il grimaça. Son épouse avait donc eu raison de craindre le pire.

— Est-ce qu'Anna est avec lui ? demanda-t-il.

— Oui. Elle a insisté pour rester auprès du corps.

— Je vais demander qu'on envoie le médecin légiste et deux

adjoints supplémentaires, dit-il. Ensuite, vous pourrez m'emmener sur les lieux.

Après avoir appelé la régulation, il s'engagea dans les broussailles en suivant Sheri. Il fut étonné de la vitesse à laquelle elle marchait, bien que ce soit la troisième fois en moins d'une heure qu'elle effectuait ce trajet difficile.

— J'aurais préféré qu'Anna ne reste pas seule là-bas, dit-elle, comme pour expliquer sa hâte, mais elle a insisté.

— Vous êtes sûre qu'il s'agit d'un suicide ?

Sheri s'arrêta et le regarda.

— Pensez-vous que quelqu'un aurait pu le pendre ?

— Nous ne pouvons présumer de rien, répondit-il. Toute mort suspecte doit faire l'objet d'une enquête.

— Bien sûr. Mais sa femme a dit qu'il était très angoissé et qu'elle craignait qu'il n'essaie d'attenter à ses jours.

— Je n'ai pas vu de lettre d'adieu dans le pick-up, dit Lucas. Mais tout le monde n'en laisse pas.

Ils se remirent en marche, à une allure moins soutenue. Le sentier rétrécissait, et leur progression devenait plus difficile.

— Est-ce que vous le connaissiez ? demanda Lucas.

— Pas vraiment, répondit Sheri. Je sais juste qu'il était pâtissier et pompier volontaire. Mais vous devriez demander à Anna de vous parler de lui. Dave était l'un des meilleurs amis de son mari. Il a pris la parole aux obsèques de Jonas.

Cette pauvre femme n'avait-elle pas assez souffert ? Le cancer lui avait arraché son mari et maintenant c'était elle qui retrouvait le corps de son ami. Il continua à marcher, la tête basse. Son travail n'était pas toujours des plus agréables, mais cette journée était en passe de devenir la pire qu'il ait jamais vécue dans le cadre de son métier.

Quand ils arrivèrent en vue de la clairière, Anna vint à leur rencontre. Sur son visage, Lucas vit une expression qu'il connaissait bien.

— Qu'est-ce qu'il y a ? demanda-t-il.

— Ce n'est peut-être rien, mais...

Elle pinça les lèvres, comme si elle hésitait à poursuivre.

— J'ai trouvé quelque chose de bizarre.

— Montrez-moi ça.

Il fit quelques pas avant de se tourner vers Sheri.

— Restez ici et attendez les autres, s'il vous plaît.

S'ils se dirigeaient vers une scène de crime, mieux valait qu'elle soit polluée par le moins de personnes possible.

— J'ai repeint ma chambre, récemment, dit Anna.

La plupart des gens auraient été surpris du tour que prenait la conversation, mais Lucas avait appris que beaucoup de témoins préféraient aborder les faits de façon furtive, détournée, comme si cela pouvait les rendre moins atroces.

— Après avoir fini, j'ai remarqué que l'escabeau dont je m'étais servie avait laissé des marques sur la moquette.

Elle lui jeta un regard par-dessus son épaule.

— Il y a des marques semblables sous le corps de Dave. Mais je ne vois d'escabeau ou d'échelle nulle part.

Il tendit un bras pour l'arrêter.

— Vous avez vu ces marques malgré la neige ?

— Oui. Elles sont assez profondes pour être encore visibles, sans doute parce que le sol était boueux. Il faisait assez doux, avant les chutes de neige de cette nuit.

— Avez-vous vu des traces de pas ? demanda-t-il. Un endroit où le sol semble avoir été retourné ?

— Non.

— Restez ici. Je vais aller voir par moi-même. Le corps est-il encore loin ?

— Pas très loin, non. Vous verrez un bosquet de peupliers d'Amérique. Le corps... Dave est là-bas.

Il passa devant elle et atteignit rapidement le bosquet. Le corps se trouvait à peu près au centre. Il dut prendre sur lui pour regarder cette scène horrible, choquante, et noter le type de corde qui avait été utilisé ainsi que la position du nœud coulant. Ensuite, il avança lentement en scrutant le sol. Les seules traces de pas qu'il vit devaient avoir été laissées par Anna et sa chienne.

Il repéra les marques dont elle lui avait parlé et s'accroupit pour les étudier. Elles ressemblaient effectivement à celles que pouvaient laisser les pieds d'un escabeau. Ensuite, il détourna les yeux vers le corps. L'homme semblait assez grand et devait peser entre quatre-vingts et quatre-vingt-dix kilos. Quand il se releva, il fut frappé par la hauteur à laquelle se trouvait le corps. Un homme d'un mètre quatre-vingts, juché sur l'avant-dernier barreau d'une échelle double de deux mètres cinquante, aurait tout juste pu atteindre la branche par-dessus laquelle passait la corde. Comment s'y était-il pris ? Avait-il sauté ? Fait tomber l'échelle d'un coup de pied ?

Mais... où était cette échelle ?

Il retourna vers Anna, qui l'attendait avec la chienne.

— Je vois ce que vous voulez dire, dit-il. Il faudra que nous y regardions de plus près.

— Est-ce que c'est la preuve que Dave ne s'est pas suicidé ?

— Pour le moment, nous n'avons aucun moyen de le savoir, répondit-il. Sheri m'a dit que vous le connaissiez ?

— Oui. Mon mari et lui étaient bons amis.

— Elle m'a aussi dit que votre mari était décédé. Je vous présente mes condoléances.

Elle détourna les yeux.

— Merci.

Il recula d'un pas et reprit :

— Vous devriez retourner vers la route. Je vais rester ici pour attendre mes collègues et le légiste. Il faudra que je prenne votre déposition, mais cela peut attendre cet après-midi.

Elle hocha la tête et prit la laisse de Jacquie.

— J'ai eu plaisir à vous revoir, ajouta-t-il. Malgré les circonstances.

Elle se borna à le regarder sans mot dire pendant un long moment avant de tourner les talons. Il attendit qu'elle ait disparu pour repartir vers la clairière et cette chose hideuse qu'était la mort.

Anna et Jacquie atteignirent la route au moment où deux véhicules du bureau du shérif et un SUV noir se garaient derrière la voiture de l'adjoint Malone. Une demi-douzaine d'hommes en sortirent. L'un d'eux portait une sacoche de médecin.

Le shérif Travis Walker, qui arborait un bronzage marqué malgré le temps hivernal – souvenir de ses récentes vacances sous les tropiques – s'approcha d'Anna et de Jacquie.

— Bonjour, Anna, la salua-t-il. Lucas a dit que vous aviez trouvé le corps assez rapidement.

— Jacquie m'a emmenée droit jusqu'à lui.

Elle baissa les yeux vers la chienne, qui avait dressé les oreilles en entendant son nom.

— Ce n'est pas un travail agréable, je sais, reprit le shérif, mais vous avez épargné une longue attente à la famille.

— L'adjoint Malone m'a dit que je devrais faire une déposition, ajouta-t-elle.

Travis sembla réfléchir pendant quelques instants.

— J'en parlerai avec lui, dit-il enfin. Nous vous contacterons.

Ensuite, les nouveaux venus s'enfoncèrent dans la forêt et elle se retrouva seule. Elle s'approcha du pick-up de Dave et se pencha pour examiner l'habitacle. Bizarrement, Dave y avait laissé sa boîte de tabac à priser – d'habitude, il la prenait toujours avec lui. D'ailleurs, les poches arrière de tous ses jeans portaient une marque d'usure circulaire. Mais peut-être qu'il avait vidé ses poches avant de s'enfoncer dans la forêt. Une personne assez désespérée pour mettre fin à ses jours pouvait faire des choses qui défiaient la logique.

Elle remonta dans sa voiture et parcourut les dix kilomètres qui la séparaient d'Eagle Mountain. À cette époque de l'année, il y avait peu de circulation. Le gros des touristes arriverait quand les températures seraient plus clémentes. Néanmoins, plusieurs voitures portant des plaques d'autres États étaient garées devant le Cake Walk Café, attestant de la présence de skieurs ou d'amateurs d'escalade sur glace. Elle tourna dans une ruelle qui débouchait dans la rue principale et se gara dans un petit parking.

Dès qu'elle ouvrit la portière, Jacquie descendit d'un bond et trottina jusqu'à une porte verte. Anna entra, déclenchant le tintement d'une sonnette, et s'engagea dans un étroit couloir. Une femme au visage rond, dont les épaules disparaissaient sous une cascade de boucles grises, releva la tête.

— Je ne m'attendais pas à te voir ce matin. Tout va bien ?

Gemma Taylor, seule employée et meilleure amie d'Anna, se pencha pour caresser Jacquie, qui avait couru vers elle. Ensuite, elle se redressa et dévisagea Anna.

— D'après ton expression, je dirais que non, reprit-elle.

— Tu as raison.

Anna accrocha son manteau et la laisse de Jacquie à deux patères et suivit Gemma vers l'avant de Brin de Laine, la boutique qu'elle avait ouverte l'année précédente. Gemma ôta le carton de laine posé sur une chaise, devant le grand établi qui occupait le fond du local.

— Assieds-toi. Je vais faire du thé et tu pourras tout me raconter. Sauf si tu préfères ne pas en parler.

— Je crois que j'ai besoin d'en parler.

La vue du corps de Dave l'avait choquée bien sûr mais, aussi longtemps qu'elle avait été sur les lieux, elle avait été capable d'aborder la situation avec un certain détachement. Maintenant que les effets de l'adrénaline s'estompaient, elle était bouleversée. Il fallait qu'elle pose des mots sur les événements pour les analyser. Elle s'assit et prit une écharpe à demi tricotée dans une panière posée au milieu de la table, une pièce qui lui permettrait de présenter la laine du Nouveau-Mexique qu'elle proposait à la vente depuis peu.

Gemma posa une tasse de thé devant elle et s'assit.

— Ton message disait que tu avais été appelée pour rechercher une personne disparue. Est-ce que c'était Dave ?

— C'était Dave, oui.

Elle prit une gorgée de thé, sans attendre qu'il ait infusé. La chaleur de l'eau la réconforta quand même.

— Il est mort. Pendu.

Gemma laissa échapper un petit cri et se plaqua une main sur la bouche. Ensuite, elle se pencha vers Anna et lui prit le poignet.

— Je suis tellement désolée.

— C'est horrible, oui. Et Sandy va être dévastée. Je l'appellerai plus tard, quand le shérif lui aura annoncé la nouvelle.

— Dave avait toujours l'air tellement heureux…, dit Gemma. Mais apparemment on ne sait jamais vraiment ce que vivent les gens.

Anna se mit à tricoter. Aussitôt, elle fut réconfortée par le contact des aiguilles dans ses mains et la régularité du geste. Dave n'avait pas seulement l'air heureux : il *était* heureux. Il avait vaincu un cancer alors qu'il avait à peine plus de vingt ans et avait coutume de dire qu'il savourait pleinement chacune des journées qu'il vivait depuis lors. Que s'était-il passé pour que sa façon de voir la vie change aussi drastiquement ? Son cancer était-il revenu ?

Mais il y avait ces marques, qui ressemblaient à celles qu'aurait pu laisser une échelle… Elle aurait aimé savoir ce que Gemma en pensait, mais pouvait-elle aborder le sujet avant que le bureau du shérif ait bouclé son enquête ?

— Je crois que je ne peux pas t'en dire plus, déclara-t-elle.

Elle inclina la tête vers un carton et reprit :

— Je vois que la commande de mérinos et soie Malabrigo est arrivée ?

— Oui, ainsi que deux cartons de laine pour chaussettes teinte à la main. Les Sœurs Chaussettes vont être ravies.

Les « Sœurs Chaussettes » étaient l'un des nombreux groupes de tricot dont les membres s'étaient rencontrés à la boutique. C'était Gemma qui avait eu l'idée de former ces groupes et, grâce à cette stratégie, la boutique attirait de nombreux clients.

— Nous avons quatre nouvelles inscriptions au cours de Super Tricot pour adolescents des vacances de printemps, reprit Gemma. Je vais déposer d'autres prospectus à la bibliothèque et dans les locaux des Explor'Ados. J'aimerais que nos jeunes comprennent que les arts textiles ne sont pas qu'une affaire de grand-mère.

Anna sourit à son amie, qui portait un pull tunique grenat, qu'elle avait tricoté elle-même, et un legging rouge à motifs.

— Tu n'as rien d'une grand-mère, lui dit-elle.

Gemma sourit.

— En parlant de grand-mère, la voisine et la sœur de Jamie Douglas sont passées ce matin. Donna s'est mise au tricot et cherchait des modèles simples qu'elle pourrait réaliser pour sa nièce. Je l'ai orientée sur deux motifs de couverture, un bonnet et quelques bodys adorables et je lui ai conseillé notre laine lavable spéciale bébé. La voisine de Jamie m'a dit qu'elle était en congé maternité pour six semaines et que le comté de Mesa avait prêté un adjoint au département du shérif pour la remplacer.

— Il s'appelle Lucas Malone, dit Anna.

— Tu l'as rencontré ?

Gemma commença à vider un carton, qui contenait des écheveaux de laine de toutes les couleurs de l'arc-en-ciel.

— C'est lui qui a été envoyé sur les lieux, ce matin. Il a ouvert le pick-up de Dave pour que je prenne un objet qui portait son odeur.

Gemma se pencha vers elle.

— Alors, comment est-il ? Quel âge a-t-il ? Est-ce qu'il est célibataire ? Beau garçon ?

— Il a la trentaine, je pense. Et, oui, il est beau garçon, avec des cheveux noirs et des yeux marron. Mais je ne sais pas s'il est marié.

— Trop jeune pour moi, commenta Gemma en revenant à sa tâche. Par contre, il a à peu près ton âge.

Anna fut irritée de sentir ses joues s'enflammer.

— Ne te fais pas d'idées, lança-t-elle.

— C'était une simple remarque, rien de plus.

Gemma ramassa le carton vide et reprit :

— Il reste trois cartons de laine à déballer, et nous devons assembler les kits pour le cours de Super Tricot.

Elles passèrent le reste de la matinée et le début de l'après-midi à déballer les nouvelles commandes, à affiner leurs présentations et à servir les clients. La nouvelle concernant le sort de Dave Weiss s'était déjà répandue et deux femmes n'avaient clairement poussé la porte de la boutique que dans l'espoir d'obtenir des détails. Un sec « Je ne veux pas en parler » d'Anna les avait découragées.

Un peu après 16 heures, la clochette de la porte d'entrée tinta. Anna revint à l'avant de la boutique et trouva l'adjoint Malone debout devant un assortiment de laine pour chaussettes.

— Faites-vous du tricot, monsieur l'adjoint ?

Il recula d'un pas.

— Non, je... je suis venu vous voir.

Jacquie trottina vers lui et il se pencha pour la caresser.

— Est-ce qu'il y a un problème ? demanda Anna, le cœur battant.

— J'ai pensé qu'il serait plus simple que je vienne jusqu'à vous pour prendre votre déposition.

Il se redressa et son regard s'arrêta brièvement sur l'établi et les deux femmes qui avaient cessé de tricoter pour le dévisager.

— Si vous avez un endroit où nous pouvons parler en privé, ajouta-t-il.

— Allez dans le bureau, proposa Gemma. Je garde la boutique.

Anna la regarda, les yeux écarquillés. C'était ainsi qu'elle appelait la réserve quand elle cherchait à impressionner quelqu'un. Mais il ne s'agissait que d'une pièce à peine assez grande pour contenir deux personnes.

— Ce sera parfait, dit Malone.

Anna sentit sa gêne croître sous le regard insistant que Gemma et lui posaient sur elle.

— Très bien, fit-elle enfin. Suivez-moi, monsieur l'adjoint.

Au moins, si elle devait continuer à se ridiculiser devant cet homme, ce serait entourée de la laine qu'elle aimait tant.

3

Le local exigu dans lequel Anna conduisit Lucas tenait plus du placard que du bureau. Il renfermait une minuscule table haute assortie de deux frêles chaises en métal, et une quantité effarante de pelotes de laine de toutes les couleurs. Celles qui n'étaient pas en vrac étaient rangées dans des cartons, des panières ou des sacs. Il y en avait jusque par terre, dans une grande caisse en bois à côté de laquelle il vit un carton rempli d'aiguilles à tricoter dans leurs emballages.

— Ce n'est pas vraiment un bureau, dit Anna, comme si elle percevait son étonnement. C'est notre réserve. Mais c'est le seul endroit où nous pourrons parler en privé, à moins que vous ne préfériez essayer le cabinet de toilette.

— Ce sera parfait. Asseyons-nous.

Elle se percha sur le bord de l'une des deux chaises et il s'assit sur l'autre, qui grinça sous son poids. Leurs genoux se frôlèrent. Elle changea vivement de position et il fit mine de n'avoir rien remarqué, bien que ce simple contact ait allumé en lui une étincelle qui tardait à s'éteindre.

— Depuis combien de temps tenez-vous ce magasin ? demanda-t-il, pour la mettre à l'aise.

— Un peu plus d'un an, répondit-elle en contemplant l'arc-en-ciel de laine qui l'entourait. Jonas avait une petite assurance-vie, et ce local s'est libéré. Comme il n'y a pas un seul bon magasin d'arts textiles à moins de deux cents kilomètres d'Eagle Mountain, j'ai tenté ma chance.

Il hocha la tête et démarra son enregistreur.

— Je vais enregistrer notre conversation, dit-il. Pourriez-vous commencer par donner votre nom ?

— Oh. Bien sûr. Anna Simmons Trent.

— Et en quelle qualité étiez-vous sur les lieux ce matin ?

— J'étais avec ma chienne de recherche, Jacquie. Je suis volontaire auprès de l'unité de secours en montagne d'Eagle Mountain. On nous avait demandé de participer aux recherches à la suite de la disparition de Dave Weiss.

— Parlez-moi de ces recherches et de ce que vous avez trouvé. Commencez au début.

Elle prit une grande inspiration et marqua une pause, comme si elle rassemblait ses pensées.

— J'ai rejoint Sheri Stevens au quartier général des secours en montagne à 7 h 30 et je l'ai suivie jusqu'à l'endroit où le pick-up de Dave avait été retrouvé.

Elle lui narra ensuite le reste de la matinée, jusqu'au moment où elle avait trouvé le corps de Dave Weiss, pendu à un peuplier d'Amérique.

— Décrivez-moi la scène, s'il vous plaît, dit-il.

— C'était un endroit assez isolé, mais pas trop, répondit-elle. À vol d'oiseau, il ne se situe qu'à cinq cents mètres environ de la route. Notre carte indique que l'endroit se nomme Panther Point, mais il n'y a aucune piste de randonnée répertoriée dans les environs, et le sentier que nous avons suivi n'a pas été tracé par des humains, mais par des animaux. Je ne vois pas qui pourrait vouloir aller pêcher dans cet endroit, ou même faire des photos.

— Est-ce que vous pensez que ce détail est important ? demanda-t-il.

— Comment Dave connaissait-il cet endroit ? Et pourquoi se serait-il donné autant de mal pour aller jusque-là ?

— En avez-vous une idée ?

— Non. Aucune.

— Qu'avez-vous remarqué d'autre pendant que vous attendiez que Sheri revienne avec des officiers de police ?

— Jacquie ne tenait pas en place. Elle voulait absolument renifler le sol, sous le corps. J'ai pensé qu'elle était bouleversée parce qu'elle connaissait Dave. Parfois, quand je passe à la pâtisserie, il lui donne une... il lui *donnait* une friandise.

Elle baissa les yeux pendant un moment pour se ressaisir.

— Voulez-vous que j'aille chercher un verre d'eau ? proposa-t-il.

— Non. Ça va.

Elle prit une grande inspiration.

— J'ai essayé de l'en empêcher, mais elle n'a rien voulu entendre. C'est là que j'ai vu les marques, qui ressemblaient à celles que laisse un escabeau, ou une échelle.

— Ces marques avaient-elles été faites après qu'il eut neigé ?

— Non, avant. La neige les avait comblées, mais pas totalement.

— Qu'est-ce qui vous fait penser que c'est une échelle qui les a laissées ?

— Je me suis souvenue que, quand j'avais repeint ma chambre, mon escabeau avait laissé des marques identiques dans la moquette.

— Avez-vous remarqué autre chose ? demanda-t-il.

Comme elle hésitait, il ajouta :

— Tout détail pourrait nous être utile.

— Le corps était vraiment pendu très haut. Le nœud coulant était à environ trois mètres du sol. Bien trop haut pour qu'il se soit pendu lui-même, à mon avis. Je me suis aussi demandé comment Dave était monté dans cet arbre. Je sais qu'il était sportif, comme tous les pompiers bénévoles, mais la première branche de l'arbre dans lequel il était pendu était très loin du sol.

— Avez-vous remarqué la façon dont la corde était attachée ?

Elle secoua la tête.

— Non. Pourquoi ?

— Je ne veux que vos impressions.

La corde avait été nouée autour du tronc de l'arbre, à hauteur d'homme. Il avait donc fallu lancer l'autre extrémité pour la faire passer par-dessus la branche à laquelle le corps était pendu. Ce n'était certes pas impossible, mais la tâche semblait difficile.

— Est-ce que quelqu'un a prévenu Sandy ? demanda Anna. La femme de Dave ?

— Oui. Le shérif et moi-même l'avons informée que le corps de son mari avait été retrouvé.

— La pauvre femme. Il faudra que j'aille la voir. Elle doit être anéantie.

— Elle était bouleversée, en effet.

La femme avait dévisagé Lucas et le shérif pendant un long moment avant d'éclater en sanglots bruyants. Ils avaient demandé à l'une de ses voisines de venir la soutenir, mais Sandy était trop dévastée pour répondre à leurs questions. Pourtant, il fallait qu'il l'interroge dans les meilleurs délais.

— Est-ce que vous pensez que Dave s'est vraiment suicidé ? demanda Anna. Je sais que Sandy a fait allusion à leurs difficultés financières, mais s'inquiétait-il au point de se suicider ? Y avait-il autre chose ?

— Mme Weiss n'a pas été en mesure de nous répondre. Mais, quand elle a signalé la disparition de son mari, elle a précisé qu'il avait souscrit un prêt pour agrandir son affaire et qu'il avait du mal à payer les mensualités.

— Je ne savais pas qu'il agrandissait la pâtisserie.

— J'ai cru comprendre que votre défunt mari et lui étaient amis.

— Oui, et nous nous sommes aussi liés d'amitié, après mon mariage. Il m'a été d'une grande aide après la mort de Jonas. Mais je ne l'ai pas beaucoup vu ces six derniers mois.

— Pour quelle raison ?

Elle haussa les épaules.

— Certaines de ses paroles m'avaient fait penser que Sandy était du genre jaloux. Même s'il n'y a jamais eu le moindre geste inapproprié entre nous, je ne voulais pas qu'elle soit jalouse des attentions qu'il me portait. En plus, je commençais à pouvoir me débrouiller seule et, de son côté, il était très occupé. Mais j'ai continué à le voir quand je passais à la pâtisserie et rien dans son comportement n'avait changé.

— Quand l'avez-vous vu pour la dernière fois ?

— Vendredi. Il avait l'air d'aller bien.

— Et Mme Weiss ? Est-ce que vous la connaissez bien ?

— Non, pas aussi bien que Dave. Nous passions beaucoup de temps ensemble, tous les quatre, chez nous ou chez eux, pour un dîner, un barbecue... Jonas et Dave s'entendaient tellement bien qu'ils voulaient que nous soyons amies, nous aussi. Je dirais que nous nous entendons bien, mais j'ai toujours eu l'impression qu'elle ne m'appréciait pas vraiment, ou qu'elle pensait que je n'étais pas assez bien pour Jonas. Mais elle n'en a jamais rien dit.

— Et qu'en était-il de leur couple ? Est-ce qu'elle s'entendait bien avec son mari ?

Anna le dévisagea.

— Croyez-moi, Sandy n'a rien à voir avec la mort de Dave. Ils s'adoraient, tous les deux. Ils étaient inséparables : ils dirigeaient la pâtisserie ensemble et appartenaient tous deux au corps de pompiers volontaires. Ils étaient plus qu'un couple, ils formaient une véritable équipe.

— Ce n'est qu'une question de routine, se défendit-il.

— Est-ce que vous pensez que Dave ne s'est pas suicidé ? Que quelqu'un a porté une échelle pour passer la corde au-dessus de cette branche et l'y pendre ?

— Il est bien trop tôt pour tirer la moindre conclusion, répliqua-t-il. Avez-vous remarqué un autre détail qui vous semble important, ou étrange ?

— Dave a laissé sa boîte de tabac à priser dans son pick-up. Il l'avait toujours sur lui, dans sa poche arrière. J'ai trouvé ça bizarre.

Elle fronça les sourcils.

— Ce n'est sans doute pas important, mais... c'est bizarre.

— Autre chose ?

— Non. Je me demandais juste... est-ce que je peux contacter

Sandy ? Nous ne sommes pas très proches, mais je veux lui présenter mes condoléances et lui proposer mon aide, si elle en a besoin.

— Bien sûr. Je lui ai dit que c'était vous qui aviez trouvé le corps.

— Elle l'aurait deviné tôt ou tard. Quoi qu'il en soit, je tiens à lui parler. Je suis sans doute mieux placée que la plupart des gens pour savoir ce que ressent une femme qui devient veuve aussi jeune.

— Vous n'avez rien remarqué d'autre sur les lieux ? demanda-t-il de nouveau.

Elle secoua la tête.

— Non.

— Bien, dit-il.

Il arrêta l'enregistrement et ajouta :

— Si la question n'est pas indiscrète, quand votre mari est-il décédé ?

— Elle n'a rien d'indiscret. Il est décédé peu de temps après, à l'hôpital.

Elle ne précisa pas après quoi ; c'était inutile.

— Il est tombé dans le coma et ne s'est jamais réveillé.

— Toutes mes condoléances, dit-il une nouvelle fois.

Elle était plus jeune que Sandy Weiss. Moins de trente ans, sans doute. Elle ne devait pas avoir été mariée très longtemps.

— Je n'aurais jamais dû m'en prendre à cette infirmière, reprit-elle. Ce n'était pas sa faute. Ce n'était la faute de personne. Mais je ne pouvais plus supporter de le voir souffrir.

— Ce n'est pas grave. Personne ne vous fait de reproches. Et surtout pas moi.

— Je lui ai présenté des excuses après la mort de Jonas. C'était… embarrassant.

Elle se plaqua une main sur le visage.

— Quand le diagnostic est tombé, je m'étais promis de toujours rester douce, patiente et courtoise. Et j'ai été tout le contraire. C'était tellement… laid.

— Oui. C'est comme ça.

Elle baissa la main et planta les yeux dans les siens. Son regard était aussi clair, aussi tranchant qu'un laser.

— Qu'en savez-vous ?

Il rangea son enregistreur et son bloc-notes avant de répondre.

— Si j'étais à l'hôpital, ce soir-là, ce n'était pas parce qu'on m'avait appelé pour que je vous arrête. J'étais venu rendre visite à ma petite amie. Elle est morte, elle aussi, trois mois plus tard.

Les yeux d'Anna se plissèrent, sa bouche se pinça, son expression se fit plus introspective.

— Toutes mes condoléances, dit-elle enfin.

— J'étais aussi énervé que vous par la façon dont les choses se passaient, reprit-il. La personne que vous venez voir à l'hôpital est au centre de votre univers mais, aux yeux du personnel soignant, elle n'est qu'un patient de plus, dont ils s'occupent de leur mieux. Ils n'ont pas un cœur de pierre, loin de là, mais ils ne peuvent pas accorder autant de temps et d'attention à tous les patients que vous en accordez à celui que vous aimez.

— Je regrette de ne pas avoir été plus compréhensive, c'est tout, dit-elle. Mais je suis soulagée d'apprendre que l'hôpital n'avait pas demandé mon arrestation.

Quand ils se levèrent, il la regarda par-dessus la table minuscule et prit pleinement conscience, une fois de plus, de l'intimité de cette pièce. Elle était tellement exiguë qu'ils pouvaient à peine bouger sans se frôler.

— Pour rechercher bénévolement des personnes disparues en milieu hostile, quel que soit le temps, je pense que vous êtes capable de beaucoup de générosité et de compassion, précisa-t-il. À mes yeux, ces qualités effacent largement votre perte de contrôle dans un moment particulièrement difficile.

— Merci pour ces paroles. J'espère que vous trouverez ce qui est réellement arrivé à Dave. Et pourquoi.

— Il arrive que le « pourquoi » soit beaucoup plus difficile à déterminer.

— Je suppose.

Elle passa à côté de lui pour ouvrir la porte et le bouscula. Ils firent tous deux un bond en arrière, comme s'ils venaient de recevoir une décharge électrique, et elle partit d'un petit rire.

— J'aurais peut-être mieux fait de venir au bureau du shérif.

— Non, c'était très bien ainsi, dit-il.

Pour la première fois depuis que Jenny était morte, il aimait être près d'une femme. C'était sans doute bon signe.

Anna appela Sandy ce soir-là, en rentrant chez elle, mais personne ne répondit. Elle raccrocha sans laisser de message. Rien de ce qu'elle pourrait dire ne ramènerait Dave, mais elle préférait assurer Sandy de tout son soutien en personne, et non par l'intermédiaire d'un répondeur.

Elle passa dans la cuisine pour remplir la gamelle de Jacquie, mais son regard se posa sur la photo fixée sur la porte du réfrigérateur, prise l'été avant que Jonas tombe malade : Jonas, elle, Dave et Sandy, debout au sommet de Dakota Ridge. Les deux hommes, aussi grands, beaux et bien portants l'un que l'autre, se tenaient côte à côte, au centre du petit groupe. Sandy était à côté de Dave. Elle mesurait un mètre soixante-dix, contre un mètre soixante pour Anna, mais elle était plus trapue et musclée. Ses yeux étaient bleus, ses cheveux blonds coupés très court, et elle regardait l'appareil en souriant, dévoilant des incisives supérieures légèrement écartées. Anna, pour sa part, levait les yeux vers Jonas. Elle eut un petit pincement de douleur en se remémorant cette journée. À l'époque, elle pensait que Jonas et elle se dirigeaient vers un long avenir commun.

Jacquie gémit pour la rappeler à son devoir. Elle remplit donc sa gamelle et la posa par terre. Que faisait Sandy, en ce moment ? Pour sa part, elle avait passé la nuit qui avait suivi la mort de Jonas à errer dans la maison, avec l'impression d'être détachée de toute réalité. À l'époque, Jacquie n'avait que un an et commençait tout juste à suivre sa formation de chien de recherche. Il fallait la nourrir, la sortir, la caresser et jouer avec elle, l'emmener aux cours et aux formations... En la forçant à suivre une routine, la présence de la chienne l'avait immensément aidée.

Mais Sandy et Dave n'avaient ni chien ni enfants. À quoi Sandy allait-elle pouvoir se raccrocher ?

Elle regrettait maintenant d'avoir dit à l'adjoint Malone que Sandy ne l'aimait pas. Elles n'avaient jamais été proches, mais Sandy avait toujours été correcte avec elle. Elles étaient seulement très différentes. Quand Anna aimait lire, tricoter et s'occuper de ses fleurs. Sandy faisait de la moto tout-terrain, pêchait et chassait. Elle était tellement compétente dans tout ce qu'elle faisait qu'Anna s'était toujours sentie un peu mal à l'aise en sa présence. Elle avait même craint, au début, que Sandy ne soit le type de femme que Jonas admirait et préférait secrètement.

Quand Jonas était mort, Sandy et Dave lui avaient apporté un plateau de pâtisseries et lui avaient proposé de la conduire aux obsèques. Sandy avait pleuré aux côtés d'Anna et tenu les gens à l'écart quand Anna n'avait plus pu supporter l'interminable litanie de condoléances. Anna voulait la soutenir à son tour.

Demain, pensa-t-elle en éteignant la lumière. Le lendemain, elle irait voir Sandy et la soutiendrait de son mieux.

Le lendemain matin, Anna partit de chez elle peu avant 10 heures pour ouvrir la boutique. Le mercredi, Gemma ne travaillait que l'après-midi. Si la matinée était calme, elle profiterait de son absence pour faire un peu de comptabilité. Mais, quand elle arriva en vue de la porte de derrière du magasin, elle trouva Sandy qui l'y attendait. À peine fut-elle descendue de voiture que la jeune femme demanda :

— Est-ce que je peux te parler une minute ?

— Bien sûr, répondit Anna. Entre.

Elle s'empressa de déverrouiller la porte. Jacquie les suivit à l'intérieur, sans quitter leur visiteuse des yeux.

Anna fit un geste vers l'établi.

— Assieds-toi. Je vais prendre ton manteau et faire du café. À moins que tu ne préfères du thé ?

— Je ne veux rien, répondit Sandy en s'asseyant, sans ôter sa parka. Je suis seulement venue te poser quelques questions.

— Bien sûr, dit Anna.

Elle s'assit face à la jeune femme. Elle ouvrirait la boutique un peu plus tard que d'habitude et, si quelqu'un regardait par la vitrine, la grande étagère chargée de laine qui faisait office de séparation entre la boutique proprement dite et l'espace de travail l'empêcherait de les voir.

— Je suis tellement triste que Dave nous ait quittés, dit-elle. Sa mort doit avoir été un choc énorme, pour toi.

— J'en ai assez d'entendre tout le monde me dire combien il est triste, rétorqua Sandy. Ce n'est pas ce qui le ramènera.

Anna faillit dire à quel point elle en était triste, mais s'arrêta à temps.

— Qu'est-ce que je peux faire pour t'aider ? s'enquit-elle. Tu peux tout me demander.

— Le shérif et l'adjoint qui sont venus me voir hier m'ont dit que c'était toi qui avais trouvé le corps de Dave.

— Oui. J'avais été appelée pour prendre part aux recherches avec Jacquie.

La chienne vint aussitôt poser la tête sur les genoux d'Anna, qui caressa ses oreilles soyeuses.

— Ils m'ont seulement dit qu'on avait retrouvé son pick-up juste après Panther Point, vers la rivière et les marais.

— Oui.

— Où, exactement ? Les flics ne sont pas entrés dans les détails.

— Il était garé sur le bord de la route, répondit Anna. Jacquie m'a entraînée sur un sentier tracé par les animaux, jusqu'à la rivière. Nous sommes passées devant un barrage de castors et l'étang qui s'était formé en amont pour arriver dans un bosquet de peupliers d'Amérique. C'est là qu'était Dave.

— Pendu. Ils disent qu'il s'est pendu.

Bien qu'Anna ait vu la scène de ses propres yeux, elle fut choquée par la rudesse, la laideur de ces mots. Mais après tout la réalité était rude et laide.

— Oui, fit-elle.

Sandy hocha la tête sans mot dire. Malgré les cernes profonds qui creusaient son visage, elle semblait avoir conservé toute sa force. Anna avait souvent envié sa robustesse physique, mais elle voyait maintenant que la force qui l'animait était plus profonde.

— Pourquoi Dave serait-il allé là-bas ? demanda Anna.

— Je n'en ai pas la moindre idée. Il n'y a aucune bonne piste de ski dans ce coin, et la zone est trop près de la route pour y chasser et trop marécageuse pour y pêcher.

— Tu connais cet endroit ? s'étonna Anna.

Sandy la regarda sans chercher à masquer son dédain.

— J'ai passé toute ma vie dans ce comté. Je le connais comme ma poche.

— Bien sûr.

Elle baissa les yeux, mal à l'aise une fois de plus – et agacée de l'être. De toutes les personnes qu'elle connaissait, seule Sandy la mettait dans cet état d'esprit.

— Tu as dit tout à l'heure que la nouvelle avait dû être un choc énorme pour moi, reprit Sandy, et tu avais raison. Je savais qu'il était stressé, mais j'ai surtout été choquée qu'il choisisse une solution aussi lâche.

En entendant la colère qui affleurait sous ces mots, Anna dut se remémorer que cette émotion aussi faisait partie du deuil. On en voulait à la personne qui était partie.

— Pourquoi était-il stressé ? demanda-t-elle.

Elle s'attendait un peu à entendre Sandy lui répondre que cela ne la regardait pas, mais la jeune femme expliqua :

— Il y a environ six mois, nous avons été contactés par un homme qui nous proposait un moyen de nous agrandir. Il nous achèterait des gâteaux, qu'il distribuerait dans des restaurants de la région.

La préférence des clients va aux produits locaux, ces temps-ci, et Dave s'était forgé une belle réputation avec ses tartes, et surtout ses gâteaux surprises. Le marché que cet homme nous proposait nous a semblé trop intéressant pour que nous le refusions... mais en réalité il était trop beau pour être vrai.

Sandy pinça les lèvres et les ridules qui entouraient ses yeux s'accentuèrent.

— Si ce marché était tellement intéressant, pourquoi Dave était-il stressé ?

— Nous avons dû souscrire un prêt pour engager un autre pâtissier, et acheter du matériel supplémentaire : une vitrine réfrigérée, des moules à cookies, un mixeur industriel... L'investissement était important, mais nous étions sûrs qu'il porterait ses fruits. Mais nous gagnions moins d'argent que promis par ce type, et la commission qu'il prenait sur chaque vente nous empêchait de dégager un bénéfice. Nous étions vraiment pris à la gorge.

— Que va-t-il se passer maintenant ?

— Je vais essayer de solder ce prêt, répondit-elle d'une voix calme, mais je devrai sans doute vendre la pâtisserie. Jamais nous n'aurions dû accepter ce contrat, mais Dave était tellement enthousiaste, au début !

— Mais vos soucis d'argent ont-ils pu suffire à le pousser au suicide ?

— C'est bien ce qui s'est passé, non ? répliqua Sandy en la regardant de travers.

— Et s'il ne s'était pas suicidé ?

Le silence se fit, tellement profond qu'elle entendait la respiration de Sandy.

— Qu'est-ce que tu veux dire ? demanda enfin Sandy. Dave s'est pendu. C'est ce que m'a dit le shérif.

— Est-ce que c'est exactement ce qu'il a dit ?

Sandy fronça les sourcils.

— Il m'a dit que Dave avait été retrouvé pendu dans un peuplier d'Amérique, près de la rivière. Son pick-up était garé à proximité, et il n'y avait personne d'autre sur les lieux.

Elle se pencha vers Anna.

— Est-ce que c'est vrai, au moins ? Tu n'as vu personne d'autre ?

— Non, mais j'ai trouvé étrange qu'il soit allé là-bas pour se suicider. Et son corps était tellement haut... Comment a-t-il pu grimper jusque-là ?

— Dave était un bon alpiniste, capable d'emprunter n'importe quelle voie. Il faisait aussi de l'escalade sur rocher et pouvait grimper à n'importe quel arbre. Je l'ai vu faire.

— Peut-être.

Elle hésita. Devait-elle parler à Sandy des marques qu'elle avait vues ? Rien ne prouvait qu'elles avaient été faites par une échelle mais, à la place de Sandy, elle aurait voulu savoir.

— Il y avait des marques sur le sol, sous le corps, commença-t-elle.

— Quel genre de marques ? demanda sèchement Sandy.

— Des empreintes, comme celles que peuvent laisser les pieds d'une échelle double.

Sandy partit d'un rire bref qui n'en était pas vraiment un.

— Est-ce que tu es en train de me dire que quelqu'un a traîné une échelle jusque-là et hissé Dave dessus ? Il pesait plus de quatre-vingt-dix kilos et, si tu avais transporté plus d'échelles dans ta vie, tu saurais qu'elles sont lourdes et encombrantes. Il ne viendrait à l'idée de personne de trimbaler une échelle dans les broussailles, sur un sol gelé et boueux. Si quelqu'un avait voulu tuer Dave, il aurait pu s'y prendre d'une façon beaucoup plus simple.

Anna voyait maintenant que l'idée était absurde, presque autant que la pensée qu'un homme puisse mettre fin à ses jours.

— Je te dis seulement ce que j'ai vu. Le bureau du shérif enquête et je suis certaine qu'ils établiront la vérité.

— La vérité, c'est que Dave s'est suicidé, répliqua Sandy en nouant les mains sur ses genoux. Je sais bien que tout le monde pensait qu'il était toujours heureux mais, crois-moi, il avait des moments de déprime. Il avait grandi dans une famille assez pauvre et la perspective de manquer d'argent le terrifiait. Il pensait que nous ne pourrions pas rembourser notre prêt, que nous perdrions notre commerce et que nous finirions à la rue. J'essayais de lui dire qu'il s'inquiétait pour rien, mais il refusait de m'entendre.

— Et tu le connaissais mieux que quiconque, affirma Anna.

— Maintenant, je comprends pourquoi le shérif m'a demandé si Dave avait des ennemis. Mais il n'avait que des amis. Tout le monde l'aimait : les clients, les autres pompiers… Il était plus aimé que moi.

— Tu as beaucoup d'amis, Sandy, protesta Anna. Je sais qu'il est parfois difficile d'accepter l'aide d'autrui, mais si je peux faire quelque chose pour toi n'hésite pas. Tu vas devoir t'occuper seule de beaucoup de choses, maintenant.

— Je m'en sortirai.

Elle se leva.

— Peu de gens le savent, mais c'était moi qui faisais tourner la boutique. Dave était doué pour la pâtisserie, mais nul en gestion. Il avait peur que nous ne parvenions pas à rembourser ce prêt, mais je savais que tout irait bien. Ce que je sais aussi, c'est qu'il est temps maintenant que je limite les dégâts et que je passe à autre chose.

Anna se leva, elle aussi.

— N'hésite surtout pas à m'appeler si tu as besoin de quoi que ce soit, dit-elle. Dave et toi m'avez été d'une grande aide après la mort de Jonas.

— Comme tu l'as dit, j'ai plein d'amis. Ils m'aideront si besoin.

Elle hocha la tête et se tourna vers l'arrière de la boutique.

— Pas la peine de me raccompagner. Tu ferais mieux d'ouvrir avant qu'une urgence laine mette une cliente dans tous ses états.

Anna la suivit des yeux jusqu'à ce que la porte se soit refermée derrière elle. Ensuite, elle alla déverrouiller la porte d'entrée et tourner l'écriteau du côté « Ouvert ». Comment devait-elle prendre cette histoire d'« urgence laine » ? Était-ce un trait d'humour, ou une marque du dédain que Sandy ressentait pour elle et ses clientes ? Et que devait-elle penser de l'allusion qu'avait faite Sandy aux amis qui pouvaient l'aider ? C'était exactement ce qu'elle avait dit quelques minutes plus tôt et pourtant ces paroles l'avaient blessée. Oui, vraiment... Sandy avait toujours eu le don de lui mettre les nerfs en pelote.

L'une des « Sœurs Chaussettes » entra pour voir le nouvel arrivage de laine, suivie d'une autre habituée qui avait besoin qu'Anna lui explique le patron du pull-over qu'elle était en train de tricoter. Entre deux ventes, Anna paya et classa quelques factures et mit un nouveau fil à crochet en vitrine. Il était midi et demi et elle venait tout juste de finir le sandwich qu'elle avait apporté quand Kyle Saddler entra.

— Bonjour, Anna, dit-il avec un sourire timide.

Kyle, qui se tenait toujours un peu voûté comme si sa haute taille l'embarrassait, était lui aussi un ami de Jonas, qui, par défaut, était devenu celui d'Anna. En sa qualité d'inspecteur des bâtiments du comté, il se rendait fréquemment sur les chantiers de Jonas pour homologuer son travail. Ces derniers temps, il avait pris l'habitude de passer régulièrement à Brin de Laine.

— Bonjour, Kyle. Que puis-je faire pour toi ? demanda Anna.

Il regarda autour de lui, comme s'il se rappelait soudain où il était.

— Eh bien... ma nièce va avoir dix ans la semaine prochaine. Comme elle aime les travaux manuels, j'ai pensé que... de la laine lui ferait plaisir, peut-être ?

De nouveau ce sourire timide.

— Est-ce que tu peux m'aider à choisir quelque chose ?

— Bien sûr.

Elle le conduisit vers le rayon mercerie.

— Nous avons des kits destinés aux ados et préados qui veulent apprendre le tricot. Je parie que ça lui plaira. Ils contiennent de la laine, des aiguilles et des explications. Il y a même un lien vers une vidéo qui l'aidera à apprendre les bases.

Kyle s'empara du kit qu'elle lui tendait.

— Super. Je vais le prendre.

Elle se dirigeait vers la caisse quand Gemma entra en courant par la porte de derrière. Son amie s'arrêta net en voyant Kyle et bredouilla :

— J'ai oublié quelque chose dans ma voiture.

Elle fit aussitôt volte-face et repartit.

— Est-ce que tu voulais autre chose ? demanda Anna en passant l'achat de Kyle à la caisse.

— Oui.

Il avait répondu avec une telle emphase qu'elle releva la tête. Dans son regard, elle lut une détermination sans faille.

— Est-ce que tu voudrais dîner avec moi, ce week-end ?

Anna sentit son estomac se nouer. Kyle semblait tellement plein d'espoir. Et il était tellement gentil.

— C'est très aimable de ta part, répondit-elle, mais je n'ai pas vraiment envie de sortir avec quelqu'un. Pas encore.

— Je comprends.

Il lui tendit sa carte de crédit.

— Je me disais seulement… cela fait deux ans. Tu es encore jeune. Peut-être que tu devrais essayer de sortir, avec un ami.

Elle passa la carte et la lui rendit.

— Je ne suis pas prête, c'est tout, dit-elle.

Son sourire avait laissé place à une expression terriblement malheureuse. Il fourra son portefeuille dans sa poche arrière.

— Si tu changes d'avis, préviens-moi.

À peine était-il parti que Gemma sortit de la réserve.

— Je te l'avais bien dit ! lança-t-elle d'une voix où se mêlaient le triomphe et la réprimande. Kyle Saddler n'a pas subitement commencé à passer à la boutique parce qu'il veut se mettre au tricot. Ce qu'il veut, c'est toi !

Anna rangea la facturette de la carte de crédit dans le tiroir de la caisse enregistreuse avant de répondre.

— Kyle est charmant, mais je ne veux sortir avec personne. Cela ne m'intéresse pas.

— Pourquoi ?

L'expression de Gemma s'adoucit et elle ajouta :

— Je n'essaie pas de te pousser à fréquenter un homme, mais cela ne te ferait pas de mal d'aller dîner avec quelqu'un.

— Kyle veut bien plus qu'un dîner.

Kyle avait trente-quatre ans et elle l'avait entendu dire plus d'une fois qu'il était prêt à se caser. Quand elle le regardait dans les yeux, ce n'était pas de l'amitié qu'elle lisait dans son regard, mais l'envie de construire une relation durable.

— Tu es trop jeune pour rester seule jusqu'à la fin de tes jours, reprit Gemma en lui tapotant la main. Si je dis ça, c'est uniquement parce que je t'aime.

— Je sais, répondit Anna. Seulement... je ne suis pas prête, c'est tout.

Pourtant, ces derniers temps, quelque chose en elle avait changé. Si elle rencontrait l'homme qu'il fallait – un homme qui l'attirait et n'en attendait pas trop d'elle –, elle accepterait peut-être un dîner avec lui. Peut-être. Son estomac se nouait à cette pensée, mais qu'était la vie sans prises de risques ?

Gemma ôta son manteau et se dirigea vers l'établi. Elle portrait un pull-over jacquard, dans des tons verts et violets.

— Je suis passée chez Sandy Weiss en venant, dit-elle. Elle n'était pas là. Par contre, est-ce que tu sais qu'il y a un panneau « À vendre » planté dans sa cour ?

— Non. Pourtant, je l'ai vue ce matin.

— Le panneau n'était pas là quand tu es passée chez elle ?

— Je ne suis pas passée chez elle. Elle m'attendait à la porte quand je suis arrivée.

— Elle ne t'a sans doute pas dit non plus que la pâtisserie aussi est à vendre. J'ai appelé l'agence qui s'occupe de la vente de la maison et j'ai fait mine d'être intéressée. Et l'agent m'a dit que la boutique aussi était en vente.

— Gemma, tu n'as pas fait ça !

— Bien sûr que si, et je ne suis sans doute pas la seule.

Elle posa une grande tasse isotherme au bout de la table et reprit :

— Cela fait moins de vingt-quatre heures qu'on a retrouvé le corps de Dave, et elle a déjà appelé un agent immobilier ?

— C'est rapide, en effet, admit Anna. Mais elle m'a laissé entendre qu'elle avait des problèmes d'argent. Peut-être qu'elle doit vendre pour rembourser les dettes que Dave a laissées.

— Elle aurait pu attendre une semaine ou deux, répliqua Gemma. Ne dit-on pas aux personnes qui ont perdu un être cher de ne pas prendre trop rapidement de décisions radicales, qui chambouleront leur vie ?

— Si.

Mais la perte d'une personne qu'on aimait changeait déjà la vie d'une façon tellement radicale que tout le reste semblait accessoire. Au cours des jours qui avaient suivi la mort de Jonas, Anna avait envisagé de vendre la maison et de s'en aller, bien qu'ils aient discuté du sujet et décidé qu'elle resterait. Au moins, ils avaient eu le temps d'aborder ces questions avant sa mort. Sandy n'avait pas eu cette chance.

— Je suis sûre qu'elle fait ce qu'elle pense devoir faire, dit-elle. Ça doit être vraiment difficile pour elle.

— Je suis sûre que oui, mais vendre ? Où va-t-elle aller ? Elle a passé toute son existence ici !

— Ses parents sont morts il y a plusieurs années et ses frères et sœurs ont quitté la région. Peut-être qu'elle pense que plus rien ne la retient ici et qu'elle veut prendre un nouveau départ. Elle m'a dit que le moment était venu pour elle de limiter les dégâts et de passer à autre chose.

— En tout cas, elle ne perd pas de temps, insista Gemma. Les gens vont parler. Ils vont se demander ce qu'elle fuit.

Le chagrin, peut-être, pensa Anna. Et elle ne serait pas la première à essayer. Mais tous ceux qui avaient voulu fuir le chagrin avaient appris, comme elle, qu'il était différent de la justice ou de la vengeance en ceci qu'il vous rattrapait toujours.

4

— Il est mort d'une rupture des cervicales.

Le Dr Butch Collins, médecin légiste du comté de Rayford, regardait le corps allongé sur une table métallique, dans la morgue qui lui tenait aussi lieu de laboratoire. C'était un homme trapu, au visage buriné, qui s'exprimait de la façon calme et détachée de celui qui a tout vu et ne s'étonne plus de rien.

— C'est parfaitement logique, poursuivit-il. D'après ce que j'ai vu sur les lieux, la branche à laquelle il était pendu était suffisamment haute pour que son cou se brise dans la chute.

— Il serait donc monté dans cet arbre, se serait passé la corde autour du cou et aurait sauté ? demanda Lucas.

— Ça aurait fait l'affaire, dit Collins.

— Nous n'avons trouvé aucune marque, que ce soit sur le tronc ou sur la branche, qui prouve qu'il soit monté dans cet arbre, objecta Travis.

Lucas et lui venaient de passer deux heures à examiner une fois de plus la scène de crime.

— Pour ma part, reprit-il, j'aurais été incapable de monter aussi haut.

— Mais Dave était très athlétique, dit Collins.

— Autre chose ?

— Nos analyses ont mis en évidence une dose importante de barbituriques. Du phénobarbital.

— Où aurait-il pu s'en procurer ? demanda Lucas.

— De nos jours, ce médicament n'est presque plus prescrit chez l'homme, répondit Collins. Mais on l'utilise fréquemment en médecine vétérinaire, pour traiter les crises d'épilepsie chez les chiens.

— Dave n'avait pas de chien, rétorqua Travis.

— Peut-être qu'il connaissait quelqu'un qui en avait un ? suggéra Lucas. Ou qu'il a demandé à un médecin de lui en prescrire ?

Collins haussa les épaules.

— Je ne peux pas vous aider sur ce point. Tout ce que je peux vous dire, c'est que ce ne sont pas les médicaments qui l'ont tué.

— En ce cas, pourquoi les a-t-il pris ? demanda Lucas.

— Pour se donner le courage d'en finir, peut-être.

— Il aurait donc escaladé cet arbre alors qu'il était sous tranquillisants ? demanda Travis.

— Dans une certaine mesure, l'adrénaline peut contrecarrer leurs effets, indiqua Collins.

— Est-ce que quelqu'un aurait pu le droguer, le traîner jusqu'à cet arbre et l'y pendre ? demanda Lucas.

— Si vous doutez que Dave ait pu monter seul dans cet arbre, qu'est-ce qui vous fait penser que quelqu'un d'autre aurait pu y monter en le portant ? répliqua Collins.

— Et si ce quelqu'un avait eu une échelle ? suggéra Travis. Il aurait pu le forcer à monter à l'échelle, peut-être en le menaçant d'une arme, lui passer le nœud coulant autour du cou et écarter l'échelle d'un coup de pied.

— Il aurait fallu que ce quelqu'un soit d'une force peu commune. Dave était costaud et, même drogué, il se serait sans doute défendu.

— Mais est-ce que les blessures que vous avez constatées pourraient correspondre à ce scénario ? demanda Travis.

— Elles pourraient, oui.

Collins contempla les traits figés de Dave.

— Il a quelques ecchymoses sur les bras et les jambes, mais cela n'a rien d'étonnant. Dave était quelqu'un d'actif. Il skiait, faisait de l'escalade, maniait de gros sacs de farine ou une lance à incendie. Et je n'ai rien trouvé sous ses ongles. Aucune trace de lutte.

Il se tourna vers eux.

— Voilà. Rien de ce que j'ai constaté n'est incompatible avec un suicide.

— Merci, Butch.

Travis salua le légiste d'un signe de tête et les deux hommes sortirent du bâtiment pour remonter dans le SUV du shérif. Travis démarra le moteur, mais resta au point mort.

— Qu'en pensez-vous ? demanda-t-il.

— J'en pense qu'une mort qui semble être un suicide en est un, en général.

— D'ailleurs, pourquoi quelqu'un aurait-il tué Dave Weiss ? renchérit Travis. Sa femme a dit qu'il était stressé, et il était assez sportif pour monter seul dans cet arbre.

— Et les traces d'échelle ? Pour moi, c'est le seul détail qui coince.

— Rien ne nous dit qu'il s'agissait d'une échelle, répondit Travis. Et d'ailleurs ces marques datent peut-être de plusieurs semaines.

Il secoua la tête.

— En général, l'explication la plus simple est la bonne.

— Dave Weiss s'est donc suicidé ?

— À moins que nous ne trouvions des preuves du contraire, oui. Est-ce que la déposition d'Anna Trent a fourni quelque chose d'intéressant ?

À part le fait que je suis attiré par elle ?

— Non, monsieur, répondit Lucas. Comme nous, elle a été frappée par la hauteur à laquelle le corps était pendu et c'est elle qui a remarqué ces marques sur le sol. Oh ! et elle a trouvé bizarre que Dave ait laissé son tabac à priser dans son véhicule. Il le gardait toujours sur lui.

— Un désespéré s'éloigne parfois de sa routine, dit Travis. Pour moi, ce détail n'a aucune importance.

Lucas changea de position sur son siège.

— J'aimerais quand même interroger la veuve, maintenant que le choc initial est passé.

— Allez lui parler. Ensuite, vous me ferez votre rapport et nous classerons l'affaire.

— Oui, monsieur.

Le shérif avait raison, et pourtant ces marques sur le sol le tarabustaient toujours. Il n'aimait pas les questions sans réponse. Mais il savait que toute affaire, même résolue, conservait ses zones d'ombre – sauf à la télé.

Tout au long de la journée, Anna ne cessa de repenser à son échange avec Sandy. Pourquoi ce mystérieux homme d'affaires avait-il pris contact avec le pâtissier d'une petite ville pour lui proposer de fournir, par son intermédiaire, ses gâteaux à des restaurants ? Dave était un excellent pâtissier, mais sa réputation s'étendait-elle aussi loin ? Cet homme traitait-il avec d'autres pâtisseries que la sienne ? Et pourquoi Dave, qui avait toujours dit que la vie qu'il menait le satisfaisait, avait-il soudain décidé d'agrandir son affaire, avec tout le stress que cela engendrait ? Sandy et lui n'avaient pas d'enfants, et il lui arrivait souvent de dire, sur le ton de la plaisanterie, qu'il était « le contraire d'ambitieux ».

Après être rentrée chez elle, ce soir-là, elle appela la seule personne qui, à ses yeux, pouvait l'aider à mieux comprendre la situation : Justin Trent, le grand frère de Jonas.

— Anna ! Pourquoi est-ce que tu m'appelles ? demanda-t-il d'une voix forte, pour se faire entendre par-dessus le tintement des verres et le bourdonnement des conversations.

Justin ressemblait à Jonas, en plus athlétique et plus grisonnant. Il était sans doute dans le bar de Red Mesa, le restaurant qu'il possédait au centre de Junction.

— Je parlais avec une amie, ce matin, et elle m'a raconté une histoire qui a piqué ma curiosité. J'ai pensé que tu serais peut-être en mesure de me fournir plus de détails.

— Sur quoi veux-tu des détails ?

Le bruit de fond cessa brusquement. Il devait être passé dans son bureau, derrière le bar.

— Est-ce que tu te souviens de Dave Weiss ? Jonas et lui étaient amis.

— Le pâtissier, c'est ça ? Je dois l'avoir rencontré une fois ou deux.

— Il a été retrouvé mort hier. On pense qu'il s'est suicidé.

— C'est horrible. Je suis désolé, Anna. Et sa femme est l'une de tes amies ?

— Oui.

Inutile d'entrer dans les détails, ou de préciser que c'était elle qui avait trouvé le corps.

— Elle m'a dit que Dave était stressé parce qu'il avait souscrit un prêt pour s'agrandir et qu'il avait des difficultés à le rembourser.

— Certaines personnes ont les yeux plus gros que le ventre, commenta Justin. Mais en quoi est-ce que cela me concerne ? Ne le prends pas mal, mais le bar est plein, ce soir. Il faut vraiment que j'y retourne.

— Je ne te retiendrai pas longtemps. La femme de Dave m'a dit qu'un homme l'avait contacté il y a six mois pour lui proposer de lui acheter des gâteaux, à un prix très intéressant, pour les revendre aux restaurants qui voulaient proposer des produits locaux à leurs clients. Est-ce que cela te dit quelque chose ?

— Elle parle sans doute de George Anton, répondit Justin. Nous nous fournissons auprès de sa société en viande, légumes et viennoiseries, à un prix très attractif. Ses fournisseurs font un beau bénéfice, tout comme les propriétaires de restaurants, qui peuvent en plus proposer des produits locaux à leurs clients.

— Son activité est donc légale ?

— Pourquoi est-ce qu'elle ne le serait pas ? répliqua-t-il. Qu'est-ce qui se passe au juste, Anna ? Pourquoi t'intéresses-tu aux contrats qu'a passés ce pâtissier ?

— C'est Jacquie et moi qui avons trouvé son corps, répondit-elle. J'étais sur les lieux, et je ne suis pas sûre que Dave se soit suicidé. Il n'avait aucune raison de le faire.

— Holà... ne t'emballe pas. Que dit la police ? Et la veuve ?

— Sa femme, sa veuve, pense qu'il s'est suicidé. Je ne sais pas ce que pense la police.

— Ne te mêle pas de ça et laisse la police faire son travail. Cela ne te regarde pas. Je suis désolé que ton ami soit mort, mais évite de jouer à la détective. Nous ne sommes pas à la télé. Nous sommes dans la vraie vie.

— J'en suis consciente, Justin.

Elle serra les dents. Comment avait-elle pu oublier les façons insupportablement condescendantes de Justin ? Il l'avait toujours traitée comme si elle était la dernière des idiotes, surtout depuis la mort de Jonas. Quand il avait appris qu'elle envisageait d'ouvrir sa boutique, il l'avait accusée de jeter l'argent de l'assurance-vie de son mari par les fenêtres et lui avait conseillé de vendre la maison et de retourner à l'école pour obtenir un diplôme qui lui permettrait d'exercer un métier lucratif.

— Tu devrais peut-être faire du bénévolat, reprit-il. Apparemment, ta petite boutique te laisse trop de temps libre. Si nous te trouvions un petit appartement, ici à Junction ? Tu pourrais travailler au restaurant, et je serais tout près de toi au cas où tu aurais besoin d'un coup de main. C'est ce que Jonas aurait voulu, je pense.

Pour sa part, elle était certaine que Jonas aurait détesté qu'elle se rabatte sur cette solution. Et, si jamais elle avait besoin d'un travail, Justin serait la dernière personne qu'elle irait voir.

— Merci d'avoir répondu à ma question, dit-elle, éludant sa remarque. Comment va Gloria ?

Il demeura silencieux pendant de longs instants, sans doute parce qu'il cherchait la meilleure façon de formuler sa réponse.

— Elle va bien, dit-il enfin. Nous allons bien tous les deux. J'ai fait un faux pas et elle m'a pardonné.

— Je suis heureuse de l'entendre.

Mais l'était-elle vraiment ? Elle aimait beaucoup sa belle-sœur, qui avait énormément souffert en découvrant que Justin avait une liaison avec une de ses collègues. Quant à Jonas, il avait été furieux

– mais Justin n'en avait pas tenu compte. « Ne me dis pas ce que je dois faire ! » avait-il lancé. Mais il avait pris la bonne décision et s'était remis avec sa femme.

— Je suis heureuse pour toi, ajouta-t-elle.

— Que tu le sois ou non, je m'en moque. Je dois y aller, maintenant.

Il raccrocha sans un mot de plus et Anna fixa longuement son téléphone avant de le reposer. Elle était sur les nerfs, comme toujours quand elle venait de parler avec Justin, mais il avait satisfait sa curiosité. Le contrat qu'avait passé Dave était légal, et Justin lui avait fourni un nom : George Anton. Par ailleurs, rien de ce qu'elle venait d'apprendre ne démentait ce que lui avait dit Sandy : Dave avait conclu un marché qui s'était avéré moins profitable qu'il ne l'avait espéré et s'était retrouvé dans une situation financière délicate, qui l'avait poussé à prendre la plus terrible des décisions. Telle était la vérité, aussi triste et incompréhensible soit-elle. Mais peut-être que tous les suicides semblaient dénués de logique aux yeux des personnes accablées de chagrin que le disparu laissait derrière lui.

L'arrivée d'un texto l'arracha à sa rêverie. L'unité de secours en montagne lui envoyait des instructions.

Randonneur égaré. Piste de Sunshine Ridge.

Avant qu'elle ait pu répondre, un second texto arriva. Celui-ci était de Sheri.

Je pense que nous avons besoin de Jacquie et de toi sur cette mission.

« Nous arrivons », tapa Anna avant d'aller chercher son sac à dos et le harnais de Jacquie.

Diane Seymore avait cinquante-sept ans et jouissait d'une excellente condition physique. Elle partait en randonnée chaque semaine, tout au long de l'année. Elle avait prévenu sa voisine qu'elle allait marcher sur Sunshine Ridge, mais elle n'était pas rentrée. Lucas avait trouvé son véhicule garé au début de la piste, mais pas elle. Il avait donc fait appel aux secours en montagne.

— J'ai suivi la piste sur environ un kilomètre avant d'être bloqué par une coulée de neige, dit-il aux secouristes bénévoles qui l'avaient rejoint.

Il ne put s'empêcher de remarquer qu'Anna Trent et sa chienne, Jacquie, étaient parmi eux.

— J'ai vu des empreintes récentes, laissées par des bottes de randonnée de petite taille. J'ai appelé, mais elle n'a pas répondu.

— Elle a peut-être été surprise par l'avalanche, dit l'un des bénévoles, un grand homme mince prénommé Tony.

— À moins qu'elle n'ait voulu la contourner, suggéra Carrie Andrews.

— En essayant de deviner où la chercher, nous perdons un temps précieux, trancha Sheri Stevens.

La capitaine étudia le ciel et reprit :

— Dans moins d'une heure, le soleil aura disparu derrière cette crête. Nous devons mettre Anna et Jacquie sur le coup avant que la piste refroidisse.

— Je vais ouvrir la voiture de Diane pour que vous y preniez un objet à faire sentir à Jacquie, dit Lucas à Anna.

Il avait beaucoup pensé à elle, depuis leur dernière rencontre. Quand il était auprès d'elle, il se sentait plus éveillé, plus vivant, que pendant les deux ans qui s'étaient écoulés depuis la mort de Jenny. Il était demeuré insensible pendant tellement longtemps qu'il voulait savourer ces sensations.

Anna le suivit jusqu'à la jeep de Diane. Devant eux, Jacquie caracolait au bout de sa laisse. Elle avait la coupe traditionnelle des caniches, avec des pompons de poils frisés autour des poignets et des chevilles et au bout de sa courte queue. Mais son manteau orange de chien de recherche et son intense concentration la désignaient comme un animal de travail, prêt à faire ce qu'on attendait de lui.

Quant à Anna, avec son pantalon de ski gris, sa parka et son sac à dos bleus des secours en montagne et son bonnet de couleur vive, elle semblait bien différente de la femme éperdue de douleur qu'il avait rencontrée deux ans plus tôt. Elle était parfaitement maîtresse d'elle-même, ses joues étaient roses et il lisait dans son regard une vivacité que le chagrin et la frustration avaient chassée pendant les derniers jours de son mari.

Elle prit un gobelet en carton dans la voiture de Diane, vida le reste de café qu'il contenait et le tendit à Jacquie. La chienne l'entraîna aussitôt sur la piste, et un autre bénévole des secours en montagne leur emboîta le pas. Lucas retourna vers son SUV et s'y adossa pour les attendre. Le grand bénévole mince s'approcha et se présenta.

— Tony Meisner.

— Lucas Malone, du bureau de Junction. Je ne suis ici que depuis une semaine, et c'est déjà la deuxième disparition sur laquelle je suis envoyé. Je commence à me poser des questions sur cet endroit.

Meisner s'adossa à la voiture de patrouille, à côté de lui.

— Peut-être que vous nous portez la poisse, plaisanta-t-il. Sérieusement, j'interviens auprès des secours en montagne depuis quinze ans, et j'ai remarqué que les incidents avaient tendance à se produire en série. Nous pouvons avoir trois accidents de la route ou plusieurs chutes en quelques jours. Cette fois, il s'agit de personnes disparues. Espérons seulement que cette mission connaîtra une issue plus heureuse que la dernière.

— Est-ce que vous connaissiez Dave Weiss ? demanda Lucas.

— Je le connaissais, oui. J'avais fait de l'escalade avec lui, et nous parlions de pêche chaque fois que je passais à la pâtisserie.

— D'après ce qu'on m'a dit, c'était un homme bien.

— En effet.

— Avez-vous été surpris qu'il mette fin à ses jours ?

— Êtes-vous sûrs qu'il s'agit bien d'un suicide ? demanda Tony.

— C'est ce qu'il semble, oui. D'après sa femme, il était stressé ces derniers temps.

— Je n'aurais jamais cru que Dave puisse faire une telle chose... mais apparemment on ne sait jamais ce qui se passe dans la tête des gens.

— Il semblerait qu'il avait des soucis d'ordre financier.

— Je l'ignorais.

— Quand l'avez-vous vu pour la dernière fois ?

Tony se frotta le menton.

— Samedi. Je suis passé à la pâtisserie acheter une miche de pain aux germes de blé et une patte d'ours.

— Comment était-il ?

— Je ne lui ai pas parlé. C'est une adolescente qui travaille là-bas à temps partiel qui m'a servi. Mais je l'ai vu dans son bureau, derrière le comptoir. Il n'était pas seul. Je ne sais pas avec qui il était, mais je l'entendais parler et il avait l'air plutôt en colère.

— Est-ce que vous pensez qu'il se disputait avec quelqu'un ? demanda Lucas. À quel sujet ?

Tony secoua la tête.

— Je n'en ai aucune idée. J'ai seulement entendu Dave dire : « Non, c'est hors de question. » Ensuite, l'employée m'a rendu ma monnaie et je suis parti. Dave n'était pas du genre à se mettre en colère facilement, mais il était vraiment furieux contre la personne qui était avec lui.

Des cris de joie résonnèrent, près du bout de la piste, et Anna apparut en compagnie d'une autre femme. Lucas et Tony s'approchèrent.

— Je m'en veux qu'autant de personnes se soient déplacées pour moi, dit Diane.

Elle se plaqua les mains sur les joues en dévisageant les bénévoles qui étaient regroupés autour d'elle.

— Mais je suis tellement heureuse que vous soyez venus. Et je ne remercierai jamais assez Anna et Jacquie de m'avoir retrouvée.

— Est-ce que vous allez bien ? demanda Sheri.

— Oh ! très bien, répondit Diane avec un petit rire. J'ai hâte de prendre une douche bien chaude et un verre de vin, et de dîner, mais je vais bien. J'ai seulement fait la bêtise de m'éloigner de la piste. J'ai pensé que je pouvais contourner la coulée de neige pour la rejoindre, mais j'avais tort.

— Nous l'avons retrouvée tout près de la piste, précisa Anna.

— Je ne savais plus du tout où j'étais, expliqua Diane. Je connais bien cette piste, mais la neige efface tous les repères.

— Nous sommes heureux que vous soyez saine et sauve, dit Sheri.

— Merci encore, merci infiniment.

Diane serra la main de tous les bénévoles avant de s'arrêter devant Lucas.

— Même le shérif a envoyé quelqu'un ? Je dois vraiment avoir causé beaucoup d'ennuis.

— Nous sommes là pour ça, répondit-il. Le principal est que vous alliez bien.

— Et je ne vous remercierai jamais assez.

Elle se dirigea vers sa jeep et Lucas se tourna vers Anna.

— Vous n'avez pas mis longtemps pour la retrouver.

— C'est Jacquie qui fait tout le travail, répondit-elle. Moi, je me contente de la suivre.

— Vous devez tous être heureux que cette mission se termine bien, après ce qui s'est passé la semaine dernière.

— C'est vrai.

Elle regarda autour d'eux et se pencha vers lui.

— Avez-vous du nouveau au sujet de la mort de Dave ?

— Tout indique qu'il s'agit d'un suicide. Je suis désolé.

— Et les marques d'échelle ? demanda-t-elle.

— Rien ne nous dit qu'il s'agissait effectivement d'une échelle ni de quand datent ces marques. Il semblait n'avoir aucun ennemi. D'après sa femme, leur situation financière l'inquiétait suffisamment pour qu'il se suicide.

— Oui, c'est ce qu'elle m'a dit aussi.

Elle baissa la tête.

— Je suis désolé, répéta-t-il.

Il faillit poser une main sur son épaule pour lui apporter un peu de réconfort, mais le geste aurait été déplacé.

— Ce n'est pas votre faute, répliqua-t-elle.

— Mais je déteste quand même vous voir aussi triste.

Elle releva la tête et leurs regards se rencontrèrent.

— C’est très gentil de votre part de dire ça.

— Est-ce que je peux dire autre chose ?

Elle hésita pendant un instant qui lui sembla durer des heures.

— Que voulez-vous me dire ? demanda-t-elle enfin.

— Accepteriez-vous de dîner avec moi ?

Il avait eu l’intention de lui proposer d’aller prendre un café, ou un verre ; rien d’aussi protocolaire qu’un dîner. Il attendit qu’elle refuse – voire qu’elle lui rétorque qu’il dépassait les bornes –, mais ses joues rosirent et une petite fossette naquit, sur la gauche de sa bouche.

— Oui, fit-elle. Oui, avec plaisir.

5

Un dîner... Ne s'agissait-il pas plutôt d'un rendez-vous galant ? Anna ne voulait pas de rendez-vous galant. Elle n'était pas prête. Elle se sentait trop mariée. Elle ne l'était plus, bien sûr, mais elle avait l'impression de l'être encore. Elle ferait mieux d'appeler Lucas pour annuler en prétextant un empêchement, par exemple. Ou en lui disant franchement qu'elle ne se sentait pas prête.

Elle faisait les cent pas dans sa chambre, plus agitée qu'elle ne l'avait jamais été. Elle se força à s'arrêter de marcher et à inspirer profondément. Elle n'avait aucune raison d'être nerveuse. Rien ne lui interdisait d'aller dîner avec un bel homme devant lequel elle se sentait femme, pour la première fois en plus de deux ans. Non, il n'y avait rien de mal à ça. Peut-être même que c'était bien, au contraire.

Elle croisa le regard intelligent de Jacquie, qui, couchée au bout du lit, ne la quittait pas des yeux. Anna regrettait parfois que les chiens ne soient pas doués de parole et ne puissent pas donner leur opinion. Elle envisagea d'appeler Gemma, mais savait que son amie allait pousser un cri de joie et lui dire qu'il était temps qu'elle sorte avec un homme, surtout s'il était aussi bien fait de sa personne que Lucas Malone.

Lucas était beau, oui, mais à ses yeux ce n'était pas le plus important. Elle voulait un homme qui soit doux, intelligent et doté d'un solide sens de l'humour. Lucas semblait posséder toutes ces qualités. Il avait aussi souligné que, s'ils allaient dîner ensemble, il faudrait qu'elle cesse de l'appeler « monsieur l'adjoint ». « Lucas » était un prénom un peu étrange, mais il commençait à lui plaire.

— Ce n'est qu'un dîner, dit-elle. Tout ira bien.

Mais son estomac continua à tanguer.

Finalement, elle parvint à s'habiller, se coiffer et se maquiller avant que Lucas sonne à la porte. Il portait toujours son blouson de cuir, mais avait troqué son uniforme contre un pantalon de costume noir, des souliers vernis et une chemise bleue qui faisait paraître ses yeux encore plus foncés.

— Bonjour, dit-il.

Elle ressentit l'impact de son sourire et de sa voix, douce et grave, juste en dessous du nombril.

Ils parlèrent de tout et de rien sur le chemin du restaurant, et continuèrent en attendant que le serveur vienne prendre leur commande. Elle commença à se détendre. Lucas était d'un abord tellement facile… Pourquoi avait-elle été aussi nerveuse ?

— Connaissez-vous un homme du nom de Justin Trent ? demanda-t-il alors qu'elle venait de prendre une gorgée d'eau.

Elle avala de travers et se mit à tousser.

— C'est le frère de Jonas, dit-elle quand elle put de nouveau parler. Comment le connaissez-vous ?

— Il m'a appelé ce matin.

— Et pourquoi ? Il vit à Junction.

Et il ne savait certainement pas que Lucas l'avait invitée à dîner.

— Il a dit qu'il venait tout juste d'apprendre que Dave Weiss était mort. Il a ajouté que Dave était l'un de ses amis et voulait connaître la cause de son décès.

— Il le connaissait à peine, objecta-t-elle.

Elle scruta le visage de Lucas, y cherchant un indice qui lui permettrait de comprendre où tout cela menait.

— Que lui avez-vous dit ?

— Qu'il semblait que Dave avait mis fin à ses jours.

— C'est ce que je lui ai dit aussi quand je l'ai appelé mercredi.

Je ne sais pas pourquoi il vous a téléphoné. Peut-être qu'il ne m'a pas crue.

Elle prit une autre gorgée d'eau, plus prudemment cette fois, avant d'ajouter :

— Il me traite toujours comme si j'étais une idiote. Il pense savoir ce qui est le mieux pour tout le monde, moi y compris.

— Il a dit que vous lui aviez posé une tonne de questions sur un accord que Dave avait conclu. Il pensait que je devais vous interdire d'interférer avec notre enquête.

Heureusement qu'elle n'était pas en train de boire, cette fois-ci.

— Et qu'avez-vous répondu à ça ?

— J'ai répondu que vous n'interfériez avec rien.

Le serveur arriva avec leurs salades. Elle en profita pour essayer de trouver quoi dire ensuite.

— Je n'interférais pas, dit-elle quand le serveur fut reparti. Mais Sandy m'a dit que Dave avait signé un contrat avec une personne qui agit comme intermédiaire entre les fournisseurs et les restaurants de la région. Cet homme devait acheter des gâteaux à Dave pour un bon prix et Dave, qui s'attendait à de gros bénéfices, a investi dans du matériel et de la main-d'œuvre supplémentaires. Mais il n'a pas gagné autant qu'il le pensait et risquait de ne pas pouvoir rembourser son prêt. Comme Justin possède un restaurant à Junction, j'ai pensé qu'il saurait comment un tel marché peut fonctionner et m'aider à comprendre ce qui avait pu pousser Dave, qui n'avait jamais montré la moindre velléité d'agrandir son affaire ou de gagner plus d'argent, à signer un contrat de ce genre.

Lucas versa de la vinaigrette sur sa salade.

— Que vous a-t-il appris ?

— Il m'a dit qu'il connaissait un homme du nom de George Anton qui agit en qualité d'intermédiaire entre des petits fournisseurs et des restaurants locaux. Anton fournit d'ailleurs certains produits à Red Mesa, son restaurant. Et ensuite il m'a reproché de jouer à la détective amateur. C'était déjà assez agaçant, mais je suis furieuse qu'il vous ait appelé.

— Impressionnant, dit Lucas. Vous avez appris beaucoup plus de choses que moi. Sandy ne m'a fourni aucun détail sur les contrats qu'avait passés Dave. Elle m'a seulement dit qu'ils devaient beaucoup d'argent et s'étaient rendu compte qu'ils ne pourraient pas honorer leurs dettes.

— À sa place, je serais dans tous mes états, déclara Anna. Mais elle m'a dit le plus calmement du monde qu'elle allait résilier le contrat et passer à autre chose.

— Pensez-vous qu'elle va garder la pâtisserie ?

— C'est ce que j'aurais cru, mais... Dave était le pâtissier, mais elle l'aidait énormément. C'était elle qui s'occupait de décorer les gâteaux, par exemple. Il m'a dit un jour qu'elle était l'artiste de leur couple. Mais peut-être qu'il y a trop de travail pour qu'elle le fasse seule, et qu'elle ne veut pas engager quelqu'un pour remplacer Dave, parce que...

Elle planta sa fourchette dans sa salade.

— Elle a mis la pâtisserie et la maison en vente.

— Sans doute parce que cette dette l'inquiète plus que vous ne le pensez, suggéra Lucas, et qu'elle pense devoir vendre rapidement la maison et la pâtisserie pour la rembourser.

— Je suis quand même étonnée que Dave se soit retrouvé dans un tel pétrin. Il n'était pas de ces hommes qui cherchent toujours un moyen de gagner encore plus d'argent. Sur ce point, Jonas et lui se ressemblaient ; ils n'étaient pas totalement dénués d'ambition, mais diriger une petite entreprise leur convenait. Comme disait Jonas, c'est plus facile.

— Quel genre d'entreprise avait votre mari ?

— Il était dans la construction. Il faisait beaucoup de maisons sur mesure et un peu de rénovation. Il avait des employés, bien sûr, mais c'était sur ses aptitudes et ses qualités de dirigeant que reposait son entreprise. Sans lui, elle n'existait plus vraiment.

— C'est pour cela que vous avez décidé d'ouvrir votre propre commerce après son décès ?

Elle secoua la tête.

— Non. J'ai d'abord pensé travailler pour quelqu'un d'autre. Comme j'avais tenu la comptabilité et les registres du personnel pour lui pendant quelques années, j'ai commencé à postuler auprès des autres entreprises de la ville. Un autre entrepreneur du bâtiment, un homme que je n'appréciais pas beaucoup, a proposé de m'engager, mais le salaire qu'il m'offrait ne m'aurait pas permis de vivre. J'aurais pu le compléter avec l'argent de l'assurance-vie de Jonas, mais la perspective de faire ce travail suffisait à me déprimer. Je retournais à ma voiture après l'entretien d'embauche quand j'ai vu le panneau « À louer » dans la vitrine du bâtiment où se trouve ma boutique. Cela faisait des années que je pensais à ouvrir un commerce, alors je me suis dit : « Pourquoi pas maintenant ? »

— Et ça a marché ?

— Oui.

Elle sourit, heureuse de parler de la boutique qui lui était devenue tellement chère.

— J'ai hâte d'aller ouvrir chaque matin. Je rencontre des personnes merveilleuses.

— Je suis heureux pour vous. Je parie que votre mari le serait, lui aussi.

Elle s'efforça de masquer sa déception. Jusqu'ici, ils avaient discuté du frère de son mari, puis de l'ami de son mari, et maintenant de son mari lui-même. Vraiment, Lucas ne semblait pas chercher de relation amoureuse.

— Je ne sais pas ce qu'il en penserait, répondit-elle. Il aimait que je travaille pour lui. Cela me plaisait aussi, mais les rares fois où j'ai parlé de vendre les pièces que je tricotais, en ouvrant une boutique sur Etsy par exemple, il ne m'a pas encouragée, au contraire. Je pense qu'à ses yeux le tricot ne pouvait être qu'un passe-temps, et certainement pas un métier.

La création de Brin de Laine était le seul plaisir égoïste qu'elle se soit accordé depuis qu'elle avait épousé Jonas. À sa fierté d'avoir réussi se mêlait toute une palette d'autres émotions – de la tristesse, de la culpabilité, des regrets. Elle secoua la tête et repoussa son assiette à moitié pleine. Elle ne voulait pas penser à tout ça. Pas pendant cette soirée, qu'elle avait vue comme une occasion pour Lucas et elle d'apprendre à mieux se connaître.

— Est-ce que vous vous plaisez à Eagle Mountain ?

— C'est un très bel endroit, répondit-il. Mais j'y étais déjà venu. Junction n'est qu'à une heure de route, après tout.

— Vivez-vous à Junction depuis longtemps ?

— Sept ans. Je suis venu m'y installer après être sorti de l'académie de police de Fort Collins. Jenny, ma petite amie, est arrivée un an plus tard.

Anna profita de ce que le serveur leur apportait la suite du dîner pour réfléchir à ce qu'elle pouvait dire. Allaient-ils parler de la petite amie de Lucas, maintenant ? À vrai dire, elle était curieuse d'en savoir plus sur la femme qui était morte peu après Jonas. Ils étaient unis par cette expérience commune, ce qui était à la fois étrange et réconfortant, parce qu'elle permettait sans doute à Lucas de comprendre ce qu'elle avait traversé. Pourquoi ne pas lui montrer qu'elle comprenait, elle aussi ?

— Vous étiez ensemble depuis un moment, alors, dit-elle.

Aussi longtemps qu'elle avait été mariée à Jonas.

— En effet.

Il semblait encore plus triste.

— Il y a tellement d'émotions à gérer, poursuivit-elle. Le chagrin, bien sûr, mais aussi la culpabilité.

Il se pencha vers elle.

— Vous vous sentez coupable ?

Elle acquiesça.

— Je pense que tous ceux qui restent se sentent coupables. Sandy ressent probablement la même chose, en ce moment. Je me suis toujours demandé si j'aurais pu sauver Jonas en le persuadant d'aller voir le médecin plus tôt, ou si nous avions mangé plus sainement. La réponse est sans doute non, mais nous ne pouvons pas nous empêcher de nous torturer avec ce genre de questions.

Il se renfonça dans son siège.

— Je suppose.

Il sembla se ressaisir et une chaleur renouvelée se peignit sur ses traits.

— Je suis certain que Jonas savait combien vous l'aimiez. Combien vous lui étiez dévouée. Vous devriez y trouver du réconfort.

Elle hocha la tête et ils n'échangèrent plus un seul mot pendant un long moment. Pourtant, dans ce silence, il y avait de l'intimité – elle avait rarement parlé avec quelqu'un qui savait aussi précisément ce qu'elle avait enduré.

Au bout d'un moment, il toucha sa main et sourit. Elle sentit la chaleur de son regard jusque dans ses orteils.

— La vie en général me semble plus supportable, ces jours-ci, dit-il. Et vous ?

Elle lui rendit son sourire.

— « La vie continue », dit-elle. C'est peut-être un cliché, mais c'est vrai. Je me souviens du premier matin où je me suis réveillée en ayant hâte de découvrir de quoi ma journée serait faite. Je me sentais plus légère. Pas vraiment heureuse, mais pas déprimée non plus, comme si un nuage s'était éloigné. Bien sûr, le lendemain, j'ai passé la moitié de la journée à pleurer, mais j'avais fait un petit pas en avant, qui a été suivi de beaucoup d'autres. Maintenant, la plupart du temps, je me sens plutôt bien. Je peux de nouveau envisager l'avenir, et c'est un vrai soulagement.

Il hocha la tête et coupa un morceau de son poulet.

— Vous êtes dans un environnement propice : vous avez votre propre maison, un commerce que vous aimez, vous êtes entourée d'amis. Et si votre boutique ne marche pas vous pourrez toujours devenir détective amateur. Vous semblez plutôt douée.

Il cligna de l'œil et elle éclata de rire. Quand leurs regards se rencontrèrent, elle se sentit comme illuminée de l'intérieur.

À partir de ce moment, l'atmosphère de la soirée changea – comme si, maintenant qu'ils avaient admis la présence de fantômes dans leur passé, ils étaient prêts à ne plus penser qu'au moment présent. Elle lui raconta comment elle avait dressé Jacquie à devenir un chien de sauvetage, comment elle était devenue bénévole auprès des secours en montagne, et lui narra certaines de leurs aventures. Il lui confia quelques anecdotes amusantes qu'il avait vécues en tant que policier, y compris la récupération d'une marmotte qui était arrivée à Junction après s'être glissée dans le SUV d'un touriste sur une aire de parking en montagne.

— C'est là que j'ai décidé que je ne deviendrais jamais agent de protection de la faune, dit-il. Ce petit rongeur ingrat m'a mordu. Heureusement, le médecin a jugé inutile que je reçoive des injections antirabiques.

— La pauvre bête devait être terrifiée, dit-elle.

— Elle n'était pas la seule. Quand on les voit sur le bord de la route, on les trouve adorables. Mais de près, dans un espace confiné, elles semblent deux fois plus grosses et deux fois plus féroces.

Elle n'avait pas autant ri en deux ans. Quand le serveur demanda pour la troisième fois s'il leur fallait autre chose, elle regarda Lucas et ressentit un mélange de gratitude et de bonheur – accompagné d'une attirance indéniable.

— Nous ferions sans doute mieux de partir, fit-il en se levant.

Quand il aida Anna à enfiler son manteau, ses doigts effleurèrent sa clavicule et elle fut traversée par un frisson brûlant.

Ils reprirent la route de chez elle dans un silence agréable, seulement troublé par la musique qui passait à la radio. Quand il tendit le bras pour prendre sa main, elle le laissa faire. Jamais elle n'aurait cru pouvoir se sentir aussi proche de quelqu'un qu'elle ne connaissait que depuis quelques jours.

Mais après tout elle pouvait dire qu'elle le connaissait depuis longtemps. Ils n'avaient pas passé les deux dernières années ensemble, mais ils avaient mené des vies parallèles, traversant chacun de leur côté l'une des pires épreuves qu'on puisse endurer. C'était suffisant pour créer un lien que la plupart des gens ne connaîtraient jamais.

Quand ils descendirent de voiture, dans son allée, elle se demanda si elle devait l'inviter à entrer ou non, et le genre de message que cela enverrait. La lumière qu'elle avait laissée allumée, au-dessus de sa porte d'entrée, les baignait tous deux d'une lueur dorée. Il s'approcha d'elle.

— Est-ce que vous voulez bien que je vous embrasse pour vous souhaiter bonne nuit ? demanda-t-il.

Elle ne put que hocher la tête. Quand elle eut retrouvé l'usage de la parole, elle voulut lui dire qu'elle le voulait – et comment ! –, mais il posa la bouche sur la sienne. Balayée par un désir brûlant, elle agrippa ses épaules et se tendit vers lui. Il l'enlaça pour la serrer contre lui et glissa la langue entre ses lèvres entrouvertes. Cela faisait longtemps qu'un homme ne l'avait pas embrassée ainsi, et elle se rendit compte à quel point tout ce qu'un tel baiser provoquait lui avait manqué : la sensation d'être le centre de l'univers de quelqu'un, la déferlante de désir physique qui lui faisait tourner la tête et l'emplissait d'audace, l'anticipation des moments qui allaient peut-être suivre.

Oui, elle allait l'inviter à entrer. C'était téméraire, certes, mais elle se sentait assez sûre d'elle pour le faire. Elle refusait de se demander ce qu'il allait penser d'elle ou de s'inquiéter de ce que diraient les voisins. La vie était courte. Ils en étaient tous deux conscients, bien plus que la plupart des gens. Pourquoi ne pas profiter de ce qu'ils pouvaient avoir maintenant ?

Quand ils se séparèrent, ils étaient haletants. Elle lui sourit et se tourna vers la porte, mais poussa un petit cri étouffé en percevant un mouvement, derrière lui. Il fit aussitôt volte-face en la repoussant derrière lui pour la protéger de son corps.

— Qui est là ? lança-t-il d'une voix autoritaire.

Sandy Weiss apparut dans la lumière du porche.

— Ce n'est que moi.

Elle partit d'un petit rire narquois.

— Désolée de vous interrompre.

Anna se plaqua une main sur la poitrine dans l'espoir de calmer son cœur, qui battait sur un rythme effréné.

— Sandy ? Qu'est-ce que tu fais ici ?

— Je voulais te parler.

— Pourquoi est-ce que tu ne m'as pas appelée ?

— Je ne voulais pas parler de ça au téléphone, répondit-elle en regardant Lucas.

— Je m'en vais, annonça-t-il.

Mais il n'esquissa pas le moindre mouvement.

— Vous pouvez rester, dit Sandy. Peut-être que ce que j'ai à dire vous intéressera, vous aussi.

— De quoi est-ce que tu parles ? demanda Anna. Tu me fais peur.

— Est-ce que nous pourrions entrer ? Il fait froid. Et d'ailleurs je préférerais que personne ne nous voie ensemble.

— Bien sûr, répondit Anna en attrapant sa clé. Mais dis-moi au moins de quoi tu as peur.

— Peur ? Je n'ai pas peur ! s'exclama Sandy avec une véhémence teintée de colère. Je suis seulement prudente.

— Et pourquoi pensez-vous devoir être prudente ? demanda Lucas.

Sandy ignora la question.

— Tu sais, Anna, je commence à me demander si tu n'avais pas raison.

— À quel sujet ? s'enquit-elle en tournant la clé dans la serrure.

— Peut-être que Dave ne s'est pas suicidé. Parce que maintenant je pense que quelqu'un veut me tuer.

6

Lucas suivit les deux femmes à l'intérieur. Quand Anna alluma les lumières du séjour, il découvrit une pièce à la simplicité accueillante. Une lirette agrémentait le parquet en bois sur lequel étaient disposés un canapé et des fauteuils tendus de tissu marron ou bleu doux.

— Est-ce que je peux vous offrir quelque chose ? demanda Anna. De l'eau, du café, du thé ?

Sandy avait ôté sa parka et s'était installée sur le canapé.

— Toujours la parfaite hôtesse, commenta-t-elle en secouant la tête. Tu ne veux pas plutôt savoir ce qui s'est passé ?

Anna s'assit à l'autre bout du canapé.

— Bien sûr que si.

Lucas s'installa dans un fauteuil, face aux deux femmes.

— Qu'est-ce qui vous fait penser qu'on essaie de vous tuer ? demanda-t-il.

Sandy croisa et décroisa les jambes. Elle portait un jean, un sweat-shirt gris floqué du logo d'une salle de sport, des bottes de randonnée et un bonnet en polaire noir qui dissimulait presque entièrement ses cheveux blonds coupés très court. Des cernes profonds creusaient son visage, attestant de nombreuses nuits blanches.

— D'abord, il y a eu des coups de téléphone, dit-elle. J'ai reçu le premier à la pâtisserie, le jour où le corps de Dave a été retrouvé.

Quand j'ai décroché, un homme a dit : « Ferme-la ou tu seras la prochaine. »

— Avez-vous reconnu sa voix ? demanda Lucas.

— Non. Elle était très grave, comme s'il essayait de la modifier.

— Avez-vous prévenu le shérif ? s'enquit Lucas.

— Non. Pourquoi l'aurais-je fait ? Ce n'était qu'un pauvre type.

— Vous avez dit « des coups de téléphone », poursuivit Lucas. Il y en a donc eu d'autres ?

— Oui. Le lendemain matin, avec le même message.

Elle changea de position, comme pour essayer de s'installer plus confortablement.

— Et un autre hier après-midi. J'ai dit à mon interlocuteur d'aller se faire voir ailleurs, en termes plus fleuris. Je pensais que ça avait suffi à régler le problème, parce qu'il n'a pas appelé de toute la journée.

— Mais maintenant vous pensez que le problème n'est pas réglé ?

— Non. Parce que ce soir j'ai reçu ça.

Elle se pencha pour sortir une feuille de papier pliée en quatre de la poche de son jean. Elle la tendit à Anna, qui la déplia et lut ce qui y était écrit avant de la tendre à Lucas.

C'était une feuille de papier ligné, arrachée à un cahier à spirale, sur laquelle avaient été collées des lettres découpées dans un magazine, qui formaient le message suivant : « Ferme-la ou tu finiras comme ton mari. » Il leva les yeux vers Sandy.

— La fermer à quel sujet ?

— Je ne sais pas, répondit-elle. C'est complètement fou.

Elle regarda Anna.

— Mais j'ai repensé à ce que tu m'avais dit : que le corps de Dave était pendu vraiment très haut, et que tu avais vu des marques comme celles que peut laisser une échelle. Je voulais te demander si tu pensais réellement que c'était la preuve que Dave ne s'était pas suicidé.

— Madame Weiss, pensez-vous que votre mari était mêlé à

quelque chose qui aurait pu conduire à son assassinat ? intervint Lucas.

Elle se tourna vers lui. Son front était légèrement plissé.

— Non, répondit-elle. Je pensais que Dave était stressé parce que nous avions des dettes, mais si je m'étais trompée ? S'il était stressé parce que quelqu'un le menaçait ?

— Avez-vous trouvé quelque chose d'étrange ? Des messages semblables à celui-ci, adressés à votre mari, par exemple ?

— Non. Et Dave ne m'a jamais rien dit. Mais il n'aurait pas voulu m'inquiéter.

Beaucoup d'épouses ignoraient tout des transactions de leur conjoint – qu'elles soient légales ou non.

— Quelqu'un m'a dit qu'il était passé à la pâtisserie samedi dernier et avait entendu votre mari se disputer avec quelqu'un dans son bureau, reprit Lucas. Ce client n'a pas pu voir de qui il s'agissait, mais il m'a dit que Dave semblait furieux. Savez-vous qui était cette personne ?

Elle pinça les lèvres et sembla réfléchir.

— Samedi dernier... le matin ou l'après-midi ? demanda-t-elle enfin.

— L'après-midi.

Elle secoua la tête.

— Je n'en ai aucune idée. Je n'étais pas à la pâtisserie.

— Avez-vous des employés ?

Sandy opina du chef.

— Ashley Dietrich, une lycéenne. Mais jamais Dave ne se serait disputé avec elle. Elle est tellement timide qu'il suffit de hausser la voix devant elle pour qu'elle s'effondre.

— Quand revient-elle travailler ? demanda Lucas.

— Elle ne reviendra pas. J'ai dû la congédier. Je ne peux pas me permettre de garder une employée maintenant que Dave n'est plus là. Pour le moment, c'est moi qui vais m'occuper de tout.

Lucas nota quelque chose dans son carnet et reprit :

— Ce client a entendu votre mari répondre à son interlocuteur : « Non, c'est hors de question. »

Sandy sembla se détendre un peu.

— Il était sans doute au téléphone avec George Anton, l'homme qui agit comme intermédiaire entre nous et les restaurants que nous fournissons en pâtisseries. Mais je suis sûre qu'ils ne se disputaient pas. Ils discutaient seulement de la prochaine commande. Ce client doit avoir mal compris.

Elle se tourna de nouveau vers Anna.

— Tu connais Dave. Jamais il ne se mettait en colère contre personne. Il n'était pas comme ça.

Tony Meisner avait pourtant dit qu'il était certain que l'interlocuteur de Dave se trouvait dans la pièce avec lui, et il n'avait pas fait l'effet à Lucas d'être du genre à exagérer ou mal interpréter une situation.

— Si votre mari ne s'est pas suicidé, qui pourrait être responsable de sa mort ? poursuivit-il. Avez-vous une idée ?

Sandy tendit les deux mains, paumes vers le ciel.

— Non, aucune.

Elle se pencha vers lui.

— Est-ce que vous pensez qu'il a été assassiné ?

— Franchement, le suicide me semble plus probable. Un assassin aurait dû se donner beaucoup de mal pour transporter une échelle et une corde, en plus de votre mari, dans ce lieu isolé.

— Si quelqu'un a tué Dave, il faut que vous le trouviez.

— Mais vous avez déclaré que votre mari semblait suffisamment bouleversé par ses ennuis financiers pour se suicider, lui rappela Lucas.

— Ce n'est plus ce que je crois. Pas après ces menaces.

— Nous pouvons vous transférer dans une maison sécurisée, dit Lucas. Personne ne pourra vous y atteindre.

— Pas question, rétorqua Sandy en croisant les bras. J'ai un commerce à faire tourner et les obsèques de Dave à organiser. Je refuse de me cacher. Faites seulement votre travail, et trouvez le responsable.

— Nous allons enquêter, je vous le promets, déclara Lucas. Nous pourrions commencer par analyser votre journal d'appels. Peut-être que nous pourrons remonter jusqu'à la personne qui vous a téléphoné.

Les plis qui marquaient le front de Sandy se creusèrent de plus belle.

— Vous pouvez vraiment faire ça ? Notre pâtisserie reçoit des douzaines d'appels par jour et nous n'avons souscrit à aucun service d'identification des numéros.

— Si vous pouvez vous souvenir de l'heure à laquelle vous avez reçu ces coups de fil, cela nous sera utile.

— Je ne peux rien vous dire de plus précis que « le matin » ou « l'après-midi ».

Elle se pencha vers lui.

— Mon mari est mort. Je vais devoir vendre ma maison et mon commerce. Je ne dors plus. Je ne sais plus où j'en suis. Est-ce que vous savez l'effet que le chagrin peut avoir sur quelqu'un ?

Il le savait, oui.

— Nous ferons de notre mieux, dit-il seulement. Pensez-vous à un autre détail qui pourrait nous être utile ? Quelque chose que votre mari vous aurait dit ? Quelqu'un qui lui en voulait ? Un ancien employé ? Un client, peut-être ?

Elle secoua la tête.

— Non, rien de tel. Dave était vraiment très gentil. Trop, même. J'avais toujours peur que les gens ne profitent de lui.

— Comment ça ?

— Oh ! rien d'important. Si quelqu'un venait se plaindre de la tarte qu'il avait achetée, Dave le remboursait sans discuter. Quand un client passait une commande au dernier moment, il n'hésitait pas à travailler tard pour l'honorer. Voilà comment les gens profitaient de lui.

— Tout le monde aimait Dave.

Cela faisait tellement longtemps qu'Anna n'avait pas parlé que Sandy parut surprise d'entendre le son de sa voix.

— En tout cas, ajouta-t-elle, je n'ai jamais entendu personne dire du mal de lui.

D'accord. Cet homme était un saint. Mais, si Sandy voyait juste, quelqu'un l'avait suffisamment détesté pour le tuer.

— Sandy, si tu veux passer la nuit ici, tu es la bienvenue, reprit Anna. Tu peux rester aussi longtemps qu'il le faudra, pendant que le bureau du shérif enquête sur ces menaces.

— Je serai très bien chez moi, répondit Sandy en se levant. Je ne suis pas du genre nerveux.

Lucas se leva lui aussi.

— Je vais vous suivre jusque chez vous, juste pour m'assurer que vous arrivez sans encombre.

— Quel gentleman.

Sandy le regarda de la tête aux pieds avant de se tourner vers Anna.

— Je vais attendre dans ma voiture pendant que vous vous souhaitez bonne nuit, dit-elle.

Anna aurait pu remercier Sandy de leur accorder ce moment d'intimité si le sourire narquois qui avait accompagné ses paroles ne leur avait pas ôté toute bienveillance. Lucas attendit que la jeune femme soit sortie pour se tourner vers elle.

— Je suis désolé de te quitter ainsi, mais je dois vraiment m'assurer que tout va bien chez elle.

— Bien sûr, répondit-elle avec un sourire forcé. De toute façon, il se fait tard.

— J'ai passé une soirée très agréable, ajouta-t-il.

— Moi aussi.

Elle était incapable de croiser son regard. La visite de Sandy lui avait ôté une bonne partie de son assurance.

Lucas lui toucha l'épaule.

— Bonne nuit.

— Bonne nuit, dit-elle en levant les yeux vers lui.

Mue par une soudaine impulsion, elle l'embrassa rapidement sur la joue avant de reculer.

— Tu ferais mieux d'y aller. Sandy va s'impatienter.

Quand elle fut sûre que les deux voitures s'étaient éloignées, elle retourna s'asseoir sur le canapé. Jacquie sauta aussitôt à côté d'elle et posa la tête sur ses genoux.

— Je ne sais pas si je suis prête pour ça, ma fille, dit-elle en massant les oreilles de la chienne.

Il était bien plus simple de vivre seule, et elle avait pensé que cette vie lui convenait. Mais elle avait rencontré un homme bien de sa personne, intéressant, intelligent et qui, de surcroît, semblait s'intéresser à elle. Maintenant, sa vie solitaire ne lui semblait plus aussi agréable – mais la perspective d'ouvrir de nouveau son cœur à quelqu'un avait quelque chose d'effrayant.

— Je dois être du genre nerveux, contrairement à Sandy.

Jacquie poussa un gémissement et Anna se leva pour la laisser sortir dans le jardin. Mais au lieu de la suivre elle ouvrit la porte de communication entre la cuisine et le garage. Elle alluma et contempla la forme recouverte d'une bâche qui occupait la moitié de l'espace, à côté de son Outback. Jacquie vint s'asseoir à côté d'elle et gémit doucement.

Elle contourna sa voiture et souleva la bâche, dévoilant une Dodge Dart de 1974. La carrosserie était un patchwork de mastic, de sous-couche et de restes de peinture rouillée et écaillée. Les sièges de la voiture disparaissaient sous tout un assortiment de pièces récupérées dans des décharges. Jonas l'appelait toujours « la Dart ». Ce n'était pas la seule qui ait jamais été fabriquée, mais c'était la seule qui existait pour lui. Elle l'avait aussi entendu l'appeler « mon bébé », et elle savait que ce n'était même pas une plaisanterie.

Après sa mort, Anna avait donné ses vêtements et vendu ses outils, mais elle avait été incapable de se séparer de la Dart. Comment l'aurait-elle pu ? Il y avait consacré tellement de son temps, s'y était tellement investi.

Elle contempla la voiture pendant de longues minutes en essayant de se représenter Jonas penché sur le moteur, chantant – faux – les morceaux de country qui passaient à la radio. Dans les jours qui avaient suivi sa mort, c'était comme si son fantôme hantait cet espace. Elle pouvait le voir, l'entendre. Mais cela faisait longtemps que cela ne s'était pas produit.

Elle remit la bâche en place, se détourna et rentra. Il était l'heure d'aller se coucher. Seule, sans plus de nouvel amant que de fantômes pour lui tenir compagnie.

Ashley Dietrich était une jeune fille de seize ans, mince et pâle, qui avait travaillé pour les Weiss pendant trois mois. Elle était assise sur le canapé auprès de sa mère, qui avait accepté avec une certaine réticence que l'adjoint l'interroge avant qu'elle parte pour son nouveau travail du samedi matin. Ashley ramena ses longs cheveux blond vénitien derrière son oreille et s'absorba dans la contemplation de ses ongles au vernis rouge écaillé.

— Mme W. m'a dit avant-hier que, puisque son mari était mort, elle ne pouvait pas me garder. J'ai dû trouver un nouveau travail.

Elle leva de grands yeux vert clair vers Lucas.

— Oh... Je ne voulais pas le dire comme ça. Je suis vraiment très triste que M. W. soit mort. Il était super gentil. Il me disait toujours que je faisais du bon travail.

Elle se mordit la lèvre.

— J'étais nerveuse parce que c'était mon premier travail, mais il m'a toujours mise à l'aise.

— J'aimerais vous interroger sur le samedi qui a précédé la mort de Dave Weiss, dit Lucas. Le 12 mars. Vous travailliez ce jour-là, c'est correct ?

Ashley acquiesça.

— Je travaillais tous les samedis. De 7 heures du matin à 15 heures.

— Ce jour-là, vous avez servi Tony Meisner. Vous vous souvenez de lui ?

Ashley plissa le front.

— C'est un client régulier. Il a acheté une patte d'ours. Et une miche de pain, peut-être.

— C'est ça. Il nous a dit qu'il avait entendu M. Weiss se disputer avec quelqu'un dans son bureau. Qui est venu le voir à la pâtisserie, ce jour-là ?

— Personne, répondit Ashley. Il n'y avait que lui, moi et Mme W., mais elle n'est restée que deux heures. Elle avait un truc à faire à la caserne, je crois.

— Est-ce que quelqu'un aurait pu entrer dans le bureau par l'arrière du bâtiment ?

— Le bureau n'a qu'une porte, répondit Ashley. Celle de derrière, sur le quai de chargement, donne dans la chambre froide. Dans le temps, c'était un abattoir qui occupait ce bâtiment. Les Weiss ne s'en servaient plus que pour stocker de la farine et d'autres affaires. On ne peut entrer dans le bureau qu'en passant par la boutique.

— Est-ce que quelqu'un aurait pu entrer pendant que vous vous étiez absentée, pour aller aux toilettes, par exemple ?

— Je suppose. Mais j'aurais entendu quelque chose. M. W. ne fermait jamais la porte de son bureau.

Peut-être que Tony s'était trompé de jour.

— Avez-vous jamais entendu M. Weiss se disputer avec quelqu'un ? demanda-t-il.

— En dehors de sa femme, vous voulez dire ?

Elle rougit.

— Ils ne se disputaient pas en permanence, mais il m'est arrivé d'entendre quelques conversations… bruyantes.

Tout le monde décrivait Sandy et Dave comme un couple uni, mais Lucas n'était pas étonné d'apprendre qu'ils n'étaient pas toujours du même avis. Il arrivait à tous les couples de se chamailler, surtout quand ils travaillaient ensemble, sans doute.

— À quel sujet se disputaient-ils ?

Ashley haussa les épaules.

— Des bêtises, répondit-elle. Elle lui reprochait de laisser traîner ses habits et de ne pas penser à payer les factures. Et lui, de son côté, il lui reprochait de trop s'inquiéter de leur situation financière.

— Vous rappelez-vous une dispute en particulier ?

— Non. Je n'écoutais pas vraiment.

Pourquoi une adolescente aurait-elle prêté attention aux chamailleries d'un vieux couple ?

— Merci, Ashley. Une dernière question : M. Weiss vous semblait-il soucieux ?

— Assez pour se suicider, vous voulez dire ?

Elle secoua la tête, et les grands anneaux d'or qu'elle portait aux oreilles se balancèrent.

— Quand j'ai appris ce qui s'était passé, je suis tombée des nues. Il était toujours de bonne humeur, pas du genre à s'inquiéter. Un jour, j'ai fait tomber une boîte de cupcakes. Je m'attendais à ce qu'il me vire, ou au moins à ce qu'il me crie dessus, mais il m'a aidée à tout ramasser en disant qu'il était heureux d'avoir trouvé aussi maladroit que lui.

Elle tamponna une larme au coin de son œil.

— Et pourtant il devait vraiment souffrir pour en arriver à se pendre. C'est horrible.

Mme Dietrich tendit un mouchoir en papier à sa fille et dit :

— Ashley doit partir pour son travail, maintenant.

Lucas se leva.

— Merci d'avoir répondu à mes questions, Ashley, dit-il.

Quand Mme Dietrich le raccompagna à la porte, elle demanda, à mi-voix :

— Pourquoi cette visite s'il est établi que Dave Weiss s'est suicidé ?

— J'essaie d'avoir une idée plus précise de ce qu'ont été ses derniers jours, répondit seulement Lucas.

Elle fronça les sourcils, mais n'insista pas.

Lucas consulta sa montre : il ne lui restait plus que quelques minutes avant de se rendre au bureau du shérif pour une réunion. Cet échange avec Ashley ne lui avait fourni aucun nouvel indice sur l'identité de la personne avec laquelle Dave s'était disputé ce samedi-là – ce qui aurait permis de comprendre pourquoi il s'était suicidé, ou qui l'avait assassiné. Peut-être que Sandy disait vrai, et que Dave était au téléphone avec George Anton.

Le nom de cet homme surgissait sans cesse dans cette enquête, telle une pièce du puzzle qu'il devait compléter pour obtenir une image claire de ce qu'avaient été les derniers jours de Dave. Mentalement, il prit note de l'appeler.

7

Le samedi matin, Anna avait à peine posé sa tasse de café sur l'établi que Gemma lui bondit dessus.

— J'avais commandé des plats à emporter chez Mad Thai, hier soir. Quand Terry est allé les chercher, il t'a vue en train de dîner avec un homme. Il a dit qu'il était très beau et que vous aviez l'air de très bien vous entendre.

— Est-ce que Terry a vraiment dit qu'il était très beau ?

Avec ses gros biceps et sa barbe fournie, le mari de Gemma aurait pu poser pour une séance de photos dans la catégorie « homme des montagnes ». Il était toujours en jean, chemise de flanelle à carreaux et bottes de travail, conduisait un pick-up aux pneus surdimensionnés et possédait un chien de chasse nommé Minnie. Un jour où ils assistaient à un festival de musique, Gemma lui avait demandé de garder son sac à main pendant qu'elle se rendait aux toilettes. Il avait pâli avant de refuser.

— Non, mais il a dit que le type avait à peu près ton âge, avec des cheveux très noirs, et qu'il semblait en forme ; pour moi, ça veut dire « beau ».

Elle se glissa sur la chaise, face à Anna.

— Est-ce que c'était le nouvel adjoint au shérif, celui qui est passé l'autre jour ? Il avait des cheveux très noirs et j'ai pensé que tu lui plaisais beaucoup.

— Comment peux-tu penser ça ? Tu ne l'as pas vu plus de cinq minutes, rétorqua Anna, gênée par l'insatiable curiosité de son amie.

Mais Gemma revint à la charge.

— C'était lui, pas vrai ? Oui, c'était lui ! Tu as rougi.

— Je n'ai pas rougi.

Mais quand elle posa une main sur sa joue elle s'aperçut que sa peau était brûlante. Heureusement qu'elle n'avait jamais voulu devenir actrice. Elle était incapable de jouer la comédie.

— Menteuse !

Gemma éclata de rire.

— Et je pense que tu mentais aussi en prétendant que tu n'étais pas prête à sortir avec un homme.

— Je ne mentais pas, protesta Anna. Pas délibérément, en tout cas. Ça... c'est arrivé, c'est tout.

Gemma se pencha vers elle.

— Dis-moi tout sur cet adjoint. Comment s'appelle-t-il, déjà ?

— Lucas. Lucas Malone.

— Même son nom est sexy. Vous avez donc dîné. Et après ?

— Après, nous sommes retournés chez moi pour parler.

Gemma haussa les sourcils.

— Avez-vous vraiment parlé ou est-ce un euphémisme ?

— Mais quand nous sommes arrivés, compléta-t-elle, Sandy Weiss nous attendait.

Gemma se renfonça dans son siège. Ses sourcils avaient repris leur position normale.

— Qu'est-ce qu'elle faisait là ?

— Quelqu'un la menace, par téléphone et par courrier. Elle se demande si cette personne menaçait aussi Dave, et s'il s'est vraiment suicidé.

— Tu veux dire qu'il aurait été assassiné ?

Gemma se leva d'un bond avant de se rasseoir, comme si elle avait du mal à contenir son excitation.

— Sandy a pourtant dit qu'il s'était suicidé à cause de ses soucis d'argent, non ?

— Oui, mais elle n'en est plus aussi sûre maintenant.

Anna prit une gorgée de café en s'efforçant de mettre de l'ordre dans ses pensées.

— Tu connaissais Dave, reprit-elle. Il n'était pas du genre à broyer du noir. Pour autant que je sache, il n'a jamais été déprimé. Et quand je repense au lieu où j'ai découvert son corps beaucoup de détails me semblent étranges.

— Pourquoi se serait-il donné tout ce mal ? renchérit Gemma. Il ne m'a jamais semblé du genre à faire son cinéma. Dans leur couple, c'est Sandy qui s'en chargeait.

— Vraiment ?

Elle avait toujours vu Sandy comme une femme aux façons directes, soupe au lait et capable de cynisme. Pas comme une femme susceptible de dramatiser, et encore moins de sombrer dans l'hystérie.

— Crois-moi : je la connais depuis qu'elle est adolescente. Elle était très populaire et répétait souvent qu'elle épouserait un homme riche, vivrait dans un manoir en Californie et entretiendrait son bronzage pendant que nous pelletterions de la neige. J'ai été assez surprise de la voir épouser un de ses collègues pompiers. Dave était génial, mais il n'a jamais eu beaucoup d'ambition.

— Ils étaient amoureux fous l'un de l'autre, dit Anna. Je sais que sa mort l'a anéantie.

— Et maintenant elle reçoit des menaces, dit Gemma. Que disent-elles au juste ?

— Rien de précis. Seulement « Ferme-la ou sinon ».

— La fermer à quel sujet ?

— Elle dit qu'elle n'en sait rien, et je la crois.

— Oui, je doute que l'épouse du pâtissier d'une petite ville sache quoi que ce soit de réellement important, admit Gemma.

Le tintement de la sonnette de la porte d'entrée interrompit leur discussion. Lucas entra, referma la porte derrière lui et s'arrêta. Il portait son uniforme kaki du département du shérif et avait l'air très officiel. Très officiel… et très beau, pensa Anna. Quand leurs regards se croisèrent, elle sentit quelque chose papillonner dans son ventre.

— Bonjour, monsieur l'adjoint, lança Gemma, rompant le charme.

Elle regarda Anna, lui sourit et leva les deux pouces. Anna agita le bras pour la faire cesser et se leva.

— Bonjour, Lucas. Que pouvons-nous faire pour toi ?

— J'ai encore quelques questions à te poser, dit-il.

— Bien sûr. Nous pouvons aller dans la réserve, comme la dernière fois.

— Ne prenez pas cette peine, intervint Gemma. J'ai une soudaine envie d'aller prendre un café au bout de la rue.

Elle se leva et sortit avant qu'Anna ait pu protester.

— Que voulais-tu me demander ?

— Est-ce que Dave et Sandy ont jamais eu un chien ?

Elle fronça les sourcils.

— Je ne crois pas, non. Pas depuis que je les connais, en tout cas. Ils ont eu un chat, mais cela fait longtemps.

— Est-ce qu'ils ont des amis, ou des voisins, qui ont un chien sujet à des crises d'épilepsie ?

Elle le dévisagea.

— Je ne sais pas. Pourquoi cette question ?

Il grimaça.

— C'est confidentiel.

— Est-ce qu'il y a un rapport avec la mort de Dave ? Est-ce que tu penses maintenant qu'il ne s'agit pas d'un suicide ?

Il se rapprocha et baissa la voix.

— Ne répète à personne ce que je vais te dire.

— Bien sûr. Je ne dirai rien.

— À l'autopsie, on a trouvé dans le sang de Dave un tranquillisant utilisé pour traiter les crises d'épilepsie chez les chiens.

— Quelqu'un l'a tué avec un médicament pour chiens ?

— Non. Il est mort par pendaison. D'ailleurs, peut-être qu'il a lui-même pris ce médicament, pour se détendre et trouver le courage de faire ce qu'il a fait.

— Tu devrais aller voir le vétérinaire, suggéra-t-elle. Il ne doit pas y avoir beaucoup de chiens épileptiques en ville.

— J'ai rendez-vous au cabinet vétérinaire cet après-midi.

— Comment va Sandy ? demanda Anna. Enfin... comment l'as-tu trouvée quand tu l'as quittée hier soir ?

— Épuisée et tendue, comme on pourrait s'y attendre. Mais elle est décidée à rester chez elle. Elle semble plus agacée qu'effrayée par les menaces qu'elle reçoit.

— Est-ce que tu as appris autre chose sur ces menaces ?

Comme il hésitait, elle insista :

— Dis-le-moi. Tu m'as déjà confié un énorme secret et je te promets de tout garder pour moi. Souviens-toi que c'est moi qui ai trouvé Dave et qu'il était mon ami. Si je te pose cette question, ce n'est pas par curiosité malsaine.

— Nous avons identifié trois appels, passés depuis un téléphone prépayé, de ceux qu'on peut acheter dans une station-service. Il n'y a donc aucun moyen de remonter jusqu'à son propriétaire. Je viens de prévenir Sandy que nous devrions analyser l'ordinateur personnel de son mari. Elle m'a répondu qu'il n'en avait pas.

— Pour autant que je sache, c'est vrai, répondit Anna. Il ne se servait que de son téléphone. Est-ce que vous l'avez retrouvé ?

— Non. Sandy ne sait pas où il est. Dave l'a peut-être jeté dans l'étang avant de se suicider.

— À moins qu'il ne soit entre les mains de l'assassin.

— Nous pouvons essayer de le localiser, dit-il.

Il griffonna quelques mots sur son carnet avant de relever les yeux.

— Est-ce que tu voulais me dire autre chose ? demanda-t-elle.

— Seulement que j'aimerais te revoir, mais je ne sais pas quand ce sera possible. Je vais sans doute devoir faire des heures supplémentaires pour enquêter sur cette affaire.

— J'aimerais te revoir moi aussi, répondit-elle, mais le plus important est de découvrir ce qui est arrivé à Dave.

— Nous ne pouvons pas encore écarter le suicide, lui rappela Lucas.

— Je sais. Mais s'il a été assassiné son meurtrier ne doit pas rester impuni.

— Tu as raison, convint-il. Et je veux aussi trouver la personne qui menace Sandy avant qu'elle passe à l'acte. Si seulement nous savions à qui profite la mort de Dave… En tout cas, Sandy n'y gagne rien, au contraire. Elle doit régler les dettes qu'il laisse derrière lui. Il avait une assurance sur la vie, mais l'indemnité ne sera pas très importante.

Il consulta de nouveau ses notes.

— Y a-t-il d'autres pâtisseries en ville, qui retireraient un bénéfice de la disparition d'un concurrent ?

— Je pense qu'il n'y a de place que pour une pâtisserie à Eagle Mountain, répondit-elle. Dave jouissait d'une excellente réputation dans la région. Il fournissait les gâteaux de beaucoup de réceptions de mariage, entre autres.

— Je sais que ces questions peuvent te sembler bizarres, mais j'ai tellement peu d'indices que j'essaie d'envisager la situation sous tous les angles.

— Je comprends. Si je pense à un détail qui pourrait t'être utile, je te le ferai savoir.

Elle tourna la tête à temps pour surprendre Gemma, qui les épiait à travers la vitrine. Son amie se redressa aussitôt et s'éloigna.

— Je ferais mieux d'y aller, fit Lucas en lui touchant le bras. Je suis heureux d'avoir eu l'occasion de te revoir.

— Moi aussi.

Elle fut incapable de réprimer un sourire, même si elle se sentait un peu ridicule. Comment un homme qu'elle connaissait à peine pouvait-il lui faire ainsi tourner la tête ?

Elle le raccompagnait à la porte quand son téléphone tinta. La radio que Lucas portait à l'épaule grésilla au même moment. Elle s'écarta pour lire le message qu'elle venait de recevoir tandis qu'il répondait au régulateur.

— Je dois me rendre sur un accident de la route près de Dakota Ridge, annonça-t-il.

— Moi aussi. Les secours en montagne disent que deux personnes sont bloquées dans une voiture.

— Ont-ils besoin d'un chien de sauvetage ? demanda-t-il.

— Non, mais je ne suis pas seulement maître-chien. Les secours en montagne recrutaient des bénévoles, à l'automne dernier. Comme je connaissais déjà tout le monde, je me suis dit : « Pourquoi pas ? » J'apprends beaucoup de choses.

— Est-ce que tu veux que je t'emmène ?

— Non. Il faut que je me rende au QG des secours en montagne. Je te verrai sur les lieux.

Depuis qu'il vivait en région montagneuse, Lucas avait vu beaucoup d'accidents similaires. Les conducteurs roulaient trop vite, n'étaient pas assez attentifs – ou avaient seulement la malchance de croiser de mauvaises conditions –, et leur véhicule quittait la route. Certaines voitures faisaient des tonneaux, d'autres allaient s'écraser sur des rochers ou restaient accrochées dans des arbres. Il y avait parfois des morts, mais il avait aussi vu beaucoup de rescapés.

Il ne connaissait pas encore le sort des occupants de l'Escalade noire qui gisait sur le flanc, en contrebas de Dakota Ridge. Il rejoignit le conducteur qui avait appelé pour signaler l'accident et qui contemplait l'épave depuis le bord de la route.

— Il doit avoir roulé sur une plaque de verglas, dit l'homme.

Il s'appelait Alex, avait la cinquantaine et ses cheveux fins, d'un blond mêlé de blanc, étaient soigneusement peignés sur son crâne rose. Il clappa de la langue et ajouta :

— J'espère qu'il n'y a pas de mort.

Ils se retournèrent en entendant approcher un véhicule et regardèrent la jeep orange des secours en montagne se garer derrière la voiture de patrouille de Lucas. Les bénévoles, parmi lesquels se trouvait Anna, en descendirent. Tony Meisner et la capitaine de l'unité, Sheri Stevens, rejoignirent Lucas et son compagnon.

— Avez-vous entendu quelqu'un appeler à l'aide ? demanda Sheri.

Ils secouèrent tous deux la tête.

— Très bien, dit Sheri. Nous prenons le relais.

Lucas prit les coordonnées d'Alex et lui indiqua qu'il pouvait s'en aller.

— Est-ce que je peux rester ? demanda l'homme. Je veux savoir comment vont les occupants de la voiture.

— Si vous voulez, mais faites en sorte de ne pas gêner les secours.

— Bien sûr.

Il s'éloigna pour suivre le déroulement des opérations depuis sa voiture.

Deux sauveteurs descendaient déjà en rappel vers l'Escalade pour la sécuriser avec des chaînes et des cales. Ils étaient suivis de deux autres bénévoles, chargés de sacs à dos. Sheri ordonna aux autres de préparer un brancard et d'envoyer plus de cordes. Anna se déplaçait sans hésitation parmi ses collègues sauveteurs et leur matériel, apportant son aide partout où elle était nécessaire.

En bas, les sauveteurs forçaient la portière avant droite du véhicule. Quand ils furent parvenus à leurs fins, deux d'entre eux se glissèrent dans l'habitacle.

— Ils sont deux, un homme et une femme, en vie et conscients, annonça Sheri.

Lucas et Alex se rapprochèrent pour entendre la suite du message qu'elle recevait par radio.

— La femme a de multiples coupures et peut-être une fracture de l'avant-bras, disait le sauveteur. L'homme semble s'être cogné la tête. Il est un peu sonné, mais ne semble pas blessé. Il nous faut deux brancards.

L'unité passa à l'action une fois de plus. Certains des bénévoles fixèrent d'autres cordes, pendant que d'autres descendaient avec deux brancards en métal et tout un assortiment de matériel médical. Les sauveteurs posèrent une minerve et une coquille au conducteur et à sa passagère avant de les sortir doucement du véhicule pour les poser sur le sol, où ils procédèrent à d'autres examens. Ils installèrent la femme sur un grand matelas à air orange qu'ils déposèrent sur l'un des brancards. Elle fut sanglée et équipée d'un casque tel que les bénévoles en portaient. Enfin, le brancard fut attaché à une corde et la lente remontée commença.

L'homme avait la quarantaine, des cheveux bruns et la carrure d'un boxeur mi-lourd. Il protesta bruyamment, arguant qu'il pouvait marcher, mais les bénévoles parvinrent à le convaincre de s'allonger sur le brancard, et ce fut ainsi qu'il regagna la route.

— L'ambulance est en chemin, annonça Sheri.

Elle rejoignit Lucas près de sa voiture de patrouille, où il avait battu en retraite pour ne pas gêner les secours. Après avoir appris que les deux occupants de la voiture étaient en vie, Alex était reparti.

— L'homme s'appelle George Anton. La femme qui est avec lui s'appelle Shaylin Brown. Il dit qu'il a roulé sur une plaque de verglas et que l'Escalade s'est envolée.

— George Anton ? répéta Lucas.

— Oui. Est-ce que vous le connaissez ? Il a dit qu'il était de Junction.

— Pas vraiment, non.

Des vivats s'élevèrent quand le brancard sur lequel Mlle Brown était installée atteignit la route. Anna s'empressa d'aider ses collègues à transporter la blessée vers une zone de terrain plat. Un second groupe de volontaires se chargea de George, qui insista pour s'asseoir une fois le brancard posé sur la neige boueuse.

Lucas s'approcha de l'homme.

— Monsieur Anton ? demanda-t-il.

L'homme leva vers lui des yeux marron au regard triste.

— Ne me dites pas que vous allez me coller une contravention. Je n'ai rien fait de mal. C'était le verglas. Pourquoi cette route reste-t-elle ouverte l'hiver si elle est si dangereuse ?

— Pas de contravention, répondit-il en s'accroupissant pour être à sa hauteur. Où alliez-vous quand vous avez roulé sur cette plaque de verglas ?

— Je revenais d'un rendez-vous avec un client à Eagle Mountain et je me rendais à Paradise pour un second rendez-vous.

— Qui avez-vous rencontré à Eagle Mountain ?

— Pourquoi posez-vous cette question ?

Lucas haussa les épaules.

— Simple curiosité.

— Elle s'appelle Sandy Weiss. Vous la connaissez ?

Lucas fit de son mieux pour masquer sa surprise.

— C'est son mari et elle qui tiennent la pâtisserie.

— C'est ça. Je suis fournisseur auprès de restaurants et j'achète certains de mes desserts aux Weiss. Tenez.

Il mit la main dans sa poche et en sortit une carte de visite.

— Le Meilleur d'Anton, approvisionnement pour restaurants. Les produits locaux sont notre spécialité.

— Vous savez que Dave Weiss est mort dimanche dernier, dit Lucas. Son corps a été retrouvé lundi.

— J'en ai entendu parler, oui. C'est terrible, mais Sandy m'a appelé et a demandé à me voir. Elle veut être certaine que nous sommes sur la même longueur d'onde.

— J'ai cru comprendre que vous aviez essentiellement affaire à Dave Weiss.

Anton lui décocha un long regard pensif.

— Cela n'a plus aucune importance, puisqu'il est mort. Maintenant, c'est avec elle que je traite.

— Qui est la femme qui vous accompagne ?

— Shaylin. Elle travaille pour moi. J'ai préféré qu'elle soit là au cas où Mme Weiss deviendrait trop émotive.

Il marqua une pause et reprit :

— Il faut que j'appelle mon client de Paradise pour annuler le rendez-vous.

Il attrapa son téléphone et jura.

— Je n'ai pas de signal, lança-t-il en secouant l'appareil. Pourquoi est-ce que ce truc ne marche pas ?

— Nous sommes dans une zone blanche, expliqua Lucas.

Il y en avait beaucoup, dans la région.

— Monsieur Anton ?

Sheri approchait, accompagnée d'un membre du SAMU.

— Voici Emmet. Il va vous examiner et vous conduire à l'hôpital.

Un peu plus loin, un autre bénévole et un second membre du SAMU examinaient Mlle Brown.

Plusieurs minutes plus tard, alors que l'ambulance s'éloignait, Anna vint se poster à côté de Lucas.

— Je pense qu'ils se remettront tous les deux, dit-elle.

— Sais-tu qui est cet homme ? George Anton.

Elle le dévisagea.

— L'homme dont Sandy nous a parlé ? Celui qui fournissait les pâtisseries de Dave aux restaurants ?

— Oui. Il a dit qu'il revenait d'un rendez-vous avec elle.

— Qui était la femme qui l'accompagnait ?

— Shaylin Brown. Elle travaille pour lui.

En l'entendant prendre une vive inspiration, il la regarda plus attentivement.

— Est-ce que tu la connais ?

Elle secoua la tête.

— Il s'agit certainement d'une homonyme. Tu as bien dit Shaylin, c'est ça ? Pas Sheila, ou Sharon ?

— Shaylin. Ce n'est pas un prénom très répandu. Qui est la Shaylin Brown que tu connais ?

Elle souffla et lui adressa un regard empli de tristesse.

— C'est la maîtresse de Justin.

8

Lucas dévisagea Anna.

— Justin Trent, ton beau-frère ? Le propriétaire du restaurant ?

Elle acquiesça.

— Peu avant la mort de Jonas, une certaine Shaylin Brown a appelé Gloria, la femme de Justin. Elle lui a dit qu'elle était la maîtresse de Justin depuis deux ans et lui a demandé de lui accorder le divorce, comme il le souhaitait. Gloria m'a dit qu'elle était tombée des nues. Elle ne se doutait de rien et Justin n'avait jamais parlé de divorce. Elle était anéantie. Quand elle a demandé des comptes à Justin, il s'est mis dans une colère noire.

— Que s'est-il passé ensuite ? demanda Lucas.

— Justin a rompu avec Shaylin, rampé devant Gloria en la suppliant de lui pardonner et accepté d'aller voir un conseiller conjugal. Mais à ce moment-là Jonas était mort. C'est peut-être mesquin, mais j'en veux encore à Justin. Cette histoire avait bouleversé Jonas. Il aurait été tellement heureux de savoir que son frère avait fait le bon choix.

Quand elle le regarda, il lut toute sa tristesse dans ses yeux.

— Bien peu de choses pouvaient le rendre heureux, pendant les dernières semaines.

Il hocha la tête et détourna les yeux pour lui laisser le temps de se ressaisir.

— Je sais que Justin et Shaylin travaillaient ensemble, reprit-elle après un moment. J'ai toujours pensé qu'elle était une employée du restaurant, mais peut-être qu'ils s'étaient rencontrés parce qu'elle travaillait pour George Anton.

— Cette histoire date d'il y a deux ans, dit Lucas. Peut-être que Justin l'a virée, ou qu'elle a démissionné quand ils ont rompu et qu'elle est partie travailler pour Anton.

— Est-ce que tu penses qu'il est venu à Eagle Mountain pour faire pression sur Sandy ? demanda Anna. Est-ce que c'est lui qui la menace ?

— Il a dit que Sandy avait demandé à le voir.

— Il peut mentir.

— Je ferai quelques vérifications.

Il commencerait par demander à George Anton où il se trouvait au moment de la mort de Dave Weiss.

Quelqu'un siffla et Anna posa la main sur son bras.

— Je dois y aller. J'ai été ravie de te voir.

— Moi aussi, j'ai été ravi de te...

Mais elle était déjà partie aider ses collègues à charger le matériel. Quand tous eurent disparu, il entoura la zone où s'étaient garés les secours de rubalise. Il ne voulait pas qu'un aspirant bon Samaritain se tue en allant explorer l'épave, comme cela s'était déjà produit après un accident sans gravité sur lequel il était intervenu.

Ensuite, il reprit le chemin du bureau du shérif, décidé à se renseigner sur George Anton.

Anna s'était changée au quartier général des secours en montagne pour remettre sa jupe de laine, son pull-over tricoté main, ses collants et ses bottes. Au lieu de retourner directement à la boutique, comme elle en avait eu l'intention, elle prit la direction de la pâtisserie Weiss. Située tout au bout d'une voie sans issue, aux confins de la ville, la pâtisserie occupait les locaux d'un ancien abattoir. Pourtant, les clients n'avaient jamais hésité à faire un détour pour venir y acheter leurs gâteaux, séduits par les créations aussi agréables à regarder que savoureuses de Dave.

Quand elle poussa la porte, elle fut accueillie par les effluves familiers de sucre et de vanille. Comme la boutique était vide, elle appela :

— Il y a quelqu'un ?

Quelques instants plus tard, Sandy sortit d'une pièce à l'arrière de la boutique, un sac de douze kilos de farine sous chaque bras. Les plis qui creusaient son front s'accentuèrent quand elle reconnut Anna.

— Qu'est-ce que tu fais ici ? demanda-t-elle.

Elle posa les sacs sur une table en bois et fit tomber la farine qui s'était déposée sur son sweat-shirt bleu.

— Je voulais voir comment tu allais.

— Je vais bien.

Sandy attrapa un torchon et entreprit de nettoyer la vitrine.

— Je rentre d'une mission de secours en montagne, reprit Anna. Une Escalade a quitté la route sur Dakota Ridge. Le conducteur était George Anton.

Sandy s'immobilisa.

— Est-ce qu'il est mort ? demanda-t-elle.

— Non. Il n'a qu'une bosse à la tête. Mais Shaylin Brown, la femme qui l'accompagnait, n'a pas eu autant de chance. Elle a été coupée par les éclats de verre et elle a peut-être un bras cassé. Elle souffrait beaucoup, en tout cas.

Elle scruta le visage de Sandy, guettant sa réaction, mais la jeune femme se borna à cligner deux fois des yeux avant de continuer à nettoyer la vitrine.

— M. Anton a dit qu'il revenait de te voir, ajouta-t-elle.

— Et alors ?

Sandy s'interrompit de nouveau dans sa tâche pour lui décocher un regard noir.

— Tu penses peut-être que je devrais rester effondrée dans un coin et pleurer la mort de mon mari ? C'est un luxe que je ne peux pas me permettre. J'ai un commerce à faire tourner.

Anna recula d'un pas, blessée.

— Ce n'est pas du tout ce que je pense. Je ne te juge pas, Sandy.

Au contraire. J'ai toujours admiré ta force et ton sens pratique. Et je sais que chacun vit le deuil à sa façon.

Sandy jeta le chiffon dans un seau en plastique blanc.

— Pardon. Mais j'en ai assez d'entendre les gens me dire à quel point ils sont « choqués » que je vende la maison, ou que je n'aie pas fermé la pâtisserie pendant une semaine, « par respect pour Dave ». Ils feraient mieux de se taire. Ce n'est pas eux qui paient mes factures.

Elle se mordit la lèvre et détourna le regard en clignant rapidement des yeux. S'il s'était agi de n'importe qui d'autre, Anna lui aurait offert de pleurer sur son épaule, mais Sandy n'aurait sans doute pas apprécié la proposition.

— Si tu essayais de négocier avec tes créanciers ? La banque comprendrait sans doute que tu as besoin de temps pour...

— C'est George Anton qui nous a prêté l'argent, coupa Sandy. Mensualités réduites, taux d'intérêt bas. Il avait promis de nous envoyer suffisamment de travail pour que nous puissions le rembourser, mais cela n'a pas été le cas.

— Est-ce que son activité est légale, au moins ? demanda Anna.

— Tu me prends pour une imbécile ? rétorqua Sandy. Vraiment, je n'aurais jamais dû t'en parler.

Anna recula d'un pas.

— Je suis certaine que tu gères les choses au mieux, dit-elle.

— Je les gère parfaitement, oui.

Dans le silence qui s'installa, Anna chercha ce qu'elle pouvait dire à présent sans ajouter à la mauvaise humeur de la jeune femme.

— Est-ce que tu as reçu d'autres coups de fil ou lettres de menace ? demanda-t-elle enfin.

Sandy secoua la tête.

— Ce n'était peut-être qu'une blague, répondit-elle. D'après ce que j'ai lu, les familles de disparus sont parfois harcelées par des détraqués.

— Si je peux faire quoi que ce soit, n'hésite pas.

— Pourquoi est-ce que tu tiens autant à m'aider ?

Sandy était de nouveau sur la défensive.

— Je sais ce que tu traverses, répondit-elle.

Elle était jeune, veuve, sans famille proche. Seule, de la pire des façons.

— J'en doute, répliqua sèchement Sandy.

La porte s'ouvrit sur un couple plongé dans une discussion animée sur l'organisation d'une soirée. Anna envisagea d'attendre qu'il soit reparti pour essayer de reprendre sa conversation avec Sandy, mais se ravisa. Elle ne faisait que bouleverser cette pauvre femme, qui ne pouvait pas - ou ne voulait pas - lui en dire plus sur les menaces, sur George Anton, ou sur tout ce qui touchait à la mort de Dave.

Elle savait que cela ne la regardait pas, mais jamais elle n'avait été aussi secouée par la découverte d'un corps. Dave avait été l'ami de Jonas, et le sien. Comment pouvait-elle le voir mettre en terre sans savoir ce qui lui était réellement arrivé ? Et Sandy, comment le pouvait-elle ?

— Au revoir, dit-elle.

Mais Sandy ne répondit pas.

Elle remonta dans sa voiture pour retourner à la boutique. L'attitude de Sandy l'avait déstabilisée. Seules les couleurs et les textures apaisantes de la laine la réconforteraient.

Quand elle s'assit à l'établi, Gemma demanda :

— Alors, comment ça s'est passé ?

Il lui fallut quelques instants pour comprendre que son amie parlait du sauvetage.

— Bien. Le conducteur et sa passagère ont été blessés, mais rien de grave. Ils devraient s'en remettre.

— Tant mieux, dit Gemma. Mais… tu as l'air bouleversée. Est-ce qu'il s'est passé autre chose ?

Anna prit l'écharpe à moitié terminée dans son sac à ouvrage et se mit à tricoter.

— Je suis passée voir Sandy à la pâtisserie.

Gemma se redressa sur son siège.

— Qu'est-ce qu'elle a dit pour te mettre dans cet état ?

— Qu'est-ce qui te fait croire qu'elle m'a dit quelque chose ?

— Je la connais. Elle fait tout pour être impolie avec toi.

Anna fut tellement abasourdie par cette remarque qu'elle manqua laisser échapper une maille.

— Sandy n'est pas impolie, elle est seulement… brusque.

— Elle a été impolie, affirma Gemma. Franchement, je pense qu'elle a toujours été jalouse de toi.

— Pourquoi le serait-elle ? Je n'ai jamais rien eu qu'elle puisse désirer.

— Si : les gens t'aiment, alors qu'ils ne font que la supporter par amitié pour Dave. Je t'accorde que ses collègues pompiers la respectent, parce qu'elle ne ménage pas ses efforts, mais rares sont ceux qui l'apprécient vraiment. Elle n'est pas d'un abord aussi facile que toi.

— Je suis certaine que tu te trompes, dit Anna. Elle a beaucoup d'amis parmi les pompiers, les gens avec lesquels elle fait de la moto, ses camarades d'escalade…

— Ces personnes étaient surtout les amis de Dave, objecta Gemma en rangeant les livres et la laine posés sur l'établi. Alors, avoue : qu'a-t-elle dit pour que tu sois dans tous tes états ?

— Je lui ai dit de ne pas hésiter à m'appeler si elle avait besoin d'aide et elle m'a carrément accusée d'avoir des arrière-pensées. J'ai essayé de lui expliquer que je comprenais ce qu'elle était en train de vivre et elle l'a mal pris.

— Je ne comprends pas pourquoi tu te donnes tout ce mal. Si elle ne veut pas de ton aide, pourquoi insistes-tu ?

— Parce que j'ai moi aussi perdu l'homme que j'aimais, répondit Anna. Je ressentais une telle gratitude pour tous ceux qui venaient m'aider que je veux l'aider à mon tour.

Elle reprit l'écharpe et la posa sur ses genoux pour caresser la laine soyeuse et admirer l'harmonie des couleurs.

— J'étais tellement bouleversée, mes nerfs étaient tellement à vif que j'ai sans doute eu des paroles blessantes pour les gens qui essayaient de m'aider. Mais ils ne m'en ont pas tenu rigueur, et j'essaie de faire de même avec Sandy.

Gemma tendit le bras et lui pressa le poignet.

— Toi, être méchante avec quelqu'un ? Ce n'est pas ton genre. Mais, si tu l'as été, tu es tellement gentille qu'ils ne pouvaient que te pardonner.

— J'ai toujours pensé que le vrai pardon était celui qui était difficile à accorder, plaisanta-t-elle en glissant l'aiguille sous la première maille de la rangée. Quoi qu'il en soit, j'essaie de laisser assez d'espace à Sandy, mais aussi d'être là si elle a besoin de moi. Dave ne voudrait pas qu'elle s'occupe seule de tout, et je l'aimais énormément.

— Cela prouve seulement que tu es une meilleure personne que moi.

Gemma consulta sa montre et se leva d'un bond.

— Je dois partir. J'ai promis à Terry de le rejoindre pour déjeuner.

Elle prit son sac et son manteau et courut vers la porte.

Anna continua à tricoter pendant un moment, le cerveau en ébullition. Elle avait envie d'appeler Justin, mais il lui dirait qu'elle se mêlait de choses qui ne la regardaient pas. Il serait sans doute furieux et l'accuserait peut-être même de tout faire pour qu'il se mette en colère.

À vrai dire, il n'aurait pas tout à fait tort. Mais elle avait depuis longtemps cessé de se soucier de ce qu'il pensait d'elle. Elle posa l'écharpe et prit son téléphone. Justin répondit avec sa brusquerie coutumière.

— Deux coups de fil en une semaine ? Qu'est-ce qui se passe, Anna ?

— J'ai pensé que tu voudrais savoir que Shaylin Brown a été blessée dans un accident de la route, cet après-midi.

Elle crut l'entendre se lever et aller fermer une porte. Il était sans doute dans son bureau, au restaurant.

— Comment le sais-tu ? demanda-t-il.

— Les secours en montagne d'Eagle Mountain ont été appelés,

répondit-elle. Shaylin était avec George Anton. Apparemment, elle travaille pour lui maintenant.

— Je sais. Que s'est-il passé ?

— Sa voiture a roulé sur une plaque de verglas et quitté la route, sur Dakota Ridge. Ils ont de la chance d'être encore en vie.

— Et pourquoi as-tu décidé de me prévenir ?

— J'ai pensé que tu aimerais le savoir, c'est tout.

— Je ne fréquente plus Shaylin. C'était une erreur, que je paierai jusqu'à la fin de mes jours, et je n'apprécie pas que tu l'évoques.

— Je voulais seulement te dire qu'elle était hospitalisée à Junction.

— J'en suis navré, mais cela ne me regarde pas.

— Que sais-tu sur George Anton ? demanda-t-elle.

— Je te l'ai déjà dit. Il fournit des produits aux restaurants. Le mien, entre autres.

— Mais que sais-tu d'autre sur lui ?

Était-il du genre à menacer une cliente comme Sandy ? Pouvait-il avoir tué Dave ?

— La vie des personnes avec lesquelles je fais affaire ne m'intéresse pas, dit Justin. Tout ce qui m'intéresse, c'est le contrat qui nous unit et qui nous profite à tous les deux. Pourquoi toutes ces questions ?

— Parce que Sandy Weiss, la veuve de Dave, a reçu des menaces. Je me demandais si elles pouvaient émaner de George.

— Et pourquoi la menacerait-il ? demanda Justin.

— Elle lui doit de l'argent.

Il éclata de rire.

— Beaucoup de gens me doivent de l'argent et je ne les menace pas pour autant.

Elle décida de changer de sujet dans l'espoir de le prendre au dépourvu.

— Pourquoi as-tu appelé le bureau du shérif à mon sujet ?

— Parce que se mêler d'une enquête de police n'est ni raisonnable ni intelligent, dit-il, apparemment de glace.

— Je n'ai pas besoin que tu veilles sur moi, Justin.

— Apparemment si, puisque tu joues au détective amateur. Tu es la veuve de Jonas ; je me sens responsable de toi.

— Cela fait deux ans qu'il nous a quittés, et c'est la première fois que tu sembles t'inquiéter pour moi.

— Parce que c'est la première fois que je te vois te comporter d'une façon aussi idiote, rétorqua-t-il.

Elle prit une grande inspiration et se força à compter jusqu'à dix. Elle savait qu'il n'avait dit ces mots que pour la mettre en colère et détourner son attention. Elle l'avait déjà vu user de ce stratagème pour manipuler Jonas – ou du moins essayer, parce que Jonas ne s'y laissait plus prendre.

— Je ne suis pas une idiote. J'essaie seulement d'aider une amie. Et j'ai vraiment pensé que tu aimerais avoir des nouvelles de Shaylin. Même si tu ne la vois plus, vous avez été proches.

— Rends-moi service : n'essaie pas de deviner ce que je peux vouloir ou non, lança-t-il avant de raccrocher.

Elle remit son téléphone dans sa poche. La conversation s'était aussi bien déroulée qu'elle s'y était attendue. Elle ne portait pas Justin dans son cœur, mais son restaurant jouissait d'une excellente réputation et Jonas l'avait toujours tenu pour l'une des personnes les plus habiles en affaires qui soient. Il ne contractait aucune dette, au contraire : il gagnait de l'argent. Il ne se serait pas engagé avec George Anton s'il n'avait pas été certain de faire des bénéfices. Alors, comment Dave avait-il fini par devoir de l'argent à Anton ? Et il devait s'agir d'une somme importante, si Sandy en était réduite à vendre sa maison et la pâtisserie pour la rembourser.

La liste des questions sans réponse s'allongeait de jour en jour. Quand la clochette de la porte d'entrée tinta, elle releva la tête, un sourire aux lèvres. Elle n'allait plus penser qu'à ce qu'elle maîtrisait – aider ses clients à trouver précisément ce dont ils avaient besoin, par exemple. Si seulement quelqu'un avait pu l'aider elle aussi à trouver ce qu'elle cherchait.

Le lundi matin, une semaine après la découverte du corps de Dave Weiss, le shérif réunit ses hommes pour discuter de l'enquête.

— Le médecin légiste a établi que la mort était due à une rupture des cervicales, mais il ne peut pas dire s'il s'agit d'un suicide ou d'un meurtre, dit Travis. Je voudrais que nous passions tout ce que nous savons en revue pour voir si nous pouvons en tirer des conclusions.

Son frère, le sergent Gage Walker, fut le premier à prendre la parole.

— La présence de ce tranquillisant pour chiens dans son organisme est suspecte.

— Et pourquoi s'est-il pendu là-bas ? demanda Wes Landry. Il aurait pu choisir un endroit plus facile d'accès.

— Peut-être que cet endroit avait pour lui une signification que nous ignorons encore, intervint Shane Ellis.

— À moins qu'il ait voulu ne pas être retrouvé, suggéra Dwight Prentice. Sans l'aide d'Anna Trent et de son chien, il aurait pu s'écouler des jours, voire des semaines, avant que nous le découvrions.

— Anna connaissait Dave, lança Lucas. Elle a semblé surprise qu'il se soit suicidé.

À quel point les doutes d'Anna l'avaient-ils influencé ? Si son attention n'avait pas été centrée sur elle et ses émotions, aurait-il pris cet acte pour ce qu'il semblait être – le suicide d'un homme désespéré ?

— La branche à laquelle il était pendu était très haute, ajouta-t-il. Il a dû se donner beaucoup de mal pour monter jusque-là.

— Il voulait tomber d'assez haut pour en finir rapidement, dit Gage.

— À moins que ce ne soit ce qu'a voulu son assassin, répliqua Lucas. Et il y a ces marques dans le sol, sous le corps… Pour moi, on dirait vraiment qu'elles ont été faites par une échelle.

— L'assassin aurait donc emporté une échelle là-bas en plus d'y entraîner Dave ?

Shane secoua la tête pour exprimer ses doutes.

— Dave était costaud, renchérit Gage. Même drogué, il se serait défendu. Je ne vois pas comment quelqu'un aurait pu le forcer à monter sur cette échelle.

— En le menaçant d'une arme, suggéra Dwight.

— Ou en menaçant de tuer sa femme s'il n'obéissait pas, ajouta Wes.

— Sandy ne pense pas que ce soit un suicide, dit Lucas.

— Les familles sont souvent dans le déni, fit remarquer Wes. C'est compréhensible.

— Elle a d'abord pensé qu'il s'était suicidé, reprit Lucas, mais les menaces qu'elle a reçues l'ont fait changer d'avis.

— Nous n'avons pas pu remonter jusqu'à la personne qui l'avait appelée et le message ne nous apprend rien, dit Gage. Nous savons juste qu'il a été composé avec des lettres découpées dans des magazines et collées sur une page arrachée à un cahier. Il est menaçant, mais il reste vague.

— Ce n'est donc peut-être qu'une plaisanterie, suggéra Dwight. Une plaisanterie de très mauvais goût.

— Nous devons nous intéresser de plus près à George Anton, dit Travis. D'après Sandy, c'est le contrat que Dave a passé avec lui qui est à l'origine de leurs difficultés financières.

— Elle a confirmé qu'elle l'avait rencontré hier après-midi, précisa Lucas.

Il avait passé un rapide coup de fil à la jeune femme, qui était déjà au courant de l'accident, sans doute grâce à Anna.

— C'est donc bien de ce rendez-vous que revenait Anton quand il a eu son accident, ajouta-t-il.

— Et la femme qui l'accompagnait ? demanda Gage. Quel était son rôle dans l'histoire ?

— Anton a dit qu'elle travaillait pour lui et qu'il l'avait emmenée pour mettre Sandy à l'aise, répondit Lucas.

Il ne prit pas la peine d'évoquer la relation passée de Shaylin Brown avec le beau-frère d'Anna, parce qu'il ne voyait pas en quoi ce détail aurait pu faire avancer l'enquête.

— Je ne vois aucune menace là-dedans, dit Dwight.

— J'ai fait des recherches sur Anton, mais je n'ai rien trouvé, reprit Lucas. Il n'a pas de casier, et n'est présent sur les réseaux sociaux que pour faire connaître sa société, Le Meilleur d'Anton. Et quel serait son mobile ? La mort de Dave le prive à la fois des pâtisseries que Dave s'était engagé à fournir et de la commission qu'il touchait sur leur revente.

— Un autre auteur potentiel pour ces menaces ? demanda Gage.

Lucas secoua la tête.

— Sandy affirme qu'elle ne voit pas qui aurait pu les envoyer et que, si Dave en a reçu lui aussi, elle n'est pas au courant.

— Il faut que nous fouillions les affaires de Dave et ses documents d'activité, décréta Travis. Peut-être que nous trouverons quelque chose.

— Je m'en occuperai dès ce matin, dit Lucas. Si seulement nous pouvions trouver le téléphone de Dave… D'après Anna, il s'en servait comme il se serait servi d'un ordinateur portable ou d'une tablette. Mais il est introuvable et son opérateur ne parvient pas à le localiser.

— L'enquête se poursuit donc, conclut Travis.

Quand la réunion prit fin, Lucas se rendit à la pâtisserie. Elle était plantée tout au bout d'une voie sans issue, à la limite de la ville, au milieu des prés. À l'arrière du bâtiment, il y avait un petit enclos. Sur l'un des côtés, il vit une grande porte à deux battants, fermée par un gros cadenas.

Quand il entra, Sandy était au téléphone.

— Que voulez-vous que j'écrive sur le gâteau ? demanda-t-elle à son interlocuteur.

Elle nota quelque chose sur un porte-bloc et ajouta :

— Très bien. Et pour la couleur du texte ?

En attendant la fin de la conversation, Lucas regarda les affiches qui présentaient des pièces montées et des tartes de Noël avant de s'intéresser aux photos accrochées au mur : Dave et Sandy en tenue de pompier, Sandy sur un vélo tout-terrain, Dave avec un énorme omble du Canada… Des clichés retraçant une vie active, en extérieur.

— Avez-vous du nouveau, monsieur l'adjoint ? demanda Sandy.

Il se retourna. Elle était derrière le comptoir, les mains dans les poches de son tablier bleu.

— Pas encore, dit-il. Il faut que je fouille le bureau de Dave et l'ordinateur de la pâtisserie.

— J'ai déjà regardé. Vous ne trouverez rien.

Ce n'était pas la première fois qu'il rencontrait ce genre de réticence. Personne n'avait envie qu'un étranger, surtout un officier de police, fouille dans ses documents personnels.

— Peut-être qu'un détail vous a échappé, objecta-t-il. Et tout ce que je trouverai restera confidentiel, à moins qu'il ne s'agisse de preuves dont nous aurions besoin pour un procès.

Elle fit la moue.

— La démarche semble tellement... indiscrète.

Et elle l'était. Au cours de ses enquêtes, il avait lu tant des lettres d'amour que la production médiocre de romanciers amateurs et accédé à des comptes sur des sites pornographiques. Autant de documents sur lesquels il ne s'était pas attardé, parce qu'ils n'étaient d'aucun intérêt pour ses enquêtes. Mais la plupart des gens étaient gênés à l'idée qu'il allait voir des choses aussi personnelles.

— Il est essentiel que nous recueillions autant d'informations que possible pour déterminer ce qui est arrivé à votre mari et retrouver l'auteur des menaces, dit-il.

— Il n'a pas rappelé. Ce n'était sans doute qu'une blague, de très mauvais goût.

— Je dois quand même fouiller les affaires de Dave.

— Ne devriez-vous pas avoir un mandat ?

Elle semblait craindre qu'il ne trouve quelque chose... mais quoi ?

— Je pourrais en obtenir un, mais ce serait plus simple si vous acceptiez de me laisser fouiller, répondit-il. Plus tôt nous aurons rassemblé les informations, mieux ce sera.

Elle se mordilla la lèvre inférieure.

— D'accord. Mais vous ne trouverez sans doute rien. Dave conservait tous ses documents sur son téléphone.

Elle l'invita à passer derrière le comptoir et le conduisit dans une pièce étonnamment spartiate. Sur le bureau, il n'y avait qu'une éphéméride qui indiquait toujours la veille de la mort de Dave. Les murs en parpaings étaient nus et la seule fenêtre de la pièce donnait sur une ruelle.

— Votre pâtisserie est vraiment très isolée, lança-t-il.

— Ce bâtiment abritait un abattoir, expliqua Sandy, et personne ne veut d'un abattoir en centre-ville. Nous l'avons acheté parce qu'il n'était pas cher. Nous avons pensé que nos pâtisseries étaient assez bonnes pour que les clients viennent jusqu'ici, et nous avions raison.

— J'ai entendu dire que votre spécialité était un gâteau appelé gâteau surprise, dit-il.

— C'est vrai. Une fois que le gâteau est cuit, nous l'évidons et nous le fourrons d'une garniture que le client peut choisir, à moins qu'il ne préfère que nous lui fassions la surprise. La cavité peut aussi accueillir un petit objet. Nous avons mis toutes sortes de choses dans nos gâteaux : bagues de fiançailles, cadeaux d'anniversaire, cotillons... Un jour, on nous a même demandé de cacher un test de grossesse positif dans un cupcake.

Elle haussa les épaules et ajouta :

— Le client est roi.

— Je ferais mieux de m'y mettre, dit-il.

— Comme vous voulez.

Quand elle fut sortie de la pièce, il commença par inspecter le contenu des tiroirs du bureau. Il y trouva les formulaires que les clients remplissaient pour passer leurs commandes, des reçus, des documents émis par le ministère de la Santé et la liste des dons que la pâtisserie avait faits à l'équipe de softball locale et à des organisations caritatives.

Moins de trente minutes plus tard, il avait examiné tout ce que contenait la pièce. Il s'approcha de la porte et demanda :

— Où sont les documents comptables ?

La jeune femme, qui était en train d'étiqueter un plateau de pattes d'ours, répondit sans lever les yeux.

— C'est notre expert-comptable qui s'occupe de ça.

— Vous n'avez aucun document sur votre ordinateur ?

— Dave n'aimait pas les ordinateurs.

Comment pouvait-on faire tourner une entreprise sans registres informatisés ?

— Vous n'avez pas non plus de livre de comptes ?

Elle secoua la tête.

— Tout est chez notre comptable.

— En ce cas, je dois l'interroger.

— Il faudra que je lui en parle. Il voudra sans doute que vous lui présentiez un document officiel.

S'il connaît son travail, il en demandera un, pensa Lucas.

— Où est le contrat que Dave a signé avec George Anton ? demanda-t-il.

Elle le regarda par-dessus son épaule.

— Vous ne l'avez pas trouvé ?

— Non.

Elle posa le plateau de pattes d'ours dans la vitrine, ôta ses gants, les jeta dans la poubelle et le rejoignit dans le bureau.

— Il devrait être ici, dit-elle en ouvrant un tiroir.

Elle fouilla parmi les documents avant de refermer le tiroir pour regarder dans les autres. Enfin, elle releva la tête.

— Il devrait être ici, mais il n'y est pas.

— Y était-il quand vous avez fouillé cette pièce ?

— Je n'ai pas fait attention. Je voulais seulement voir si je trouvais quelque chose de bizarre.

Lucas fronça les sourcils. Il n'avait trouvé ni lettres de menace, ni le contrat passé avec Anton. En somme, aucun document qui soit en lien avec l'affaire, et rien qui indique que Dave envisageait de se suicider.

— J'aimerais regarder chez vous. Peut-être que Dave y conservait des documents dont vous ignoriez l'existence.

Elle fourra de nouveau les mains dans les poches de son tablier.

— Vous devrez attendre que je ferme, à cinq heures et demie.

— Vous pouvez aussi me confier une clé.

Elle recula d'un pas.

— Je ne veux pas que vous fouiniez en mon absence.

Il aurait pu insister, mais n'en fit rien.

— Est-ce que Dave et vous aviez un chien ? demanda-t-il.

— Non.

— Et avant votre mariage ?

— Non. Enfin… si, Dave a eu un chien quand il était enfant. Nous avons eu un chat mais, quand il s'est enfui, nous avons décidé qu'un animal domestique nous privait de notre liberté. Pourquoi cette question ?

— Le médecin légiste a découvert un sédatif dans l'organisme de Dave. Un médicament couramment utilisé pour traiter les crises d'épilepsie chez les chiens.

Elle le regarda fixement.

— Je n'ai jamais rien entendu d'aussi étrange. Dave aurait pris un tranquillisant pour chiens ?

— À l'origine, il était utilisé chez l'homme. Mais le vétérinaire de la ville n'en prescrit pas.

Le vétérinaire d'Eagle Mountain lui avait expliqué qu'il préférait d'autres médicaments, qui présentaient moins d'effets indésirables.

— Peut-être que votre labo a fait une erreur, dit Sandy.

Il en doutait, mais il n'allait pas la contredire.

— Que se passe-t-il entre Anna et vous ? demanda-t-elle.

La question le prit de court, ce qui était d'ailleurs peut-être le but recherché par Sandy.

— Nous sommes allés dîner ensemble, répondit-il.

Cela ne la regardait pas, mais ce n'était pas un secret.

— Vous savez qu'elle est veuve, reprit Sandy. Elle n'était mariée que depuis quelques années quand Jonas est mort.

— Je sais, oui.

Pensait-elle que le passé d'Anna le rebuterait ?

— Je suis quelqu'un de pragmatique, reprit-elle. La mort de Dave m'a dévastée, mais la vie continue malgré tout. Je sais que je dois m'accommoder au mieux de la situation et aller de l'avant. Mais Anna n'est pas comme ça. Elle idolâtrait Jonas. À ses yeux, aucun homme ne pourra jamais lui arriver à la cheville.

Il se raidit.

— Je n'essaie pas de lui « arriver à la cheville », comme vous dites. Nous sommes seulement allés dîner.

— Si vous le dites, répliqua-t-elle en haussant les épaules.

La sonnerie du téléphone retentit.

— Je dois répondre, dit-elle.

Elle retourna dans le bureau et ferma la porte derrière elle. Une demi-douzaine de répliques incisives étaient bloquées dans l'esprit de Lucas, comme étouffées par la question que les mots de Sandy y avaient fait naître : Anna était-elle encore amoureuse de son défunt mari ? Devait-il prendre ses distances avant de faire l'erreur d'envisager plus qu'un dîner ?

La mort bouleversait tellement de choses... Elle était affreuse sur le moment, et le restait pendant des mois, voire des années, alors que ceux qui restaient devaient vivre avec le souvenir des espoirs qui ne s'étaient jamais concrétisés et la réalité de tout ce qu'ils ne pourraient jamais dire ou faire. Les gens apprenaient à vivre avec ce fardeau, à retrouver l'espoir et le bonheur, mais ils ne pouvaient pas prétendre que rien en eux n'avait changé. Leurs proches voyaient leurs cicatrices. Il les voyait en lui-même, et il les reconnaissait chez Anna. Il avait l'impression que cette souffrance partagée les rapprochait, mais il n'était pas tellement sûr que ce soit une bonne base pour une relation.

Non qu'il cherchât une relation, bien sûr. Il goûtait seulement la compagnie de cette femme, qui connaissait son histoire et n'en attendrait pas trop de lui, contrairement à Jenny. Aujourd'hui encore, son plus grand regret était de ne pas avoir pu lui donner ce qu'elle attendait de lui, et encore moins ce qu'elle méritait.

À 17 h 20, Lucas quitta le bureau du shérif pour se rendre chez les Weiss. Un écriteau « À vendre » rouge se détachait sur la neige accumulée sur la pelouse, et la terrasse était vide de tout meuble, comme si la maison était déjà inhabitée. Comme l'allée était déserte, il se gara le long du trottoir pour attendre Sandy. Quand elle arriva, cinq minutes plus tard, elle se dirigea vers la porte sans lui accorder un seul regard.

— Vous perdez votre temps, dit-elle quand il la rejoignit. Vous ne trouverez aucun indice ici.

— On ne sait jamais, répondit-il seulement.

Quand il entra, il fut frappé de voir à quel point la maison semblait vide. Il n'y avait plus aucun meuble dans le salon et la salle à manger, hormis un fauteuil et un lampadaire perdus au milieu d'une étendue de moquette d'un beige insipide.

— Si je dois déménager, autant me débarrasser de tout.

Elle passa devant la porte qui donnait dans la cuisine et longea un couloir jusqu'à une chambre meublée d'un lit queen size et d'une petite table sur laquelle était posée une lampe. Des cartons étaient empilés le long de l'un des murs.

— Cette penderie était celle de Dave, dit-elle en tendant le doigt, mais j'ai déjà donné la plupart de ses affaires.

Il ouvrit la bouche pour lui demander pourquoi, mais elle poursuivit :

— Je pensais qu'il s'était suicidé, et cela me faisait trop mal de les voir. J'ai tout donné à la boutique de seconde main tenue par une organisation caritative.

Il acquiesça. Il avait été tenté de faire de même avec toutes les affaires de Jenny après sa mort, mais il avait fini par demander à sa sœur de les prendre.

Il ouvrit la porte de la penderie, mais n'y vit qu'un bouton tombé d'une chemise, posé sur une étagère, et une ceinture usée accrochée à un clou. Il secoua la tête et referma la porte.

Comme Sandy avait quitté la pièce, il s'approcha de sa penderie. Contrairement à celle de Dave, elle était pleine à craquer – chemises, pantalons, quelques jupes, robes et manteaux d'hiver, ainsi qu'une vingtaine de paires de bottes et de chaussures, des affaires de sport et un panier de linge sale. Il soupira et entreprit de tout examiner.

Plusieurs des chemises étaient assez grandes pour avoir appartenu à Dave, mais les poches étaient vides. Il passa alors à la commode, mais tout ce qu'elle contenait appartenait à Sandy et ne lui apprit rien sur elle qu'il ne savait déjà : elle portait peu de bijoux et préférait les tenues décontractées et confortables. Quant aux murs de la chambre, ils étaient nus. S'il y avait jamais eu des photos, elles étaient déjà dans les cartons.

Il ressortit de la chambre et la trouva dans la cuisine, debout au comptoir, une tasse de café à la main.

— Avez-vous informé votre expert-comptable que je voulais voir les documents ? demanda-t-il.

— Pas encore.

Elle prit une gorgée de café avant de le regarder droit dans les yeux. Si son regard n'était pas à proprement parler hostile, il était froid, avec une trace d'agacement.

— Est-ce que Dave conservait des documents professionnels dans cette maison ?

— Non.

— Avait-il un bureau ici ?

— Il avait un secrétaire, mais je l'ai déjà donné.

— Qu'avez-vous fait de son contenu ? demanda-t-il.

— J'ai tout brûlé.

Elle sourit, comme si elle se délectait de sa frustration.

— J'ai tout regardé avant, reprit-elle, mais je n'ai rien trouvé. Ni journal, ni lettre d'adieu, ni projet de suicide.

— Aucune lettre de menace non plus ?

— Non. Rien.

Il balaya la cuisine du regard. Les portes de deux placards étaient ouvertes sur des étagères vides. Il y avait trois cartons sur le comptoir, dont l'un contenait de la vaisselle. Il perdait son temps, dans cette maison.

— Où est votre salle de bains ?

— Au bout du couloir, à côté de la chambre, répondit-elle.

Une fois dans la salle de bains, il fouilla rapidement l'armoire à pharmacie, mais n'y trouva que des médicaments délivrés sans ordonnance et quelques antihistaminiques périmés. Pas de phénobarbital, pas plus que de somnifères ou d'anxiolytiques – rien qui puisse indiquer que Dave, ou Sandy, avait été soumis à un stress supplémentaire.

La jeune femme apparut à la porte alors qu'il fouillait parmi les serviettes rangées sous le lavabo.

— Avez-vous fini ? demanda-t-elle.

— Je veux voir le garage.

Elle ouvrit la porte de derrière, traversa la cour et entra dans un garage pour une voiture. Il avait lui aussi été entièrement vidé. Il ne restait rien sur les étagères, pas même un vieux pot de peinture. Sans la tache d'huile sur le sol, on aurait pu croire que ce garage n'avait jamais servi.

— Un type de Delta m'a donné un bon prix pour tout ce qu'il y avait là-dedans, dit Sandy. Il a tout emporté hier.

Lucas secoua la tête. Peut-être qu'il aurait trouvé un indice s'il était venu avant que Sandy ait donné ou brûlé toutes les affaires de Dave. Mais il était trop tard, maintenant.

Il prit congé et remonta dans sa voiture de patrouille. Il y resta assis pendant un long moment, sans démarrer, en se demandant s'il devait retourner au bureau et passer le dossier en revue une fois de plus. Quand son téléphone sonna et qu'il vit le nom d'Anna sur l'écran, son moral remonta un peu.

— Bonjour, dit-il. Comment vas-tu ?

— Pas très bien, répondit-elle d'une voix tremblante.

Il se redressa, alarmé.

— Qu'est-ce qui se passe ?

— Je viens de rentrer du travail. Il y a un message sur ma porte d'entrée. Il dit...

Sa voix la trahit, la forçant à s'interrompre. Elle prit une inspiration hachée et reprit :

— Il dit que si je ne suis pas prudente je serai la prochaine à mourir !

9

Anna s'assit sur la balancelle, s'emmitoufla dans son manteau et attendit Lucas. Jacquie vint se blottir contre elle et posa la tête sur ses genoux. Elle passa les doigts dans les boucles de la chienne et regarda la rue pour ne pas poser les yeux sur la feuille de papier ligné punaisée à sa porte d'entrée. Mais elle n'avait pas besoin de la voir pour se rappeler ce qu'elle disait : « Mêle-toi de tes affaires ou tu seras la prochaine à mourir. »

Le message mélodramatique n'aurait pas déparé dans un mauvais film de série B, mais il demeurait terrifiant.

Un SUV noir et blanc du bureau du shérif s'engagea bientôt dans sa rue. Elle se leva aussitôt et s'avança. Jacquie vint s'asseoir à côté d'elle, et toutes deux regardèrent Lucas se garer et remonter l'allée à grands pas.

— Est-ce que ça va ? demanda-t-il en scrutant son visage.

— Ça va, oui, répondit-elle. Ce n'est qu'un bout de papier, mais qui a pu faire ça ?

Il s'approcha de la porte et étudia le message pendant quelques instants avant de sortir son téléphone pour le photographier. Ensuite, il enfila une paire de gants en nitrile, arracha la punaise qui maintenait le message en place et glissa le tout dans un grand sachet en plastique. Il inscrivit quelques mots sur l'étiquette collée sur le sachet avant de le ranger, ainsi que ses gants, dans la poche de son blouson.

— À quelle heure as-tu trouvé ce message ? demanda-t-il.

— En rentrant de la boutique, vers 18 h 10.

— Est-ce que tu l'as touché ?

Elle secoua la tête.

— Non. Je l'ai seulement lu, puis relu, avant de regarder tout autour de moi. Je ne sais pas pourquoi, d'ailleurs. L'auteur ne serait pas resté pour guetter ma réaction, et Jacquie n'était pas agitée comme elle l'aurait été si elle avait senti la présence d'un étranger. Ensuite, je me suis assise sur la balancelle et je t'ai attendu.

Elle s'était assise parce que ses jambes ne la portaient plus, et elle l'avait appelé parce qu'elle se sentirait plus forte, plus rassurée, si c'était lui qui venait, et non un autre adjoint.

— À quelle heure es-tu partie de chez toi, ce matin ?

— Dix heures moins le quart. D'habitude, j'arrive au magasin à 9 heures pour travailler avant l'ouverture, mais je suis partie plus tard parce que j'avais mal dormi.

Elle avait passé une bonne partie de la nuit à se tourner et se retourner dans son lit, en proie à un maelström d'émotions.

— Je vais aller interroger tes voisins. Peut-être que l'un d'eux aura vu quelqu'un s'approcher de ta maison.

Il toucha son épaule.

— Est-ce que tu te sens capable de rester seule ?

— Bien sûr. Et je ne suis pas seule : j'ai Jacquie.

Elle baissa les yeux vers la chienne, qui se pressait contre sa jambe. Jacquie était la gentillesse incarnée, mais sa taille et ses aboiements sonores pouvaient intimider ceux qui ne la connaissaient pas.

Elle regarda Lucas traverser la rue, frissonna et décida qu'elle était ridicule de ne pas entrer se mettre au chaud. Elle déverrouilla la porte et laissa la chienne entrer la première. Si un intrus était tapi à l'intérieur, Jacquie le sentirait.

Mais la chienne trottina aussitôt jusqu'à sa gamelle d'eau. Pendant qu'elle lapait bruyamment, Anna accrocha son manteau avant de la rejoindre dans la cuisine. Elle mit la bouilloire sur le feu et regarda par la fenêtre dans l'espoir d'apercevoir Lucas. Mais la rue était déserte.

Il frappa à la porte au moment où la bouilloire commençait à siffler. Elle coupa le gaz et se hâta d'aller lui ouvrir.

— Ta voisine d'en face a vu un livreur, peu après midi, dit-il. Il portait une chemise et un pantalon marron et une casquette de base-ball, et il avait les cheveux courts. Elle a dit « il », mais a reconnu qu'il pouvait tout aussi bien s'agir d'une femme. Cette personne s'est approchée de toutes les maisons, de ton côté de la rue, mais aucun de tes voisins n'a reçu de livraison aujourd'hui.

— Viens dans la cuisine, proposa-t-elle.

Il la suivit, ôta son manteau et le posa sur le dossier d'une chaise.

— Je fais du thé. Est-ce que tu en veux ? Ou du chocolat ?

— Non merci, répondit-il.

Il s'assit et reprit :

— Te souviens-tu d'avoir fait quelque chose qui aurait pu contrarier l'auteur de ce message ? Ou qui aurait pu lui donner l'impression qu'il était menacé ?

Elle s'assit face à lui.

— Non. Je ne vois pas qui pourrait se sentir menacé par moi.

— Dis-moi tout ce que tu as fait ces trois derniers jours. À qui as-tu parlé ?

— Après le sauvetage de samedi, je suis passée à la pâtisserie.

— Pourquoi ?

— Je voulais prendre des nouvelles de Sandy et en apprendre plus sur son entrevue avec George Anton.

Elle rougit.

— Je sais que cela ne me regarde pas, mais je voulais savoir.

— Que t'a-t-elle dit ?

— Pas grand-chose, avoua-t-elle. Elle a un peu râlé contre ceux qui la jugent parce qu'elle fait tourner la pâtisserie et l'a mise en vente, ainsi que la maison, au lieu de s'effondrer sous le coup de la douleur. Je lui ai parlé de l'accident d'Anton, mais elle a cessé de s'y intéresser quand je lui ai dit qu'il n'était pas mort. Quant à leur entrevue, elle m'a seulement dit qu'elle avait bien eu lieu.

Elle remua son thé.

— Je ferais une bien piètre détective. Je ne suis pas douée pour interroger les gens. Je ne suis pas assez subtile.

— Est-ce que Sandy a semblé t'en vouloir ?

— Non. Elle était comme d'habitude, ni franchement hostile ni amicale. Nous nous tapons mutuellement sur les nerfs. Devant elle, je me sens maladroite et bonne à rien, et elle semble penser que je la juge, alors que j'ai beaucoup d'admiration pour elle. Je le lui ai déjà dit, mais elle ne me croit pas.

— D'accord. À qui d'autre as-tu parlé ?

— Gemma et mes clients, bien sûr, mais aucun d'eux ne menacerait de me tuer.

Elle prit une gorgée de thé en choisissant ses mots.

— J'ai parlé à quelqu'un d'autre, samedi. Quelqu'un qui ne me porte pas dans son cœur.

Elle se força à regarder Lucas dans les yeux.

— J'ai appelé Justin pour voir quelle serait sa réaction quand je lui parlerais de Shaylin Brown. Il ne s'est pas privé de me faire remarquer que c'était mesquin de ma part, et il avait sans doute raison.

— Qu'avait-il à dire d'autre ?

— Seulement que les contrats que propose George Anton bénéficient tant aux restaurants qu'aux fournisseurs.

Une nouvelle pensée lui vint à l'esprit.

— Et si Justin avait dit à George que je me renseignais sur lui ? Si c'est lui qui menace Sandy, il a peut-être décidé de me menacer aussi.

— Nous n'avons trouvé aucune preuve qu'il soit l'auteur de ces menaces. Mais… laisse-moi vérifier quelque chose.

Il sortit son téléphone, composa un numéro et s'identifia auprès de la personne qui lui répondit.

— Pouvez-vous me dire à quelle heure George Anton est sorti de l'hôpital ? On l'a transféré hier matin, depuis le comté de Rayford.

Il écouta la réponse avant de demander :

— Et la femme qui était avec lui ? Shaylin Brown ?

Il prit quelques notes sur le petit carnet qu'il avait sorti de sa poche, remercia son interlocuteur et raccrocha.

— George Anton est sorti hier après-midi, dit-il, et Shaylin Brown aujourd'hui à 14 heures. Elle ne peut donc pas avoir laissé ce message, mais George, si.

— S'il est l'auteur de ces menaces, c'est sans doute parce qu'il a quelque chose à cacher, dit-elle.

Elle frissonna. Jusqu'où irait-il pour que son secret – quel qu'il soit – ne s'ébruite pas ?

— Je l'interrogerai pour voir s'il a un alibi, annonça Lucas. Et nous comparerons ce message à celui que nous a donné Sandy.

— Il lui ressemble. Les deux pages auraient pu être arrachées au même cahier.

— Je suis d'accord avec toi, mais nous vérifierons quand même. Et le reste du week-end et aujourd'hui ? demanda-t-il. Qui as-tu vu, à qui as-tu parlé ?

— Dimanche, je suis restée à la maison. J'ai fait le ménage, regardé la télé et tricoté, et je n'ai parlé à personne. Aujourd'hui, j'étais au magasin. J'ai discuté avec Gemma et les clients, mais nous avons surtout parlé de tricot.

Il hocha la tête et griffonna quelques mots dans son carnet. Elle se redressa sur sa chaise. Maintenant que le choc qu'elle avait éprouvé en trouvant ce message s'était estompé, elle était de plus en plus en colère.

— As-tu du nouveau sur la mort de Dave ? demanda-t-elle.

— J'ai fouillé son bureau aujourd'hui, mais sans rien trouver qui puisse me faire penser qu'il recevait des menaces ou envisageait le suicide. Mais tout le monde ne note pas ce genre de choses par écrit.

Elle prit une autre gorgée de thé. Il était froid, à présent, et amer. Elle reposa sa tasse et la poussa de côté.

— Un détail m'a frappée quand j'ai appelé Justin, reprit-elle. Il m'a dit que le contrat qu'il avait conclu avec George leur profitait à tous les deux. Son restaurant existe depuis quinze ans maintenant. Il est habile en affaires, et jamais il ne contracterait un marché sans être sûr d'en tirer un bénéfice. Alors… comment Dave a-t-il pu se retrouver couvert de dettes ? Il n'était pas aussi rusé que Justin, mais il n'avait jamais eu de difficultés financières.

— Peut-être que ce marché est plus avantageux pour les restaurateurs que pour les fournisseurs, suggéra Lucas. À moins que Dave ne se soit endetté auprès des organismes qui lui ont accordé un prêt.

— Mais c'est Anton qui le lui a accordé !

— Vraiment ? Comment est-ce que j'ai pu rater ça ?

— C'est ce que Sandy m'a dit, mais elle a aussitôt semblé le regretter. Apparemment, Anton leur a prêté l'argent dont ils avaient besoin pour s'agrandir afin de pouvoir fournir plus de pâtisseries aux restaurants qui comptaient parmi ses clients. Sandy a ajouté que le taux d'intérêt était assez bas et qu'Anton avait promis de leur donner suffisamment de travail pour qu'ils puissent rembourser le prêt et faire un petit bénéfice, mais que les choses ne s'étaient pas déroulées comme prévu.

— Je me demande avec combien d'autres personnes Anton a conclu un accord similaire, dit Lucas.

— Est-ce que cette activité est illégale ?

— Je ne pense pas, mais ce n'est pas mon domaine d'expertise. Je poserai la question à mes collègues de Junction.

Il s'appuya au dossier de sa chaise.

— Comment te sens-tu maintenant ?

— Plus calme, répondit-elle en souriant. Ce message est tellement ridicule qu'avec le recul j'ai du mal à avoir peur. Il est troublant, oui, mais trop mélodramatique. Pourquoi prévenir quelqu'un qu'on a l'intention de le tuer ?

— Peut-être que son auteur ne cherche qu'à te convaincre de garder le silence.

— Dommage qu'il ne précise pas ce que je ne dois pas dire.

Lucas se leva.

— Est-ce que tu penses pouvoir rester seule ici cette nuit ? Je demanderai à l'adjoint de service de passer dans ta rue de temps en temps pour s'assurer que tout va bien. Mais si tu préfères je peux te proposer de dormir chez moi. J'ai une chambre d'amis convenable.

Son cœur se mit à battre un peu plus vite. Si elle passait la nuit chez lui, ce ne serait pas nécessairement dans la chambre d'amis. Mais quand elle se leva elle aussi elle répondit :

— Je vais rester ici. Mais si tu dînais avec moi ? Je ne sais pas si tu aimes manger seul mais, moi, je déteste ça.

Il sourit.

— Ça me ferait plaisir.

Elle allait faire des pâtes accompagnées de poulet et de légumes. Elle ouvrit le réfrigérateur, en sortit plusieurs sachets et les lui tendit.

— Est-ce que tu peux émincer les poivrons pendant que j'épluche les carottes ?

Quand elle referma le réfrigérateur, elle vit qu'il regardait les photos fixées sur la porte. Il désigna du menton celle qui la montrait avec Jonas, Sandy et Dave, au sommet de Dakota Ridge.

— Est-ce que c'est ton mari ?

— Oui.

— Vous avez l'air heureux ensemble. Je suppose que tu l'aimais énormément.

— Oui, et je l'aimerai toujours. Comme tu aimeras sans doute toujours ta petite amie, toi aussi.

Il lui décocha un regard rapide, troublé, avant de détourner les yeux.

— Oui, dit-il simplement.

Il posa les légumes sur le comptoir avant de prendre un couteau sur le bloc.

— Comment veux-tu que j'émince ces poivrons ?

Ils auraient pourtant dû pouvoir parler librement de leurs ex. Pour dissiper la gêne qui s'était installée entre eux, elle demanda :

— Comment vous êtes-vous rencontrés, Jenny et toi ?

Il répondit sans quitter la planche à découper des yeux.

— En attendant d'entrer à l'académie de police, j'étais volontaire civil. Le commissariat se trouvait dans le même bâtiment que le centre des impôts où elle travaillait.

— C'est un cousin qui m'a présentée à Jonas, dit-elle. Nous nous sommes tout de suite bien entendus.

— Il m'a fallu trois semaines pour convaincre Jenny de sortir avec moi. Elle refusait de fréquenter un flic.

— Qu'est-ce qui l'a fait changer d'avis ?

Il releva enfin la tête, et son sourire malicieux la fit rire.

— Mon charme irrésistible, bien sûr.

Il souleva la planche à découper.

— Est-ce que cela te semble bien ?

— Parfait.

Elle remplit une casserole d'eau pour y faire cuire les pâtes avant de retourner à leur conversation.

— Pourquoi as-tu voulu entrer dans la police ?

— Je voulais faire une différence. Ça a l'air ringard, mais c'est la vérité. Et j'ai pensé que mon tempérament convenait à ce métier : travailler seul ne me dérange pas, pas plus que parler aux gens. Chaque journée est différente. Une grande partie de mon travail est ennuyeuse, mais d'autres moments sont passionnants. Ce travail n'est pas fait pour tout le monde, mais il me plaît.

La conversation dériva vers leur passé et leurs centres d'intérêt et l'atmosphère se détendit. Cette soirée ressemblait plus à un premier rendez-vous que leur dîner de l'autre soir, pensa-t-elle. Ce soir-là, ils avaient surtout parlé de la mort de Dave. Aujourd'hui, ils apprenaient à se connaître, et ce qu'elle découvrait lui plaisait beaucoup.

— Ça a l'air délicieux, dit-il quand ils s'attablèrent enfin devant leur dîner. Merci de m'avoir invité.

— Tu es d'une compagnie agréable, répondit-elle.

— Toi aussi.

Leurs regards s'unirent et elle sentit un picotement jusque dans les orteils. Cette sensation la surprit et la rendit un peu nerveuse en même temps qu'elle l'emplissait d'espoir. Tout en elle n'était pas mort avec Jonas, tout compte fait.

Il insista pour l'aider à faire la vaisselle et elle envisagea de lui proposer un café ou un dernier verre de vin. Il était trop tôt pour qu'elle l'invite à rester pour la nuit, mais elle avait plaisir à envisager cette idée. C'était vraiment un grand pas en avant, mais il ne la rendait pas aussi fébrile qu'elle l'aurait pensé, peut-être parce que quelque chose en elle était prêt pour un avenir sans Jonas. Même si cela faisait deux ans qu'il était parti, il représentait encore une partie de sa vie. Une partie essentielle. Mais peut-être qu'elle se résolvait enfin à le laisser partir, afin qu'ils trouvent tous deux la paix.

— Je ferais mieux de m'en aller, dit Lucas en s'essuyant les mains sur un torchon à vaisselle. Tu es sûre que tu peux rester seule ?

Elle tenait l'occasion de lui demander de rester, mais elle voyait bien qu'il voulait partir.

— Tout ira bien, affirma-t-elle.

Quand il eut remis son manteau, elle le raccompagna à la porte.

— Merci pour le dîner.

— J'ai passé un bon moment, répondit-elle en posant une main sur son bras. Il faudra que nous recommencions bientôt.

Elle le regarda dans les yeux pour essayer de lui faire comprendre à quel point il l'attirait. Ensuite, elle baissa les yeux vers ses lèvres et se rapprocha un peu de lui. Il allait forcément comprendre l'allusion et l'embrasser pour lui souhaiter bonne nuit. Peut-être même qu'ils reprendraient les choses là où ils avaient dû les laisser l'autre soir, quand Sandy les avait interrompus. Mais il posa la main sur la poignée de la porte et annonça :

— Je vais inspecter les alentours avant de partir.

Elle alla jusqu'à la fenêtre pour le regarder. Il alluma une lampe torche et disparut derrière la maison. Quand il réapparut, il leva le pouce et se dirigea vers son SUV. Elle croisa les bras sur son ventre et alla s'asseoir sur le canapé. Pour ce qui était de son propre « charme irrésistible », on repasserait. Lucas Malone semblait immunisé.

10

Le mardi matin, Anna étiquetait les pelotes de laine destinées au bac à promotions quand Sandy l'appela.

— Si nous allions boire un verre après le travail ?

— Euh... oui, bien sûr, répondit-elle.

Sandy ne l'avait jamais invitée, à moins que Dave et Jonas ne soient présents eux aussi. Maintenant qu'elles étaient toutes deux veuves, les efforts qu'Anna consentait pour gagner l'amitié de Sandy payaient-ils enfin ?

— Ça me ferait vraiment plaisir, ajouta-t-elle.

— Retrouve-moi au Chez Mo, à six heures et quart.

Et elle raccrocha, sans attendre de confirmation.

— Un problème ? demanda Gemma en laissant tomber une brassée de laine sur l'établi. Tu as l'air troublée.

— Non, tout va bien.

Elle reprit l'étiqueteuse et ajouta :

— Sandy Weiss vient de m'inviter à prendre un verre avec elle au Chez Mo, ce soir.

— Ça n'a pas l'air de te faire plaisir, lança Gemma.

— Si, ça me fait plaisir. Seulement, je ne m'y attendais vraiment pas.

Elle prit un écheveau de cachemire orange. Cette laine ne s'était jamais bien vendue, peut-être en raison de son prix, mais il fallait qu'elle l'écoule afin de faire de la place pour les nouveaux arrivages.

— Je pensais présenter quelques ouvrages réalisables avec un seul écheveau. Qu'est-ce que tu en penses ?

— C'est une bonne idée, répondit Gemma. Nos clients pourraient se laisser plus facilement convaincre d'acheter les laines les plus chères. Est-ce que Sandy fait du crochet, ou du tricot ?

— Je ne pense pas, non.

Sandy n'avait jamais manifesté le moindre intérêt pour les pièces qu'Anna avait tricotées, et elle avait une fois déclaré qu'elle ne voyait pas l'utilité des travaux manuels.

— Peut-être que tu peux la convertir. C'est un excellent moyen d'évacuer le stress.

Sandy évacuait sans doute son stress en allant courir ou soulever de la fonte. Rien de mal à ça, bien sûr, même si Anna préférait le tricot et le yoga. Elle sourit : elles étaient vraiment aux antipodes l'une de l'autre, mais cela ne leur interdisait pas de devenir de meilleures amies.

Un trio de clients entra : deux femmes, qui semblaient être ensemble, suivies de Kyle Saddler.

— Bonjour, Anna, dit Kyle en venant droit vers elle.

— Bonjour, Kyle. Est-ce que ta nièce a aimé son cadeau ?

Pendant un instant, il sembla se demander de quoi elle parlait.

— Oh ! ma nièce... Elle l'a beaucoup aimé, oui. Tu as très bien choisi.

Il se rapprocha et Anna se demanda comment il pouvait ne pas sentir le regard de Gemma, qui le fixait comme si elle essayait de lui forer un trou dans le dos.

— Qu'est-ce que je peux faire pour toi ? demanda-t-elle en se détournant pour réagencer la laine présentée sur sa gauche.

— J'ai entendu dire que tu étais allée dîner avec le nouvel adjoint du shérif, l'autre soir.

Elle s'immobilisa et grimaça intérieurement. Bien sûr, on l'avait vue au restaurant avec Lucas, et certaines personnes s'étaient empressées de répandre la nouvelle. Dans une aussi petite ville qu'Eagle Mountain, où tout le monde se connaissait, les nouvelles voyageaient vite.

Elle se tourna vers Kyle.

— J'espère que tu n'as pas répandu de rumeurs sur moi.

Elle avait souri pour adoucir ses paroles, mais les oreilles de Kyle n'en virèrent pas moins au rose.

— Je te promets que non, dit-il. Mais j'en ai déduit que tu avais peut-être changé d'avis, et je viens donc t'inviter une nouvelle fois à dîner avec moi.

Elle pinça les lèvres pour gagner du temps et trouver une réplique plus gentille que celle qui lui venait à l'esprit : elle pouvait sortir avec qui elle voulait, cela ne le regardait pas. Il devait se montrer courtois et accepter qu'elle lui dise non. Mais, quoi qu'elle lui réponde, elle savait qu'elle le blesserait.

— Je te remercie, Kyle, dit-elle enfin en se forçant à le regarder en face, mais je n'ai pas envie de dîner avec toi. Ça ne m'intéresse pas.

— Comment as-tu rencontré cet adjoint, d'abord ?

« Le jour où j'ai craqué pendant que mon mari agonisait », aurait-elle pu dire. Ou : « Quand le meilleur ami de mon mari est mort. » Deux circonstances qui semblaient aussi malvenues l'une que l'autre pour entamer une relation intime.

— C'est sans importance, répondit-elle seulement.

Il fronça les sourcils.

— Si tu as besoin d'être rassurée ou protégée, tu n'as pas besoin d'appeler un flic. Tu peux m'appeler.

Quelle drôle de remarque.

— Et de qui aurais-je besoin d'être protégée ?

Il haussa les épaules.

— Quelqu'un a vu ce flic chez toi hier soir, en uniforme. J'en ai déduit que tu l'avais appelé parce que tu avais un problème, mais peut-être qu'il était là pour une tout autre raison.

Elle se redressa de toute sa taille et rétorqua sèchement :

— Ce que je fais de ma vie ne te regarde pas.

La conversation devenait de plus en plus gênante. Pour y mettre fin, elle prit une pelote de laine et lança :

— Mary Louise ? Il faut absolument que vous voyiez le mélange de mohair et de soie que nous venons de recevoir.

Mary Louise, qui était une habituée de la boutique, examina obligeamment la pelote de laine qu'Anna lui avait collée dans les mains et les deux femmes se mirent à discuter des ouvrages pour lesquels cette laine pourrait convenir. Anna faisait mine d'être entièrement absorbée par la conversation mais, quand Kyle sortit de la boutique, elle n'entendit que trop bien la porte claquer derrière lui.

Mary Louise finit par acheter dix pelotes du mélange de soie et de mohair pour tricoter un pull-over et son amie, les fournitures nécessaires à la confection d'une couverture de bébé. Quand elles furent parties, Gemma rejoignit Anna près de la caisse enregistreuse.

— Kyle n'avait pas l'air content, dit-elle.

— Tu peux le dire. Il a appris que j'étais allée dîner avec Lucas et en a déduit que j'étais prête à sortir avec un homme.

— Tu veux dire qu'il a cru que tu étais prête à sortir avec lui.

— Oui. Et maintenant il est furieux parce que j'ai refusé.

Elle soupira.

— Je ne peux rien y faire, mais il va y avoir un malaise entre nous maintenant, et je déteste ça.

— Je parie que tu as repoussé beaucoup d'hommes avant de rencontrer Jonas, lança Gemma.

— Qu'est-ce qui te fait dire ça ?

— Tu es jolie, mais tu es aussi assez spéciale. Ne te méprends pas : c'est un compliment. Je suis sûre que tu n'as jamais été du genre à accepter toutes les invitations.

— Et tu as raison. Mais on dirait que j'ai oublié comment repousser un homme en douceur.

— J'espère que Lucas Malone réalise sa chance.

Gemma prit un carton rempli de livres et alla les disposer en vitrine, pendant qu'Anna rangeait le comptoir en repensant aux paroles de son amie. Quand Lucas l'avait invitée à dîner, elle avait accepté sans hésiter. Pourquoi ? Et pourquoi le trouvait-elle tellement attirant alors que les autres hommes la laissaient de marbre ?

Peu avant 18 heures, elle ferma la boutique et passa chez elle pour y laisser Jacquie avant de prendre la direction de Chez Mo. Aucun message sinistre n'était punaisé à la porte et, même si Jacquie sembla déçue de ne pas être de la partie, elle se comporta normalement.

Une fois au Chez Mo, Anna se fraya un chemin parmi la foule du *happy hour* pour atteindre la table où l'attendait Sandy.

— Merci pour cette invitation, dit-elle en ôtant son manteau.

— Je voulais te parler, répondit Sandy.

Une serveuse lui apporta une bière et demanda à Anna ce qu'elle désirait.

— Un verre de pinot noir, dit Anna.

Quand elles furent de nouveau seules, elle demanda :

— De quoi voulais-tu me parler ?

Sandy prit une gorgée de bière et dévisagea Anna pendant tellement longtemps qu'elle commença à se sentir mal à l'aise. La jeune femme portait un pull-over marin trop grand pour elle, qui avait probablement appartenu à Dave, et ses cheveux courts semblaient avoir été fraîchement coupés. Des boucles d'oreilles en perle et une touche de mascara ajoutaient une touche féminine.

— J'ai appris que Lucas Malone était chez toi hier, lâcha-t-elle enfin.

Anna tressaillit.

— Qui te l'a dit ?

— Ne sois pas aussi nerveuse. Alma Bettinger, qui habite dans ta rue, est passée à la pâtisserie aujourd'hui. Elle a dit qu'un SUV du shérif était garé dans ton allée et qu'un flic très bien de sa personne... ce sont ses mots, pas les miens... interrogeait tes voisins pour savoir s'ils avaient vu quelqu'un rôder près de chez toi pendant que tu étais au travail.

Anna croisa les bras sur son ventre.

— Il y avait un message sur ma porte, comme celui que tu as reçu, avec les mots découpés dans un magazine.

— Et que disait ce message ?

— « Mêle-toi de tes affaires ou tu seras la prochaine à mourir. »

— Hum, fit Sandy en se reculant sur sa chaise. Pourquoi te menacerait-on ?

— Je n'en sais rien.

— Est-ce que l'auteur de ce message pense que tu as un lien avec moi, ou avec quelque chose qui me concerne ?

— Je n'en sais rien, répéta-t-elle.

La serveuse lui apporta son verre de vin. Elle la remercia et en prit une gorgée.

— Tu as été appelée samedi dernier pour participer au sauvetage de George Anton, reprit Sandy.

— Oui.

— Est-ce que tu lui as parlé de moi, ou de Dave ?

— Non. Je ne lui ai même pas adressé la parole.

Elle hésita avant d'ajouter :

— Mais j'ai questionné mon beau-frère à son sujet. Justin dirige un restaurant à Junction, le Red Mesa. Il a passé un contrat avec Anton pour approvisionner son restaurant.

— Et qu'est-ce que ton beau-frère t'a dit sur lui ?

— Que l'accord qu'ils avaient conclu lui profitait et qu'Anton avait bonne réputation.

— C'est vrai, dit Sandy en hochant la tête. Dave s'était renseigné sur lui avant de signer. Mais le contrat s'est avéré moins profitable pour nous que pour la plupart des gens.

— Pourquoi ? demanda Anna. Si Anton vous avait prêté de l'argent pour vous agrandir, il avait tout intérêt à ce que vous ayez assez de travail pour le rembourser.

— Si je connaissais la réponse à cette question, je ne serais pas dans un tel pétrin.

Elle reposa son verre vide et, d'un geste, en commanda un autre.

— Est-ce que Lucas t'a dit ce que les flics avaient découvert jusqu'ici ? Ils ne veulent rien me dire.

— Il m'a seulement dit qu'il avait fouillé le bureau de Dave, mais qu'il n'avait rien trouvé.

— Il y a passé la moitié de la journée, oui. Au moins, il n'a rien dérangé. Et nous avons parlé de toi.

— Vraiment ?

Elle s'efforça de ne pas sembler trop alarmée.

— Je lui ai conseillé de ne pas tomber amoureux de toi parce que tu étais toujours mariée à Jonas.

— Jonas est mort, dit Anna.

— C'est vrai, mais tu te sens toujours mariée à lui, n'est-ce pas ? Un homme comme Malone ne devrait pas perdre son temps avec toi alors qu'il y a tellement de femmes dans cette ville qui crèvent d'envie de sortir avec un homme.

Était-ce les deux seules catégories de femmes qui existaient pour Sandy ? Celles qui étaient en manque et celles qui n'étaient pas disponibles ?

— J'aimerai toujours Jonas, dit-elle. Mais cela ne veut pas dire que je ne pourrai jamais aimer quelqu'un d'autre.

— Mais, quand même, je ne te vois pas avec un flic. Plutôt avec un professeur, un bibliothécaire... ce genre d'homme.

— Jonas n'était ni professeur ni bibliothécaire.

Sandy haussa les épaules.

— Quand tu l'as rencontré, tu étais plus jeune. Tu n'avais pas encore pris tes petites habitudes.

Anna avala une grande gorgée de vin pour se retenir de rétorquer qu'elle n'avait pas de « petites habitudes ». Mais elle n'était pas venue ici pour se disputer avec Sandy. Elle se força donc à se détendre et lui adressa un sourire qui se voulait énigmatique.

— Nous verrons bien ce qui arrive, reprit-elle. Mais toi, comment vas-tu ? Je sais que tu as beaucoup de dispositions à prendre. Toutes les démarches à accomplir au décès d'un conjoint sont assez rébarbatives.

— J'attends toujours que le comté me rende le corps.

— Qui va organiser les obsèques ? Hawkins et White ? Ils m'ont beaucoup aidée à organiser la cérémonie pour Jonas.

— Il n'y aura pas de cérémonie, précisa Sandy.

— Vraiment ?

Sandy prit la seconde bière que lui apportait la serveuse.

— Ce n'est pas mon truc, et ce n'était pas non plus celui de Dave. Je vais le faire incinérer et j'irai répandre les cendres quelque part dans les montagnes, au printemps.

Anna faillit protester, lui dire que les amis de Dave aimeraient avoir une occasion de lui dire adieu, mais là encore elle se tut. Ce n'était pas à elle de prendre cette décision. Sandy semblait forte, mais peut-être qu'elle se sentait incapable de supporter le poids d'une cérémonie solennelle. Aussi se borna-t-elle à répondre :

— Ce serait très symbolique.

— J'ai reçu une offre pour la maison aujourd'hui, poursuivit Sandy. Je ne peux rien faire avant d'avoir le certificat de décès, mais l'acheteur n'est pas pressé, heureusement.

— Ça a été rapide.

— Il y a beaucoup de demandes. Je devrai quand même vendre aussi la boutique, mais j'ai bon espoir d'en tirer une somme suffisante pour rembourser nos dettes.

Sandy avait donc décidé de les honorer. Mais comment pouvait-elle sembler aussi calme ? Si Anna avait dû quitter sa maison et abandonner toute son enfance, elle aurait été dévastée.

— Que vas-tu faire ensuite ? demanda-t-elle.

— Voyager un peu, peut-être, ou aller m'installer au Mexique. J'ai quelques économies ; je m'en sortirai.

Anna s'efforça de masquer sa surprise. Si Sandy avait de l'argent, pourquoi vendait-elle tout ? Mais peut-être que la somme était bloquée, dans un fidéicommis, par exemple.

— Oh ! dit-elle seulement. C'est bien.

Sandy lui décocha un sourire narquois.

— Tu ne pensais pas que j'allais laisser George Anton et la banque tout me prendre, n'est-ce pas ?

Elle s'était bercée d'illusions en pensant qu'elle dissimulait ses pensées à cette femme.

— Ça te fera du bien de prendre un nouveau départ.

— Peut-être, mais je ne peux rien faire avant que le bureau du shérif ait bouclé son enquête.

— Savoir qui a tué Dave ne le ramènera pas, mais ne pas savoir doit être affreux, dit Anna.

— Au point où j'en suis, je ne me soucie pas vraiment de savoir s'il a été tué ou s'il s'est suicidé, répondit-elle. Tout ce que je veux, c'est que la question soit réglée.

Elle finit sa bière d'un trait, sortit son portefeuille et posa un billet de vingt dollars sur la table.

— Dis à ton petit ami de se dépêcher un peu. J'aimerais reprendre le cours de ma vie.

— Ce n'est pas mon...

Sandy éclata de rire.

— Je t'ai eue ! lança-t-elle avant de s'éloigner.

Anna contempla son verre de vin à moitié plein, les joues brûlantes. Elle s'était toujours sentie mal à l'aise devant Sandy, mais maintenant que Dave et Jonas n'étaient plus là pour faire tampon c'était encore pire. « Elle a seulement un humour bien à elle, lui avait dit Jonas un jour. Ne te sens pas visée par ce qu'elle peut dire. » Mais elle avait bien du mal à ne pas se sentir visée alors que Sandy essayait de décourager le premier homme auquel elle s'intéressait depuis la mort de Jonas.

Elle se souvint de l'attitude de Lucas quand il avait vu la photo de Jonas, sur le réfrigérateur. Elle lui avait dit qu'elle l'aimerait toujours, en pensant qu'il comprendrait la nature du lien qui l'unissait toujours à son mari – et l'unissait lui aussi à sa défunte petite amie. Mais en réalité il avait dû réagir à la remarque de Sandy, qui lui avait dit qu'elle était encore trop liée à Jonas pour entamer une nouvelle relation.

C'était sans doute vrai six mois plus tôt, mais plus maintenant. Il fallait qu'elle appelle Lucas pour le lui dire.

Avant qu'elle ait pu rassembler suffisamment de courage pour le faire, une autre pensée lui vint à l'esprit : et si Lucas n'avait évoqué son amour pour Jonas que pour lui faire comprendre, d'une façon détournée, qu'il se sentait toujours lié à Jenny ? Cette pensée s'installa dans son ventre, aussi pesante qu'une boule de plomb. Peut-être que ce n'était pas lui qu'il aurait fallu décourager, mais elle.

Elle vida son verre de vin d'un trait, envisagea d'en commander un autre, mais se ravisa. Mieux valait qu'elle aille retrouver son chien, son tricot et sa vie. Une vie tranquille. Confortable.

Une vie solitaire.

Le mercredi, Lucas se rendit à Junction pour rencontrer George Anton. Les bureaux de sa société, Le Meilleur d'Anton, se trouvaient dans une zone commerciale, à côté d'un cimetière. Quand Lucas poussa la porte, il fut surpris de voir Shaylin venir à sa rencontre.

— Je ne m'attendais pas à vous trouver ici, mademoiselle Brown, dit-il. J'aurais pensé que vous prendriez quelques jours de congé pour vous remettre de votre accident.

Elle baissa les yeux vers son bras gauche en écharpe.

— Ce plâtre ne m'empêche pas de travailler, et George est tellement occupé qu'il a besoin de toute l'aide possible.

D'un signe, elle l'invita à le suivre dans un couloir, jusqu'à une porte qu'elle ouvrit. George Anton, qui était assis à une table de conférence, se leva aussitôt.

— Bonjour, monsieur l'adjoint. Asseyez-vous, je vous prie. J'aimerais que nous fassions aussi vite que possible.

Quand ils furent assis tous les trois, Lucas sortit son enregistreur et son bloc-notes.

— Je n'ai que quelques questions, dit-il.

— Bien sûr.

Anton noua les mains devant lui. Il semblait parfaitement détendu.

— Mais je suis surpris que le comté de Rayford envoie un homme jusqu'à Junction pour un simple accident de la route, reprit-il. Vous auriez pu m'interroger par téléphone.

— Mes questions ne concernent pas l'accident, dit Lucas, mais vos relations avec Dave et Sandy Weiss.

Anton échangea un regard avec Shaylin avant de demander :

— Que voulez-vous savoir sur eux ?

— Où étiez-vous le 13 mars ? demanda Lucas.

Anton fronça les sourcils.

— Je me souviens m'être beaucoup déplacé pour rendre visite à des clients. J'ai aussi sans doute passé du temps ici, au bureau. En quoi est-ce important ?

— Il me faut la liste de tous les endroits où vous vous êtes rendu ce jour-là, dit Lucas.

— Pourquoi ?

Anton semblait sincèrement perplexe.

— C'est le jour de la mort de Dave Weiss, répondit Lucas.

— J'ai entendu dire qu'il s'était suicidé, dit Anton. Je suis désolé, mais je ne vois pas en quoi cela me concerne.

— Dave vous devait beaucoup d'argent. Jamais il n'aurait pu vous rembourser.

— Que voulez-vous dire ? Est-ce qu'il a laissé une lettre expliquant que c'était la raison de son suicide ?

— Il me faut la liste des endroits où vous vous êtes rendu ce jour-là, se borna à répéter Lucas.

Anton regarda Shaylin.

— Va chercher mon agenda, tu veux bien ? demanda-t-il.

Quand elle fut sortie de la pièce, Anton se tourna vers Lucas.

— C'est la première fois que j'entends dire que Dave n'aurait pas pu me rembourser. Il gagnait beaucoup d'argent et me versait les mensualités comme convenu.

Shaylin revint avec un carnet, qu'elle remit à Anton. L'homme tourna quelques pages avant de le tendre à Lucas.

— Tout est ici.

Anton avait passé la matinée du 13 mars au bureau, en réunion avec Shaylin et deux autres personnes, et l'après-midi en rendez-vous à l'extérieur avec des clients, dont Justin Trent. Lucas prit quelques notes et lui rendit le carnet.

— Mme Weiss nous a dit que vous aviez financé l'agrandissement de la pâtisserie. Avez-vous l'habitude de procéder ainsi ?

— Bien sûr. C'est un bon investissement, qui me permet de donner un coup de pouce aux agriculteurs et producteurs locaux et de proposer des produits de qualité aux restaurateurs qui comptent parmi mes clients. Tout le monde y gagne, et j'ai toute une équipe d'avocats et de comptables qui épluchent chaque contrat pour s'assurer que les impôts ne me chercheront pas des noises.

— Quel contrat avez-vous proposé aux Weiss ?

— Le même qu'à tous les autres fournisseurs : je leur accorde un prêt dont le montant est calculé en fonction du travail que je pense pouvoir leur fournir, avec un taux d'intérêt assez bas.

— Que se passe-t-il quand vos projections sont fausses ?

— Elles ne le sont jamais, répondit Anton. J'exerce cette activité depuis longtemps ; je connais bien le marché.

— Sandy Weiss nous a dit que la pâtisserie ne dégageait pas un bénéfice suffisant pour vous rembourser.

— Vous devez avoir mal compris. Je peux vous montrer les chiffres.

Il fit pivoter son fauteuil de bureau et prit l'ordinateur portable qui était posé sur la crédence, derrière lui. Pendant que l'ordinateur démarrait, Shaylin proposa :

— Voulez-vous que je demande à Lisa de vous apporter du café ou de l'eau ?

— Non merci, répondit Lucas.

Anton pianota sur le clavier pendant quelques instants avant de tourner l'ordinateur de façon qu'il puisse voir l'écran.

— Voici les chiffres de la pâtisserie Weiss pour les six derniers mois.

Lucas examina la feuille de calcul où figuraient des sommes allant jusqu'à dix mille dollars pour un seul mois.

— Mais combien vous doivent-ils ? demanda-t-il.

Anton fit défiler l'écran.

— Voici leur échéancier, dit-il. Ils gagnaient en moyenne plus de deux fois le montant des mensualités, ce qui leur permettait de faire un petit bénéfice auquel s'ajoutaient les bénéfices de leur activité régulière de pâtisserie et de traiteur.

Lucas nota les chiffres dans son carnet et commenta :

— Cela ne cadre pas avec ce que m'a dit Sandy Weiss.

— Peut-être que son mari lui a dit qu'ils ne gagnaient pas suffisamment d'argent parce qu'il en détournait une partie, suggéra Shaylin. Peut-être qu'il achetait de la drogue, qu'il jouait, qu'il avait une liaison... Beaucoup de femmes ignorent tout des affaires de leur mari.

— Pas Sandy, dit Anton. Au contraire, elle s'en occupait bien plus que lui.

— Est-ce que vous voulez dire que Sandy Weiss était partie prenante dans ce contrat ? demanda Lucas.

— C'est son mari qui l'a signé parce que l'affaire était à son nom, mais elle se chargeait de toute la comptabilité. C'était elle qui réglait les mensualités. C'était sa signature qui figurait sur les chèques.

— D'après elle, Dave n'aimait pas les ordinateurs.

— C'est exact, dit Anton. D'ailleurs, j'ai hésité à faire affaire avec lui à cause de ça. Sans support numérique, les documents se perdent trop facilement. Mais sa pâtisserie avait tellement bonne réputation que j'ai pris le risque, et je ne l'ai pas regretté : ils ont toujours remboursé les mensualités et honoré toutes les commandes. Ils étaient même trop généreux : ils ajoutaient toujours quelques pâtisseries gratuites, pour le personnel des restaurants.

— Et qu'en est-il de votre contrat avec Justin Trent ?

Le regard d'Anton se fit plus perçant.

— Quel est le rapport ? Il n'a rien à voir avec les Weiss, n'est-ce pas ?

— Je me demandais seulement quelle était la différence entre les contrats que vous passez avec les fournisseurs et ceux qui vous lient aux restaurateurs.

— Je ne prête pas d'argent aux restaurateurs et les marges de profit peuvent être différentes. Mais ces informations sont confidentielles.

— Je comprends. J'essaie seulement d'avoir une idée plus précise du fonctionnement de votre société.

— Comment connaissez-vous Justin ? demanda Shaylin.

— Je suis ami avec sa belle-sœur. Elle m'a dit qu'il était sous contrat avec vous.

— C'est vrai, répondit Anton. Je connais Justin depuis longtemps. Shaylin travaillait pour lui. C'est comme ça que nous nous sommes rencontrés.

— Pour en revenir aux Weiss, dit Lucas, Sandy a reçu une lettre et quelques coups de fil de menace. Voyez-vous qui pourrait faire ce genre de chose ?

— Non. Est-ce que vous pensez que c'est moi ? Pourquoi est-ce que je la menacerais ?

— Et Anna Trent ? demanda-t-il. Elle a reçu une lettre de menace, elle aussi.

— Est-ce que c'est une parente de Justin ? Je n'ai jamais entendu parler d'elle et je ne lui ai pas envoyé de lettre.

— Quel genre de menaces ont-elles reçu ? demanda Shaylin.

— L'auteur de la lettre les a menacées de les tuer.

Shaylin sembla horrifiée.

— C'est affreux !

— Je ne sais rien au sujet de ces lettres, dit Anton en refermant l'ordinateur. Je ne peux rien vous dire de plus.

— Merci, conclut Lucas. J'apprécie votre coopération.

Il se leva et Shaylin l'imita.

— Je vais vous raccompagner.

11

Shaylin Brown précéda Lucas jusqu'à l'extérieur du bâtiment. Là, elle se tourna vers lui et demanda :

— Anna Trent est la belle-sœur de Justin, n'est-ce pas ?

— Oui.

— Je me souviens de l'avoir souvent vue au restaurant, même si nous n'avons jamais été présentées… Elle vous a sans doute dit que j'avais eu une liaison avec Justin.

— Elle y a fait allusion, oui, quand elle vous a vue sur les lieux de l'accident.

— Elle était là ?

— Elle est volontaire au sein des secours en montagne.

— Ces gens-là sont merveilleux, commenta Shaylin.

Elle secoua la tête et reprit :

— Quoi qu'il en soit, je voulais vous dire que George dit la vérité : il ne la connaît pas. Il connaissait Justin, mais c'est moi qui l'ai convaincu de signer avec nous. Nous ne sommes plus ensemble, mais nous sommes restés amis. Et Justin ne refuse jamais un marché intéressant.

— Savez-vous quelque chose sur la mort de Dave Weiss ? demanda Lucas. Un détail que vous n'avez pas voulu donner devant George, peut-être ?

— Non. Je ne l'ai jamais rencontré. Je n'avais jamais rencontré Sandy non plus jusqu'au jour de l'accident. George avait tenu à ce que je l'accompagne parce qu'il pensait que la présence d'une autre femme rendrait le dialogue plus facile. Je crois qu'il avait peur qu'elle ne se mette à pleurer.

Elle leva les yeux au ciel.

— Vous savez comment sont certains hommes devant une femme qui pleure.

— Comment s'est déroulée l'entrevue ? demanda Lucas.

— Bien. Elle était parfaitement maîtresse d'elle-même.

Son regard rencontra le sien.

— Sans entrer dans les détails, je dirais que le contrat passé par son mari semblait lui convenir. À aucun moment elle n'a laissé entendre qu'elle voulait le résilier.

— Elle vous a dit qu'elle voulait continuer à travailler avec vous ?

— Oui, sous les mêmes conditions.

Cela ne cadrait pas avec ce que Sandy avait raconté à Anna. Il faudrait qu'il interroge la jeune femme à ce sujet.

— Est-ce que George va avoir des ennuis ?

— Si son alibi est solide, il n'en aura aucun, affirma Lucas.

— Nous avons entendu dire que Dave Weiss s'était suicidé. Sandy elle-même l'a annoncé à George. Est-ce que vous pensez maintenant qu'il s'agit d'un meurtre ?

— Nous ne savons pas encore. Il est important d'enquêter sur les moindres détails.

— Moi qui avais trouvé qu'Eagle Mountain était une jolie petite ville, très calme… Voilà que j'apprends que certaines personnes reçoivent des menaces et qu'une autre a peut-être été assassinée. Les apparences sont vraiment trompeuses.

Elle se frotta les épaules, comme si elle avait froid.

— Quand reverrez-vous Mme Weiss ? demanda Lucas.

— George doit aller la voir demain. Je suis sûre qu'il lui demandera pourquoi elle vous a dit que la somme qu'il leur versait n'était pas suffisante pour rembourser le prêt. Ce n'est pas vrai. George est un homme d'affaires avisé, mais il se soucie vraiment des gens.

Et vous, vous vous souciez de George, pensa Lucas.

— Merci pour votre aide, dit-il. Je ne vous retiens pas plus longtemps.

— Bien. J'espère que vous trouverez ce que vous cherchez.

Il l'espérait aussi, même s'il aurait aimé avoir une idée plus précise de ce que c'était.

Il profita de ce qu'il était à Junction pour passer au bureau du shérif dire bonjour à ses collègues.

— Alors, comment est la vie dans les montagnes ? demanda son bon ami Del Alvarez en guise de salut. Tu dois en avoir assez de verbaliser les piétons qui traversent en dehors des clous ou de ramener des vaches dans leur pâturage. Quand reviens-tu enquêter sur de vrais crimes ?

— En fait, je travaille sur une affaire intéressante, dit Lucas. Un meurtre potentiel.

— Potentiel ? répéta Del en haussant les sourcils.

Lucas lui exposa l'affaire dans ses grandes lignes avant de demander :

— Est-ce que tu sais quelque chose sur George Anton ?

— Jamais entendu parler de lui. Est-ce qu'il a un casier ?

— Non. Personne dans cette affaire n'a jamais rien fait de pire que stationner sur un emplacement interdit.

— Peut-être que ton type s'est vraiment suicidé, suggéra Del.

— Peut-être, oui. Mais cette histoire me semble louche. Plus je pose de questions, moins les choses se tiennent.

— Ne te mets pas martel en tête, répondit Del. Parfois, nous n'avons pas assez d'indices pour résoudre une affaire.

— Je sais.

— Mais je te connais : tu ne lâches jamais rien. Ce qui est à la fois une qualité et un défaut.

Il lui donna une tape dans le dos.

— Il faut que j'y aille. Accompagne-moi jusqu'au parking.

Quand il eut pris congé de Del, Lucas décida de déjeuner avant de reprendre la route d'Eagle Mountain. Il se gara devant un petit restaurant du centre, qui était devenu l'un de ses préférés, et descendit de voiture. Il marchait vers la porte quand elle s'ouvrit sur une femme aux longs cheveux bruns, qui s'arrêta net en le voyant.

— Lucas !

— Bonjour, Tanya.

La sœur de Jenny ressemblait tellement à l'ancienne petite amie de Lucas que son cœur se serra. Mais le regard qu'elle posait sur lui n'avait rien d'amical.

— Comment vas-tu ? demanda-t-il.

Tanya était très proche de sa sœur. La dernière fois que Lucas l'avait vue, quelques jours après l'enterrement de Jenny, elle était dévastée par le chagrin.

— Mieux, répondit-elle. Je vois quelqu'un. Une psychologue. Elle m'aide à accepter tout ce qui s'est passé.

— C'est bien.

— Oui, c'est bien.

Elle fit quelques pas mais s'arrêta de nouveau, juste devant lui. Il eut l'impression que son regard le brûlait.

— Elle m'a dit que je devais te pardonner pour ce que tu avais fait à Jenny.

Il ouvrit la bouche pour répondre, mais elle leva la main.

— Je ne veux pas t'entendre te justifier, déclara-t-elle. Seulement que tu saches que j'y travaille. Si Jenny a pu te pardonner, je devrais en être capable moi aussi.

Il n'avait pas eu l'intention de se défendre, mais de lui répondre qu'il ne se passait pas un jour sans qu'il regrette la façon dont les choses avaient tourné.

— Merci, se borna-t-il à dire.

— Ne me remercie pas. Je le fais pour ma propre santé mentale, pas pour la tienne.

Elle s'éloigna d'un pas vif vers sa voiture et Lucas poussa la porte du café, secoué par cette rencontre. Il passa sa commande au comptoir, porta son repas jusqu'à une table et resta à regarder par la fenêtre, sans manger. Jenny et lui avaient coutume de venir ici, les premiers temps, quand ils étaient encore heureux.

Ils étaient venus le jour où ils avaient emménagé ensemble, par exemple, après avoir porté des meubles et défait des cartons pendant des heures. Il avait été heureux de s'installer avec elle, parce que cela lui permettrait de la voir plus souvent. Mais il n'avait pas compris qu'elle avait vu cette étape comme la première vers le mariage. Elle avait attendu deux ans avant de demander franchement :

— Quand est-ce que nous allons nous marier ?

La question ne l'avait pas étonné : Jenny sous-entendait depuis des mois qu'elle voulait que leur relation devienne permanente. Il était allé jusqu'à visiter une bijouterie pour regarder les bagues, mais sans pouvoir se résoudre à en acheter une.

— Je t'aime, avait-il dit. Mais je ne suis pas prêt pour le mariage.

Il n'était pas certain que les sentiments qu'il éprouvait pour elle soient assez forts pour qu'il s'engage à rester à ses côtés pour toujours. Il avait un peu honte de le reconnaître, mais il avait su qu'il devait être honnête avec elle.

La nuit qui avait suivi avait été horrible. Presque aussi horrible que ce jour, deux mois plus tard, où ils avaient appris qu'elle avait un cancer. Elle s'apprêtait à quitter leur appartement et à commencer à voir d'autres hommes, mais le diagnostic avait tout stoppé net. Lucas s'était engagé à rester auprès d'elle jusqu'à sa guérison. Mais la maladie avait résisté à tous les traitements.

Jenny n'avait plus que quelques semaines à vivre quand Tanya était venue le voir pour lui suggérer de l'épouser quand même.

— C'est tout ce qu'elle a toujours voulu, avait-elle dit. Je pense que tu pourrais faire en sorte que ses derniers jours soient plus heureux.

Il avait donc acheté une bague, s'était agenouillé devant le fauteuil roulant de Jenny et l'avait demandée en mariage. Elle l'avait regardé, les joues ruisselantes de larmes.

— Si tu n'étais pas prêt il y a neuf mois, tu ne l'es pas plus aujourd'hui, avait-elle dit en posant une main sur son épaule. J'apprécie ton geste, mais tu sais aussi bien que moi que nous sommes plus faits pour être amis qu'amants. Cela fait des mois que tu me le prouves en restant à mes côtés. Et pour moi c'est bien plus important qu'une bague ou un mariage.

Elle lui avait pardonné de ne pas l'aimer assez pour l'épouser, mais il n'était toujours pas parvenu à se pardonner à lui-même. Et maintenant il y avait Anna, qui semblait être autant attirée par lui qu'il l'était par elle. Mais il ne savait pas comment chasser les fantômes qui se tenaient entre eux – ceux de son défunt mari et de Jenny –, ni même si elle voulait les chasser.

Il était toujours plongé dans ses pensées quand son téléphone sonna. Il se hâta de répondre.

— Bonjour, shérif, dit-il.

— Est-ce que vous êtes rentré de Junction ?

— Je finis de déjeuner et je prends la route.

— Venez aussi vite que possible, répondit Travis. On vient de tirer dans la vitrine de la pâtisserie.

Le mercredi matin, peu avant midi, un grand jeune homme aux longs cheveux blonds attachés en queue-de-cheval entra dans la boutique. Les trois clientes qui étaient présentes délaissèrent leurs emplettes pour le regarder.

— Hé, Anna ! lança-t-il en souriant. Est-ce que j'ai choisi le bon moment pour venir parler des étagères que tu veux faire poser ?

Anna reposa les patrons qu'elle était en train de rassembler pour un prochain cours de « Tricotez votre pull-over » et se leva.

— C'est le moment idéal, dit-elle. Merci d'être passé, Bobby. Je sais que d'habitude tu refuses ce genre de petits chantiers.

— Mais je serai toujours là pour te rendre service.

Bobby Fitch avait travaillé pour Jonas pendant deux ans, et Anna lui avait vendu la plus grosse partie des outils de la société de son mari.

— Est-ce que tu as un croquis de ce que tu veux ?

— J'en ai un, oui.

Elle retourna vers l'établi et fouilla dans une pile de papiers jusqu'à trouver celui qu'elle voulait.

— Je veux tout un mur d'étagères posées en diagonale, comme ceci, pour y ranger de la laine.

Elle posa le doigt sur le motif en croisillons qu'elle avait dessiné sur une feuille de bloc-notes. Bobby étudia le croquis avant de regarder le mur.

— C'est possible, dit-il. Est-ce que tu veux que le bois soit peint ou lasuré ?

— Lasuré. Et là-bas, ajouta-t-elle en montrant un pan de mur plus étroit, près de la caisse, je veux des étagères pour ranger les livres. Il faudra que les tablettes soient espacées d'au moins quarante-cinq centimètres.

— Très bien, acquiesça Bobby. Je peux faire ça aussi.

Il plia le croquis et le rangea dans la poche de poitrine de sa chemise de travail en denim.

— Melody établira le devis. Tu l'auras dans un jour ou deux.

— Ce n'est pas pressé. Je sais que tu as beaucoup de travail.

— Nous sommes très occupés, oui. C'est super.

Il se rembrunit.

— Je vous dois tout, à Jonas et à toi. C'est vous qui m'avez donné cette chance. Peu de types de mon âge ont leur propre société.

— Tu le mérites, dit-elle. Jonas serait tellement fier.

Elle battit rapidement des paupières, les yeux brûlants, la gorge serrée.

— Merci. Au fait, je voulais te demander... qu'est devenue sa vieille Dodge Dart ?

L'allusion à la Dart la surprit.

— Elle est toujours dans le garage, dit-elle. Jonas n'a jamais fini de la restaurer.

Il n'en avait pas eu le temps.

— Si jamais tu veux la vendre, je suis prêt à te faire une belle offre.

— Je ne savais pas que tu t'intéressais aux vieilles voitures.

— Oh ! je ne m'y intéresse pas vraiment, répondit-il en haussant les épaules. Mais celle-là était spéciale. Parce qu'elle appartenait à Jonas.

Elle acquiesça.

— Si jamais j'envisage de la vendre, je te préviendrai.

— D'accord. Ça m'a fait plaisir de te revoir. Nous t'appellerons quand le devis sera établi.

Quand il sortit du magasin, les clientes retournèrent à leurs emplettes et Anna souffla. À peine était-il parti que son téléphone sonna. À sa grande surprise, c'était Sandy.

— Anna ? Je suis désolée de te déranger. Je sais que tu es au travail.

La jeune femme semblait tendue, agitée.

— Tu ne me déranges pas, dit Anna. Qu'est-ce qu'il y a ?

— J'étais dans le bureau, à la pâtisserie, quand j'ai entendu une... une explosion. Je me suis précipitée dans le magasin. Il y avait du verre partout, et j'ai entendu une voiture partir dans un hurlement de pneus.

Maintenant, elle était affreusement inquiète.

— Sandy, qu'est-ce qui s'est passé ?

— Quelqu'un a tiré dans la vitrine. Celle où il est écrit « Pâtisserie Weiss », répondit Sandy en ravalant un sanglot. J'aurais pu être tuée !

— Est-ce que tu as appelé le shérif ? demanda Anna.

— Oui. Il arrive.

— J'arrive moi aussi, annonça Anna.

— Merci. Je ne savais pas qui appeler d'autre.

— Je serai là dans quelques minutes, promit-elle. Tiens bon.

Elle releva les yeux. Gemma et deux clientes la dévisageaient, bouche bée.

— Quelqu'un a tiré dans la vitrine de la pâtisserie ? demanda Gemma.

Anna la fixa.

— Comment le sais-tu ?

Gemma haussa les épaules.

— J'ai l'ouïe fine, et Sandy parle assez fort.

Anna mit son téléphone dans sa poche.

— Je dois aller la retrouver. Elle est dans tous ses états.

— Vas-y, dit Gemma. Nous nous débrouillerons. Cette pauvre femme a vraiment plus que sa part de malchance.

En effet. Mais était-ce vraiment la malchance qui s'acharnait sur les Weiss, ou quelque chose de beaucoup plus sinistre et dangereux ?

12

Lucas s'engagea dans la voie sans issue qui menait à la pâtisserie Weiss derrière une voiture qu'il reconnut aussitôt : c'était celle d'Anna. Trois SUV du bureau du shérif étaient déjà garés devant le bâtiment, et de la rubalise jaune avait été tendue tout autour du parking. Anna se gara sur le bord de la route, descendit de voiture et se dirigea vers la porte.

Après s'être garé lui aussi, Lucas trottina pour la rattraper.

— Anna ? Qu'est-ce que tu fais ici ?

Elle s'arrêta et se tourna vers lui. Elle portait un châle en tricot qui formait comme un cadre autour de son visage, faisant ressortir ses lèvres pulpeuses et ses yeux légèrement écartés.

— Sandy m'a appelée, dit-elle. Elle semblait terrifiée.

Ils se tournèrent tous deux vers le trou béant où s'était jadis trouvée la vitrine. Des échardes de verre étaient restées accrochées au cadre, et le gravier du parking était parsemé d'éclats étincelants. Sandy se tenait devant la porte, en compagnie du shérif et de l'adjoint Dwight Prentice. Quand Anna et Lucas s'approchèrent, elle leva les yeux vers eux. Son visage était marbré, comme si elle avait pleuré.

— Je suis venue aussi vite que possible, lui dit Anna.

— Je n'aurais pas dû t'appeler. Je ne sais pas ce qui m'a pris. C'était juste...

— Tu étais bouleversée et tu ne voulais pas être seule, coupa Anna. C'est parfaitement naturel.

— Bonjour, Anna, dit Travis. Pourriez-vous accompagner Sandy à l'intérieur pendant que nous finissons d'analyser la scène ?

— Bien sûr.

Anna fit un pas en avant et prit Sandy par le bras.

— Allons dans ton bureau.

Lucas attendit que les femmes aient refermé la porte derrière elles pour demander :

— Que s'est-il passé ?

— Sandy était dans son bureau et s'apprêtait à manger le sandwich qu'elle avait apporté pour son déjeuner quand elle a entendu un bruit de pneus sur le gravier du parking, dit Dwight. Elle s'est levée en pensant que c'était un client, mais elle n'avait pas fait trois pas que la vitrine a explosé. Elle s'est aussitôt jetée à terre. Le temps qu'elle se relève et qu'elle regarde par la porte, le tireur était reparti.

— Il n'y a eu qu'un coup de feu ? demanda Lucas.

— Un seul, oui.

Travis brandit un sachet pour pièces à conviction dans lequel se trouvait une cartouche usagée.

— De la grenaille numéro 9. Nous l'avons trouvée dans le parking.

Dwight regarda autour d'eux.

— La maison la plus proche est à deux rues de là, dit-il. Nous allons poser quelques questions, mais le tireur savait sans doute que personne ne le verrait.

— Est-ce que Sandy a pu décrire son véhicule ? demanda Lucas.

— Non, dit Travis. Elle n'a pas non plus reçu de nouvelles menaces, et personne n'a rien vu : son dernier client était passé une demi-heure avant l'incident, et personne n'est venu dans les cinq minutes qui l'ont suivi.

— Nous n'avons pas beaucoup d'indices, ajouta Dwight. Les munitions sont d'un type assez répandu et le gravier du parking ne nous permet pas de relever des traces de pneus. Il n'y a pas de caméras, et aucun témoin.

— Est-ce que vous avez interrogé George Anton ? demanda Travis à Lucas.

— Oui. Il a dit qu'il n'avait jamais menacé les Weiss, et que les bénéfices qu'ils retiraient de la vente de leurs pâtisseries étaient plus que suffisants pour couvrir les mensualités de leur prêt. Il m'a montré des chiffres qui appuient ses dires. Il m'a aussi donné son emploi du temps pour le jour de la mort de Dave Weiss. Je ne l'ai pas encore vérifié mais, s'il tient la route, je ne vois pas comment Anton pourrait être mêlé à la mort de Dave.

— Il aurait pu engager un homme de main, intervint Dwight.

— Mais quel serait son mobile ? demanda Travis en reposant les yeux sur la vitrine brisée. À quelle heure l'avez-vous rencontré ?

— Je suis resté avec lui de 11 heures à 11 h 20, répondit Lucas.

— Quarante minutes auraient pu lui suffire pour venir de Junction, dit Travis. Appelez-le et voyez ce qu'il vous dit.

Lucas composa le numéro de George Anton, mais il obtint la messagerie. Il composa alors celui de Shaylin Brown, qui décrocha à la deuxième sonnerie.

— Allô ?

— Ici l'adjoint Lucas Malone. J'essaie de contacter George et il ne répond pas au téléphone.

— Il l'éteint toujours quand il est en rendez-vous, expliqua-t-elle.

— Pouvez-vous me dire avec qui il a rendez-vous ?

— Bien sûr. Un instant, s'il vous plaît.

Plusieurs instants s'écoulèrent avant qu'elle revienne au bout du fil.

— Avec Justin Trent.

— Merci.

— Est-ce que je peux faire quelque chose pour vous ? demanda-t-elle.

— Non. Ce n'est qu'une simple vérification de routine.

Il raccrocha, chercha le numéro du Red Mesa et le composa. Ce fut une femme qui répondit. Lucas s'identifia et demanda à parler à Justin Trent. Quelques instants plus tard, une voix masculine résonna au bout du fil.

— Allô ?

— Monsieur Trent ? demanda Lucas. Est-ce que George Anton est là ?

— Il vient juste de partir. Pourquoi ?

— Combien de temps a-t-il passé avec vous ?

— Nous avons déjeuné ensemble. Pourquoi un adjoint du shérif du comté de Rayford s'intéresse-t-il à George Anton ?

— Simple enquête de routine. Combien de temps M. Anton a-t-il passé avec vous ?

— Presque deux heures, dit Trent. Est-ce que cela a quelque chose à voir avec Anna ?

— Non, monsieur, pas du tout. Merci de m'avoir répondu.

Lucas raccrocha.

— Justin Trent dit que George Anton a passé les deux dernières heures avec lui.

— Allons poser quelques autres questions à Sandy, lança Travis.

Ils trouvèrent Anna et Sandy dans le bureau, assises face à face. Elles relevèrent la tête en les entendant entrer.

— Vous pouvez partir maintenant, Anna, dit Travis.

— Non, fit Sandy. Je veux qu'elle reste.

Elle regarda Anna.

— Tu vas rester, n'est-ce pas ?

— Bien sûr, répondit Anna en resserrant son châle autour de son cou.

Travis tira une chaise pliante vers les deux femmes et s'assit face à elles.

— Qu'est-ce que vous nous cachez ? demanda-t-il.

Sandy le dévisagea.

— Je ne vois pas de quoi vous parlez.

— Regardons le tableau dans son ensemble, suggéra Travis. Votre mari meurt dans des circonstances mystérieuses en laissant des dettes, ce qui ne cadre pas avec son comportement passé. Vous recevez des coups de fil anonymes et deux lettres de menace qu'on dirait sorties d'un roman policier pour ados. Quelqu'un tire un coup de feu dans votre vitrine, sans provocation apparente. Il nous manque trop d'éléments. Vous nous cachez forcément quelque chose.

— Je vous ai dit tout ce que je savais, protesta-t-elle.

— Parlez-nous de ces dettes, insista Travis. George Anton dit que le contrat que vous avez passé avec lui vous rapportait largement assez d'argent pour rembourser les mensualités du prêt qu'il vous a consenti.

— Il ment, rétorqua Sandy.

Les muscles de sa mâchoire se crispèrent.

— Est-ce que Dave avait emprunté de l'argent ailleurs ? demanda Travis. Est-ce qu'il était tombé dans les griffes d'un usurier ? Est-ce qu'il se droguait ?

Sandy pâlit, ce qui fit ressortir les taches de rousseur qui parsemaient son nez.

— Se droguer ? Dave ?

— Peut-être qu'il détournait de l'argent pour financer son addiction ? insista Travis.

Lucas se demanda où Travis voulait en venir. L'autopsie pratiquée sur le corps de Dave Weiss n'avait décelé aucune trace de drogue, en dehors des tranquillisants pour chiens – une substance rarement utilisée par les junkies.

— Non. Comment pouvez-vous dire une telle chose ?

Sandy enfouit le visage dans ses mains et éclata en sanglots bruyants. Jusqu'ici, elle avait fait preuve d'un stoïcisme qui frisait l'insensibilité. Ils furent tous tellement choqués de la voir s'effondrer ainsi qu'ils restèrent cois, jusqu'à ce qu'Anna se penche et pose une main sur son épaule.

— Je pense que vous l'avez assez bouleversée comme ça, dit-elle en leur adressant un regard réprobateur.

Travis se leva.

— Nous allons vous laisser. Mais nous aurons peut-être d'autres questions à vous poser.

Les hommes sortirent en file indienne. Lucas, qui fermait la marche, s'arrêta à la porte et regarda derrière lui dans l'espoir de croiser le regard d'Anna, mais elle était penchée vers Sandy et lui murmurait des mots qu'il ne put saisir.

Il rejoignit donc le shérif et Dwight dans le parking.

— Vous n'avez rien trouvé de louche quand vous avez fouillé le bureau ? demanda Travis.

— Non, monsieur.

Il se frotta la nuque.

— Peut-être que si nous retrouvions le téléphone de Dave...

— Son fournisseur n'a pas été en mesure de le localiser, précisa Travis. Autrement dit, il a sans doute été détruit. Je vais essayer d'obtenir un mandat pour fouiller la maison des Weiss. Nous devons savoir ce qu'a fait Dave dans les jours qui ont précédé sa mort. Sandy ne nous est d'aucune aide.

— Peut-être qu'elle ne le sait pas, dit Lucas.

— Moi, j'ai l'impression qu'elle le sait. Peut-être qu'elle cherche à protéger la réputation de son mari.

Il jeta un regard entendu à Lucas.

— Vous devriez conseiller à Anna d'être prudente. Si Dave était mêlé à une histoire louche, il faut qu'elle surveille ses arrières. Peut-être que nous devrions prendre la menace qu'elle a reçue au sérieux, après tout.

Anna et Sandy restèrent assises sans mot dire pendant un long moment. Quand elles entendirent enfin les voitures du bureau du shérif s'éloigner, Sandy souffla longuement.

— Rien de tel pour couronner une journée atroce que de se faire traiter de menteuse par les flics, dit-elle.

— Ils sont frustrés parce qu'ils ne trouvent pas d'indices supplémentaires. À mon avis, ils ne pensent pas vraiment que tu mens.

— Crois-moi, c'est ce que pense le shérif.

Le fauteuil de Sandy craqua quand elle changea de position.

— Et il n'a pas tout à fait tort, ajouta-t-elle.

Anna la dévisagea.

— Comment ça ?

— Il y a effectivement une chose que je ne leur ai pas dite.

Elle regarda Anna droit dans les yeux, sans ciller.

— Ce n'est pas très important. Ça n'a peut-être même rien à voir avec toute cette histoire. Mais je pense qu'il est plus sûr pour moi de ne pas en parler.

— De quoi s'agit-il ? demanda Anna en se penchant vers elle.

— Quand j'ai vu George Anton samedi, je lui ai dit que j'envisageais de fermer la pâtisserie. Il s'est mis dans une telle colère que j'ai battu en retraite. J'ai prétendu que je voulais la garder, continuer à fournir des pâtisseries à ses clients et rembourser l'argent qu'il avait prêté à Dave. Mais je ne sais pas s'il m'a crue.

— Tu devrais en parler au shérif, dit Anna. C'est peut-être important. Si George était furieux à la pensée que tu puisses résilier le contrat…

— Non, coupa Sandy en secouant la tête. Je ne peux pas lui en parler à cause de la seconde chose que je ne lui ai pas dite.

Anna attendit en retenant son souffle.

— George était armé, révéla Sandy. Il portait un pistolet, dans un holster. Il a bien pris soin d'entrouvrir son veston pour que je le voie.

— Est-ce qu'il t'a menacée ?

— Il n'a rien dit, mais j'ai eu l'impression qu'il laissait ce pistolet parler à sa place. Voilà pourquoi je ne peux rien dire au shérif. Qu'il tire dans ma vitrine est une chose. Mais la prochaine balle pourrait m'être destinée.

— C'est affreux ! lança Anna en lui prenant la main. Il faut vraiment que tu en parles au shérif. Tu ne peux pas affronter cette histoire seule.

Sandy retira sa main de la sienne et se leva.

— Et c'est pourtant ce que je vais faire. Je vais tout vendre et partir vivre dans un endroit où George Anton ne pourra pas me retrouver. D'ici là, je vais lui faire croire que je veux continuer à honorer le contrat. C'est la seule solution.

Anna n'était pas d'accord, mais ce n'était pas à elle de prendre cette décision.

— Est-ce que je peux faire quelque chose pour t'aider ?

— Tu m'as déjà beaucoup aidée en venant, répondit Sandy. Si tu n'avais pas été là, les flics auraient sans doute été moins gentils avec moi.

Elle éclata de rire.

— Quand je repense à la tête qu'a faite ton petit ami quand tu les as tous regardés de travers et que tu leur as dit de me laisser tranquille... On aurait dit un petit garçon vexé.

— Ce n'est pas mon petit ami, répliqua Anna.

— C'est peut-être ce que tu penses, mais ça n'a aucune importance. Lui, il pense le contraire.

Elle rangea quelques papiers sur le bureau avant de dire :

— J'aimerais t'offrir quelque chose. Une petite douceur pour te remercier de tout le mal que tu t'es donné.

— Tu n'as pas à faire ça, lança Anna.

Mais Sandy avait déjà quitté la pièce. Anna prit son sac et son manteau et la rejoignit dans la boutique, juste à temps pour la voir mettre quelque chose dans une petite boîte en carton.

— Ce ne sont que deux cupcakes, dit Sandy. Tes préférés, ceux au chocolat, avec un glaçage rose. Est-ce que tu peux me passer le rouleau de scotch qui est posé sur la vitrine ?

Anna obéit et le lui tendit.

— Tiens.

Sandy déchira un morceau de ruban adhésif, ferma la boîte et la tendit à Anna.

— Maintenant, il faut que je retourne travailler. Toi aussi, sans doute. Merci encore.

— Et la vitrine ? demanda Anna. Tu ne peux pas laisser le magasin comme ça.

— Je vais boucher le trou avec du contreplaqué. Il faudra que je ferme pendant quelques jours, mais j'en profiterai pour m'occuper d'autre chose.

Elle haussa les épaules et conclut :

— Ne t'inquiète pas pour moi. Je peux me débrouiller.

Anna partit, soudain impatiente de s'éloigner de Sandy. Elle ne comprenait pas cette femme qui passait en un instant de la frayeur au calme le plus parfait. Jamais aucun de ses amis ne s'était comporté ainsi mais, à vrai dire, Sandy n'était pas son amie. Seul le lien qui avait uni leurs défunts maris les avait rapprochées. Pourtant, la loyauté d'Anna envers Dave et Jonas la poussait à essayer d'aller vers cette femme, qui semblait n'avoir personne d'autre sur qui compter pour traverser cette épreuve.

Quand Anna revint à la boutique, Gemma donnait un cours de confection de chaussettes, ce qui lui évita de devoir répondre tout de suite à une salve de questions. Elle alla s'asseoir dans la réserve pour y manger son déjeuner, un sandwich au poulet qu'elle avait apporté de chez elle et rangé dans le petit réfrigérateur de la boutique. À peine avait-elle pris une bouchée que Gemma la rejoignit.

— Le devis pour les étagères est sur l'établi, dit-elle.

— Merci. Est-ce que le cours est déjà terminé ?

— Mes élèves se concentrent. Ils essaient d'apprendre à tourner le talon.

Gemma se percha sur la chaise, face à Anna.

— J'ai deux minutes avant qu'ils commencent à s'énerver et m'appellent à l'aide. Comment va Sandy ?

— Bien. Elle est décidée à ne pas se laisser abattre.

— C'est tout Sandy, commenta Gemma. Ce n'est pas à elle que je confierais mes soucis, mais si je tombais en panne au milieu de nulle part elle serait la compagne idéale. Elle trouverait de quoi manger, réparerait la voiture et nous sortirait de là. Pour certaines choses, elle est d'une efficacité effrayante.

— C'est vrai, convint Anna.

Sandy avait été décorée par sa brigade de pompiers et s'était vantée d'être plus douée en affaires que Dave. Elle aurait sans doute aussi su comment survivre en pleine nature, mais Anna n'aurait pas aimé être avec elle. La pensée était bien laide, mais elle était certaine que Sandy, loin de l'aider, l'abandonnerait à son triste sort.

Elle baissa les yeux vers son sandwich, l'appétit coupé.

— Je vais garder le reste pour demain, fit-elle.

Elle remit son sandwich à peine entamé dans son emballage sans laisser le temps à Gemma de lui faire remarquer qu'elle n'avait presque pas mangé.

— Si nous allions voir comment s'en sortent nos élèves ?

— La première fois, tout le monde se demande comment faire, dit Gemma.

— C'est vrai. Et quand on a compris on a l'impression d'être un génie.

Il faudrait qu'elle demande à Lucas si c'était aussi ce qu'il ressentait quand il parvenait à résoudre une affaire – si l'occasion s'en présentait un jour, du moins. Quand il était parti de chez elle, le lundi soir, il avait semblé souhaiter prendre ses distances avec elle, comme s'il sentait qu'elle s'attachait de plus en plus à lui et ne voulait pas l'encourager. Ce matin, à la pâtisserie, il s'était comporté d'une façon strictement professionnelle. Elle aurait pu s'y attendre : il était en service et enquêtait sur une affaire grave. Mais si seulement elle avait pu mieux lire en lui...

Pour être franche, elle ne comprenait pas non plus ses propres sentiments. Apparemment, les histoires d'amour ne devenaient pas plus simples avec l'âge. Elle avait l'impression d'être redevenue adolescente et de jouer au petit jeu de : « Tu veux ou tu veux pas ? » Et elle ne savait même pas quelle était la réponse qu'elle aurait voulu entendre.

13

Quand ils revinrent de la pâtisserie, Travis demanda à Lucas de le suivre dans son bureau.

— Alors ? demanda-t-il en se calant dans son fauteuil. Qu'est-ce que vous en pensez ?

Lucas s'assit face au shérif et s'efforça de ne pas se tortiller comme un gamin convoqué dans le bureau du principal. Il aurait aimé faire quelque remarque brillante pour lui prouver qu'il comprenait cette affaire dans ses moindres détails, mais tous ses éléments formaient un fatras embrouillé dans son esprit.

— Pourquoi quelqu'un s'en prendrait-il au pâtissier d'une petite ville et à sa femme ? demanda-t-il.

Travis hocha la tête.

— Je ne sais pas, mais je doute que tout ait commencé avec les lettres qu'a reçues Sandy. Il s'est passé quelque chose avant la mort de Dave. Qu'il se soit suicidé ou qu'il ait été assassiné, je pense que sa mort et ces menaces sont liées.

— Et en tirant dans la vitrine de la pâtisserie l'auteur des menaces est monté d'un cran, renchérit Lucas.

— Sandy a mis la maison en vente sous prétexte qu'elle avait besoin d'argent pour payer ses dettes. George Anton vous a montré des chiffres qui démentent ses dires.

— Peut-être qu'elle doit de l'argent à une autre personne, dont elle ne veut pas nous parler, dit Lucas.

— Avez-vous trouvé dans le bureau de la pâtisserie des papiers qui indiquent combien ils devaient, et à qui ?

— Non. Elle m'a dit que tous les documents financiers étaient chez le comptable, et elle n'a pas semblé avoir l'intention de me les remettre. Sans mandat, je n'ai pas pu insister.

Travis se redressa et posa les coudes sur son bureau.

— Et si nous perdions notre temps ? Si cette mort était réellement un suicide ? Avez-vous vu une échelle, à la pâtisserie ?

— Non, pas plus que chez elle. En fait, elle s'est déjà débarrassée de tous les habits et les outils de Dave et de la plupart des meubles.

— Pourquoi est-elle aussi pressée ? demanda Travis. J'en reviens toujours à ça.

— Parce qu'elle est en deuil et qu'elle ne supporte pas de rester dans la maison et le commerce qu'elle partageait avec son mari, suggéra Lucas.

— Peut-être. À moins qu'elle ne soit coupable et veuille s'en aller avant de se faire prendre.

— Coupable de quoi ? demanda Lucas. Je ne la vois pas hisser un homme de la carrure de Dave en haut d'une échelle, en pleine forêt. Et sa mort ne lui a rien apporté, au contraire. Elle risque de tout perdre.

— Ce qui nous ramène à ces menaces, dit Travis.

— Elle veut quitter Eagle Mountain avant que la personne qui l'a menacée la tue comme elle a tué son mari.

— Mais qui est l'auteur de ces menaces ? demanda Travis. George Anton ?

— Ou quelqu'un qu'il a engagé.

Travis pianota sur son bureau.

— Et quel serait son mobile ?

— Si nous pouvions le découvrir, nous aurions la clé de toute l'affaire, dit Lucas.

— Restez sur Anton, fit Travis. Trouvez tout ce que vous pourrez sur lui. Nous allons aussi surveiller Sandy. Peut-être que l'auteur des menaces l'a recontactée, mais qu'elle a trop peur pour nous le dire.

Lucas n'avait jamais eu l'impression que Sandy avait particulièrement peur, mais certaines personnes pouvaient être difficiles à déchiffrer. Sous son apparence stoïque, elle était peut-être terrorisée. Si Dave avait été assassiné, le tueur n'avait sans doute pas eu la tâche facile. Éliminer sa veuve serait beaucoup plus simple.

Comme Anna avait besoin de bouger pour mettre de l'ordre dans ses idées, elle sortit Jacquie pour une longue promenade après sa journée de travail. Pendant que la chienne reniflait les buissons et se roulait dans la neige, elle réfléchissait à ce que lui avait raconté Sandy. Il fallait absolument que le shérif soit mis au courant. S'il arrivait malheur à Sandy parce qu'elle n'avait rien dit, elle se sentirait responsable jusqu'à la fin de ses jours. Après tout, Sandy ne lui avait pas fait promettre le secret. Maintenant qu'elle repensait à leur conversation, elle se demandait même si la jeune femme ne lui avait pas donné ces détails au sujet de son entrevue avec Anton que pour qu'elle les répète à Lucas.

Quand elle rentra chez elle, après 19 heures, elle appela Lucas sans savoir s'il allait répondre. Mais il décrocha aussitôt.

— Bonsoir, Anna. Comment vas-tu ?

— Bien.

— Je suis heureux de l'entendre. Je sais que nos questions t'ont agacée, mais nous ne faisions que notre travail. Certaines personnes mentent et nous compliquent la tâche alors que nous essayons seulement de les aider.

— Je sais, dit Anna.

Elle passa le doigt dans la poussière accumulée sur une desserte. Il était grand temps qu'elle fasse un peu de ménage.

— Écoute, au sujet de Sandy… Tu avais raison. Il y a bien quelque chose qu'elle ne vous a pas dit.

— De quoi s'agit-il ?

Elle sentit une tension renouvelée dans sa voix.

— Je me suis demandé toute la soirée si je devais te le répéter, mais Sandy ne m'a pas interdit le faire. D'ailleurs, elle a tort de ne pas vous le dire elle-même.

— De quoi s'agit-il ? répéta Lucas.

— Quand elle a rencontré George Anton, samedi dernier, il avait une arme.

— Quel genre d'arme ?

— Une arme de poing dans un holster, sous son veston, répondit-elle. Il ne l'a pas menacée ouvertement, mais elle m'a dit qu'il avait fait en sorte qu'elle voie son pistolet, comme s'il voulait l'effrayer. Elle m'a aussi dit qu'il s'était mis en colère quand elle lui avait expliqué qu'elle allait vendre la pâtisserie et qu'elle ne serait pas en mesure d'honorer le contrat que Dave avait signé.

— Il n'a rien dit de tout ça quand je lui ai parlé hier.

— Elle a donc décidé de faire semblant de vouloir continuer à travailler avec lui, mais elle a toujours l'intention de vendre et de quitter la ville. Elle ne sait pas s'il l'a crue.

— Anton ne peut pas avoir tiré dans sa vitrine, révéla Lucas. Il était en rendez-vous avec Justin, à ce moment-là.

Encore Justin. Pourquoi le nom de l'une des personnes qu'elle appréciait le moins surgissait-il sans cesse ? Elle hésitait entre rire et secouer la tête d'exaspération.

— On dirait que tout le monde est connecté, dans cette affaire. Est-ce que cela se produit souvent ?

— Parfois, oui. Je vais rappeler George pour l'interroger. Merci de m'avoir tout raconté. Tu aides vraiment Sandy, que cela lui plaise ou non.

— Oh ! je suis sûre que cela ne lui plaît pas, mais c'est sans importance, répliqua Anna.

— Je ne dirai pas à Anton d'où vient cette information, reprit-il. Mais promets-moi d'être prudente. Appelle-moi s'il se produit un événement qui te semble inhabituel ou troublant.

— Maintenant, tu me fais peur.

— Ce n'est pas mon intention. Je passerai devant chez toi, tout à l'heure. Je ne m'arrêterai pas, mais je veux que tu saches que je suis là.

Ces paroles la réconfortèrent. Elle faillit lui dire de s'arrêter, mais se retint. Les sentiments qu'ils éprouvaient l'un pour l'autre étaient assez confus, et elle ne voulait rien attendre d'eux avant d'être sûre qu'ils étaient prêts à le donner.

— Merci, dit-elle. Je me sens plus en sécurité.

La sécurité était appréciable, mais était-ce ce qu'elle voulait vraiment ? Peut-être qu'il était temps pour elle de délaisser la sécurité pour se lancer dans l'aventure. Lucas pouvait faire un excellent guide.

George Anton ne chercha pas à masquer son irritation devant la nouvelle salve de questions de l'adjoint.

— Oui, je possède une arme de poing, dit-il. Non, je ne me déplace pas avec. Et jamais je n'ai menacé personne.

— Vous ne vous êtes donc pas mis en colère quand Mme Weiss vous a informé de son intention de fermer la pâtisserie, ce qui la contraindrait à résilier le contrat qui vous liait à Dave Weiss ? demanda Lucas.

Anton fronça les sourcils de plus belle.

— Elle n'a jamais parlé de résilier le contrat. Je lui ai même passé une nouvelle commande, que je dois aller chercher la semaine prochaine.

Il plaqua les deux mains sur le bureau, comme s'il s'apprêtait à se lever.

— Je ne sais pas pourquoi elle vous raconte tous ces mensonges. Elle a commencé par vous dire qu'ils avaient des dettes parce que je ne leur achetais pas leurs gâteaux assez cher, ce qui est faux. Vous avez vu les chiffres. Ensuite, elle vous a dit qu'elle comptait fermer la pâtisserie et résilier notre contrat, mais elle m'a dit le contraire. Elle s'est même engagée à me fournir plus de gâteaux. Et voilà qu'elle vous dit que je portais une arme, ce qui est un mensonge.

— Mais pourquoi ment-elle ainsi ? demanda Lucas. Qu'a-t-elle à y gagner ?

— Rien. Et si elle continue à me discréditer c'est moi qui résilierai le contrat, qu'elle le veuille ou non.

— Quelqu'un a tiré dans la vitrine de la pâtisserie Weiss hier après-midi, dit Lucas.

— Est-ce que c'est pour ça que vous me demandez si j'ai un pistolet ?

Anton secoua la tête et ajouta :

— Je n'étais pas dans la région d'Eagle Mountain, hier.

— Je sais, dit Lucas. Connaissez-vous quelqu'un qui pourrait se livrer à ce genre d'acte ?

— Non.

Anton se pencha en avant.

— Écoutez... je suis navré que cette femme ait perdu son mari. J'appréciais Dave Weiss. Je crois que c'était un homme bien. Mais il n'était qu'un client et, si je perds un client, je le remplace par un autre. Je ne le harcèle pas pour le pousser à continuer à travailler avec moi. Ce serait idiot.

Lucas se leva.

— Merci de m'avoir reçu, monsieur Anton.

Il sortit du bâtiment et remonta dans sa voiture mais, au lieu de retourner à Eagle Mountain, il se dirigea vers le centre-ville et se gara devant le Red Mesa. Dès qu'il eut passé la porte du restaurant, une hôtesse toute de noir vêtue, en chemisier sans manches et pantalon à la coupe ajustée, vint à sa rencontre.

— Une table pour une personne ? demanda-t-elle avec un sourire accueillant.

— Non, je viens voir Justin Trent.

Le sourire de la femme disparut. Elle posa une nouvelle fois les yeux sur son uniforme kaki et dit :

— Attendez un instant, s'il vous plaît.

Tout en patientant, il examina les prix et récompenses qui couvraient tout un pan de mur. Le Red Mesa était élu meilleur restaurant de la ville par le journal local depuis des années. Il avait aussi reçu un prix environnemental et un autre décerné par une revue de gastronomie. Des clients entrèrent et le regardèrent avec curiosité avant d'être conduits jusqu'à leurs tables par une seconde jeune femme.

Justin Trent était un homme mince, plus petit que Lucas de plusieurs centimètres, vêtu d'un costume qui avait dû coûter très cher et de chaussures vernies avec soin. Ses cheveux étaient ramenés en arrière et fixés avec du gel.

— En quoi puis-je vous être utile, monsieur l'adjoint ? demanda-t-il.

— J'ai quelques questions à vous poser, monsieur Trent. Pouvons-nous aller parler en privé ?

Un pli se creusa sur le front de Trent, mais disparut aussitôt.

— Par ici, dit-il en se détournant.

Ils traversèrent un bar désert et entrèrent dans une pièce lambrissée de bois sombre, meublée d'un bureau en bois verni et d'étagères où étaient exposés encore d'autres prix. Trent s'appuya au bureau et croisa les bras.

— De quoi s'agit-il ?

— George Anton est venu vous voir, hier après-midi.

— Oui, comme je vous l'ai dit. Que voulez-vous savoir ?

— Est-ce qu'il se déplace avec une arme ?

— Une arme ! s'exclama Justin. Je n'en sais rien. Je ne l'ai jamais vu avec une arme. Pourquoi en aurait-il une ?

Il agrippa le rebord du bureau des deux mains.

— Est-ce qu'il a tiré sur quelqu'un ?

— Pas que je sache, dit Lucas. Connaissez-vous une femme du nom de Sandy Weiss ?

— C'est la veuve de Dave Weiss, n'est-ce pas ?

— Oui. Est-ce que vous la connaissez bien ?

— Pas du tout. Si jamais je l'ai rencontrée, je ne m'en souviens pas. Dave était l'ami de mon frère, pas le mien.

— Les Weiss fournissaient des pâtisseries à George Anton, poursuivit Lucas. Il me semble que vous êtes sous contrat avec Anton, vous aussi.

— Oui. Il fournit beaucoup de restaurants en viande, en légumes ou en gâteaux qui viennent tous de producteurs locaux.

Il se redressa.

— Est-ce qu'il se livre à des activités illégales ? Parce que je ne veux pas être mêlé à ça.

— Pour autant que je sache, il n'y a rien d'illégal dans ses activités, répondit Lucas. J'essaie seulement de comprendre la nature du contrat que les Weiss avaient passé avec lui.

— Je ne sais rien sur ce contrat, dit Trent.

— Tant pis. Merci de m'avoir reçu.

Il se détournait, prêt à partir, quand Trent lança :

— Attendez.

Lucas se tourna vers lui.

— J'aimerais vous poser une question. Que savez-vous du marché de la drogue à Junction ?

Lucas masqua sa surprise de son mieux.

— La drogue représente un réel problème ici, comme dans la plupart des villes. Les opiacés, essentiellement. Ce n'est pas un secret.

— L'un de mes sous-chefs a été arrêté hier pour trafic de drogue, indiqua Trent. Apparemment, il a été pris la main dans le sac.

Il secoua la tête.

— Il travaillait pour moi depuis cinq ans et c'était l'un de mes meilleurs employés. Jamais je n'aurais cru qu'il puisse être mêlé à ce genre de trafic. Il ne se drogue pas lui-même, d'après son avocat, mais on lui a proposé un marché tellement juteux qu'il s'est laissé tenter. Il y a vu un moyen facile de gagner beaucoup d'argent. J'ai d'abord cru que c'était pour m'interroger à son sujet que vous veniez.

— Que savez-vous sur ce trafic ? demanda Lucas.

— Rien. Il semble garder les détails pour marchander avec le procureur et obtenir un allègement de sa peine. Mais maintenant j'ai peur que d'autres employés ne soient impliqués. D'après ce que j'ai compris, le réseau avait pour base mon restaurant. Il est hors de question que cela continue.

— Pensez-vous qu'il y ait un lien entre cette affaire et George Anton ? demanda Lucas.

— Non ! Seulement... j'essaie d'en savoir plus et j'ai pensé que vous pourriez me renseigner.

— Désolé, mais je ne peux pas.

Trent hocha la tête. Son inquiétude le vieillissait de plusieurs années.

Dès qu'il fut sorti du restaurant, Lucas appela Del, qui décrocha aussitôt.

— Je te manque tant que ça ? lança-t-il.

— Exactement, répondit Lucas. Que sais-tu sur le sous-chef du Red Mesa qui a été arrêté hier pour trafic de drogue ?

— J'ai entendu parler de cette histoire, dit Del. Mais c'est à l'inspecteur Jacobs, des stups, qu'il faut que tu poses la question. C'est elle qui l'a chopé.

— Est-ce qu'elle est ici aujourd'hui ?

— Je viens de la voir.

— J'arrive.

Dix minutes plus tard, Del le rejoignait dans le couloir, devant l'open space.

— De quoi s'agit-il ? demanda-t-il.

— Il pourrait y avoir un lien entre ce trafic et l'affaire sur laquelle je travaille à Eagle Mountain, expliqua-t-il.

— J'ai dit à Jacobs que tu venais la voir, annonça Del, ce qui m'a valu un grand sourire. À ce qu'il paraît, elle a rompu avec le type qu'elle fréquentait. Tu devrais l'inviter à sortir avec toi.

Lucas secoua la tête. L'inspecteur Michaela Jacobs était une brune extrêmement séduisante, dotée d'un sens de l'humour tordu. Quelques semaines plus tôt, il aurait été flatté d'apprendre que l'annonce de sa venue avait été accueillie par un sourire. Mais quelques semaines plus tôt il n'avait pas envie de sortir avec une femme. Et il n'avait pas rencontré Anna Trent.

— Lucas ! Quand est-ce que tu reviens à Junction ?

Michaela lui décocha un sourire éblouissant. Oui, elle s'intéressait à lui. Il en fut flatté, mais sans plus.

— D'ici un mois ou deux, sans doute. Je ne te retiendrai pas longtemps. Que peux-tu me dire au sujet du sous-chef du Red Mesa que tu as arrêté pour trafic de drogue ?

— Ce n'est pas le premier employé de restaurant que nous arrêtons.

Elle se renfonça dans son fauteuil de bureau. Maintenant, son attitude était purement professionnelle.

— Apparemment, tout un réseau de revendeurs s'est monté dans les restaurants de la ville. Mais nous ne savons pas qui est leur fournisseur, ni même comment la drogue leur parvient.

— Un lien avec un homme du nom de George Anton ?

Elle haussa les sourcils.

— Comment connais-tu George ?

— J'enquête sur une mort suspecte, à Eagle Mountain, et son nom est apparu.

— Nous gardons un œil sur lui, dit-elle. Il fournit tous les restaurants dans lesquels nous avons procédé à une arrestation, mais rien ne semble le relier à ce trafic. Est-ce que tu penses que c'est lui qui a tué ce type ?

— Je n'en ai aucune preuve. L'homme qui est mort était l'un de ses fournisseurs.

— Si tu trouves un lien quelconque avec la drogue, du fentanyl essentiellement, tiens-moi au courant. L'offre a explosé ces derniers mois. Nous pensons que ces restaurants en sont la cause, mais notre enquête piétine.

— C'est promis.

Elle se détendit de nouveau et se pencha en avant.

— Peut-être que nous pourrons nous voir, la prochaine fois que tu passeras par ici. Je te paierai un verre.

— Merci. Mais j'ai plus ou moins rencontré quelqu'un. À Eagle Mountain.

Elle éclata de rire.

— Plus ou moins ?

— Je l'ai rencontrée, répondit-il. Nous sommes allés dîner ensemble, mais c'est un peu compliqué. Elle est veuve, et je ne sais pas si elle est prête à s'engager.

— Tu devrais peut-être lui poser la question, répliqua Michaela.

Elle éclata de rire et conclut :

— Bonne chance, adjoint. Et si ça ne marche pas avec la veuve je te paierai ce verre.

— Comment vont les choses entre Lucas et toi ?

Anna et Gemma s'étaient assises à l'établi, le vendredi après-midi, pour déjeuner. Le vacarme produit par une perceuse et des marteaux troublait l'atmosphère d'habitude si paisible de la boutique, mais Anna était folle de joie d'avoir ses étagères. Bobby lui avait proposé de venir le soir, après la fermeture, mais elle n'avait pas voulu le forcer à travailler aussi tard. Alors, elle avait accroché un grand panneau indiquant « Attention, travaux en cours » sur la porte et s'était réfugiée avec Gemma tout au fond de la pièce.

— Il n'y a rien entre Lucas et moi, dit-elle.

Ils avaient dîné ensemble deux fois et elle aimait discuter avec lui. Elle avait aussi aimé l'embrasser, mais il n'y avait pas eu de second baiser et, de toute façon, il était bien trop tôt pour qu'il y ait quoi que ce soit entre eux. Elle déballa son sandwich et le regarda en fronçant les sourcils.

— Depuis combien de temps ce sandwich est-il dans le réfrigérateur de la boutique ? demanda Gemma.

— Deux jours.

Elle prit une bouchée et la mâcha. Le sandwich était un peu sec, mais elle ne pouvait pas le laisser se perdre.

Gemma arrosa sa salade de vinaigrette et demanda :

— Alors, est-ce qu'on a trouvé la personne qui a tiré dans la vitrine de la pâtisserie ?

— Comment le saurais-je ?

— J'ai pensé que Lucas pouvait te l'avoir dit.

— Est-ce que tu crois que nous ne parlons que de son travail ?

Ils en parlaient beaucoup, mais Gemma n'avait pas à le savoir.

— J'espère bien que non. Quand vas-tu le revoir ?

— Tu es vraiment curieuse, tu le sais ? demanda Anna.

Gemma se fendit d'un grand sourire.

— J'aime à croire que je me soucie de mes amis.

Et Gemma était effectivement une amie fidèle, le genre d'amie que l'on pouvait appeler autant pour lui confier ses soucis que pour lui demander de l'aide pour enterrer un corps.

— Je ne sais pas quand nous nous reverrons, dit-elle. Nous sommes très occupés, tous les deux.

— S'il ne t'appelle pas, tu devrais l'appeler, insista Gemma.

— Gemma !

— D'accord, d'accord ! lança son amie en levant les deux mains. Je te lâche.

Bobby passa la tête sur le côté de l'étagère qui séparait l'espace de travail du reste de la boutique.

— Vous voulez venir jeter un œil ? demanda-t-il.

Anna abandonna son sandwich à demi mangé et le suivit, Gemma sur les talons. Les odeurs de sciure et de lasure fraîche couvraient presque celle de la laine, mais le résultat valait que l'atmosphère habituelle de la boutique soit un peu perturbée.

— Elles sont parfaites, dit-elle.

Elle passa la main sur le bois lisse. Elle voyait déjà les cases en forme de losanges emplies d'écheveaux de laine multicolores.

— Je suis heureux qu'elles te plaisent, dit Bobby. Et maintenant nous allons vous laisser tranquilles.

— Tu vas pouvoir exposer beaucoup de laine, fit Gemma. Est-ce que tu sais déjà comment tu vas la disposer ?

— J'ai fait un croquis, oui.

Elle n'avait fait que deux pas vers le tiroir où elle avait rangé son carnet quand la porte s'ouvrit sur Lucas.

Il portait son uniforme kaki, sans le blouson en cuir parce qu'il faisait beau et plus doux, ce jour-là. Il ôta ses lunettes de soleil et ses yeux marron se rivèrent sur elle.

— Bonjour, Anna, dit-il.

— Bonjour, Lucas.

Ils restèrent à se regarder en souriant, sans mot dire. Malgré son âge, Anna se sentait un peu comme une adolescente devant le garçon pour lequel elle a le béguin.

Le charme fut rompu quand Bobby lança :

— Voilà ! Nous avons fini.

— Merci beaucoup, dit Anna. Tout me semble parfait.

— De rien, répondit-il en ramassant un seau en plastique rempli d'outils. Appelle-moi si tu as besoin de quelque chose. Et si tu décides de vendre la Dart préviens-moi.

Lucas le regarda partir et se tourna vers Anna.

— La Dart ?

— C'est une voiture que Jonas restaurait. Je devrais sans doute la donner à une personne qui en prendra autant soin que lui.

Elle se rapprocha de lui et baissa la voix, même si cela n'empêcherait sans doute pas Gemma d'entendre chacun de ses mots.

— Qu'est-ce qui t'amène ici ?

— Je sais que je m'y prends au dernier moment, mais... je suis libre, ce soir. Si nous dînions ensemble ?

« Oui ! » hurla son cœur. Mais ce qu'elle dit fut :

— C'est une bonne idée.

— À 18 h 30 ? Ce n'est pas trop tôt ?

— Non, ce sera parfait.

Elle demanderait à Gemma de fermer la boutique et partirait assez tôt pour avoir le temps de se préparer.

— Très bien. À tout à l'heure, donc.

Il lui décocha un dernier long regard, se détourna et sortit.

— Tu penses peut-être qu'il n'y a rien entre vous, mais ce n'est pas ce que disent ses yeux, lança Gemma en ressortant de sa cachette. Je fermerai la boutique.

— Merci.

Anna l'étreignit rapidement et retourna vers l'établi, tellement transportée par la perspective de sa soirée que ses pieds lui semblaient ne plus toucher terre.

À 17 h 30, Gemma la houspilla jusqu'à ce qu'elle accepte de partir. Elles avaient passé l'essentiel de l'après-midi à ranger la laine sur les étagères neuves, ce qui les avait amenées à réagencer entièrement la boutique – ou à commencer, du moins. Anna avait pensé que cela ne leur prendrait que quelques heures, mais elle s'était trompée.

— Nous continuerons demain, dit Gemma. Vas-y. Et fais-toi magnifique.

— Je ne vise pas aussi haut, répondit Anna. Je me contenterai d'être modérément attirante.

— Ne te dévalorise pas. Tu peux être magnifique.

Anna éclata de rire, mit sa laisse à Jacquie et sortit.

Une fois chez elle, au lieu d'aller se doucher et se changer, elle fit un détour par la cuisine, soudain prise de fringale. Le demi-sandwich rassis qui lui avait tenu lieu de déjeuner était passé depuis longtemps. Il fallait qu'elle mange quelque chose pour tenir jusqu'au dîner.

En avisant la boîte en carton posée sur le comptoir, elle se mit à saliver. Il restait un cupcake. Elle ouvrit la boîte et admira le gâteau au glaçage rose pendant un instant avant de le casser en deux. Le premier, qu'elle avait savouré la veille, était un simple cupcake, mais celui-ci était un gâteau surprise fourré d'une épaisse ganache au chocolat.

Quand Dave devait dissimuler une bague, une breloque ou tout autre petit objet dans un gâteau surprise, il le plaçait dans une capsule en plastique semblable à celles qu'on trouvait dans les distributeurs de chewing-gums.

— Ces capsules sont trop grosses pour qu'on puisse les avaler par accident, avait-il expliqué à Anna alors qu'elle choisissait les gâteaux pour son repas de mariage. Je ne voudrais pas qu'un type me fasse un procès parce que sa petite amie a mangé sa bague de fiançailles.

Les cupcakes servis pour le mariage d'Anna et de Jonas contenaient des breloques en argent qui les représentaient tous deux. Un marteau et une scie pour lui, des aiguilles à tricoter plantées dans une pelote de laine et une paire de ciseaux pour elle. Le bracelet auquel elle avait accroché ces souvenirs était toujours dans sa boîte à bijoux.

En souriant à ce souvenir, elle prit une bouchée de cupcake et laissa le chocolat fondre sur sa langue. Sandy devait avoir eu la main lourde avec le colorant rouge dont elle se servait pour le glaçage, parce que Anna sentait un arrière-goût chimique. Mais le gâteau était tellement bon que ce petit défaut ne suffisait pas à le gâcher. Elle le finit, mit la boîte dans la poubelle et passa dans la salle de bains pour se doucher.

Elle commençait tout juste à se maquiller et à se coiffer quand elle fut soudain prise de vertige. Elle s'agrippa au bord du lavabo, luttant contre une vague de nausée, avant de se laisser lentement glisser à terre. Trop nauséeuse pour bouger, elle posa la tête contre le meuble sous le lavabo et ferma les yeux dans l'espoir de calmer ses vertiges. Était-ce une intoxication alimentaire ? Elle en avait déjà été victime, des années plus tôt, mais se souvenait seulement avoir pensé qu'elle n'avait jamais été aussi malade de sa vie.

14

Lucas s'arrêta au pied des marches et se passa une main dans les cheveux. Anna avait accepté son invitation sans hésiter. C'était encourageant, mais il craignait que les sentiments qu'elle éprouvait encore pour son défunt mari ne l'empêchent de céder à l'attirance qu'il lui inspirait. Il n'avait qu'un moyen de savoir si ses craintes étaient fondées : il gravit les marches et sonna.

Il entendit Jacquie aboyer et courir vers la porte. Quand elle plaqua la truffe contre la vitre, sur la gauche de la porte, et aboya de nouveau, Lucas sourit. Il avait hâte qu'Anna vienne lui ouvrir.

Mais la porte demeura close et aucun bruit de pas ne se fit entendre. Jacquie aboya de nouveau et Lucas sonna une nouvelle fois. Même si Anna n'avait pas entendu le carillon – ce qui était improbable, vu qu'il était parfaitement audible depuis l'extérieur –, elle entendait forcément les aboiements de plus en plus impérieux de sa chienne.

Il frappa et cria :

— Anna ! C'est Lucas ! Est-ce que tout va bien ?

Peut-être qu'elle était sous la douche. Pourtant, il était déjà 18 h 35. Il prit son téléphone et composa son numéro, mais l'appel fut transféré sur la messagerie. Il raccrocha et essaya d'ouvrir la porte, mais elle était fermée à clé. Est-ce qu'il pouvait l'enfoncer ?

Avant qu'il ait pu prendre une décision, la porte s'ouvrit et Anna apparut. Son visage était grisâtre, ses yeux hagards. Elle s'effondra à demi contre le chambranle et Jacquie vint se coller contre elle, son regard trahissant son inquiétude.

— Lucas... je suis désolée, dit-elle d'une voix faible.

— Qu'est-ce que tu as ? demanda-t-il, alarmé. Tu as une mine affreuse.

Ce n'était sans doute pas la meilleure chose à dire à la femme avec laquelle on voulait sortir, mais c'était la vérité : Anna semblait malade.

— Je ne sais pas ce qui m'arrive, dit-elle en se couvrant les yeux de la main. Je ne me sens pas bien.

Elle s'écarta du chambranle et chancela. Lucas la retint pour l'empêcher de tomber.

— Je suis désolée, répéta-t-elle.

Elle se dégagea et rentra dans la maison en titubant. Il la suivit et la trouva agenouillée devant les toilettes, en train de vomir.

— Oh ! Anna..., dit-il.

Il s'agenouilla derrière elle pour retenir ses cheveux. Quand elle eut fini de vomir, elle s'assit et se plaqua une main sur la bouche.

— Lucas, c'est affreux, dit-elle.

Il lui tapota l'épaule, se leva et passa un gant sous le robinet du lavabo. Il lui essuya les joues, lui donna le gant et alla remplir un verre d'eau dans la cuisine.

— Bois doucement, ordonna-t-il en le lui tendant.

Ensuite, il tira la chasse, referma le couvercle des toilettes et s'y assit, face à elle. Combien de fois avait-il accompli ces mêmes gestes pour Jenny, quand la chimiothérapie la rendait malade ?

— C'est sans doute une intoxication alimentaire, suggéra Anna. Gemma m'avait bien dit de ne pas manger ce reste de sandwich au poulet. J'aurais dû l'écouter.

Elle leva vers lui des yeux brillants de larmes.

— Je suis désolée de devoir annuler notre rendez-vous.

— Ce n'est pas grave.

En la regardant, il remarqua que ses pupilles étaient légèrement dilatées.

— Est-ce que tu es sûre que ça va ? Il ne vaudrait pas mieux que tu ailles à l'hôpital ?

— Non !

Elle semblait déjà plus alerte. Quand elle ramena les jambes sous elle, il comprit qu'elle voulait se redresser. Il se leva donc pour l'aider.

— Je me sens déjà mieux, reprit-elle. J'avais déjà vomi une fois, avant que tu arrives. Je pense que mon organisme s'est débarrassé de ce qui m'a rendue malade.

Elle posa le gant sur le bord du lavabo et se pencha pour étudier son reflet dans le miroir.

— Accorde-moi une minute et je te rejoins.

Il sortit de la salle de bains et retourna dans l'entrée pour l'attendre. Quand elle sortit à son tour, elle sentait le dentifrice à la menthe et s'était recoiffée. Elle était encore pâle, mais son visage avait perdu sa teinte grisâtre.

— Allons dans le salon, proposa-t-elle.

Elle n'éleva aucune objection quand il la prit par les épaules pour la conduire jusqu'au canapé. Sa peau était chaude mais sèche, et ses jambes semblaient plus solides. Il l'installa sur le canapé avant de passer dans la cuisine, où il trouva des biscuits salés et de l'eau gazeuse aromatisée.

— Ça te fera peut-être du bien, dit-il en les lui apportant.

— Merci.

Assise entre Jacquie et lui, elle grignota quelques biscuits salés en sirotant son eau gazeuse.

— Comment s'est passée ta journée avant que tu sois malade ? demanda-t-il.

— Bien. J'ai fait poser de nouvelles étagères dans la boutique, aujourd'hui. L'homme qui partait quand tu es arrivé était le charpentier. Il travaillait pour Jonas.

— Celui qui veut acheter la Dart.

— C'est ça, dit-elle en posant son verre. Est-ce que tu aimerais la voir ?

— Oui, quand tu te sentiras mieux.

— Je me sens déjà beaucoup mieux. Je vais te la montrer.

Elle se leva, traversa la cuisine d'un pas assuré et ouvrit une porte, qui donnait dans le garage. Elle alluma la lumière et s'approcha d'un véhicule protégé par une bâche, qu'il l'aida à replier. Une Dodge Dart rouge, qui portait des traces de mastic gris, apparut.

— Jonas l'avait achetée à l'un de ses clients pour quelques centaines de dollars, expliqua-t-elle en passant la main sur le capot. Il a dépensé beaucoup d'argent pour la restaurer, mais il adorait s'en occuper. C'est tellement dommage qu'il n'ait pas eu le temps de finir.

Et cette voiture était toujours dans son garage. Pourquoi ? Parce qu'elle lui rappelait son mari, l'aidait à se sentir plus proche de lui ? Sans doute.

— J'aurais dû la vendre depuis longtemps, reprit-elle, mais… je ne sais pas… J'aurais presque eu l'impression de le trahir. C'est idiot, je sais. Est-ce que tu as conservé quelque chose de Jenny, toi aussi, ou est-ce que les hommes ne gardent aucun objet en souvenir ?

Son instinct le poussait à détourner les yeux, à éluder la question. Mais elle méritait sa franchise.

— Je n'ai rien gardé, répondit-il. Mais je n'aimais pas Jenny comme tu aimais Jonas.

— Qu'est-ce que tu veux dire par là ?

Il la prit par le bras.

— Rentrons, et je te raconterai toute l'histoire.

Quand ils furent de nouveau installés sur le canapé, elle s'écarta légèrement de lui pour le dévisager.

— Alors, quelle est l'histoire ?

Il leva les yeux vers le plafond, comme si les mots justes y étaient inscrits.

— Il était une fois un homme, nommé Lucas, qui sortait avec une femme qu'il aimait beaucoup, mais pas assez pour s'engager à rester avec elle pour toujours. Il pensait qu'elle le comprenait mais, quand ils eurent emménagé ensemble, il se rendit compte qu'elle croyait que ce n'était qu'un début et qu'il y aurait ensuite une bague, une demande en mariage, une cérémonie… bref, une fin de conte de fées. Il voulait la rendre heureuse, lui donner tout ce qu'elle méritait d'avoir, mais il finit par lui avouer qu'il était incapable de s'engager de la sorte. Ils essayèrent quand même de se quitter bons amis. Elle commençait à chercher un appartement quand elle tomba malade. Elle alla chez le médecin, qui lui apprit qu'elle avait un cancer. Ils restèrent ensemble et il s'occupa d'elle. Mais elle n'eut jamais la fin heureuse qu'elle désirait.

Il posa les coudes sur ses genoux et se courba vers l'avant. Que devait-il lire dans le silence qui se prolongeait ? Le rejet ? Il s'efforça de ne pas y penser. Soudain, il sentit la main d'Anna sur son dos.

— Oh ! Lucas…, dit-elle.

— Sa sœur me hait. D'après elle, j'aurais dû épouser Jenny, même en sachant qu'elle allait mourir.

— C'est très injuste de sa part, répliqua Anna.

Il se redressa et trouva le courage de la regarder. Sur son visage, il ne lut que douceur et empathie.

— Et j'étais prêt à le faire, reprit-il. J'ai acheté une bague, mis un genou à terre et fait ma demande. Mais Jenny était intelligente ; elle a lu en moi. Elle a refusé en disant que nous étions plus faits pour être amis qu'amants.

— Et tu as été un ami exemplaire, approuva Anna. Tu es resté auprès d'elle jusqu'à la fin. Tu l'aimais, même si c'était d'une autre forme d'amour.

— Je pense qu'elle le savait, mais je me suis quand même fait l'effet d'être la dernière des ordures.

— Lucas… tu n'as rien fait de mal. C'est de lui mentir sur tes sentiments qui aurait été malhonnête.

— Sans doute, mais cela aurait été plus gentil.

— Peut-être, mais tu ne peux pas en être sûr.

Elle ramena ses cheveux derrière son oreille et baissa les yeux.

— Pendant les derniers mois de la vie de Jonas, je ne pouvais rien faire pour lui sinon l'écouter quand il voulait discuter et rester présente à ses côtés quand il était trop faible pour parler. Je pense que c'est ce que tu as apporté à Jenny.

— Je me sens quand même coupable.

— Bienvenue au club.

Elle soupira et reprit :

— Je pense que la mort s'accompagne toujours de culpabilité. Nous avons beau tout faire pour ceux que nous aimons, nous ne pouvons nous empêcher de nous dire que nous aurions peut-être pu en faire plus. Que serait-il arrivé si j'avais poussé Jonas à aller chez le médecin quand il a commencé à se plaindre du dos ? Mais il travaillait dans la construction. Les douleurs faisaient partie de son métier.

— Comment affrontes-tu cette culpabilité ?

— Peut-être en m'accrochant à une voiture qu'il aimait, même si je ne l'ai jamais vraiment aimée moi-même.

Elle fut surprise de se sentir sourire, surprise de se rendre compte qu'elle pouvait maintenant voir le côté comique d'une situation aussi triste que celle-ci.

— Peut-être que tu es prête à tourner la page, suggéra-t-il.

Elle se rapprocha de lui et fit glisser sa main dans son dos, jusqu'à sa taille. C'était une caresse intime, qui lui fit prendre conscience du désir qui grandissait en elle, de son envie de vivre des choses qu'elle avait crues hors de sa portée.

— Comment sait-on qu'on est prêt à tourner la page, à passer à l'étape suivante ? demanda-t-elle.

Il se tourna vers elle et riva son regard au sien.

— En avançant, tout simplement, et en voyant où te mène chacune des étapes.

Elle fit de nouveau glisser sa main dans son dos, vers le haut cette fois, la moula derrière sa tête et approcha ses lèvres des siennes. Il se figea pendant un instant, captif de ce léger contact, avant qu'un gémissement sourd monte du fond de sa gorge. Il se serra contre elle, captura sa bouche sous la sienne et, des deux mains, la plaqua contre lui.

Traversée par un torrent de sensations, où se mêlaient le soulagement, le désir et un bonheur intense, elle caressa sa nuque douce et chaude et inclina légèrement la tête pour mieux pouvoir explorer chaque millimètre carré de ses lèvres.

Mais elle n'était pas encore assez près de lui. Elle se leva et se mit à cheval sur ses genoux. Quand elle sentit son sexe durci contre son bas-ventre, elle eut l'impression qu'une vague de chaleur et de lumière enflait en elle, comme si des étincelles fusaient de chacune de ses zones érogènes. Elle l'embrassa avec une passion redoublée, les yeux clos, au bord de l'abandon total.

Ce fut alors qu'il la repoussa, juste assez pour pouvoir la dévisager.

— Est-ce que c'est ce que tu veux ? demanda-t-il. Si tu te sens encore malade, nous pouvons attendre.

— Je me sens très bien. Je te le promets.

Pouvait-on se remettre aussi rapidement d'une intoxication alimentaire ? Peut-être que le désir avait sur la santé des effets secondaires bénéfiques qu'elle ignorait. Elle se pencha pour lui planter un doux baiser sur la joue.

— Et c'est ce que je veux, reprit-elle. Ce que je veux depuis un moment.

— C'est ce que je veux moi aussi.

Elle pensa qu'il allait l'embrasser de nouveau, mais il continua à la regarder.

— Tu es tellement belle, dit-il.

Il devait s'agir d'un autre effet secondaire du désir, parce qu'elle n'était ni coiffée ni maquillée et était sans doute encore beaucoup trop pâle. Mais il la faisait se sentir belle, ce qui lui rendait un peu d'assurance. Cependant, il fallait qu'elle soit aussi honnête avec lui qu'il l'avait été avec elle.

— Je suis un peu nerveuse, avoua-t-elle. Nous devrons peut-être prendre notre temps.

En fuyant son regard, elle passa une main sur son torse, comme pour trouver le courage de poursuivre.

— Si je pleure un peu, ne t'en veux pas. Je suis assez émotive.

— Nous prendrons tout le temps qu'il faudra, dit-il.

Il scella la promesse d'un long baiser.

Elle l'entraîna dans la chambre et ils se déshabillèrent, toujours avec la même lenteur. Quand il fut nu devant elle, son cœur se mit à battre la chamade. Et, quand elle remarqua le regard empli d'adoration qu'il posait sur elle, elle se sentit de nouveau traversée par une sensation de vertige – délicieuse, celle-là. Elle s'assit sur le lit et le prit par la main pour l'attirer vers elle, mais interrompit son geste devant l'éclair de douleur qui traversa son regard.

— Qu'est-ce que tu as ? demanda-t-elle.

— Ce n'est rien.

Elle réfléchit à ce qu'elle aurait ressenti si cette chambre avait été celle de Lucas.

— Ne t'inquiète pas, dit-elle. J'ai rénové cette pièce l'été dernier et le lit est flambant neuf.

Il sembla à la fois contrit et soulagé.

— Cela n'aurait eu aucune importance, assura-t-il.

— Mais pour moi, si.

Elle n'avait pas acheté ce nouveau lit dans l'intention d'y faire l'amour avec un autre homme, mais pour y passer ses nuits sans devoir le partager avec tous les souvenirs des moments que Jonas et elle avaient vécus ensemble. Et maintenant elle allait pouvoir se fabriquer de nouveaux souvenirs. Avec Lucas.

Ils s'allongèrent sur le côté, face à face, pour s'étudier l'un l'autre tels deux explorateurs dressant la carte de territoires inconnus. Il découvrit la cicatrice qui ornait son tibia depuis le jour où elle était tombée sur une pierre en entraînant Jacquie, et elle sourit en voyant la tache de naissance qui, sur sa hanche, dessinait un cœur presque parfait. Et quand ils cessèrent de se regarder et de se toucher ce fut pour se goûter et se caresser.

— Est-ce que tu aimes ça ? demandait-il. Et ça ?

— Et si nous faisions ça ? suggérait-elle.

Et ce fut ainsi qu'ils négocièrent les termes de leur passion.

Chaque sensation qui la traversait lui semblait nouvelle, comme si son corps se réveillait d'un long sommeil. Quand elle s'arqua contre lui et cria de plaisir, ce fut sans pouvoir s'empêcher de sourire. Enfin, il enfila un préservatif et se positionna contre elle, et elle l'accueillit avec impatience.

Je n'ai pas oublié comment on fait, pensa-t-elle alors qu'ils commençaient à onduler ensemble. Elle ferma les yeux et s'abandonna au torrent d'émotions qui la balayait alors que la tension délicieuse qui croissait en elle la poussait vers la délivrance.

En définitive, ce ne fut pas elle qui pleura, mais lui. Des larmes perlaient à ses cils quand il se pencha pour l'embrasser alors qu'ils s'agrippaient toujours l'un à l'autre après avoir assouvi leur désir.

— Je n'aurais jamais cru pouvoir être de nouveau aussi heureux, dit-il.

— Je sais.

Elle déposa un baiser sur chacun de ses yeux, goûtant le sel de ses larmes. Ils avaient tous deux traversé la pire des tragédies, mais ils pouvaient encore connaître le bonheur. C'était comme un miracle qui justifiait tant les larmes de Lucas que le sourire qu'elle ne pouvait effacer de ses lèvres.

Quand Anna se réveilla le lendemain matin, seule dans le lit, il lui suffit d'un regard aux draps froissés et à la marque que la tête de Lucas avait imprimée sur l'oreiller pour qu'un frisson d'excitation la traverse. Elle étreignit son torse des deux bras, osant à peine croire combien elle était heureuse.

La porte de la salle de bains s'ouvrit et Lucas apparut. Il avait noué une serviette autour de sa taille et se frictionnait la tête avec une autre.

— Bonjour, dit-elle en s'asseyant dans le lit.

— Bonjour.

Il sourit et s'approcha pour l'embrasser.

— Comment te sens-tu ?

Elle était un peu fatiguée et courbaturée et n'avait pas très faim, mais elle se sentait beaucoup mieux que la veille.

— Très bien. Je pense que je suis entièrement remise.

— Tant mieux, dit-il. Je ne voulais pas te réveiller, mais je dois aller au travail de bonne heure, aujourd'hui.

— Pas grave, répondit-elle. J'ai un entraînement au quartier général des secours en montagne, ce matin.

Elle attrapa et enfila son peignoir, consciente du regard qu'il posait sur elle. Avant qu'elle ait pu nouer la ceinture, il s'approcha, lui enserra la taille des deux mains, l'attira contre lui et posa les lèvres dans son cou.

— J'aimerais tellement pouvoir rester, dit-il.

— Hmm.

Elle se pressa contre lui pendant un instant avant de se forcer à reculer.

— J'adorerais me laisser tenter, mais nous devons nous habiller tous les deux.

— Tu as raison, répondit-il dans un soupir.

Il prit ses vêtements sur la chaise, à côté du lit, et commença à s'habiller. Anna s'offrit le plaisir de l'admirer ouvertement : grâce à cette image, elle était sûre de pouvoir supporter même le plus ennuyeux des cours.

Elle attendit qu'il ait bouclé sa ceinture pour passer à son tour dans la salle de bains. Quand elle en ressortit dix minutes plus tard, il était dans la cuisine, une tasse de café à la main.

— Je ne peux pas rester pour le petit déjeuner. Il faut que je passe chez moi pour me mettre en uniforme.

— Peut-être que je te verrai après ton service.

— Peut-être, oui. Quel est le sujet de ton cours d'aujourd'hui ?

— Le tri d'urgence en milieu hostile. Nous commençons par un cours théorique avant de faire quelques exercices.

Elle prit la laisse de Jacquie, qui accourut aussitôt.

— Il faut que je la sorte avant de partir pour le cours. Elle va être déçue de rester à la maison. Quand je mets mon blouson des secours en montagne, elle pense qu'elle va travailler.

— Pauvre petit bébé abandonné, dit-il en frottant les oreilles de la chienne.

Jacquie s'appuya contre sa jambe, oubliant momentanément sa promenade.

Après qu'ils se furent dit au revoir, Anna et Jacquie firent deux fois le tour du parc de la ville avant de reprendre le chemin de la maison. Elle remplit la gamelle de la chienne, s'assura qu'elle avait assez d'eau, et profita de ce que Jacquie mangeait pour s'éclipser.

Tous les volontaires novices des secours en montagne, ainsi que la plupart des vétérans s'étaient rassemblés dans le vaste bâtiment qui leur servait de quartier général et où était stocké tout leur matériel. Anna s'assit auprès de Grace Wilcox, Nancy Phillips et Caleb Edmond. Chris Mercer les rejoignit bientôt. Elle n'était pas une nouvelle recrue, contrairement à eux, mais elle venait de passer un an en tant qu'artiste en résidence au Rocky Mountain National Park.

— J'ai suivi ce cours il y a des années, dit-elle en prenant place à côté d'Anna. Cela ne me fera pas de mal de me rafraîchir la mémoire.

Le cours était dispensé par Danny Irwin, qui était infirmier, et Hannah Richards, membre du SAMU d'Eagle Mountain. Anna s'efforça de se concentrer sur le diaporama qui décrivait les blessures qu'ils rencontreraient le plus fréquemment au cours des missions.

Mais, quand les deux intervenants passèrent à la façon d'identifier, d'évaluer et de prendre en charge une liste interminable de blessures potentielles, elle ne put empêcher son esprit de vagabonder vers la nuit merveilleuse qu'elle avait passée avec Lucas. Cette soirée avait dépassé tous ses fantasmes. Elle avait cru qu'elle serait nerveuse, mais la passion qui les unissait était telle qu'elle n'avait pas vraiment eu le temps de trop réfléchir à ce qui se passait.

— Nous allons faire une pause, annonça enfin Danny. Ensuite, nous passerons aux exercices.

Après un passage aux toilettes, Anna et Nancy rejoignirent

leurs collègues à la table sur laquelle étaient disposés du café, du thé, des beignets et des fruits. Anna était en train de verser de l'eau chaude sur un sachet de thé quand tous les téléphones, y compris le sien, se mirent à sonner.

— En voilà un qui a de la veine, lança Ryan Welch. On nous appelle alors que nous sommes déjà tous sur place.

Sheri était déjà au téléphone avec le régulateur du 911.

— Le pilote d'un hélicoptère a repéré une personne dans un véhicule coincé sur le col de Black Eagle, dit-elle.

— Je croyais que cette route était fermée, commenta Danny. Il y a toujours une tonne de neige, là-haut.

— Elle l'est, confirma Tony Meisner. Soit cette personne l'ignorait, soit elle a pensé pouvoir passer quand même.

— On nous appelle pour ce type de mission tous les deux ans, précisa Ryan. Les gens prennent le chemin le plus court, sans s'apercevoir que la route n'est praticable que par un 4-4, ou seulement ouverte à la belle saison.

— Il y a dix ans, un monospace est resté coincé là-haut et le couple qui l'occupait a essayé de continuer à pied, dit Sheri. Ils sont morts de froid. Ce type a de la chance que le pilote de l'hélicoptère l'ait vu.

Elle regarda l'ensemble du groupe.

— Nous allons prendre la Bête et deux 4-4, mais nous devrons sans doute laisser les véhicules et finir avec des raquettes. Nous ne savons pas depuis combien de temps le conducteur est là-haut, ni s'il est seul. Le pilote de l'hélico n'a vu qu'une personne, mais nous devons être prêts à toute éventualité.

Dix minutes plus tard, Anna, Chris et Nancy, dans la jeep de Grace, suivaient la Bête, la jeep spécialement équipée des secours en montagne. Ils gravirent Dixon Pass pour rejoindre la route isolée qui passait le col de Black Eagle. La caravane s'était engagée sur cette dernière route depuis quelques minutes quand Tony annonça, par radio :

— Je vois des traces de pneus.

Dix minutes plus tard, la Bête s'arrêta. Anna et ses collègues descendirent de la jeep et Sheri vint vers eux.

— La route est coupée par une coulée de neige, expliqua-t-elle. Nous allons devoir continuer avec les raquettes.

Ils mirent donc leurs raquettes, prirent leurs sacs à dos et entreprirent de gravir la route.

— D'après le pilote de l'hélico, la voiture est presque au sommet du col, dit Sheri.

— Comment est-il arrivé jusque-là ? demanda Nancy.

— Quand tu as passé la mine Homestead, la route devient trop étroite pour faire demi-tour, répondit Tony. Il a sans doute continué à avancer jusqu'à se retrouver bloqué. Il n'y a pas de réseau là-haut, et personne ne passe par là. S'il n'a pas de raquettes, descendre à pied serait trop pénible. Il y a au moins un mètre vingt de neige.

Même avec des raquettes, la marche était épuisante. Bientôt, ils avaient tous ouvert la fermeture Éclair de leur blouson et ôté leur bonnet. Anna marchait aux côtés de Grace, les jambes déjà douloureuses, mais elle ne pensa pas un seul instant à se plaindre. Le travail de secouriste était ainsi : on faisait beaucoup d'efforts pour le compte d'un étranger.

Une demi-heure s'écoula avant qu'un cri s'élève, à l'avant de la colonne. Le message parvint rapidement à l'arrière.

— Ils ont repéré la voiture, dit Grace à Anna.

Quelques minutes plus tard, ils étaient regroupés autour d'un jeune homme frigorifié et très reconnaissant. En claquant des dents, Darryl Singh les remercia, se laissa emmitoufler dans des couvertures et des kits de réchauffage, et prit la tasse de chocolat chaud qu'on lui tendait.

— Je voulais aller à Eagle Mountain, expliqua-t-il. C'est la première fois que je viens et la carte disait que c'était le chemin le plus court.

Il regarda la muraille de neige qui les entourait, dans laquelle disparaissait le capot de sa petite berline.

— Jamais je n'avais vu autant de neige, ajouta-t-il. Je viens de Floride.

— Qui alliez-vous voir ? demanda Sheri.

Il secoua la tête.

— Oh ! c'est sans importance.

— Si quelqu'un vous attend, il doit s'inquiéter, dit Carrie. Nous pouvons le contacter et lui dire que vous allez bien.

— Je faisais seulement une livraison pour rendre service à un ami, dit-il.

— Pour qui était cette livraison ? insista Sheri.

— Une pâtisserie.

— La pâtisserie Weiss ? demanda Anna.

— Oui, répondit tristement Singh. Je ne sais même pas ce qu'il y a dans le colis.

Il posa un regard lugubre sur sa voiture.

— Combien est-ce que toute cette histoire va me coûter ?

— Nous allons vous emmener en ville gratuitement, dit Danny. Mais pour qu'une dépanneuse monte chercher votre voiture vous devrez débourser une belle somme.

Singh semblait sur le point de fondre en larmes.

— Depuis combien de temps êtes-vous là-haut ? demanda Tony.

Singh écarta la couverture pour regarder sa montre.

— Cinq heures. Je me demandais combien de temps il me restait avant de mourir de froid.

— Vous avez de la chance que le pilote d'un hélicoptère vous ait vu et nous ait prévenus, dit Sheri.

— Oui, répondit-il, l'air toujours aussi abattu. J'ai beaucoup de chance.

Ils aidèrent Singh à mettre une paire de raquettes et entreprirent de redescendre vers les jeeps. Ils avaient fait la moitié du chemin quand le jeune homme s'exclama :

— Le colis ! J'ai oublié le colis pour la pâtisserie !

— Vous le récupérerez plus tard, quand votre voiture sera remorquée, dit Tony. Vous n'allez pas risquer l'hypothermie pour un colis.

Pour couper court aux protestations du jeune homme, Tony passa un bras autour de ses épaules et ajouta :

— Venez. Il faut que vous vous mettiez au chaud.

Quand Singh fut installé dans la Bête, Sheri lui dit :

— Nous allons vous conduire au bureau du shérif, où on vous aidera à prendre les dispositions nécessaires pour récupérer votre véhicule et vous ramener chez vous. Comment vous sentez-vous ?

— Très secoué, dit-il. Mais j'ai plus chaud.

Quelques minutes plus tard, les jeeps reprenaient la route.

— Je pense que cet homme ne se rend pas compte de la chance qu'il a eue, dit Grace. Il n'avait aucun équipement de survie et n'était pas habillé assez chaudement. Il portait des tennis et n'avait même pas de manteau.

— Sans doute parce qu'il pensait ne faire que passer à Eagle Mountain, suggéra Chris.

— Je me demande ce qu'il livrait à la pâtisserie, lança Anna.

— Un ingrédient spécial, je suppose, fit Nancy.

Une fois de retour au quartier général, ils rangèrent le matériel utilisé pour le cours tandis que Sheri et Tony conduisaient Singh au bureau du shérif. Ensuite, ils rentrèrent chez eux ou partirent au travail.

Au lieu de rentrer directement, Anna choisit de faire un détour par la pâtisserie. Elle trouva Sandy en train d'agrémenter le glaçage au chocolat d'une fournée de cupcakes d'un bouton de rose, rose ou bleu.

— C'est une commande pour une fête prénatale, expliqua la jeune femme. Dès que j'aurai fini, je fermerai pour le reste de la journée.

— Est-ce que tu connais Darryl Singh ? demanda Anna.

— Jamais entendu parler de lui.

Anna se jucha sur un tabouret, à côté de l'établi de Sandy.

— Nous revenons tout juste d'aller le chercher. Il était coincé sur le col de Black Eagle. Il a pensé que cette route était un raccourci pour arriver à Eagle Mountain.

Sandy partit d'un petit rire narquois.

— Il ne doit pas être du coin.

— Il a dit qu'il venait de Floride, répondit Anna.

— Il a de la chance de ne pas être mort de froid là-haut.

— Il a aussi dit qu'il ne venait que pour te livrer un colis.

Sandy se figea.

— Et qu'y avait-il dans ce colis ?

— Je ne sais pas. Il a seulement dit que l'un de ses amis l'avait payé pour te l'apporter.

— Et où est-il, maintenant ?

— Il est resté dans sa voiture. Tu ne sais vraiment pas ce que c'est ?

Sandy secoua la tête et se remit au travail.

— Non. Peut-être une commande que Dave avait passée.

— Est-ce que tu reçois souvent ce genre de livraisons ?

— Nous nous fournissons un peu partout, répondit Sandy. Auprès du grossiste qui nous propose le meilleur prix. C'est ainsi que les petites entreprises font un bénéfice.

— Mais c'est quand même bizarre. Qu'un type vienne en voiture un samedi matin, pour t'apporter quelque chose...

Sandy posa sa poche à douille et se tourna vers elle.

— Pourquoi t'intéresses-tu autant à nos fournisseurs ?

Mais Anna était bien décidée à ne pas se laisser intimider.

— J'ai seulement trouvé que c'était bizarre, répéta-t-elle.

Sandy ramassa la poche à douille.

— Ce n'est pas bizarre. Si un grossiste nous fait un bon prix sur ce dont nous avons besoin, c'est à lui que nous l'achetons, qu'il soit de Junction, de Denver ou de Tombouctou. Par exemple, ces poches à douille viennent du Danemark, parce que c'est là-bas que nous avons trouvé les moins chères.

Anna hocha la tête.

— Je comprends. En tout cas, j'espère que tu n'as pas un besoin urgent de ce que t'apportait M. Singh. Ton colis restera sur le col de Black Eagle jusqu'à ce qu'il fasse remorquer sa voiture.

— Je me débrouillerai.

Sandy prit le plateau de cupcakes et le rangea dans une vitrine réfrigérée.

— Merci encore pour les cupcakes que tu m'as donnés, dit

Anna dans l'espoir que Sandy se départe de son attitude glaciale. Ils étaient délicieux, comme toujours.

Sandy la regarda, les sourcils froncés.

— Tu les as mangés ? Les deux ?

— Oui. J'ai dégusté le second hier après-midi… mais je crains de l'avoir un peu gâché. Au déjeuner, j'avais avalé un sandwich qui avait passé plusieurs jours dans le réfrigérateur de ma boutique. Je venais de manger le cupcake quand j'ai été affreusement malade. Intoxication alimentaire.

— Comment te sens-tu maintenant ? demanda Sandy.

— Beaucoup mieux. J'ai vomi deux fois et je pense que ça a suffi à nettoyer mon organisme.

Elle secoua la tête et conclut :

— Dorénavant, je ferai un peu plus attention à ce que j'ingurgite. J'ai l'estomac fragile. D'ailleurs, Jonas me taquinait toujours à ce sujet. Il pouvait manger n'importe quoi, mais un rien me rend malade.

— Il faut que je ferme, maintenant, dit seulement Sandy.

— Je vais te laisser faire, répondit Anna. Je voulais juste te mettre au courant, pour ce colis.

— Oublie ça, rétorqua Sandy. Ça ne doit pas être important.

Anna partit et rentra chez elle.

Elle n'avait jamais vraiment compris Sandy mais, ces derniers temps, la jeune femme l'intriguait encore plus que d'habitude. Un jour elle lui demandait de l'aide et lui offrait des cupcakes, et le lendemain elle semblait agacée de la voir. Beaucoup de gens auraient fait une croix sur elle, mais Anna n'avait pas oublié la façon dont le chagrin qui l'avait frappée à la mort de Jonas avait bouleversé ses émotions. Elle passait de la colère au désespoir en un clin d'œil, au point sans doute d'agacer tous ceux qui essayaient de l'aider. Elle ne voulait pas que Sandy traverse seule cette tempête. Elle allait donc continuer à la soutenir de son mieux, mais moins pour elle qu'en souvenir de Dave. Il avait sincèrement aimé sa femme et aurait été heureux de voir qu'Anna essayait de l'aider.

Cet après-midi-là, Anna, debout au bord de son allée, regardait Bobby treuiller la Dart sur sa remorque. La femme de Bobby, Melody, se tenait à côté d'elle. La jeune femme, qui était enceinte de huit mois, se frotta le ventre et sourit.

— Bobby est tellement heureux d'avoir cette voiture. Mais entre le travail et le bébé je ne sais pas quand il trouvera le temps de s'en occuper.

— Jonas serait heureux de savoir qu'elle va à quelqu'un qui l'aimera autant qu'il l'aimait, dit Anna.

Le sourire de Melody pâlit.

— Ce doit être difficile pour toi.

— Un peu, mais bien moins que je ne l'aurais cru. C'est sans doute un signe qu'il est temps que je tourne la page.

— Nous aurions été ravis de te l'acheter, dit Melody. Je suis sûre qu'elle vaut beaucoup d'argent.

— Je préfère vous la donner plutôt que de la vendre à n'importe qui. Je suis sûre que c'est ce que Jonas aurait voulu lui aussi.

Bobby contourna la remorque pour les rejoindre. Son sourire radieux le faisait sembler très jeune.

— Je suis fin prêt, dit-il. Merci encore.

— C'est moi qui te remercie. Je sais que tu en prendras soin.

Elle s'avança pour lui serrer la main, mais il l'enveloppa de ses bras et l'étreignit affectueusement.

— Donne-nous de tes nouvelles, dit-il.

— Promis.

Quand Bobby et sa femme furent repartis, elle referma la porte du garage et rentra. Elle se sentait plus légère. Pas vraiment heureuse, mais pas triste non plus. Oui, elle était vraiment en train de tourner la page. D'avancer.

Elle prit son téléphone pour envoyer un texto à Lucas.

Je viens de donner la Dart à Bobby Fitch.

Il répondit presque aussitôt.

Comment te sens-tu ?

Ça va. Il était temps que je le fasse.

C'est bien.

Est-ce que tu veux venir ce soir ?

J'aimerais, oui.

Elle hésita un instant avant de taper :

Apporte une brosse à dents.

Elle comptait le garder toute la nuit avec elle.

Quelques heures plus tard, après qu'ils eurent dîné et fait l'amour, en prenant tout leur temps, Lucas fut arraché à un profond sommeil par le tintement de son téléphone. Le temps qu'il parvienne à ouvrir les yeux, Anna s'était déjà redressée. Il attrapa son téléphone et balaya l'écran pour décrocher.

— Allô ?

— Adjoint Malone ? C'est Shaylin Brown. Je suis désolée de vous réveiller aussi tôt un dimanche, mais je m'inquiète pour George.

Lucas regarda le réveil posé sur la table de chevet : 6 h 14. Bien trop tôt pour un appel de la part d'une personne qui était virtuellement une étrangère.

— Que lui arrive-t-il ? demanda-t-il.

— Il n'est pas rentré hier soir, dit Shaylin.

Sa voix était rauque, comme si elle avait pleuré.

— Il ne répond pas au téléphone, et personne ne l'a vu.

Lucas se sentait de plus en plus réveillé.

— Avez-vous contacté la police de Junction ?

— Oui. Ils m'ont dit que je pouvais signaler sa disparition, mais que l'incident n'avait rien d'inhabituel ni d'alarmant. Pourtant George rentre toujours avant 21 heures.

— Est-ce que vous vivez avec M. Anton ? demanda Lucas.

— Oui, et il rentre tous les soirs. S'il doit être en retard, il m'appelle.

Lucas se passa une main dans les cheveux.

— Quand l'avez-vous vu pour la dernière fois ?

— Hier après-midi. Il devait aller voir Sandy Weiss dans la

soirée. Il m'a dit qu'il rentrerait sans doute assez tard, mais il n'est pas rentré du tout. J'ai essayé d'appeler Mme Weiss, mais elle non plus ne répond pas.

Lucas aurait pu dire à Shaylin que cette disparition n'était pas de son ressort, mais le lien avec Sandy Weiss piquait son intérêt.

— George rencontre-t-il souvent des clients aussi tard, surtout le week-end ? demanda-t-il.

— Oui. Les restaurateurs surtout, qui sont généralement disponibles le soir, mais aussi quelques fournisseurs.

— Est-ce que George vous a indiqué que sa rencontre avec Mme Weiss avait quelque chose d'inhabituel ? demanda-t-il. Craignait-il des ennuis ?

— Il voulait qu'elle lui explique pourquoi elle vous avait dit qu'elle comptait fermer la pâtisserie et résilier le contrat. Il voulait trouver une solution qui leur convienne à tous deux.

— Est-ce qu'il était en colère ? demanda Lucas.

— Non. George n'est pas comme ça. Il veut gagner sa vie, bien sûr, mais il cherche surtout à mettre en contact des personnes qui peuvent s'entraider. Il adore son travail. Mais, après ce qui est arrivé à Dave Weiss, j'ai peur. Si la personne qui a tué Dave s'en prenait à lui ?

Sa voix se brisa sur ces derniers mots.

— Je veux que vous soyez honnête avec moi, Shaylin. Est-ce que George était mêlé d'une façon ou d'une autre à un trafic de drogue ?

— Absolument pas ! protesta-t-elle.

Quand elle reprit, elle semblait encore plus agitée.

— George a entendu parler d'un réseau qui vendait de la drogue dans les restaurants. Il connaissait certaines des personnes qui ont été arrêtées, et la police l'a interrogé plus d'une fois. Mais il n'a rien à voir avec ça, et il a juré que s'il identifiait un membre de ce réseau il le dénoncerait. Depuis que sa petite sœur est morte d'une overdose à vingt-deux ans, il est farouchement antidrogue.

L'histoire était belle, mais était-elle vraie ? Michaela lui avait dit que la police de Junction n'avait trouvé aucune preuve incriminant

George Anton, mais il n'aurait pas été le premier trafiquant à être plus malin que la police.

— Vous allez appeler le bureau du shérif de Junction et demander Del Alvarez, dit-il. Racontez-lui votre histoire et dites-lui que c'est moi qui vous envoie. Il vous aidera.

— Je vais le faire, mais est-ce que vous allez chercher George à Eagle Mountain ?

— Je vais me rendre chez les Weiss et demander à Sandy si elle a eu de ses nouvelles, promit Lucas.

— Appelez-moi dès que vous aurez du nouveau, s'il vous plaît. Je n'ai pas dormi de la nuit. J'étais trop inquiète.

— C'est promis.

Il raccrocha et se tourna vers Anna.

— George Anton a disparu. Personne n'a eu de nouvelles de lui depuis qu'il est parti pour Eagle Mountain rencontrer Sandy Weiss.

— Il faut que tu parles à Sandy, dit-elle.

— Oui, et le plus tôt sera le mieux.

— Je vais faire du café.

Elle repoussa les couvertures pour enfiler son peignoir, lui offrant une vue alléchante de son corps nu. Il aurait adoré retourner au lit avec elle et passer la journée à lui faire l'amour, mais la panique à laquelle Shaylin était en proie éteignit son désir. Rien ne lui prouvait encore que Dave Weiss ne s'était pas suicidé, mais il restait trop de zones d'ombre dans cette affaire. Ses collègues et lui avaient toujours un temps de retard sur toutes les personnes qui étaient mêlées à cette affaire. Peut-être qu'il tenait sa chance de prendre de l'avance, pour changer.

15

Anna mit le café à passer et retourna dans la chambre pour regarder Lucas s'habiller. Elle ne se lasserait sans doute jamais de le contempler, quoi qu'il fasse. Son corps vibrait encore du souvenir de leurs heures de passion. Pourquoi avait-elle attendu aussi longtemps ?

— Laisse-moi appeler Sandy, proposa-t-elle. Si c'est moi qui lui téléphone à cette heure-là, je pense qu'elle répondra.

— Bonne idée, admit Lucas en bouclant sa ceinture. Mais ne lui parle pas de George. Dis-lui seulement qu'il faut que je lui parle et que je vais passer chez elle.

— D'accord.

Elle prit son téléphone, composa le numéro encore identifié dans ses contacts comme « David – Maison » et attendit. La sonnerie se tut après quelques instants, sans même que l'appel bascule sur la messagerie. Elle appela alors le portable de Sandy, mais n'obtint qu'un message : « Le numéro que vous avez composé n'est plus attribué. »

— C'est bizarre, dit-elle. Pourtant, je suis sûre que c'est le bon numéro. Je vais essayer à la pâtisserie.

Elle composa le numéro.

— Personne ne répond là-bas non plus.

— Peut-être qu'elle est occupée et qu'elle ne peut pas décrocher, suggéra Lucas en finissant de mettre ses chaussures. Je vais passer là-bas et, si elle n'y est pas, j'irai voir chez elle.

Anna se détendit.

— Tu as raison. Elle s'occupe sans doute des clients.

À cette heure-là, beaucoup de gens venaient acheter des viennoiseries pour le petit déjeuner, surtout le week-end.

Lucas s'approcha d'elle et la prit dans ses bras.

— Je suis désolé de devoir partir ainsi.

— Je comprends, répondit-elle en se blottissant contre lui. Si tu revenais ce soir ?

— J'adorerais ça.

Il ponctua ses paroles d'un long baiser passionné qui ne manquerait pas de les faire penser l'un à l'autre pendant toute la journée. Elle mourait d'envie de le retenir, mais n'en fit rien. Comme elle, il avait une vie à vivre, un travail à faire.

Quand il fut parti, elle s'habilla, but un café et prépara Jacquie pour sa promenade. Ensuite, elle prendrait son petit déjeuner avant de lire, de jardiner ou de rattraper le ménage en retard, comme chaque dimanche – seul jour de fermeture de Brin de Laine.

Au lieu de prendre le chemin du parc pour chiens, près de la rivière, ou du sentier qui longeait l'école, elle opta pour un trajet qui la ferait passer devant la maison de Dave et Sandy. Elle ne pensait pas que Sandy soit chez elle, mais elle pouvait toujours s'en assurer. Même si elle n'avait pas entendu tout ce que lui disait Shaylin Brown, Lucas avait semblé prendre son inquiétude au sérieux. Shaylin s'inquiétait pour George, mais Anna se demandait si ce n'était pas Sandy qui était en danger. Depuis la mort de Dave, elle était la cible de trop d'incidents étranges.

Elle se dirigea d'un pas vif vers la maison des Weiss en saluant de la main les rares personnes qu'elle croisait. Jacquie cessa de renifler les poubelles qui attendaient sur le trottoir pour aboyer sur un écureuil gris qui avait déboulé devant elle. Anna resserra son manteau autour de son corps et inhala l'air froid et sec. Sans l'inquiétude que lui inspirait son amie, elle aurait goûté cette promenade.

Quand elle arriva devant chez Sandy, elle vit que sa jeep était garée dans l'allée et que les lumières étaient allumées. Elle gravit les marches qui menaient à la porte et sonna. Après un long moment, la porte s'ouvrit et Sandy apparut.

— Anna ? demanda-t-elle. Qu'est-ce que tu fais ici ?

— Je promenais Jacquie et j'ai vu de la lumière chez toi, répondit-elle. Comme j'aurais cru que tu serais déjà à la pâtisserie, je me suis arrêtée pour voir si tout allait bien.

— J'ai dû fermer pour quelques jours, le temps de faire remplacer la vitrine.

Anna hocha la tête. Que pouvait-elle lui dire sur Lucas et George Anton, et que devait-elle garder pour elle ?

— Il fait froid, ce matin, reprit-elle. Est-ce que je peux m'inviter pour un café ?

Quand Sandy fronça les sourcils, Anna fut certaine qu'elle allait refuser. Mais la jeune femme ouvrit grand la porte.

— Bien sûr. Tu me tiendras compagnie pendant que je fais des cartons.

Anna et Jacquie suivirent Sandy dans le séjour. Bien que les lumières soient éteintes, Anna remarqua que la pièce était presque vide.

— Que sont devenus tes meubles ? demanda-t-elle.

— Je les ai vendus.

Sandy se dirigea vers la chambre, et Anna la suivit. Une valise vide et des piles de vêtements étaient posées sur le lit.

— Tu t'en vas ? demanda Anna.

— Puisque je dois fermer la pâtisserie, j'ai eu envie de partir pour quelques jours, répondit-elle en posant une pile de chemises dans la valise. Après les moments que je viens de vivre, un voyage me changera les idées.

— C'est une excellente idée. Où vas-tu aller ?

— Quelque part où il fait chaud, dit-elle en rangeant des shorts dans la valise. J'en ai assez du froid.

— Est-ce que tu veux que je passe arroser les fleurs ou ramasser ton courrier pendant ton absence ? demanda Anna.

— Je me suis déjà occupée de tout ça.

Elle ajouta une paire de sandales aux vêtements.

— J'ai essayé de t'appeler ce matin, reprit Anna, mais le service m'a informée que ton numéro n'existait pas.

— Pourquoi est-ce que tu m'appelais ?

— George Anton a disparu. Je me demandais si tu avais eu de ses nouvelles récemment.

Sandy se retourna et la dévisagea comme s'il venait de lui pousser une seconde tête.

— Pourquoi est-ce que j'aurais eu des nouvelles de lui ?

— D'après son assistante, il devait venir te voir hier soir.

Sandy secoua la tête.

— Je n'étais pas au courant.

Tu mens, pensa Anna.

— Je me suis toujours demandé s'il n'était pas l'auteur des menaces que tu as reçues, ajouta Anna.

Sans répondre, Sandy retourna à sa valise.

— Au fait, je ne t'ai pas servi ton café. Si tu allais dans la cuisine nous servir deux tasses pendant que j'en termine ici ?

— Bien sûr.

Anna quitta la pièce. Maintenant, elle était convaincue que Sandy dissimulait quelque chose, mais sans pouvoir dire s'il s'agissait d'un détail important ou si, fidèle à son habitude, la jeune femme repoussait simplement toutes ses tentatives de rapprochement. Jacquie, espérant sans doute le biscuit qu'on lui donnait après chaque promenade, la suivit en trottinant. Une fois dans la cuisine, elle prit deux tasses et y versa le café déjà prêt dans la cafetière. Comme elle ne se rappelait pas si Sandy prenait du sucre ou de la crème, elle s'approcha de la porte.

— Sandy ! Comment est-ce que tu prends ton café ?

— Noir, répondit la jeune femme.

Anna rajouta de la crème dans son café et retourna vers la chambre, les deux tasses à la main. Mais elle n'alla pas plus loin que le séjour, où Sandy l'attendait, un pistolet à la main.

— Pose donc ces tasses avant de les renverser sur la moquette, dit-elle.

Anna obéit, les yeux rivés à l'arme pointée sur elle.

— Qu'est-ce qui te prend ?

— Le problème avec toi, Anna, c'est que tu es incapable de saisir une allusion.

Quand Lucas entra dans le parking désert de la pâtisserie, il vit une affiche écrite à la main scotchée sur la porte, à côté de la vitrine condamnée par des planches : « Fermé pour réparations. » Il se gara, descendit de son SUV et fit le tour du bâtiment, sans rien remarquer d'anormal. Il prit son téléphone et composa le numéro de la maison des Weiss mais, cette fois encore, personne ne répondit.

Il s'arrêta devant la porte métallique à deux battants qu'il avait déjà remarquée à l'arrière du bâtiment. Elle devait s'ouvrir sur la chambre froide, qui datait de l'époque où le local abritait un abattoir et que, d'après Ashley Dietrich, les Weiss utilisaient comme espace de stockage. Il essaya d'ouvrir la porte, mais elle était cadenassée.

Il allait s'éloigner quand un bruit sourd résonna, l'arrêtant net. Comme si quelqu'un cognait sur la porte. Quand le bruit résonna de nouveau, il regarda la porte et posa la main sur la crosse de son pistolet.

— Qui est là ?

Il y eut d'autres coups, pas plus forts mais plus rapides.

— Qui est là ? répéta-t-il en s'approchant.

Maintenant, il lui semblait entendre autre chose : une voix, faible et étouffée. Il plaqua l'oreille contre la porte et écouta.

« À l'aide », crut-il entendre. « Aidez-moi, je vous en supplie ! »

16

Le shérif arriva à la pâtisserie Weiss peu après 7 heures, accompagné de deux adjoints et d'un serrurier, qui se mit aussitôt au travail.

— Qui est enfermé là-dedans, d'après vous ? demanda le shérif.

— Sandy Weiss ou George Anton, répondit Lucas. Ils sont tous deux introuvables.

Travis mit les mains sur les hanches et regarda tout autour de lui.

— C'est l'endroit rêvé pour recevoir de la drogue ou des objets volés, dit-il. Il y a beaucoup de place et pas de voisins.

— Est-ce que vous pensez que Dave Weiss a été tué parce qu'il trempait dans ce genre de trafic ? demanda Lucas.

— C'est une hypothèse à envisager.

Le serrurier était parvenu à faire sauter le cadenas.

— C'est fait ! lança-t-il en tirant le moraillon.

Lucas et l'adjoint Dwight Prentice s'avancèrent. Quand ils ouvrirent la porte, ils virent George Anton qui gisait sur le sol, inerte, les poignets et les chevilles ligotés. Ses yeux étaient clos et sa peau blanche de givre.

— Appelez une ambulance, dit Lucas.

Il se laissa tomber à genoux à côté de l'homme et toucha sa joue : elle était glaciale.

— George, est-ce que vous m'entendez ?

— J'ai essayé de m'y prendre de la façon la plus simple possible, dit Sandy.

Elle tenait toujours Anna en respect.

— Vu la quantité de drogue que j'avais mise dans ce cupcake, tu aurais dû t'endormir pour ne jamais te réveiller.

— Les cupcakes que tu m'as donnés étaient drogués ?

Elle en croyait à peine ses oreilles.

— C'est pour ça que j'ai été tellement malade ?

— Je n'en avais drogué qu'un, répondit Sandy, au cas où les flics auraient eu l'idée d'analyser le second. Mais tu as l'estomac tellement sensible que tu dois avoir vomi avant que la drogue agisse.

— Pourquoi as-tu voulu me tuer ?

La bouche de Sandy se tordit en un sourire mauvais.

— Pourquoi quelqu'un voudrait-il tuer la douce, la parfaite Anna ? railla-t-elle. Parce que tu posais trop de questions, peut-être. Parce que tu as repéré les traces d'échelle et convaincu l'adjoint que Dave ne s'était peut-être pas suicidé. Parce que c'est à cause de toi que la police s'est intéressée à George Anton. Tu ne m'as pas crue quand je t'ai dit que j'avais des dettes, et ton petit copain t'a écoutée et a remis mon histoire en question. Tu n'aurais jamais pu comprendre les choses par toi-même parce que tu n'es pas assez futée, mais tu aurais pu découvrir la vérité par hasard.

Anna avait l'impression que ses jambes pouvaient la trahir à tout moment, mais elle n'osait pas faire le moindre mouvement de peur que Sandy ne lui tire dessus. Il fallait qu'elle reste forte et qu'elle trouve un moyen de se sortir de là – en poussant Sandy à continuer à parler, pour commencer. Aussi longtemps que Sandy parlait, elle ne tirait pas. Alors, elle revint sur le détail le plus terrifiant que Sandy avait laissé échapper jusqu'ici.

— Est-ce que tu veux dire que Dave ne s'est pas suicidé ?

— Il était exactement comme toi, toujours à poser des questions. Je pensais qu'il ne prêtait aucune attention aux finances. Il disait toujours qu'il était heureux de me laisser le soin de m'en occuper.

Je parierais la moitié de mes économies qu'il n'a jamais regardé les livres de comptabilité.

Elle agita le pistolet, et Anna tressaillit.

— Et pourtant, un jour, il m'a demandé pourquoi il n'y avait pas plus d'argent sur notre compte et pourquoi nous n'avions pas encore remboursé notre dernière mensualité. Et, après, il m'a demandé ce que je faisais à la pâtisserie alors que je lui avais dit que j'allais faire un footing, et qui était l'homme que j'y avais rencontré.

Ses yeux lancèrent des éclairs et son visage s'empourpra.

— Il m'avait suivie. Tu y crois, toi ? Il m'avait suivie, et il a eu le culot de m'accuser de le tromper !

— Mais tu ne le trompais pas, dit Anna.

Elle posa les yeux sur le pistolet. Sandy semblait distraite. Pouvait-elle en tirer avantage ?

— Bien sûr que non. Jamais je ne l'aurais trompé. Tout ce que j'ai fait était pour nous ! Pour nous assurer un avenir, pour que nous n'ayons pas à travailler aussi dur.

— Qu'est-ce que tu faisais ? demanda Anna.

— Pourquoi êtes-vous tous aussi curieux ?

Sandy agita de nouveau son arme, et Anna craignit que le coup ne parte accidentellement. Elle faillit demander à la jeune femme de se calmer, mais cela n'aurait sans doute fait que décupler sa rage. Elle se borna donc à espérer que Sandy allait continuer à parler.

— J'ai dit à Dave que j'étais prudente. C'était tellement simple ! Il n'y avait qu'à fabriquer une douzaine de cupcakes, cacher un sachet de drogue dans chacun, les décorer d'un motif distinctif et les envoyer aux restaurants. Les destinataires repéraient le motif et remplaçaient la drogue par du chocolat. Qui aurait soupçonné des cupcakes ?

Elle partit d'un rire féroce. Anna frissonna, mais s'éclaircit la voix et demanda :

— Tu faisais donc passer la drogue dans les cupcakes. Où te la procurais-tu ?

— Pourquoi est-ce que je te le dirais ? répliqua Sandy. Même si tu ne seras plus là pour le répéter ?

Il fallait à tout prix qu'elle pousse Sandy à continuer à parler.

— Et c'est parce que Dave a tout découvert que tu as dû te débarrasser de lui, suggéra-t-elle.

— Il a tenu à vérifier la livraison suivante. Quand il a découvert les cupcakes qui contenaient la « surprise », il s'est mis dans une colère noire. Alors qu'il ne m'avait jamais crié dessus depuis que nous étions mariés, il m'a carrément *lancé* la boîte de cupcakes dessus. Il voulait que nous allions tout raconter au shérif. J'ai eu beau lui dire que nous nous ferions tuer tous les deux, il n'a rien voulu entendre.

— Qu'as-tu fait ? demanda Anna.

Elle parlait aussi calmement que si elles avaient été en train d'échanger des banalités. Elle voulait entendre Sandy dire que c'était le trafiquant de drogue qui avait tué Dave, l'avait menacée et avait tiré dans la vitrine de la pâtisserie. Mais quelque chose en elle savait déjà que ce n'était pas le cas.

— Je lui ai proposé d'aller faire un tour à Panther Point pour nous calmer et discuter de tout ça, dit-elle. Je nous ai préparé un petit pique-nique : deux pattes d'ours et une thermos de café, dans laquelle j'ai mis une bonne dose de tranquillisant pour chiens. Il ne s'est rendu compte de rien, mais le médicament l'a suffisamment calmé pour que je puisse m'occuper de lui.

— Où as-tu trouvé ce tranquillisant ?

Elle n'avait pu s'empêcher de poser la question.

— J'ai menti aux flics, répondit Sandy, l'air très contente d'elle-même. Avant notre mariage, Dave avait un chien, qui s'appelait Bruno. Il lui donnait du phénobarbital pour ses crises d'épilepsie. Bruno est mort avant notre mariage, mais Dave n'a pas jeté les comprimés. Il ne jetait jamais rien. Quand nous avons emménagé ensemble, je les ai trouvés en rangeant un placard. Je me suis dit qu'ils pouvaient toujours servir et j'ai décidé de les garder.

Anna s'efforça de masquer son dégoût pour faire remarquer :

— Mais ce ne sont pas les médicaments qui l'ont tué.

— Je te l'ai dit : ce n'était pas mon but. Je voulais qu'on pense qu'il s'était suicidé. J'ai d'abord envisagé de le pousser d'une falaise et de dire qu'il avait sauté, mais j'ai décidé qu'il valait mieux qu'on pense que je n'étais pas avec lui quand il s'est tué. Alors, j'ai décidé de le pendre.

Anna ravala une vague de nausée.

— J'ai vu son corps. Comment as-tu réussi à le hisser dans cet arbre ?

— Il était complètement dans les vapes. Nous nous sommes installés sous ce peuplier, nous avons fait notre petit pique-nique, et je lui ai suggéré de s'allonger pour faire une sieste. Je suis retournée au pick-up chercher l'échelle et de la corde, j'ai tout mis en place, et je l'ai convaincu de monter à l'échelle. Il était tellement dans les vapes qu'il n'a pas protesté, mais j'ai dû le porter à moitié.

Elle rit de nouveau.

— Heureusement que j'ai été entraînée à porter des poids morts pendant ma formation de pompier. Je lui ai passé le nœud coulant autour du cou avant d'attacher l'autre bout de la corde autour du tronc. Ensuite, il ne me restait plus qu'à ôter l'échelle.

Elle s'arrêta et scruta le visage d'Anna.

— N'aie pas l'air aussi horrifiée. Il n'a pas souffert. Il est mort en quelques secondes.

Anna déglutit avant de demander :

— Où est passée l'échelle ?

— Je suis allée la jeter dans un puits de mine désaffecté. Ensuite, je suis rentrée à pied, en me cachant quand j'entendais une voiture arriver. J'ai mis les cupcakes à la poubelle, préparé une nouvelle fournée pour y cacher la drogue, et joué le rôle de l'épouse morte d'inquiétude.

— Et les lettres de menace ? demanda Anna. Et la vitrine de la pâtisserie ?

Sandy sourit.

— C'était moi. J'ai pensé qu'il valait mieux que le shérif pense que j'étais en danger moi aussi. Je tenais l'excuse parfaite pour prendre l'argent que j'avais mis de côté et disparaître. J'ai informé mon fournisseur de la tournure qu'avaient prise les événements, et il a convenu que c'était plus sage. Nous nous sommes quittés en bons termes et il a dit qu'il serait ravi de travailler de nouveau avec moi.

— S'agissait-il de George Anton ? demanda Anna.

— Il fait un suspect idéal, n'est-ce pas ? D'ailleurs, mon fournisseur a fait en sorte que les flics s'intéressent à lui. Mais ce bon vieux George n'était qu'un bouc émissaire. Il transportait la drogue jusqu'aux différents restaurants, les employés allaient la revendre dans les rues… et jamais il ne s'est douté de rien.

— Il aurait sans doute fini par comprendre, dit Anna.

— Peut-être, répondit Sandy en haussant les épaules, mais cela n'a plus la moindre importance. Maintenant, il ne me reste plus qu'à m'occuper de toi. Et ensuite je disparaîtrai.

17

George gémit et ses paupières frémirent. Lucas chercha son pouls et sentit une faible palpitation. Même depuis l'extérieur de la chambre froide, il sentait la température glaciale qui en émanait. George avait-il passé toute la nuit là-dedans ? Comment avait-il pu survivre ?

— Déplaçons-le au soleil, dit-il. Il aura plus chaud.

Il ôta son manteau et le drapa sur le corps inerte. Le shérif et Dwight l'imitèrent. Ensuite, les trois hommes portèrent George jusqu'au quai de chargement, en plein soleil.

Le shérif entra dans la chambre froide, mais en ressortit aussitôt, en secouant la tête.

— Il faudra que nous regardions de plus près, mais je ne vois rien de compromettant là-dedans.

Le vagissement d'une sirène d'ambulance se fit entendre et Dwight contourna le bâtiment pour guider les urgentistes jusqu'à eux. Lucas regarda George, toujours inconscient.

— Qui peut bien l'avoir mis là-dedans ?

La sirène se tut et deux urgentistes arrivèrent en courant.

— Quelle est la situation ? demanda Hannah Richards.

— Il était enfermé dans une chambre froide, dit Travis. Nous ne savons pas depuis combien de temps.

Hannah et Emmet Baxter, du SAMU, se mirent au travail, vérifiant les constantes de George et l'entourant de kits de réchauffement.

Hannah lui posa une intraveineuse et y relia un sachet de solution saline.

— Cette solution contribuera à le réchauffer, expliqua-t-elle. Il a quelques engelures aux doigts, mais je pense qu'il n'en perdra aucun.

George gémit de nouveau, plus fort cette fois, et bougea la tête. Lucas s'agenouilla auprès de lui.

— George ! appela-t-il.

L'homme ouvrit les yeux et le regarda.

— Vous allez vous en sortir. Mais nous devons savoir ce qui est arrivé à Sandy.

— Non, gémit l'homme en secouant la tête. Non, non, non.

Lucas le prit par l'épaule.

— Ça va aller. Où est Sandy ? Nous devons la trouver.

— Sais... pas..., répondit Anton au prix d'un effort manifeste. C'est elle... a fait... ça.

— C'est Sandy qui vous a fait ça ? demanda le shérif en s'approchant.

— Oui. Essayé de... me tuer.

— Pourquoi a-t-elle essayé de vous tuer ? demanda Lucas.

— J'ai... tout découvert... pour... la drogue.

— Quelle drogue ? Qu'avez-vous découvert ?

Mais George avait refermé les yeux et ne répondit pas.

— Nous devons le conduire à l'hôpital, dit Hannah.

Lucas et Travis se relevèrent et reculèrent.

— Est-ce que vous croyez qu'il parle de la drogue qui était distribuée par les employés des restaurants de Junction ? demanda Lucas.

— La police de Junction soupçonne Anton d'être le fournisseur, dit Travis. Mais peut-être qú'ils se trompent, et que c'est d'ici que venait la drogue.

— Cachée dans les gâteaux surprises, suggéra Lucas.

Travis hocha la tête.

— Peut-être que Weiss mettait autre chose que des petits cadeaux et du chocolat dans ces gâteaux.

— En ce cas, pourquoi a-t-il été tué ?

— Peut-être qu'il a essayé de doubler son dealer.

— Mais George a dit que c'était Sandy qui avait essayé de le tuer, objecta Lucas.

— Nous ferions mieux de la trouver, décréta Travis. Allons voir chez elle. Nous y trouverons peut-être un indice.

Lucas prit son téléphone.

— Je vais appeler Anna. Juste au cas où Sandy essaierait de la joindre.

— Dites-lui bien de ne pas s'approcher d'elle, indiqua Travis.

Il hocha la tête et composa le numéro. La sonnerie retentit, encore et encore, sans que personne décroche.

— Elle ne répond pas.

Son ventre se noua. Était-elle sous la douche, ou déjà aux mains de Sandy ?

Quand Sandy pointa son pistolet sur elle, Anna se détourna, prête à s'élancer. Elle ne se laisserait pas tirer dessus sans rien tenter. Mais elle s'arrêta net en entendant Jacquie pousser un gémissement.

— Va-t'en, Jacquie ! ordonna-t-elle.

Mais « Va-t'en » était un ordre qui ne figurait pas au répertoire de la chienne. Au lieu d'obéir, elle fit un pas vers Sandy. Tous ses muscles étaient bandés et un grondement sourd montait de sa gorge. Aussitôt, Sandy braqua son arme sur elle.

— Jacquie, non ! cria Anna.

Il fallait qu'elle trouve un ordre auquel la chienne obéirait, un ordre qui la forcerait à s'éloigner du danger.

— Jacquie, cherche !

La chienne la regarda, désorientée : on ne lui avait pas donné d'odeur sur laquelle se concentrer. Mais elle avait aussi été entraînée à mener une recherche plus générale – après une avalanche, par exemple.

— Cherche ! répéta Anna en tendant le doigt vers la cuisine.

Elle faillit s'effondrer de soulagement en voyant Jacquie se diriger vers la cuisine, mais ce répit fut de courte durée ; quand elle se retourna, Sandy braquait de nouveau son pistolet sur elle. Elle se força à la regarder dans les yeux et n'y lut qu'un vide glaçant. Cette Sandy-là n'avait plus rien à voir avec la femme dont elle avait essayé de devenir l'amie.

— Sandy, ne fais pas ça, supplia-t-elle.

— Oh si, je vais le faire, et je vais y prendre beaucoup de plaisir.

Quand elle glissa le doigt dans le pontet, Anna fit volte-face et s'élança. Un aboiement retentit, suivi du raclement de griffes sur le parquet en bois. Il y eut une détonation, puis un grondement de rage.

Anna se retourna : Sandy était à terre et s'efforçait de repousser Jacquie, mais la chienne avait refermé les mâchoires sur son bras et refusait de la lâcher. La jeune femme avait laissé échapper son pistolet, qui avait glissé à quelques mètres d'elle. Anna rampa vers l'arme et la ramassa. Elle n'avait jamais appris à tirer, mais elle savait qu'elle devait éloigner l'arme de cette femme.

— Arrêtez ! Police !

La porte s'ouvrit à la volée et Lucas, suivi du shérif et de deux autres adjoints, déboula dans la pièce. Anna relâcha le pistolet et s'effondra contre le canapé, vaguement consciente des cris et des grognements qui résonnaient dans la pièce.

— Est-ce que tu vas bien ?

Lucas s'agenouilla auprès d'elle et passa un bras autour de ses épaules. Elle hocha la tête et se laissa aller contre lui.

— Ça va, dit-elle.

— Est-ce que tu pourrais rappeler Jacquie ?

Les dents de la chienne étaient toujours plantées dans le poignet de Sandy.

— Jacquie ! appela-t-elle. Jacquie, ici !

Jacquie obéit aussitôt, et Anna lâcha Lucas le temps de la serrer contre elle.

— Bonne fille, dit-elle. Tu es une bonne fille.

Sandy eut beau jurer et se débattre, les deux adjoints lui passèrent les menottes et l'emmenèrent. Le shérif s'approcha et demanda :

— Que s'est-il passé ?

— C'est Sandy qui a tué Dave, dit Anna. Elle cachait de la drogue dans des cupcakes qu'elle envoyait à des restaurants de Junction. Dave a tout découvert, a voulu vous alerter, et Sandy l'a tué.

Elle secoua la tête, encore abasourdie par tout ce qui s'était passé.

— Je pense qu'elle pourrait aussi avoir tué George Anton. Elle a dit que la personne qui lui fournissait la drogue avait fait en sorte qu'il semble être le cerveau de toute l'affaire, alors qu'il n'était au courant de rien.

— Elle a essayé de le tuer, mais il est en vie, dit Lucas. Il est en route pour l'hôpital, mais je pense qu'il s'en sortira.

— Tant mieux.

Elle se plaqua une main sur la bouche et s'efforça de réprimer un sanglot.

— Pauvre Dave. Il aimait sincèrement Sandy et... elle lui a fait prendre des tranquillisants pour chiens, l'a fait monter à une échelle et lui a passé un nœud coulant autour du cou. Quand elle m'a tout raconté, elle était tellement... insensible. C'est aussi elle qui a envoyé ces lettres de menace et tiré dans la vitrine de la pâtisserie.

— Elle s'est dit qu'aucun d'entre nous ne penserait qu'une veuve éplorée puisse être coupable, commenta Travis.

— Est-ce que tu penses pouvoir tenir debout ? demanda Lucas.

Elle hocha la tête et il l'aida à se relever.

— Il nous faudra votre déposition, dit Travis. Aussi vite que possible.

— Bien sûr. Je peux en parler, cela ne me dérange pas.

Elle se tourna vers Lucas.

— Je n'ai pas eu d'intoxication alimentaire, ajouta-t-elle. Sandy avait drogué l'un des cupcakes qu'elle m'a donnés. Il aurait dû me tuer, mais j'ai vomi avant que la drogue agisse.

L'air sinistre, Lucas annonça :

— Cette charge aussi sera retenue contre elle.

— Je vous attends au bureau, dit Travis. Vous nous raconterez tout là-bas.

Quand il fut parti, Lucas attira Anna contre lui.

— Je suis tellement heureux que tu n'aies rien, déclara-t-il avant de l'embrasser sur la joue.

Elle se tourna vers lui et plaqua la bouche sur la sienne pour un long baiser empli de passion, sans prêter attention aux personnes qui se trouvaient dans la pièce.

— J'en suis aussi heureuse que toi, dit-elle quand ils se séparèrent enfin. Je n'aurais pas voulu mourir alors que nous venions à peine de nous rencontrer.

— Je ne veux même pas penser à ça.

Il caressa sa joue du pouce.

— Je veux me dire que nous avons toute notre vie pour nous découvrir.

Cette vision lui coupa le souffle. Elle avait déjà promis à un homme de passer le restant de ses jours auprès de lui, mais le destin en avait décidé autrement. Pourtant, cette fois, la perspective de s'engager ne l'effrayait pas autant, peut-être parce qu'elle savait maintenant combien le bonheur pouvait être fragile. Elle avait d'autant plus envie de vivre pleinement chaque instant.

— Et c'est ce que nous allons faire, chuchota-t-elle.

Bien des heures plus tard, Travis éteignit enfin son enregistreur et Anna signa sa déposition.

— Sandy Weiss refuse de parler, révéla le shérif. Mais votre déposition et celle de George Anton, ajoutées aux preuves que nous avons trouvées chez elle et à la pâtisserie, suffiront à la faire condamner pour trafic de drogue, meurtre et deux tentatives de meurtre.

— Pourquoi a-t-elle tué Dave ? demanda Anna. Ils avaient l'air tellement heureux. Je sais bien qu'il s'est mis en colère en apprenant ce qu'elle faisait, mais de là à le tuer...

— Nous rechercherons l'échelle qu'elle a utilisée, dit Travis. J'espère qu'elle finira par parler, mais je suppose qu'après avoir drogué Dave elle est parvenue à le convaincre, ou à le forcer à monter à l'échelle. Dave était costaud, mais elle est plus forte que la plupart des femmes. En plus, il a peut-être pensé qu'il lui suffirait d'obéir pour lui faire entendre raison. Mais cela n'a pas été le cas.

— Sans Jacquie, elle aurait pu me tuer.

Anna se pencha pour caresser la chienne, qui ne l'avait pas quittée depuis la fin de son calvaire.

— Je vais lui acheter un bon steak, promit Lucas en la caressant lui aussi.

— Nous travaillons avec la police de Junction pour identifier le fournisseur, annonça Travis. Le procureur espère encore pouvoir conclure un marché avec Sandy en échange de son nom. Nous avons trouvé des documents indiquant qu'elle a un compte bien garni à l'étranger, ainsi qu'un faux passeport. Le sous-chef du Red Mesa a avoué qu'il récupérait régulièrement de la drogue dans les gâteaux envoyés par la pâtisserie Weiss. Chaque livraison comprenait une boîte étiquetée « Pour le personnel » ; des capsules en plastique contenant la drogue étaient cachées dans ces gâteaux. Nous faisons également pression sur Darryl Singh afin qu'il nous dise qui l'a chargé de livrer ce colis à la pâtisserie. Gage et Tony Meisner sont allés le récupérer dans la voiture de Singh, et il était rempli de comprimés de fentanyl.

Il se leva et conclut :

— Merci pour votre aide, Anna. Lucas peut vous ramener chez vous, maintenant.

— Est-ce que tu es prête à partir ? demanda Lucas quand ils furent seuls.

Elle posa sur lui un regard où il lut de la fatigue, mais aussi beaucoup de tendresse.

— Est-ce que nous pouvons aller chez toi ? demanda-t-elle. J'aimerais voir où tu vis.

— Bien sûr.

Ils se levèrent mais, au lieu de se diriger vers la porte, elle vint se blottir contre lui. Il referma les bras sur elle. Il espérait pouvoir trouver les mots qui sauraient soulager sa détresse, mais il savait que les mots ne suffiraient pas. Il lui faudrait du temps pour se remettre, du temps qu'il lui accorderait volontiers.

— Je n'arrivais pas à croire que Dave s'était suicidé, mais jamais je n'aurais pensé que Sandy l'avait assassiné, dit-elle. Ils avaient l'air tellement amoureux.

— Certaines personnes sont incapables d'aimer autant que les autres, répondit-il en posant le menton sur le sommet de sa tête. Je pensais être de celles-là. Tout ce que voulait Jenny, c'était que je l'aime assez pour m'engager à rester à ses côtés pour toujours, et j'en ai été incapable.

— Tu n'es pas une mauvaise personne pour autant, contrairement à Sandy. Tu as été loyal envers Jenny, tu as fait tout ce que tu pouvais pour elle... mais le mariage est un engagement important. Tout le monde ne se sent pas capable de promettre à quelqu'un de rester avec lui pour toujours.

— C'est vrai. Mais maintenant je pense que, même si je n'ai pas pu faire cette promesse à Jenny, je serai capable de la faire, un jour.

Il l'écarta légèrement de lui pour pouvoir la regarder dans les yeux.

— À la bonne personne.

— Je sais ce que tu veux dire. Un jour. Quand ce sera le bon moment.

— Nous n'avons pas à nous presser, reprit-il. Mais je veux être avec toi.

— C'est ce que je veux aussi.

Son sourire était mal assuré et ses yeux brillaient de larmes contenues.

— Je crois en toi, Lucas. Et parce que je crois en toi je crois en nous.

— Oui.

Il lui déposa un baiser sur les lèvres, comme pour sceller sa promesse – une promesse que, cette fois, il se sentait capable de faire, et de tenir jusqu'à la fin de ses jours.

Vous avez aimé ce roman ?
Retrouvez en numérique les secrets d'Eagle Mountain :
1. Un crime en mémoire
2. Réunis par le danger